셰익스피어
이야기

옮긴이 **나선숙**

이화여자대학교 사회사업학과, 성균관대학교 번역 대학원 졸업, 현재 전문 번역가로 활동 중.
〈남자가 절대 말해주지 않는 것들〉〈헬로우 미세스 루스벨트〉〈네 안의 에베레스트를 정복하라〉〈결혼 전에 자문해야 할 101가지 질문〉〈사랑을 움직이는 9가지 사소한 습관〉〈똑똑한 여자는 사랑에 절대 실패하지 않는다〉〈네 자신의 편에 서라〉〈백만장자 마인드의 비밀〉〈두려움은 없다〉〈블랙리스트〉〈캘리포니아 걸〉 외 다수의 역서가 있다.

| 일러두기 |

찰스 램과 메리 램의 글 가운데 셰익스피어 원작과 일치하지 않는 내용이나 추가 설명이 필요한 부분을 다소 수정했음을 알려 드립니다. – 역자

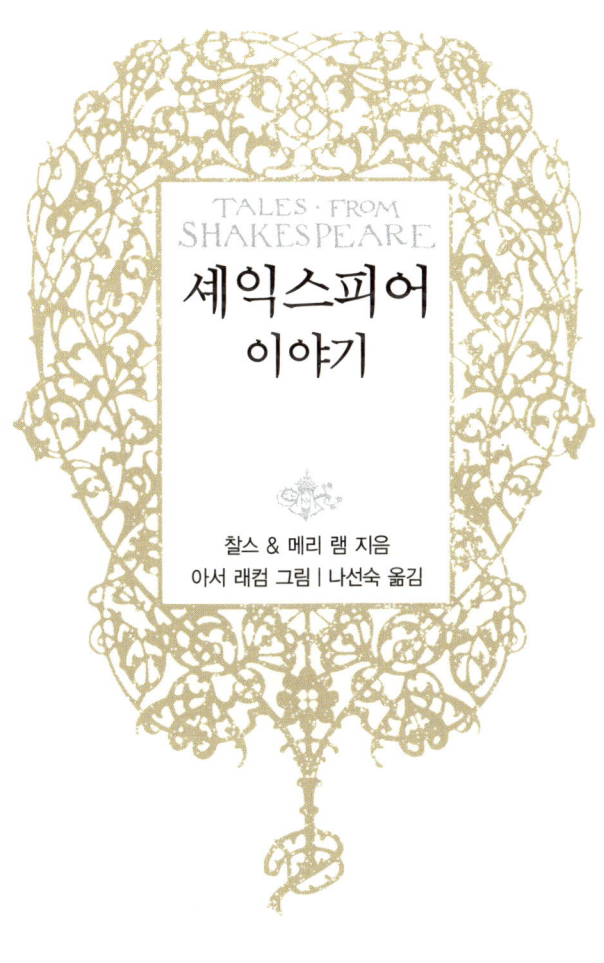

TALES · FROM
SHAKESPEARE

셰익스피어 이야기

찰스 & 메리 램 지음
아서 래컴 그림 | 나선숙 옮김

책을 내면서

　찰스 램과 메리 램의 〈셰익스피어 이야기〉는 윌리엄 셰익스피어의 희곡을 산문으로 각색한 작품 중에서 최고의 작품으로 인정받고 있다. 영국의 걸출한 문필가인 찰스 램과 그의 누이 메리 램은 유명한 셰익스피어 희곡 중에서 스무 작품을 선정하여, 원작에 충실하면서도 젊은 독자들이 쉽게 이해할 수 있는 명작을 써냈다. 셰익스피어 희곡에 담긴 주제와 잊지 못할 등장인물들이 그들의 매혹적이고 우아한 문체로 되살아난 것이다. 그들 스스로가 걸작을 만들어 냈다고 할 만하다.
　찰스는 '오셀로' '맥베스' '햄릿' '리어왕' 등 비극을 맡았고, 메리는 '한여름 밤의 꿈' '태풍'과 같은 멋진 판타지와 '자에는 자로' '심벨린' '베니스의 상인' 등 그 속에 담긴 뜻을 생각하게 하는 희극들을 맡아 작업했다. 저자 서문에 나와 있듯이, 비극의 경우는 원전을 충실하게 전달하려고 노력했으며 희극은 그보다 자유롭게 각색했다. 하지만 재능 있는 저자들의 솜씨로 명료하고 자연스럽게 풀어 쓴 이 〈셰익스피어 이야기〉는 셰익스피어를 처음 접하는 독자는 물론이고 그의 작품을 다시 읽는 독자에게도 충분히 읽을 가치가 있다.
　〈셰익스피어 이야기〉는 1909년에 처음 출간되었고, 여기에 유명한 일러스트레이터 아서 래컴(Arthur Rackham)의 아름다운 그림들이 새로운 멋을 더했다.

 찰스 램(1775~1834)은 뛰어난 비평가 겸 문필가로서, 사무엘 테일러 코울리지를 비롯한 당시의 주도적인 문학계 인사들과 친교를 나눴다. 그의 작품 중에서 '엘리아'라는 필명으로 발표한 에세이가 가장 널리 알려져 있으며, 영국 극작가들에 대한 비평 연구로도 유명하다. 찰스의 누이 메리 램(1764~1847)은 정신질환을 앓다가 1786년에 부모를 칼로 찌르는 사고를 일으켜 그로 인해 어머니가 사망하는 비극을 겪었다. 그 후 찰스 램은 누나가 정신병원에 감금되는 사태를 막으려고 자신이 누나의 법적 후견인을 맡아, 세상을 떠나는 그 날까지 함께 살았다.

 아서 래컴(1867~1939)은 그가 활동하던 당시로부터 지금까지 가장 유명한 일러스트레이터의 하나로 손꼽히고 있다. 독특한 선화(線畵)와 섬세하게 채색한 수채화가 특징이며, '피터 팬' '이상한 나라의 앨리스' '크리스마스 캐럴' 등의 고전 작품을 표현해 낸 그의 그림을 보고 있노라면 작품의 장면 장면이 눈앞에서 살아나는 듯하다.

시작하는 말

 이 책의 목적은 젊은 독자들에게 셰익스피어를 쉽게 소개해 보자는 것이다. 따라서 셰익스피어의 원문을 인용할 수 있는 곳에서는 최대한 원문을 살렸고, 상황을 설명하기 위해 덧붙인 부분에서는 셰익스피어의 아름다운 글맛을 손상시키지 않는 단어를 선택하려고 신중을 기했다. 셰익스피어 시대 이후에 새로 생겨난 단어들은 되도록 피하려고 노력했다.

 비극의 경우에는 대화나 묘사 모든 면에서 셰익스피어의 글을 거의 수정하지 않고 그대로 실었다. 그러니 독자들이 셰익스피어 원전을 읽게 되면, 어디서 나온 내용인지 금세 알 수 있을 것이다. 희극의 경우는 그의 글을 설명체로 바꾸기가 어려운 면이 있어서, 희곡 작품에 익숙하지 않은 젊은이들에게 너무 과하다 싶을 정도로 대화하는 형식을 많이 활용했다.

 하지만 이것이 흠으로 여겨지더라도, 셰익스피어의 문장을 가능한 한 많이 알려 주고 싶은 마음에서 비롯된 것이니, '그가 말했다.' '그녀가 말했다.'와 같은 표현이 혹시 지루하게 느껴지더라도 용서해 주기 바란다. 독자들이 셰익스피어의 원전을 읽으며 느끼게 될 커다란 기쁨을 조금이나마 암시하고 맛 보여 줄 수 있는 방법이 이것 말고는 달리 없었기 때문이다. 이 책의 이야기는 비할 데 없이 훌륭한 셰익스피어의 작품을 그저 살짝 건드렸을 뿐이라서, 값진 보물이 가득 들어 있는 상자에서 작고 하찮은 동전 몇 개를 꺼낸 수준에 불과하다고 말할 수 있다.

이렇게 말할 수밖에 없는 이유는, 셰익스피어 언어의 아름다움을 피치 못하게 손상시켜야 할 경우가 많았던 탓이다. 이야기처럼 풀어 나가려다가 그의 탁월한 글맛을 실제 느낌보다 못하게 표현하는 단어로 바꿔야 하는 경우도 있었고, 셰익스피어의 희곡을 이야기처럼 전달하는 동시에 이 글이 태어난 토양이자 자연스런 시의 정원에서 이식했다는 느낌을 줄 수 있으리라는 얄팍한 바람으로, 셰익스피어의 무운시(無韻詩)를 그대로 옮겨 실은 부분이 있지만, 이런 곳에서도 원래의 아름다움이 상당히 손실되었으리라 생각한다.

우리는 이 이야기들이 어린이들에게도 쉽게 읽히기를 바란다. 능력이 허락하는 한 이 점을 늘 마음에 새기고 작업했지만, 작품의 주제가 주제이니만큼 쉬운 일은 아니었다. 인간의 세상사를 어린 아이들이 이해할 수 있는 언어로 풀어 나가기란 말처럼 간단한 일이 아니다. 특히 우리가 염두에 둔 대상은 어린 소녀들이었다. 남자 아이들은 흔히 여자 아이들보다 일찌감치 아버지의 서재에 드나들 수 있는 허락을 받기 때문에, 여자 아이들이 이런 책을 읽을 수 있기 이전에 이미 셰익스피어 작품의 명장면들을 알고 있는 경우가 많다.

그러므로 셰익스피어의 원전을 제대로 읽을 수 있는 남자들은 이 책을 정독하기보다, 그들의 누이가 이해하지 못하는 부분을 알기 쉽게 풀어 주는 친절함을 발휘해야 할 것이다. 난해한 부분을 설명해 줄 때, 자신이 읽으면서 마음에 들었던 구절을 원문 그대로 암송해 주어도 좋다. (어린 소녀들이 듣기에 적절한 내용인지 신중하게 골라야겠지만 말이다)

이 책은 그야말로 부족한 점이 너무나 많은 요약본일 뿐이니, 원문의 아름다운 구절을 인용해서 들려 준다면 셰익스피어를 더욱 풍부하게 음미하고 이해하는데 도움이 될 것이다. 젊은 독자들이 이 책을 재미있게 읽어서 나중에 스스로 셰익스피어의 희곡 원전을 읽고 싶어진다면 더 바랄 나위가 없을 것이며, 이것이 이루어지기 힘들거나 터무니없는 소망은 아니라고 믿는다.

시간과 짬을 내서 원전을 구해 읽을 정도로 현명한 친구들이라면, 이 책 속에 손대지 않고 고스란히 남겨 놓은 부분은 물론이고, 작은 요약본에 다 담을 수 없었던 다양하고 놀라운 사건들과 변화무쌍한 운명, 경쾌하고 발랄한 남녀 주인공들, 내용을 요약하는 과정에서 사라져 버린 유머를 발견하게 될 것이다.

  이 이야기들이 '젊은' 독자들에게 쉽게 다가가기를 바라며, 또한 훗날 기회가 닿았을 때 셰익스피어 원전을 통하여 더 많은 것들을 느끼게 되기 바란다. 풍부한 상상력, 고결한 미덕, 이기적이고 돈만 아는 사고방식에서 벗어나 행할 수 있는 갖가지 명예롭고 아름다운 생각과 행동, 정중한 예의와 온유한 성품과 자비로운 마음과 인간적인 미덕을 깨달을 수 있는 교훈, 셰익스피어의 글에는 이 모든 덕목들을 가르쳐 주는 사례들이 가득 들어 있다.

차례

책을 내면서 4
시작하는 말 6

폭풍 12
한여름 밤의 꿈 32
겨울 이야기 52
좋으실 대로 72
헛소동 98
베로나의 두 신사 119
베니스의 상인 139
심벨린 161
리어왕 181
끝이 좋으면 다 좋다 205
맥베스 224
말괄량이 길들이기 242
실수연발 261
자에는 자로 282
십이야 306
로미오와 줄리엣 329
아테네의 타이먼 357
덴마크 왕자, 햄릿 376
오셀로 400
티레의 왕, 페리클레스 421

폭풍

　바다 가운데 떠 있는 섬 하나. 그 곳에는 나이 많은 아버지 프로스페로와 아름다운 딸 미란다가 단둘이 살고 있었다. 아주 어릴 때 이 섬으로 들어 온 미란다는 아버지가 아닌 다른 사람의 얼굴을 본 적이 없었다.

　그들은 바위로 된 동굴 같기도 하고 암자 같기도 한 곳에서 살았다. 그 안은 몇 개의 방으로 나뉘고, 그 중 하나가 서재였는데, 주로 마법에 관련된 책들이 쌓여 있었다. 당시에 학식 있는 남자들은 마법에 관심이 많았기 때문이다. 이 지식은 프로스페로에게 상당한 도움이 되었다.

　그가 기이한 우연으로 들어 오게 된 이 섬은 시코락스라는 마녀가 마법을 걸어 놓은 곳이었다. 프로스페로는 마녀가 죽은 직후에 섬으로 들어 와, 시코락스의 사악한 명령에 따르지 않는다는 이유로 커다란 나무 몸통에 갇혀 있던 착한 요정들을 자신의 마법으로 풀어 주었다. 그 후로 이 온순한 요정들은 프로스페로를 주인으로 섬기며 명령에 복종했다. 이들 중에서 대장은 아리엘[1]이었다.

작고 명랑한 요정 아리엘은 심술기가 전혀 없는 성격이었지만, 괴물처럼 흉측하게 생긴 캘리밴을 괴롭히는 일만큼은 세상에 둘도 없이 좋아했다. 원수 같은 시코락스의 아들이라서 원한이 맺혀 있었던 것이다. 프로스페로가 숲에 갔다가 발견하게 된 이 캘리밴은 원래부터 기형적인 몰골을 타고나서 인간의 형상이라기보다는 원숭이에 가까웠다. 프로스페로는 그를 자신의 암자로 데려와 말을 가르치고 친절을 베풀었지만 캘리밴이 워낙 제 어미인 시코락스의 못된 성질을 물려받아서인지, 선한 일이나 유익한 것은 도무지 배울 능력이 되지 않았다. 그래서 결국에는 하인처럼 장작을 나르고 힘든 집안일을 도맡아 하게 되었는데, 캘리밴이 할일을 제대로 하는지 안 하는지 감독하는 것이 아리엘의 책임이었다.

캘리밴이 게으름을 피우며 할일을 소홀히 할 때면, 아리엘이 (아리엘은 프로스페로의 눈에만 보인다) 몰래 다가가서 꼬집거나 때

---

[1] Ariel : 공기와 바람의 요정. 날개를 팔랑거리며 바람이나 물, 불 사이를 자유롭게 날아다니는 요정으로, 명랑하고 장난기 많은 성격이다.

로는 진창에 밀어 넘어뜨리고, 어쩔 때는 원숭이 모습으로 나타나 입을 삐죽거리고, 그랬다가는 어느 새 고슴도치 비슷하게 변신해서 캘리밴이 걸어가는 길가에 누워 뒹굴었다. 항상 맨발로 다니는 캘리밴은 고슴도치의 뾰족뾰족한 털을 몹시 두려워했다. 아리엘은 그렇게 갖가지 수법으로 캘리밴이 주인님의 명령대로 하지 않을 때마다 골탕을 먹였다.

프로스페로는 자신의 뜻에 순종하는 요정들의 막강한 힘으로 바람을 일으키거나 바다의 파도도 일어나게 할 수 있었다. 이번에는 바다 한가운데 격렬한 폭풍우를 일으키라고 명령했다. 커다랗고 멋지게 생긴 배가 시시각각 집어 삼키려는 거친 파도와 싸우고 있을 때, 그는 그 모습을 딸에게 보여 주며, 저 배에 그들과 똑같은 인간들이 타고 있다고 설명했다. 미란다가 놀라며 물었다.

"어머나, 아버지가 마법으로 이 끔찍한 폭풍우를 일으키신 거예요? 저 사람들이 불쌍해요. 자비를 베푸세요. 보세요! 배가 산산이 부서지려 해요. 가엾어라! 다들 죽게 생겼잖아요. 저에게 힘이 있다면, 바다를 땅 속으로 가라앉게 하겠어요. 저렇게 멋진 배와 그 안에 들어 있는 소중한 생명들이 사라져 없어지는 불상사를 막을 거예요."

"너무 놀라지 마라. 해 될 건 없다. 배에 있는 사람들을 다치게 하지 말라고 일러두었거든. 이 일은 너를 위한 거란다, 미란다. 네가 누군지, 어디서 왔는지 모르겠지? 나에 대해서도, 내가

일하지 않고 게으름을 피우는 캘리밴에게 아리엘이 슬쩍 다가가서 꼬집는다.

너의 아비이고 이 초라한 동굴에서 산다는 사실밖에 아는 게 없을 것이다. 여기 오기 전의 일들이 혹시 기억나니? 세 살도 안 된 나이였으니 기억이 남아 있지 않겠구나."

"기억나요, 아버지." 미란다가 대답했다.

"무엇이 기억나느냐?" 프로스페로가 물었다. "집이나 사람이 기억나니? 떠오르는 걸 말해 보렴."

"꿈같기도 한데. 혹시 예전에 너덧 명의 여자들이 제 시중을 들어 주지 않았나요?"

"그랬지, 그보다 많았어. 아직 그 기억이 살아 있다니 놀랍구나. 여기에 오게 된 경위도 알고 있니?"

"아뇨. 다른 건 기억이 안나요."

"미란다, 12년 전에 이 아비는……" 프로스페로가 말을 이었다. "밀라노의 공작이었단다. 너는 그 공국의 공주이자 단 하나밖에 없는 내 후계자였어. 내게는 안토니오라는 남동생이 있었는데, 그를 믿고 모든 걸 맡겨 두었지. 나는 은거한 채로 서재에 틀어박혀 있는 게 좋아서, 나랏일들을 너의 삼촌에게 전부 맡겼던 거야. 못된 녀석인 줄도 모르고. 정말 못된 놈이었는데 말이다. 나는 세상일에 관심을 끊고 책 속에 파묻혀, 정신수양을 하는데 전념했어. 그 사이에 안토니오는 나의 권세를 제 마음대로 휘두르면서 스스로 공작이 된 줄로 착각하기 시작했지. 내가 준 기회 덕분에 백성들에게 인기를 얻게 되자 그 녀석의 사악한 마음이 공작의 자리마저 빼앗아 버리겠다는 오만한 야심으로 커졌던 것이다. 그리고 그 야심을 곧 이뤘단다, 나의 적이었던 나폴리 왕과 결탁해서."

"그 때 왜 우리를 죽이지 않았을까요?" 미란다가 물었다.

"감히 죽일 수가 없었지, 백성들이 나를 매우 사랑했으니까. 안토니오는 우리를 배에 태워 얼마쯤 바다로 나와서는 작은 배에 억지로 밀어 넣었어. 삭구도 돛도 돛대도 없는 배에 우리를 남겨 두고 떠나 버렸어. 우리가 죽으리라 생각했던 게지. 하지만 마음씨 착한 곤잘로 경이 남모르게 배에 물건을 실어 주었단다. 물과 식량, 옷가지와 내가 공작의 작위보다 더 소중히 여기는 책들을."

"아, 아버지." 미란다가 한탄했다. "그때 저 때문에 얼마나 고생이 심하셨을지!"

"아니다." 프로스페로가 말했다. "오히려 너는 나를 지탱해 주는 아기천사였어. 너의 천진난만한 미소를 보며 불행을 견딜 수 있었단다. 식량이 다 떨어졌을 즈음에 이 섬에 닿게 되었고, 그 후로 너를 가르치는 일이 나에게 가장 큰 기쁨이었어. 너도 나의 가르침으로 큰 유익을 얻었지."

"정말 감사해요, 아버지." 미란다가 말했다. "이제 말씀을 해 주세요. 바다에 왜 폭풍을 일으키셨나요?"

"얘기해 주마." 그녀의 아버지가 말했다. "이 폭풍의 힘으로, 나의 원수 나폴리 왕과 잔인한 동생이 이 섬의 해안에 당도할 것이다."

그 말을 하며 프로스페로가 마법의 지팡이로 살짝 딸을 건드리자, 그녀가 픽 쓰러져 잠이 들었다. 아리엘이 가까이 와 있었기 때문에 한 일이었다. 미란다가 잠이 들자마자 아리엘은 폭풍을 일으킨 일과 배에 타고 있던 자들의 처리 방법을 아뢰기 위해 주인님 앞에 모습을 드러냈다.

미란다의 눈에는 요정들이 보이지 않지만, 프로스페로는 텅 빈 허공에 대고 얘기하는 모습을 딸에게 보여 주고 싶지 않았다. 미란다에게는 틀림없이 그런 식으로 보일 것이었다.

"용감한 요정아." 프로스페로가 아리엘에게 말했다. "일은 어찌 되었느냐?"

아리엘은 거칠게 요동치던 폭풍과 선원들의 공포와 나폴리 왕의 아들 퍼디난드가 제일 먼저 바다에 빠지던 장면을 생생하게 설명했다. 그의 아버지는 사랑하는 아들이 파도에 밀려 사라지는 것을 보고 죽었다고 생각했다.

"하지만 왕자는 무사해요." 아리엘이 말했다. "이 섬의 한쪽 해변에 팔짱을 끼고 앉아, 부왕이 익사했을 거라는 생각에 슬퍼하고 있지요. 그는 머리카락 한 올 다치지 않았고, 옷이 파도에 흠뻑 젖어 있기는 하지만 오히려 새 옷처럼 산뜻해 보이는 걸요."

"훌륭하다, 아리엘." 프로스페로가 칭찬했다. "그를 이리 데려오너라. 내 딸에게 이 젊은 왕자를 보여 줘야 해. 왕과 나의 동생은 어디 있느냐?"

"제가 그들을 떠나올 때만 해도 퍼디난드를 찾고 있었어요. 찾으리라는 희망은 별로 없는 듯했어요. 죽었다고 생각하거든요. 선원들도 각자 자기만 혼자 살아난 줄로 알고 있지만, 한 명도 죽지 않았죠. 배는, 사람들 눈에 띄지 않는 항구에 안전하게 대 놓았어요."

"잘 해냈구나." 프로스페로가 말했다. "하지만 좀더 할일이 있다."

"할일이 더 있어요?" 아리엘이 펄쩍 뛰었다. "주인님, 저에게 자유를 주겠다고 약속하셨잖아요. 부디 기억해 주세요, 전 주인님을 정성껏 모셨고, 거짓을 고한 적도 없고, 실수를 범하지도 않았으며, 원망이나 불평 한 마디 없이 주인님을 섬겨왔어요."

"어허!" 프로스페로가 호통을 쳤다. "내가 너를 그 모진 고통에서 풀어 준 일을 잊었느냐? 악의적이고 늙어빠진 꼬부랑 할멈, 그 사악한 마녀 시코락스를 잊은 것이냐? 그 마녀가 어디서 태어났느냐? 말해 봐라, 어디 말해 봐."

"알지에에서요." 아리엘이 말했다.

"오, 그래? 네가 기억을 못하는 것 같으니, 그 때 당시에 네가 어떠했는지 설명해 줘야겠구나. 못된 마녀 시코락스는 듣기에도 끔찍한 마법을 쓴 죄로, 알지에에서 추방되어 여기에 버려졌다. 너는 착한 요정이라서 그녀의 사악한 명령에 따르지 않았고, 그 때문에 그녀가 너를 나무에 가둬 버렸다. 거기서 울부짖고 있던 너를 찾아 낸 게 나였어. 내가 어떠한 고통에서 너를 꺼내 주었는지 잊지 말거라."

"용서해 주세요, 주인님." 아리엘은 배은망덕하게 군 자신의 행동을 부끄러워하며 대답했다. "주인님의 명령에 복종할게요."

"그래. 이번 일을 잘 끝내면 너를 풀어 주마." 프로스페로는 아리엘에게 할 일을 지시하고 나서 퍼디난드가 있는 곳으로 다시 보냈다. 그는 아리엘이 아까 보았던 모습 그대로, 우울하게 풀밭에 앉아 있었다.

"이봐, 젊은이." 그를 쳐다보며 아리엘이 속삭였다. "내가 이제 당신의 마음을 움직일 거야. 당신을 데려가야 해. 미란다 아가씨에게 아름다운 인간의 모습을 보여 줘야 하거든. 갑시다. 자, 나를 따라와요." 그런 다음에 노래를 부르기 시작했다.

"그대의 아비는 다섯 길 물 속에 누웠네
뼈는 산호가 되고
눈은 진주요
그 몸은 썩지 않고,
바다의 조화로
귀하고 신비한 보물이 되었네.
바다 요정들이 시간마다 그의 조종을 울리네
들어라! 이제 그들의 소리가 들리잖은가, 딩-동- 댕."

돌아가신 아버지에 대한 이 알 수 없는 노래를 듣고, 왕자는 멍하게 마비되어 있던 상태에서 빠져 나왔다. 놀라며 아리엘의 목소리를 따라 나섰다가, 결국 프로스페로와 미란다가 앉아 있는 커다란 나무 그늘 아래까지 걸어오게 되었다.

이제 미란다는 아버지가 아닌 다른 남자를 처음 보았다.

프로스페로가 말했다. "미란다, 저쪽에 무엇이 보이는지 말해 보아라."

"아버지." 미란다는 묘하게 놀라며 대답했다. "당연히 요정이겠죠. 세상에! 저 근사한 모습을 좀 보세요! 정말이지 아름다운 피조물이에요. 저건 요정이 아닌가요?"

"아니란다." 아버지가 대답했다. "우리처럼 먹고, 자고, 우리와 같은 감각을 지닌 인간이야. 네 눈에 보이는 저 젊은이는 아까 그 배에 타고 있었어. 슬픔으로 인해 다소 달라 보이기는 하지만, 그것만 아니면 미남이라고 할 수 있지. 지금 잃어버린 일행을 찾으러 다니는 중이다."

세상 남자가 모두 아버지처럼 근엄한 표정에 회색 수염을 기르고 있을 거라고 생각했던 미란다는 이 아름답고 젊은 왕자의 모습이 썩 마음에 들었다. 황량한 섬에서 너무나 아리따운 여인을 보게 된 퍼디난드는 자신을 여기까지 이끌어 온 노랫소리도 이상하거니와 죄다 신기한 일들만 벌어지는 듯하여, 자신이 마법의 섬에 와 있는 모양이라고 짐작했다. 그래서 미란다를 이 섬의 여신으로 여기고 정중하게 말을 붙였다.

미란다는 자신은 여신이 아니라 보잘 것 없는 일개 처녀라고 수줍게 대답하고는, 자신에 대해 좀더 이야기하려 했다. 그 때 프로스페로가 딸의 말을 가로막았다. 그는 두 청춘남녀가 서로에게 감탄하는 모습을 보고 매우 흡족했다. 사람들이 말하는 대로 그들은 첫눈에 사랑에 빠져버린 듯했다. 하지만 퍼디난드의 마음이 변하지 않으리라는 점을 확인해야 했기에, 그들에게 힘든 시련을 던져보기로 했다.

프로스페로는 앞으로 나서서, 무서운 얼굴로 왕자를 비난했다. 이 섬의 주인인 자신에게서 섬을 빼앗을 목적으로 염탐하러 온 첩자가 틀림없다고 했다.

"따라오시오." 그가 말했다. "그대의 목과 발을 묶어 놓겠소. 바닷물을 마시고, 조개와 말라비틀어진 식물의 뿌리와 도토리 껍질을 식량으로 삼게 될 것이오."

"싫소이다. 그런 대접은 사양하겠소, 나보다 힘센 상대라면 모를까." 퍼디난드가 거부하며 검을 뽑아 들었지만, 프로스페로는 마법의 지팡이를 흔들어 그가 서 있는 자리에서 옴짝달싹하지 못하게 했다.

미란다가 아버지에게 매달리며 말했다. "왜 이렇게 사나워지셨어요? 가엾게 여겨 주세요, 아버지. 제가 보증할게요. 이분은 제가 두 번째로 본 사람이에요. 진실한 분 같아요."

"조용히 해라." 아버지가 말했다. "한 마디만 더하면 혼쭐을 내주겠다! 어찌 된 거냐! 저런 사기꾼을 두둔하다니! 너는 캘리밴과 이 놈만을 보고 그 이상의 남자가 없는 줄 알지만, 어리석구나, 내가 장담하건대, 이 자가 캘리밴보다 나은 것만큼 웬만한 남자들은 이 자보다 훨씬 낫다."

이 말은 딸의 일편단심을 알아보려고 한 말이었다. 미란다가 대답했다.

"저의 애정이 소박해서 그런가 봐요. 저는 이보다 훌륭한 분을 만나고 싶은 욕심이 없어요."

"자, 그대는 내 뜻에 거역할 힘이 없소, 젊은이." 프로스페로가 왕자에게 말했다.

"그렇군요." 퍼디난드는 저항할 기력이 모두 사라진 것이 마법의 힘인 줄 모르고, 프로스페로의 뒤로 따라갈 수밖에 없는 자신을 이상히 여기며 놀라워했다. 프로스페로를 따라 동굴로 향하며 돌아볼 수 있는 한 오랫동안 미란다를 돌아보았다. "마치 꿈 속에 있는 듯이, 기운이 하나도 없군. 하지만 감옥에서나마 이 아름다운 아가씨를 하루 한 번 볼 수만 있다면, 이 남자의 위협도, 내가 느끼는 무력감도 대수롭지 않을 것이다."

프로스페로는 그를 감옥에 오래 가둬 두지 않았다. 곧 죄수를 끌어 내 힘든 일을 시키고, 그 힘든 일을 미란다가 알 수 있도록 한 후에, 서재로 들어가는 척하고는, 은밀한 곳에 숨어 두 사람을 지켜보았다.

프로스페로가 퍼디난드에게 시킨 일은, 무거운 통나무들을 쌓아 올리는 것이었다. 왕자들은 육체노동에 익숙한 사람들이 아니라서, 미란다는 이내 사랑하는 이가 피곤해서 쓰러질 지경인 것을 알게 되었다.

"가엾어라!" 그녀가 말했다. "무리해서 일하지 마세요. 아버지는 서재에 계시니, 세 시간쯤은 나오지 않으실 거예요. 염려 말고 제발 쉬세요."

"친절한 말씀이지만," 퍼디난드가 말했다. "괜찮습니다. 할일을 다 끝내고 쉬어야죠."

"잠시 앉아 계시면 그 동안에 제가 통나무를 나를게요."

미란다가 설득하려 했지만 퍼디난드는 끝까지 받아들이지 않았다. 미란다는 일에 도움이 되기는커녕 방해가 되었다. 대화가 길어지는 바람에 통나무 옮기는 일이 상당히 느려졌던 것이다.

프로스페로가 이 시련을 안긴 이유는 오로지 두 사람의 사랑을 시험하기 위해서였다. 미란다의 짐작과 달리, 그는 서재에서 책을 읽는 것이 아니라 보이지 않는 곳에 서서 그들의 말을 엿듣고 있었다.

퍼디난드가 그녀의 이름을 물었다. 미란다는 아버지가 절대 가르쳐 주지 말라고 했다면서도 이름을 말해 주었다.

딸이 처음으로 명령을 어기는 것을 보며 프로스페로는 그저 미소만 지었다. 자신의 마법으로 딸의 마음을 사랑으로 이끈 것이니, 미란다가 자신의 지시를 잊어버리면서까지 사랑의 마음을 드러냈다고 해도 화낼 이유가 없었다. 그 후에 이어진 퍼디난드의 길고긴 고백도 기쁘기 한량없었다. 왕자가 지금까지 보아온 어떤 여인보다 그녀를 사랑한다고 말했던 것이다.

퍼디난드가 세상의 모든 여자보다 아름답다고 칭송하자, 그녀가 대답했다. "저는 다른 여인들의 얼굴을 알지 못합니다. 남자도 선량하신 친구인 당신과 사랑하는 아버지밖에 본 적이 없어요. 외부에 사는 인간들이 어떤 모습인지 알 도리가 없어요. 하지만 제 말을 믿어 주세요. 당신이 아닌 어떤 사람과도 같이 있고 싶은 마음이 없으며, 당신 이외의 어떠한 분도 좋아할 수 있을 것 같지 않아요. 어머나, 제가 아버지의 지시를 망각하고, 너무 거리낌 없이 말해 버린 것 같아요."

이쯤에서 프로스페로는 미소지으며 고개를 끄덕였다. 마치 이렇게 말하는 듯이. "바라던 대로 착착 진행되어 가는구나. 내 딸이 나폴리의 왕비가 되겠어."

그 때 퍼디난드는 다시 젊은 왕자들이 궁정에서 쓰는 우아하고 품위 있는 어조로 길게 말을 이었다. 자신은 나폴리 왕이 될 후계자이며 미란다를 왕비로 삼고 싶다고 말했다.

"어머나!" 미란다가 울먹이며 말했다. "내가 왜 이리 바보같이 굴까요, 이렇게 기쁜 일에 눈물이 나다니. 솔직하고 경건하고 순수한 마음으로 답해 드릴게요. 왕자님께서 저를 맞아 주신다면 당신의 아내가 되겠어요."

퍼디난드가 고마움을 표하려 할 때 프로스페로가 그들 앞에 모습을 나타냈다.

"두려워하지 마라, 애야." 그가 말했다. "너희들이 하는 얘기 다 들었다. 나도 네가 한 말에 찬성이란다. 그리고 퍼디난드, 내가 자네를 심하게 부려먹은 거라면, 그에 대해 후한 보상을 내리겠네. 내 딸을 주는 것으로 말일세. 자네를 괴롭힌 것은 사랑을 시험하기 위해서였을 뿐이고, 자네는 훌륭하게 시험을 통과했네. 그러니 자네의 사랑이 얻고자 했던 가치 있는 선물인, 내 딸을 받아 주게. 그리고 내 딸이 그 모든 칭찬을 받아 마땅하다고 내가 자랑하더라도 비웃지 말게나."

그 후에 그는 처리할 일이 몇 가지 남아 있으니, 자신이 돌아올 때까지 두 사람은 함께 앉아 이야기를 나누는 것이 좋겠다고 했다. 미란다는 이 명령에 거역할 마음이 전혀 없는 듯했다.

프로스페로는 그들의 곁을 떠나자마자 아리엘을 불러 냈다. 요정은 순식간에 그의 앞에 나타나, 프로스페로의 동생과 나폴리 왕에게 자신이 한 일을 신나게 설명했다.

아리엘은 그들에게 이상한 것들을 보고 듣게 하여 공포로 정신을 잃어버릴 지경까지 만들어 놓았다. 그들이 헤매 다니다 지쳐, 먹을 것도 없이 배를 곯고 있을 때, 홀연히 맛있는 진수성찬을 눈앞에 차려 주고, 그들이 먹으려 하는 순간에, 아리엘이 날개 달린 탐욕스런 괴물 하피의 모습으로 나타나, 진수성찬도 감쪽같이 사라져 버리게 하고는, 이 하피가 입을 열어 그들을 혼비백산하게 하며, 프로스페로를 공국에서 내쫓은 것으로 모자라, 그와 그의 어린 딸을 바다에 죽게 내버려 둔 그들의 잔인무도함을 일깨워 주면서, 그러한 악행 때문에 이처럼 무서운 일이 벌어지는 것이라고 했다.

나폴리 왕과 못된 동생 안토니오는 프로스페로에게 저지른 잘못을 뉘우치며 회개했는데, 아리엘이 보기에 그들이 진심으로 참회하는 것 같았고, 자신이 비록 요정이긴 하지만 그들을 동정하지 않을 수 없을 정도였다고 보고했다.

"그렇다면 그들을 이리 데려오너라, 아리엘." 프로스페로가 말했다. "요정에 불과한 네가 그들의 슬픔을 가엾이 여길 정도였다면, 그들과 똑같은 인간인 내가 어찌 그들에게 연민을 품지 않을 수 있겠느냐? 그들을 얼른 데려오거라."

아리엘은 얼마 지나지 않아 나폴리 왕과 안토니오와 그의 수행원으로 따라온 늙은 곤잘로를 이끌고 돌아왔다. 그들은 아리엘이 공중에서 부른 기이한 노래에 홀려 여기까지 따라온 것이었다. 그 중에서 곤잘로는 일전에 사악한 동생 안토니오가 프로스페로와 그 딸을 바다에서 죽게 하려고 작은 배에 버려 두었을 때 책과 식량을 마련해 주며 친절을 베풀었던 그 사람이었다.

그들은 비통하고 두려움에 가득 차 넋이 나가 버린 상태였기 때문에 프로스페로를 알아보지 못했다. 프로스페로는 먼저 선량한 노인 곤잘로에게 생명을 구해 준 은인이라 칭하여 자신의 정체를 알려 주었고, 그 후에야 동생과 왕도 자신의 눈앞에 있는 남자가 부당하게 누명을 쓴 프로스페로라는 사실을 알게 되었다.

안토니오는 하염없이 눈물을 흘리며 진심이 가득한 슬픔과 후회를 표시하며 형에게 용서를 구했다. 나폴리 왕 또한 안토니오가 형을 폐위시키는데 일조한 일을 진정으로 뉘우쳤다. 프로스페로는 공국을 원래 주인에게 반환하겠다는 약속을 받은 후에 그들을 용서해 주었으며, 곧이어 나폴리 왕에게 말했다.

"나도 당신에게 선물을 준비해 두었소." 그리고는 문을 열어, 미란다와 체스를 두고 있는 그의 아들 퍼디난드를 보여 주었다.

이 뜻밖의 만남에 아버지와 아들은 말로 다할 수 없는 감격을 누렸다. 서로 폭풍우에 휘말려 익사한 줄로만 생각했던 것이다.

"놀라워라!" 미란다가 말했다. "이 얼마나 고상한 사람들인가! 이런 분들이 살고 있으니 세상은 참으로 멋진 곳이 아니겠는가."

나폴리 왕은 그의 아들 못지않게 미란다의 빼어난 기품과 미모에 크게 놀라워했다. "이 처자는 누구지?" 그가 말했다. "우리를 갈라 놓았다 다시 만나게 한 여신 같구나."

"아니에요, 아버지." 퍼디난드는 자신이 처음 미란다를 보았을 때와 똑같이 착각하는 아버지를 보고 미소지으며 대답했다. "이 여인은 틀림없는 인간이에요. 하지만 신의 섭리로 저의 아내가 되었습니다. 아버지가 살아계신 줄 몰랐던 터라, 미리 여쭤볼 생각도 못하고 제가 마음대로 결정했습니다. 이 여인은 밀라노의 공작이신 프로스페로의 따님이에요. 그분의 명성은 저도 익히 들었으나 이제야 뵙게 되었지요. 이분으로 인하여 저는 새 삶을 얻었습니다. 저에게 이 사랑스러운 여인을 주셨으니, 저의 장인어른이 되십니다."

"그럼 나도 이 아이의 시아버지가 된 셈이군." 나폴리 왕이 말했다. "거참! 내가 내 자식에게 용서를 구해야 하다니 일이 참으로 묘하게 되어 버렸구나."

"그런 말씀은 그만하시지요." 프로스페로가 끼어들었다. "일이 행복하게 마무리되었으니, 과거사는 모두 잊기로 합시다."

프로스페로는 동생을 끌어안으며 다시 한 번 용서하는 마음을 보여 주었다. 초라한 밀라노 공국에서 자신이 쫓겨난 일도, 그의 딸이 이 황량한 섬에서 왕의 아들을 만나 사랑하게 되고 그리하여 나폴리의 왕비가 될 수 있게 된 것도, 모두 현명하게 세상을 다스리시는 신의 뜻이었다고 말했다.

프로스페로가 다정하게 건넨 이 말은 동생을 위로하기 위한 것이었으니, 안토니오는 양심의 가책과 부끄러움에 젖어 흐느껴 울기만 할 뿐 말을 잇지 못했다. 마음씨 착한 노인 곤잘로는 이 가슴 뿌듯한 화해의 장면에 눈물지으며, 새로이 맺어진 젊은 남녀 한 쌍에게 축복이 내리기를 기도했다.

프로스페로는 이제 그들의 배가 항구에 안전하게 정박되어 있으며 선원들도 모두 무사히 승선해 있다고 알려 주었다. 다음 날 아침에 자신과 미란다가 그들과 같이 귀국길에 오를 것이라고 말했다. "그 때까지 누추한 나의 동굴에서 준비한 다과를 함께 드십시다. 여러분의 여흥을 위해, 이 황량한 섬에 당도한 첫날부터 지금까지 지내온 내 삶의 여정을 말씀드리겠소."

그 후에 그는 캘리밴을 불러 동굴을 정리하고 음식을 준비하라고 명했다. 프로스페로는 캘리밴이 자기 시중을 들어 주는 유일한 하인이라고 소개했는데, 그 못생긴 괴물의 투박한 태도와 야만스런 모습을 본 사람들은 하나같이 경악을 금치 못했다.

프로스페로는 섬을 떠나기 전에, 아리엘을 예속 상태에서 풀어 주어 그 쾌활하고 작은 요정에게 커다란 기쁨을 선사했다. 아리엘이 비록 주인에게 충성스런 종이었지만 언제나 자유로워지기를 갈망하고 있었다. 야생의 새처럼 공중을 훨훨 날아다니며, 초록빛 나무 밑으로, 어여쁜 과일 사이로, 달콤한 향기를 뿜는 꽃들 사이로 마음껏 돌아다니고 싶어했다.

프로스페로가 이 작은 요정을 자유롭게 풀어 주며 말했다. "나의 기묘한 아리엘, 네가 못내 그립겠지만, 이제는 너를 놓아 주어야겠구나."

"감사해요, 주인님." 아리엘이 대답했다. "충직한 종의 자리에서 물러나기 전에, 주인님이 고국에 가실 때까지 순풍으로 보필하게 해 주세요. 그 후에 제가 자유로워지면, 아, 사는 게 얼마나 즐거울까요!" 그러면서 아리엘이 아름다운 노래를 불렀다.

"벌과 함께 꽃 꿀을 빨고
취란화 꽃 방울에 터를 잡아
그곳에 누워 올빼미 울음소리를 듣네
박쥐 등에 타고 날아올라
즐겁게 여름을 따라가리.
이제 난 기쁘게, 즐겁게 살리라
나뭇가지에 달린 꽃그늘 아래서."

프로스페로는 이제 다시는 마법을 사용하지 않겠다고 결심하며, 마법 책과 지팡이를 땅 속 깊이 묻었다. 원수들을 이기고 동생과 나폴리 왕과 화해한 지금, 무슨 행복을 더 바라겠는가. 고향에 돌아가 공국을 되찾고 미란다와 퍼디난드 왕자의 행복한 결혼식을 지켜보고 싶을 뿐이었다. 나폴리 왕은 고국으로 돌아가는 즉시 성대한 결혼식을 거행하겠다고 말했다. 그들은 요정 아리엘의 안전한 호위를 받으며, 즐거운 항해를 마치고, 곧 나폴리에 도착했다.

한여름 밤의 꿈

 아테네에는 부모가 마음에 드는 누구에게든 딸을 시집 보낼 수 있는 법이 제정되어 있었다. 딸이 아버지가 남편감으로 골라 준 남자와 결혼하지 않으려 하면, 아버지는 이 법에 호소하여 딸을 사형에 처하게 할 수도 있었다. 하지만 딸을 죽이려는 아버지가 흔한 것은 아니어서, 딸들이 조금쯤 반항을 하더라도, 실제로 이 법이 시행되는 경우는 거의 없다고 할 수 있었다. 이 법을 무기로 부모에게 위협 당한 아테네의 처녀들은 꽤 많았을 테지만 말이다.
 그런데 딱 한 번 그런 사례가 있었다. 이지어스라는 노인이 자신의 딸 허미아에게 아테네의 고상한 가문 출신인 드미트리어스와 결혼하라고 명령했는데, 딸이 도무지 말을 듣지 않아서 당시에 아테네를 다스리던 테세우스[2]에게 이 일을 하소연하러 나온 것이다. 허미아가 라이샌더라는 다른 청년을 사랑하고 있다는 이유로 결혼을 거부하자, 이지어스는 테세우스에게 찾아 와 그 잔인한 법으로 딸을 처벌해 달라고 호소했다.

허미아는 드미트리어스가 자신의 절친한 친구인 헬레나에게 사랑을 고백한 적이 있으며 헬레나가 드미트리어스를 미치도록 사랑한다는 이유를 들어, 아버지의 뜻을 거역할 수밖에 없다고 설명했다. 하지만 허미아가 아버지의 뜻에 따를 수 없는 이 명예로운 이유를 듣고도, 완강한 아버지의 마음은 전혀 움직이지 않았다.

테세우스가 비록 훌륭하고 자비로운 군주였지만 국법을 바꿀 수는 없었으므로, 허미아에게 나흘간의 생각할 말미를 주겠다고 했다. 그 기간이 끝난 뒤에도 드미트리어스와 결혼하지 않겠다고 하면 허미아는 처형을 당하는 수밖에 없었다.

허미아는 공작의 면전에서 물러 나와, 사랑하는 연인 라이샌

---

[2] Theseus : 그리스 신화에 나오는 아테네의 영웅. 아테네 왕 아이게우스의 아들로 태어나 어머니와 같이 살다가, 후에 장성했을 때 여러 가지 시련을 거쳐 왕자로 인정받았으며, 미노타우로스를 처치하기 위해 크레타 섬으로 건너갔다. 크레타의 왕녀 아리아드네의 도움으로 미노타우로스를 물리치고 미궁에서 빠져 나왔으나, 아리아드네를 버려 두고 혼자 아테네로 돌아오다 흰 돛을 달기로 한 아버지와의 약속을 잊어버리는 바람에, 그의 아버지는 바다에 몸을 던져 세상을 하직한다. 테세우스가 왕위를 계승하고 나서 여인족의 나라 아마존을 정복한 이야기는 널리 알려져 있으며, 그밖에도 많은 모험담들이 전해지고 있다.

더에게로 달려갔다. 자신이 위험에 처해 있으며, 그를 포기하고 드미트리어스와 결혼하지 않으면 나흘 후에 생명을 잃게 된다고 말했다.

라이샌더는 이 나쁜 소식을 듣고 크게 괴로워했지만, 자신의 숙모 한 분이 아테네에서 약간 떨어진 곳에 살고 있으며, 잔인한 법의 효력이 그 곳까지 미치지 않는다는 사실을(이 법은 아테네에서만 효력을 발휘한다) 생각해 내고는, 허미아에게 그 날 밤에 아버지의 집을 몰래 빠져 나와 자신의 숙모가 사시는 곳으로 가서, 그 곳에서 결혼하자고 했다.

라이샌더가 말했다. "성벽 밖에 몇 마일 떨어진 숲에서 기다릴게요. 화창한 5월에 우리가 헬레나와 같이 자주 거닐던 그 상쾌한 숲 말이에요."

허미아는 이 제안을 기쁘게 받아들였고, 라이샌더와 같이 도망가기로 한 계획을 친구인 헬레나에게만 믿고 털어놓았다. 사랑 때문에 어리석은 일을 저지르는 처녀들이 그렇듯이, 헬레나는 옹졸하게도 이 사실을 드미트리어스에게 알려 주기로 결심했다. 사실, 친구의 비밀을 고자질해 봤자 그녀에게 득 될 것은 하나도 없었다. 숲으로 변심한 연인을 쫓아가는 하잘 것 없는 기쁨 밖에는 말이다. 드미트리어스는 당연히 허미아를 찾아 숲으로 달려갈 테니까.

라이샌더와 허미아가 만나기로 한 숲은 '요정'이라고 불리는 작은 생명체들이 즐겨 드나드는 곳이었다.

요정 나라의 왕 오베론과 왕비 티타니아는 조그만 몸집의 신하들을 거느리고 이 숲에서 한밤의 연회를 벌이곤 했다.

그러다 요정 나라의 왕과 왕비가 심하게 다투게 되었는데, 그들이 달빛을 받으며 이 상쾌한 숲의 그늘진 산책로를 거닐다 마주치게 될 때면 어김없이 큰 싸움이 벌어졌다. 그럴 때마다 꼬마 요정들은 도토리깍정이 속으로 기어들어가 와들와들 떨며 숨어 있었다.

이들이 이토록 싸우게 된 원인은 티타니아가 인간 세상에서 데려온 예쁜 아이를 오베론에게 넘겨 주지 않았기 때문이었다. 티타니아는 이 아이의 엄마와 친했던 터라, 엄마가 세상을 떠나자 유모에게서 아이를 훔쳐 와 숲에서 기르고 있었다.

연인들이 숲에서 만나기로 한 그 날 밤, 티타니아는 측근 시녀들을 몇 명 데리고 산책을 하던 중에 신하들을 거느리고 나타난 오베론과 맞부딪혔다.

"달빛 아래서 보게 되는군, 콧대 높은 티타니아." 요정 나라의 왕이 말했다.

왕비가 받아쳤다. "이게 누구야, 질투 많은 오베론이잖아? 얘들아, 어서 가자, 이 자와는 상종도 하지 않겠다."

"게 서시오. 경솔한 요정 같으니." 오베론이 제지했다. "내가 당신의 주인인 걸 모르나? 어째서 티타니아는 자신의 주인인 오베론의 뜻을 거역하는 거요? 인간의 소년을 내 시동으로 넘기시오."

"진정하시지. 당신이 요정 나라 전부를 준다고 해도 그 아이를 넘기진 않아." 왕비가 화를 내며 그 자리를 떠났다.

"흥, 갈 테면 가라." 오베론이 중얼거렸다. "새벽 동이 트기 전에 이 수모를 톡톡히 갚아 주겠다."

곧이어 오베론은 개인적인 일을 상의할 정도로 총애하는 요정 퍽을 불렀다.

퍽(때로는 로빈 굿펠로라고도 불린다)은 짓궂기로 소문난 망나니 요정으로, 이웃 마을에 찾아가 우스꽝스런 장난을 벌이곤 했다. 가끔은 낙농장에 들어가 우유의 크림을 떠내고, 가끔은 버터 만드는 틀에 가볍고 공기 같은 자기 몸을 집어 넣어 환상적인 춤사위를 벌이는 통에, 크림을 버터로 만들려는 시골 아낙네들의 수고가 헛고생이 되어 버렸다. 시골 총각들이 대신 나서도 결과는 마찬가지였다.

퍽이 양조통에 장난을 부리기로 작정할 때마다 맥주 맛은 틀림없이 망가졌다. 착한 마을 사람 몇이 모여 편안하게 맥주를 마시려 하면, 퍽은 구운 게와 같은 모습으로 맥주잔에 뛰어들었고, 나이든 할머니가 맥주를 마실라 치면 그녀의 입술을 잡고 흔들어 맥없는 턱으로 맥주를 흘리게 하고, 그 후에 바로 그 할머니가 슬프고 우울한 이야기를 들려 주려고 심각하게 자리에 앉을 때, 퍽이 밑에 있는 의자를 홱 잡아 빼 불쌍한 할머니를 나동그라지게 하면, 사람들은 모두 옆구리를 부여잡고 포복절도하며 이렇게 재미난 일은 생전 처음이라고 장담했다.

"이리 와 봐, 퍽." 오베론이 이 조그맣고 쾌활한 밤의 방랑자에게 말했다. "여인들이 삼색제비꽃이라 부르는 꽃을 구해 와. 그 작은 자주색 꽃즙을 잠든 인간의 눈꺼풀에 바르면, 깨어났을 때 제일 처음 본 상대에서 홀딱 반하게 되거든. 티타니아가 잠들어 있을 때 꽃즙을 몇 방울 눈꺼풀에 떨어뜨릴 거야. 그러면 눈을 떴을 때 처음으로 보게 되는 게 사자건 곰이건, 참견 잘하는 원숭이건, 아니면 정신없는 유인원이건 사랑에 빠지게 되겠지. 그 아이를 내 시동으로 넘겨받은 후에야 마법을 풀어 줄 생각이야. 그건 내가 할 수 있는 마법이거든."

 퍽은 장난이라면 사족을 못 쓰는 요정인지라 주인의 계획에 신바람이 나서 그 꽃을 찾으러 달려갔고, 오베론은 퍽이 돌아오기를 기다리고 있다가 숲으로 들어서는 드미트리어스와 그 뒤로 따라오는 헬레나를 보게 되었다.

 드미트리어스는 자신을 쫓아오는 헬레나를 책망하며 험한 말을 퍼부었고, 헬레나는 부드럽게 충고하며 그가 전에 자신을 사랑한다고 진실한 마음으로 고백했음을 일깨워 주었으나, 그는 들짐승들에게 잡아먹히건 말건 상관없이 그녀를 버려 두고 떠났다. 그러자 여자도 서둘러 그의 뒤로 쫓아갔다.

 진정한 연인들에게 항상 친절하게 대하는 이 요정 나라의 왕은 헬레나가 참으로 가엾게 느껴졌다. 어쩌면, 라이샌더가 말했듯이, 달빛이 교교할 때 그들이 이 유쾌한 숲을 거닐곤 했으므로 헬레나가 드미트리어스의 사랑을 받던 그 행복한 시절에 오베론이 그녀를 보았을 수도 있다. 이유야 어찌 되었건, 퍽이 작은 자줏빛 꽃을 들고 돌아왔을 때, 오베론은 총애하는 신하에게 지시를 내렸다.

"이 꽃을 조금 가져가. 이 숲에 사랑스런 아테네 처녀가 들어와 있는데, 그녀는 거드름 피우는 청년을 사랑하여 따라온 것이니, 그 남자가 잠들어 있는 모습을 보게 되거든, 그 눈에 사랑의 즙을 살짝 뿌려라. 하지만 남자가 깨어났을 때 처음 보게 되는 상대가 이 거부당한 여인이 되어야 하니까, 서로 가까이 있을 때 이 일을 시행해야 돼. 아테네 옷을 입은 남자이니, 보면 알 수 있을 것이다."

퍽에게 이 일을 빈틈없이 처리하겠다는 약속을 받아 낸 후에, 오베론은 티타니아가 쉴 준비를 하고 있는 나무 그늘로 살그머니 다가갔다. 요정 나라 왕비의 쉼터는 인동덩굴과 사향장미와 들장미가 위쪽을 감싸고 그 밑에 야생 백리향과 취란화와 향기로운 제비꽃들이 자라 있는 둔덕으로, 밤이 되면 언제나 티타니아는 이 곳에 와서 잠이 들었다. 그녀의 침대보는 광을 낸 뱀가죽이었는데, 작은 망토에 불과하지만 요정을 감싸기에는 충분한 크기였다.

티타니아는 자신이 잠들어 있는 동안에 할 일을 신하들에게 명령하고 있었다. "너희 몇은 사향장미 꽃봉오리에 있는 벌레를 없애고, 몇몇은 박쥐들과 싸워 가죽 날개를 구해 오너라. 꼬마 요정들에게 옷을 만들어 주어야 해. 그리고 너희 몇은 밤새 시끄럽

게 울어대는 올빼미가 내 옆에 오지 못하도록 보초를 서라. 하지만 우선 내가 잠들 수 있게 노래를 불러다오."

그러자 요정들이 노래를 부르기 시작했다.

"혓바닥이 둘인 얼룩덜룩 뱀들아
가시 돋힌 고슴도치야, 나타나지 마라,
도롱뇽과 도마뱀아, 해꼬지 하지 마라
우리 요정 나라 왕비님 근처에 얼씬하지 마라
나이팅게일아, 아름다운 곡조로,
감미로운 자장가를 불러라,
잘 자라, 자장, 자장, 잘 자라, 자장, 자장
어떠한 재앙도, 주문도, 마법도
우리의 사랑스런 왕비님 곁에 오지 마라,
자장가를 들으며 편안히 주무실 수 있게."

이 아름다운 자장가 소리에 왕비가 잠이 들자, 요정들은 각자 자신이 맡은 일들을 하러 떠났다. 그때 오베론이 살금살금 티타니아 옆으로 다가가, 그녀의 눈꺼풀에 사랑의 즙 몇 방울을 떨어뜨리며 속삭였다.

잠에서 깨어나 보는 것을,
그대의 진정한 연인으로 여길지라.

한편 그 날 밤 드미트리어스와 결혼하지 않는다는 이유로 사형에 처해질 운명을 피하기 위해 허미아는 아버지의 집에서 몰래 도망쳐 나왔다. 숲으로 들어서자, 사랑하는 라이샌더가 그녀를 숙모님 댁에 데려가려고 기다리고 있었다. 하지만 숲을 절반도 지나기 전에 허미아가 지쳐 버린 것을 보고, 라이샌더는 자신을 위해 생명을 걸 정도로 애정을 보여 준 이 사랑하는 여인이 걱정스러운 나머지, 날이 밝을 때까지 부드러운 이끼가 깔린 곳에서 쉬어 가자고 설득했다. 그리고는 허미아에게서 약간 떨어진 곳에 자리를 잡았다. 그들은 금세 그렇게 잠이 들었다.

이 곳에 도착한 퍽은 잘생긴 청년이 아테네 옷을 입고 잠들어 있는데다 아리따운 아가씨까지 근처에 누워 있는 것을 보고는, 이 남자가 오베론 님이 찾으라고 하신 거드름 피우는 청년이고 이 여인이 그를 사랑하는 아테네 여인이라고 결론지었다. 그들 둘이 같이 있었으므로, 퍽은 너무나 당연하게, 남자가 깨어났을 때 제일 먼저 보게 될 사람이 이 여인일 것이라고 생각했다. 그래서 더 고생할 필요 없이, 남자의 눈에 조그만 자줏빛 꽃즙을 살짝 뿌렸다.

그런데 일이 묘하게 틀어져 버렸다. 헬레나가 그 곳으로 오게 되어, 라이샌더가 눈을 떴을 때 처음 보게 된 사람이 허미아가 아닌 헬레나가 되었고, 설명하기 어려운 일이지만, 사랑의 마법이 워낙 강렬한 것이라서, 그의 마음에 담겨 있던 허미아에 대한 사랑은 온데간데없이 사라지고, 라이샌더는 헬레나를 사랑하게

되고 말았다.

그가 깨어나 허미아를 먼저 보았다면, 퍽이 실수를 저질렀다고 해서 크게 문제가 생기지는 않았을 것이다. 그는 이 정숙한 여인을 더없이 사랑했으니 말이다. 하지만 가엾은 라이샌더는 진실로 사랑하는 허미아를 잊어버리게 하는 요정의 사랑의 마법에 걸려, 야심한 시각에 잠든 허미아를 홀로 숲에 남겨두고 다른 여인을 쫓아갈 수밖에 없었으니, 참으로 서글픈 일이 아닐 수 없다.

그리하여 이런 불행한 사건들이 벌어지고 말았다. 전에 얘기했듯이 헬레나는 대단히 무례하게 달아나 버린 드미트리어스를 따라잡으려고 안간힘을 쓰며 쫓아갔지만, 보통은 여자보다 남자들이 장거리 경주에 능한 편이라서, 헬레나는 이 불공평한 경주를 오래 지속할 수 없었다. 금세 드미트리어스의 모습을 놓쳐 버리고는 낙담하고 비참한 마음으로 숲을 헤매다, 라이샌더가 잠들어 있는 그 곳에 도착했다.

"어머나!" 그녀가 말했다. "땅에 누워 있는 남자는 라이샌더 잖아? 죽은 건가, 아니면 자는 걸까?" 그를 살며시 흔들어보았다. "이봐요, 라이샌더, 살아 있으면 좀 일어나 봐요."

라이샌더가 눈을 뜨는 순간 사랑의 마법이 효력을 발휘하기 시작하면서, 그의 입에서 그녀에 대한 사랑과 칭송의 말이 흘러나오기 시작했다. 허미아가 갈까마귀라면 헬레나는 비둘기 같아서 아름다움이 상대가 되지 않는다는 둥, 사랑스런 그녀를 위해서라면 불 속으로라도 뛰어들겠다는 둥, 연인들이 속삭이는 사랑의 말들을 쏟아 부었다.

라이샌더가 자기 친구 허미아의 연인이며 그녀와 결혼하기로 엄숙히 서약했다는 사실을 알고 있는 헬레나는 자신을 칭송하는 말을 듣고, 참을 수 없이 화가 치밀었다. 그도 그럴 것이 라이샌더가 자신을 조롱한다고 생각했기 때문이다.

"아!" 그녀가 한탄했다. "내가 왜 세상에 태어나서 모든 이들에게 조롱당하고 비웃음을 사는 것일까? 이것 보세요, 내가 드미트리어스에게 친절한 말 한 마디 다정한 눈길 한 번 받지 못한 것으로는 충분치 않단 말인가요, 그것으로는 부족해서 나에게 이처럼 모욕적으로 구애하는 척하는 건가요? 라이샌더, 난 당신이 좀더 진실하고 점잖은 사람인 줄 알았어요."

헬레나가 이렇게 화를 내며 달아나자, 라이샌더는 곤히 잠들어 있는 허미아를 까맣게 잊어버리고 헬레나를 쫓아 달려갔다.

허미아는 잠에서 깨어나 혼자 남겨진 것을 알고 기겁을 했다. 숲을 돌아다녀봤지만 라이샌더가 어찌 되었는지 알 길이 없고, 어느 쪽으로 찾으러 가야 하는지도 알 수 없었다. 한편 드미트리어스는 허미아와 라이샌더를 찾아다니다 아무런 수확 없이 지쳐 곯아 떨어졌는데, 오베론이 그 모습을 보았다. 퍽에게 몇 가지 물어본 후에, 사랑의 즙이 엉뚱한 사람에게 뿌려졌다는 사실을 알고는, 이제 처음에 의도했던 그 사람이 눈앞에 있었으므로, 오베론은 잠든 드미트리어스의 눈꺼풀에 사랑의 즙을 발랐다. 드미트리어스가 퍼뜩 깨어났을 때 처음 본 사람은 헬레나였다. 그래서 라이샌더가 했던 것처럼 그녀에게 사랑의 고백을 하기 시작했고, 그 순간에 라이샌더가 나타나(허미아도 그의 뒤에 바로 나타났다. 퍽의 실수 때문에 이제는 그녀가 연인을 쫓아다니게 되었다), 똑같이 강한 마법에 걸려 있는 라이샌더와 드미트리어스는 둘 다 동시에 자신이 헬레나를 사랑한다고 주장했다.

이에 놀라 버린 헬레나는 드미트리어스와 라이샌더와 한때 절친한 친구였던 허미아가 모두 한통속이 되어 그녀를 놀려먹기로 작당을 했다고 생각했다.

허미아도 헬레나만큼이나 놀랐다. 어제까지만 해도 그녀를 사랑했던 라이샌더와 드미트리어스가 어떻게 갑자기 헬레나를 사랑하게 된 것인지 종잡을 수가 없었다. 허미아에게 이 일은 전혀 장난으로 느껴지지 않았다.

전에 둘도 없이 친한 친구였던 두 여인은 이제 격렬하게 서로를 비난했다.

"허미아, 어쩜 이렇게 못됐니." 헬레나가 소리쳤다. "라이샌더를 시켜서 나를 거짓으로 칭찬하여 괴롭히라고 한 게 너지? 나를 상대해 주지도 않던 드미트리어스에게, 나를 여신이다 님프다 소중하고 귀한 천사 같다고 말하게 한 것도 너 아니야? 네가 나를 조롱하라고 꼬드기지 않았으면, 나를 미워하는 그이가 그런 말을 할 리 없잖아. 정말 못됐구나, 허미아, 남자들과 한 패가 되어 불쌍한 친구를 우롱하다니. 우리의 학창시절 우정을 잊었니? 우리 둘이 한 쿠션에 앉아, 한 목소리로 노래하며, 둘 다 똑같은 견본으로 하나의 꽃을 수놓은 적이 얼마나 많았는지 잊었어? 거의 떨어져 있는 시간도 없이, 우린 한 쌍의 체리처럼 함께 자라왔잖아! 허미아, 남자들과 작당해서 불쌍한 친구를 놀리는 건 정말 친구답지 못하고 여자답지도 못한 짓이야."

"그렇게 열을 내다니 내가 더 기가 차는구나." 허미아가 받아 쳤다. "내가 널 놀리는 게 아니라, 네가 날 놀리는 거잖아."

"아, 그래," 헬레나가 응수했다. "진지한 표정을 가장하고 끝까지 해 보겠다는 거로구나. 그러면서 내가 등을 돌리면 입을 삐죽거릴 테지. 서로 눈짓을 주고받으며 재미있는 장난을 계속하겠지. 너에게 조금이라도 동정심이나 친절한 마음이나 예의라는 게 있다면, 나를 이런 식으로 이용하지 말아 줘."

헬레나와 허미아가 서로에게 험한 말을 퍼붓는 동안, 드미트리어스와 라이샌더는 그들의 곁을 떠나, 누가 헬레나의 사랑을 차지할 것인지 싸움으로 결판을 내자며 숲으로 들어갔다.

두 여인은 남자들이 없어진 것을 알고는, 각자 헤어져, 지친 몸을 이끌고 다시금 사랑하는 연인을 찾아 숲을 헤매 다녔다.

그들이 사라지자, 요정 나라의 왕은 이 말다툼을 같이 듣고 있던 퍽에게 말했다. "너의 실수 때문에 이런 일이 벌어졌다. 아니면 혹시 일부러 벌인 짓이냐?"

"어둠의 왕이여, 저를 믿어 주세요." 퍽이 대답했다. "정말 실수였어요. 아테네 옷 입은 남자를 찾으라고 하셨잖아요? 그래도 이런 일이 벌어진 건 나쁘지 않은 걸요, 재밌는 싸움 구경을 했잖아요."

오베론이 말했다. "드미트리어스와 라이샌더가 싸우기 적합한 곳을 찾으러 간다는 말은 들었겠지. 명령이다, 오늘 밤에 짙은 안개를 퍼뜨려, 이 싸움 좋아하는 연인들이 어둠 속에서 길을 잃고 헤매게 하라. 서로 찾지 못하게 해. 그들의 목소리를 흉내내서 심한 조롱을 퍼붓는 거야, 그게 싸울 상대의 목소리인 줄 알고 널 따라오게 만드는 거야. 그들이 한 발짝도 더 움직이지 못할 정도로 지칠 때까지 계속해. 그 후에 잠이 들면, 라이샌더의 눈에 이 다른 꽃의 즙을 발라라. 그러면 깨어났을 때 헬레나에 대한 사랑을 잊고 예전처럼 허미아에게 정열이 불타오를 것이고, 그러면 아름다운 두 여인은 각자가 사랑하는 남자와 행복해질 수 있지. 지난 밤의 일은 모두 기분 나쁜 꿈이었다고 생각할 거야. 이 일을 신속하게 처리하라. 나는 이제 티타니아에게 가서 어떤 근사한 애인을 찾아 냈는지 보아야겠다."

티타니아는 아직 잠들어 있었고 오베론은 그녀가 잠든 곳 근처 숲에서 길을 잃고 잠들어 있는 광대 하나를 보았다.

"이 녀석을 티타니아의 연인으로 삼으면 제격이겠군." 그가 중얼거렸다. 광대에게 당나귀 머리를 씌우자, 마치 원래부터 그 머리가 달려 있었던 것처럼 딱 어울려 보였다. 오베론이 아주 조심스럽게 당나귀 머리를 붙였는데도 그는 잠에서 깨어나, 오베론이 한 짓을 전혀 눈치채지 못하고 일어나서는, 요정 나라의 왕비가 잠들어 있는 나무 그늘 쪽으로 걸어갔다.

"아! 내 눈에 보이는 것이 천사일까?" 티타니아가 눈을 뜨며 말했다. 작은 자줏빛 꽃즙이 효과를 내기 시작한 것이다. "당신은 아름다운 용모만큼이나 지혜로운가요?"

"아이고, 이 숲에서 나가는 길을 찾을 수만 있다면 저의 지혜는 그것으로 충분하다니까요." 어리석은 광대가 대답했다.

"숲에서 나갈 생각일랑 하지 말아요." 홀딱 반해 버린 왕비가 말했다. "나는 평범한 요정이 아니랍니다. 당신을 사랑해요. 나와 같이 가서 요정들의 시중을 받으세요."

그러면서 요정 넷을 불러 냈다. 그들의 이름은 콩 꽃, 거미줄, 나방, 겨자씨였다.

"이 귀여운 신사분의 시중을 들도록 하라." 왕비가 명령했다. "이분의 걸음걸음마다 길잡이가 되어, 눈앞에서 뛰어다니며 춤을 추어라, 포도와 살구를 먹여 드리고, 벌집에서 꿀주머니를 따다 드려라. 자, 내 옆에 앉으세요." 그녀가 광대에게 속삭였다. "당신의 사랑스런 털북숭이 뺨을 쓰다듬어 줄게요, 아름다워라, 나의 당나귀! 당신의 커다랗고 아름다운 귀에 입 맞춰 줄게요, 나의 고귀한 기쁨이여!"

"콩 꽃은 어디 있지?" 당나귀 머리를 한 광대는 요정 나라 왕비가 구애하거나 말거나 관심이 없었지만, 새로 생긴 하인들에 대해서는 매우 뿌듯해 했다.

"여기 있습니다, 나리." 조그만 콩 꽃이 앞으로 나섰다.

"머리를 긁어 줘요." 광대가 말했다. "거미줄은 어디 있어?"

콩 꽃은 어디 있지?

"여기 있습니다, 나리." 거미줄이 대답했다.

"착한 거미줄 씨." 얼간이 광대가 말했다. "저기 엉겅퀴 꼭대기에 있는 빨갛고 볼품 없는 벌을 죽여 줘요. 꿀주머니도 가져와요. 너무 서두르면 안 돼, 꿀주머니가 깨지지 않도록 조심해야지. 꿀이 쏟아지면 아주 섭섭할 테니까. 겨자씨는 어디 있지?"

"여기 대령했습니다. 무슨 분부이신지?" 겨자씨가 말했다.

"별 거 아니에요." 광대가 말했다. "콩 꽃을 도와서 같이 머리를 긁어 줘요. 아무래도 이발소에 가야겠어, 얼굴에 머리카락이 엄청 많은 것 같아."

"귀여운 내 사랑." 왕비가 입을 열었다. "무얼 먹을래요? 용감한 요정을 시켜, 다람쥐들의 창고를 찾아서 신선한 견과를 가져오라고 할게요."

"그보다는 마른 콩 한 줌이 더 좋은데." 당나귀 머리에 당나귀 식성까지 닮은 광대가 말했다. "하지만 무엇보다 당신의 신하들이 나를 방해하지 못하게 해 줘요, 잠을 자고 싶거든요."

"그럼 주무세요." 왕비가 말했다. "내 품에 안아 줄게요. 아, 당신을 얼마나 사랑하는지! 당신에게 흠뻑 빠져 버렸어!"

왕비의 품에서 잠든 광대를 보고는, 요정 나라의 왕 오베론이 그녀의 눈앞으로 나아가 당나귀에게 애정을 쏟아 붓다니 이게 무슨 짓이냐고 호통을 쳤다.

그녀는 이 비난에 아무 말도 할 수 없었다. 그녀의 품에 광대가 잠들어 있었을 뿐 아니라 그 당나귀 머리에 그녀가 만들어 준

화관이 씌워져 있었으니 말이다.

오베론은 한참을 조롱하고 나서, 훔쳐 온 인간의 아이를 넘겨 달라고 다시 요구했다. 새로 생긴 연인을 안고 있다가 남편에게 들킨 게 부끄러운 나머지 그녀는 감히 거절하지 못했다.

그렇게 시동으로 삼고 싶어 안달하던 소년을 얻어 내게 된 오베론은 자신의 장난스런 계략으로 인해 티타니아가 이런 망신을 당한 것이 불쌍해져서 다른 꽃즙을 그녀의 눈에 뿌렸다. 그 즉시 요정 나라의 왕비는 정신을 차리고는, 자기 품에 안긴 괴상한 괴물을 보고 징그럽다고 질색을 하며 이 무슨 망령 난 짓인가 어리둥절해 했다.

오베론은 광대의 당나귀 머리도 벗겨 주었다. 원래부터 달려 있던 멍청이의 머리를 드러내 주고 마음껏 낮잠을 자게 내버려 두었다.

이제 완전히 화해한 오베론과 티타니아는 지난 밤에 벌어진 연인들의 싸움과 엇갈린 사랑에 대해 이야기하고 나서, 그들 청춘 남녀가 겪은 모험의 끝이 어찌 될 것인지 둘이 함께 보러 가기로 했다.

요정 나라의 왕과 왕비는 아름다운 아가씨 둘과 그들의 연인 둘을 찾아 냈다. 그들 모두가 서로 멀지 않은 풀밭에 잠들어 있었다. 전에 저지른 실수를 만회하기 위해 퍽이 부지런히 계략을 꾸미며, 그들을 같은 장소에 모으되 서로 알아차리지 못하게 해 놓았던 것이다. 그 후에 퍽은 요정 나라의 왕이 건네 준 해독제로 조심스럽게 라이샌더의 눈에서 마력을 제거했다.

허미아가 제일 먼저 깨어나, 바로 근처에 잠들어 있는 라이샌더를 발견하고는, 그가 왜 그렇게 이상한 변덕을 부렸는지 의아해하며 물끄러미 쳐다보았다. 이윽고 라이샌더가 눈을 뜨고, 사랑하는 허미아를 보았다. 요정의 마법이 가리고 있던 그의 이성이 되돌아왔고, 아울러 허미아에 대한 사랑도 돌아왔다. 그들은 간밤에 겪은 희한한 모험 이야기를 나누며, 그것이 실제로 일어난 일인지 아니면 그들이 똑같이 황당한 꿈을 꾼 것인지 알 수 없어 했다.

이 즈음에 헬레나와 드미트리어스도 잠에서 깨어났다. 곤하게 잠을 자고 나자 헬레나의 혼란스럽고 분한 기분도 어느 정도 진정이 되었는데, 드미트리어스가 아침에도 여전히 그녀에 대한 사랑을 열렬하게 고백하자, 놀라면서도 기쁜 마음이 들어, 그의 말을 진심으로 받아들이기 시작했다.

밤사이에 숲을 배회하던 이 아리따운 아가씨들은 이제 더 이상 경쟁자가 아니라, 다시금 진실한 친구가 되었다. 서로 비난했던 고약한 말들은 다 용서하고, 앞으로 어떻게 해야 할지를 차분하게 상의했다. 드미트리어스가 허미아에 대한 권리를 포기하고, 그녀의 아버지에게 찾아가 잔인한 사형 선고를 철회해 달라고 설득하기로 했다.

드미트리어스가 이 호의적인 목적을 달성하기 위해 아테네로 돌아갈 준비를 하고 있을 때, 허미아의 아버지 이지어스가 도망친 딸을 쫓아 숲으로 들이닥쳤다.

이지어스는 곧 드미트리어스가 자신의 딸과 결혼할 마음이 없는 줄을 알게 되었고, 그로 인해 라이샌더와의 결혼을 반대할 명분이 사라졌다. 그래서 그로부터 나흘 째 되는 날에 결혼식을 올리라고 허락해 주었다. 그 날은 허미아가 생명을 잃게 되어 있던 바로 그 날이었는데, 이제는 헬레나도 같은 날에 사랑하는 연인이자 충실한 연인이 된 드미트리어스와 결혼하기로 했다.

인간의 눈에 보이지 않게 이 화해의 장면을 구경하고 있던 요정 나라와 왕과 왕비는, 오베론이 베푼 친절로 연인들이 행복하게 결혼하게 된 것을 크게 기뻐하며, 요정 나라 전체에 잔치와 연회를 베풀어 다가오는 결혼식을 축하하기로 했다.

자, 요정과 그들의 짓궂은 장난에 관한 이 이야기가 도무지 믿을 수 없는 괴상한 이야기로 여겨져서 기분 상하는 분이 있다면, 잠을 자다 꿈을 꾸었는데 그 꿈 속에서 이 신기한 모험을 보았다고 생각하면 될 것이다. 그리고 나의 독자들 중에는 재미있고 무해한 이 한여름 밤의 꿈을 불쾌해할 정도로 비합리적인 독자가 없기를 바란다.

겨울 이야기

　시칠리아의 왕 레온티스와 그의 아름답고 후덕한 왕비 허마이어니는 금슬 좋은 잉꼬부부였다. 레온티스는 이 훌륭한 여인과 사랑을 나누며 행복하게 살고 있었다. 가끔씩 보헤미아의 왕이며 학창 시절의 동무이자 오랜 단짝 친구인 폴릭세네스를 만나 왕비를 소개하지 못하는 것이 아쉬웠지만, 그 점만 제외하면 다른 모든 면에서 만족스러웠다.

　어릴 적부터 함께 자라온 레온티스와 폴릭세네스는 부친이 사망하여 각기 자신의 왕국을 다스리도록 부름을 받은 이후로, 몇 년째 서로 만나지 못했다. 물론 그 사이에도 선물과 편지와 충성스런 사절단은 자주 오고갔다.

레온티스가 몇 번을 초대한 후에 결국, 폴릭세네스는 친구를 만나려고 보헤미아를 떠나 시칠리아의 궁으로 찾아 왔다.

처음에 이 친구를 맞아들였을 때 레온티스는 더할 나위 없이 기뻐하며, 왕비로 하여금 어렸을 적 친구에게 특별한 관심을 표하게 했다. 그의 소중한 친구이자 오랜 단짝이 보기에 그들은 꽤 완벽한 지복을 누리는 듯했다. 옛날 일을 이야기하고, 학창 시절과 젊은 날의 장난들을 추억하며, 항상 그들의 대화에 즐겁게 자리를 같이한 허마이어니에게 지난날의 기억들을 설명해 주었다.

폴릭세네스가 상당 기간 체류하고 나서 이제는 필히 떠나야 한다고 말했을 때, 간곡히 만류하는 남편의 원을 들어 주기 위해 허마이어니도 좀더 머물러 달라고 간청했다.

이 때부터 착한 왕비의 슬픔이 시작되었다. 레온티스가 부탁했을 때는 도저히 더 머물 수 없다고 했던 폴릭세네스가 허마이어니의 상냥하고 설득력 있는 말에 버티지 못하고 몇 주간 출발을 연장하기로 결정했던 것이다. 비록 레온티스가 오랫동안 친구로 지낸 폴릭세네스의 곧은 성품과 고결함을 익히 알고 있었고, 왕비의 높은 덕망과 고매한 품성도 잘 알고 있었지만, 이 일로 인하여 그는 주체할 수 없는 질투에 사로잡혔다.

허마이어니가 폴릭세네스에게 보여 주는 관심은 오로지 남편의 특별한 요청이 있었기 때문이었고 아내로서 남편을 기쁘게 해 주려는 행동이었는데, 그것이 이 가엾은 왕의 질투심을 부채질하여, 지금껏 다정하고 진실한 친구이자 애정이 넘치는 남편이었던 레온티스는 갑자기 야만적이고 무자비한 괴물로 변해 버렸다. 급기야 궁정의 귀족 가운데 하나인 카밀로를 불러, 마음에 싹튼 의심을 털어놓으며 폴릭세네스를 독살하라고 지시했다.

카밀로는 선량한 사람이었다. 게다가 레온티스의 질투가 사실과 하등 관련이 없다는 것을 알고 있었으므로, 폴릭세네스를 독살하는 대신에 주군의 명령을 그에게 알리고, 시칠리아 영토에서 함께 탈출하기로 했다. 폴릭세네스는 카밀로의 도움을 받아 보헤미아 왕국까지 무사히 도착할 수 있었고, 카밀로는 그 후로 왕의 친구 겸 총애받는 신하가 되어 그 곳 왕궁에서 생활했다.

폴릭세네스가 도주하자 질투심에 사로잡힌 레온티스는 더더욱 격분하여 왕비의 거처로 달려갔다. 그 착한 여인은 어린 아들 마밀리어스와 같이 앉아 있었고, 아들은 어머니를 즐겁게 해 주기 위해 재미난 이야기를 하려던 참이었는데, 그 순간에 레온티스가 들이닥쳐 아이를 빼앗아 데려가고 허마이어니를 감옥에 가둬 버렸다.

비록 어린 나이였지만 어머니를 무척이나 사랑했던 마밀리어스 왕자는 어머니의 명예가 실추되어 감옥에 갇히고 서로 만날 수도 없게 된 것을 알고, 그 일을 가슴 사무치게 받아들여서 나날이 의기소침해지고 수척해지기 시작했다. 식욕도 잃고 잠도 못 자고, 슬픔으로 생명이 위험해질 지경까지 이르렀다.

왕비를 감옥에 보낸 레온티스 왕은 시칠리아의 귀족인 클레오미네스와 디온을 델포이로 보냈다. 그 곳에 있는 아폴로 신전에서 왕비가 자신을 배신하고 부정을 저질렀는지에 관한 신탁을 받아 오라고 명했다.

이미 만삭이 되어 있었던 허마이어니는 감옥에 갇힌 지 얼마 안 되어 딸을 낳았다. 그 가련한 여인은 어여쁜 아기의 모습에 큰 위로를 받으며, 아기에게 속삭였다. "나의 불쌍한 어린 죄수, 나도 너처럼 결백하단다."

허마이어니에게는 폴리나라는 친구가 있었는데, 폴리나는 도량이 넓고 친절한 여인이었으며 시칠리아의 귀족 안티거너스의 아내였다. 왕비께서 해산하셨다는 소식을 듣고 폴리나는 허마이어니가 감금된 감옥으로 찾아가, 왕비의 시중을 드는 에밀리아에게 말했다.

"에밀리아, 선량하신 왕비님께 전해 줘요, 어린 아기를 나에게 맡기실 정도로 믿어 주신다면, 아기를 친부이신 전하에게 데려가겠다고 말씀드려요. 전하께서 이 천진한 아이를 보시면 혹시라도 마음이 누그러들지 모르잖아요."

에밀리아가 대답했다. "존경하는 마님, 이 고결한 제안을 왕비님께 전하겠습니다. 그렇잖아도 왕비님께서 오늘 위험을 무릅쓰고 전하에게 이 아이를 내보일 친구가 있었으면 하고 바라셨답니다."

"내가 전하께 나아가 담대하게 왕비님을 변호하겠어요." 폴리나가 말했다.

"자애로운 왕비님께 보여 주시는 당신의 친절에 영원한 축복

겨울 이야기 | 55

이 있기를 바랍니다." 에밀리아가 축복을 하고, 허마이어니에게 가서 고하자, 전하의 진노가 두려워 누구도 이 아이를 아버지에게 내보이지 않을까 봐 노심초사하던 왕비는 크게 기뻐하며 아기를 내주었다.

폴리나는 갓 태어난 아기를 품에 안고 왕을 알현하러 갔다. 왕이 역정을 내실 거라며 극구 만류하는 남편을 뿌리치고, 그 아버지의 발치에 아기를 눕힌 후에, 폴리나는 숭고한 연설로 왕에게 허마이어니의 결백을 주장했다. 국왕의 몰인정한 처사를 가차 없이 책망하며 이 죄 없는 왕비와 아기에게 자비를 내려 달라고 간청했다. 그러나 폴리나의 용감한 충고는 왕의 노여움을 가중시켰을 뿐이었다. 레온티스는 안티거너스에게 당장 여자를 끌어 내라고 소리쳤다.

왕의 면전에서 떠나올 때 폴리나는 갓난아기를 왕의 발치에 그대로 남겨 두었다. 아기와 단둘이 있게 되면 힘없고 죄 없는 아기를 보며 불쌍히 여기리라 생각했던 것이다.

하지만 그것은 착한 폴리나의 착각이었다. 폴리나를 쫓아 내자마자 이 무정한 아버지는 그녀의 남편인 안티거너스에게, 아기를 바다로 데리고 나가 어느 황량한 해안에 버려 죽게 하라고 명령했다.

선량한 카밀로와 달리, 안티거너스는 지엄한 군주의 명을 그대로 받들었다. 맨 처음 발견하는 황량한 해안에 버리고 올 작정으로, 그 즉시 아기를 배에 태워 바다로 나갔다.

레온티스 왕은 허마이어니의 부정을 굳게 믿고 있었으므로, 아폴로 신탁을 받으러 델포이로 떠난 클레오미네스와 디온이 돌아올 때까지 기다리지도 않았다. 해산한 왕비가 몸을 추스르기도 전에, 소중한 아기를 잃은 슬픔에서 헤어 나오기도 전에, 궁정의 대신과 귀족들을 모두 모아들여 왕비를 공개 재판에 회부했다.

재판관과 대 귀족과 그 나라의 군소 귀족들이 허마이어니를 심판하려고 모여들었고, 불쌍한 왕비는 자신의 신하들 앞에 죄인의 몸으로 서서 재판을 기다리고 있었다. 그 때 클레오미네스와 디온이 재판정으로 들어 와, 밀봉된 신탁을 왕에게 내밀었다. 레온티스는 밀봉을 뜯어 신탁에 적힌 내용을 큰 소리로 읽으라고 명했다. 신탁에는 이렇게 적혀 있었다.

"허마이어니는 결백하고, 폴릭세네스는 죄가 없으며, 카밀로는 충신이다. 레온티스는 질투 많은 폭군이며, 잃어버린 것을 찾지 못할 시에는 후계자를 얻지 못하리라."

왕은 신탁의 글조차 믿으려 들지 않았다. 왕비의 측근들이 꾸며 낸 거짓이라고 말하며 왕비의 재판을 속행하라고 명했다. 하지만 그 말을 하던 중에, 하인 하나가 달려 들어 오더니 마밀리어스 왕자께서 어머니의 생사가 걸린 재판이 열리는 것을 아시고 비통함과 수치심을 견디지 못해 갑자기 숨이 끊어지셨다고 전했다.

사랑과 애정을 쏟아 부었던 아들이 어미가 처한 불행에 슬퍼한 나머지 생을 마감했다는 소식을 듣게 된 허마이어니는 그 자리에서 혼절했다. 마찬가지로 이 소식에 가슴 깊이 충격을 받은 레온티스는 왕비를 불쌍히 여기는 마음이 생겨나, 폴리나와 그녀를 수행하는 여인들에게 왕비를 데려가 보살피라고 지시했다. 그 후 얼마 지나지 않아 폴리나가 다시 왕에게 돌아와, 허마이어니 왕비께서 사망하셨다는 부음을 알렸다.

아내의 사망 소식을 접한 레온티스는 그제야 그녀에게 행한 잔인한 처사를 후회하며, 자신의 학대로 인해 허마이어니의 가슴이 무너진 거라고 생각했다. 이제는 아내의 결백을 믿었으며, 신탁의 내용도 사실로 받아들였다. "잃어버린 것을 찾지 못할 시에는 후계자를 얻지 못하리라." 여기서 잃어버린 것은 자신이 버린 공주일 터였고, 마밀리어스 왕자가 세상을 떠난 이상 그의 후계자는 없을 것이었다. 이제 잃어버린 딸을 찾을 수만 있다면 왕국을 내줘도 아깝지 않을 기분이었다. 레온티스는 사무치는 회한에 젖어, 슬픈 상념과 비통한 후회에 빠진 채로 수 년의 세월을 보냈다.

어린 공주를 안고 바다로 나간 안티거너스는 배가 폭풍우에 휘말려 보헤미아 연안에 닿았다. 선량한 폴릭세네스 왕이 다스리는 그 곳이었다. 안티거너스는 여기에 아기를 남겨 두었다.

하지만 그는 시칠리아로 돌아가 레온티스에게 어린 공주를 어디에 두고 왔는지 말해 줄 기회를 영영 갖지 못했다. 배로 돌아가던 중에 숲에서 뛰쳐나온 곰의 공격을 받아 갈기갈기 찢어져 죽었던 것이다. 레온티스의 사악한 명령에 순종한 죄 값이었다.

갓난아기는 고급스러운 옷에 보석으로 치장하고 있었다. 허마

이어니가 레온티스에게 아기를 보낼 때 아름답게 보이려고 정성을 다했기 때문이다. 또한 아기의 망토에는 안티거너스가 끼워 놓은 종이가 한 장 있었는데, 그 종이에는 안티거너스가 꿈에 나타나신 왕비님께 들은 '퍼디타'(잃어버린 자라는 뜻이다)라는 이름과 함께, 아기의 지체 높은 태생과 뒤틀린 운명을 암시하는 글이 적혀 있었다.

가엾게 버려진 이 아이는 양치기에게 발견되었다. 그는 인정이 많은 사람이었기에, 퍼디타를 아내가 있는 집으로 데려갔고, 양치기의 아내 역시 아기를 정성스레 보살폈다. 하지만 가난에 찌들어 살던 양치기는 값나가는 보석의 유혹을 이기지 못하고, 자신이 살던 곳을 떠나, 아무도 그가 부자가 된 사연을 모를 만한 곳으로 이사를 갔다. 그 곳에서 퍼디타의 보석을 약간 꺼내서 양떼를 사들여 부유한 양치기가 되었다. 그는 퍼디타를 자기 자식처럼 길렀으며, 퍼디타는 자신이 그저 양치기의 딸인 줄로만 알고 자라났다.

갓난아기였던 퍼디타는 어느 새 사랑스러운 아가씨로 성장했다. 양치기의 딸로서 배워야 할 정도의 교육밖에 받지 못했지만, 그럼에도 왕비였던 어머니로부터 물려받은 천성적인 우아함이 빛을 발하여, 그녀의 행동을 보는 사람들은 누구든 그녀가 궁궐에서 자랐다고 생각할 정도였다.

한편, 보헤미아의 왕 폴릭세네스에게는 플로리젤이라는 아들이 하나 있었다. 이 젊은 왕자는 양치기의 집이 있는 근처에서

퍼디타

사냥을 하다가, 늙은 양치기의 딸로 여겨지는 퍼디타를 보게 되었고, 그녀의 왕비 같은 행동거지와 아름다움과 정숙함에 반하여 처음 보는 순간 사랑에 빠져 버렸다.

왕자는 곧 도리클레스라는 이름의 평범한 신사로 변장하여, 늙은 양치기의 집에 수시로 들락거리기 시작했다. 그 동안에 폴릭세네스는 자신의 외동 아들 플로리젤이 자주 궁정을 비우는 것을 알고 놀라 감시할 사람을 붙였다가, 양치기의 아름다운 딸을 만나러 다닌다는 사실을 알게 되었다.

폴릭세네스는 레온티스의 음모로부터 생명을 구해 준 충신 카밀로를 불러, 퍼디타의 아비인 양치기의 집에 같이 가달라고 부탁했다.

폴릭세네스와 카밀로가 변장을 하고 늙은 양치기의 집에 도착했을 때, 그 곳에서는 양털 깎기 잔치가 한창이었다. 그들이 낯선 이방인이었지만, 양털 깎기 행사가 열리는 동안에는 어떠한 손님이든 환영한다는 관례에 따라, 그들도 잔치에 참여할 수 있었다.

명랑한 웃음과 떠들썩한 즐거움이 가득했다. 한바탕 잔치를 벌이기 위해 식탁들이 펼쳐지고 푸짐한 음식들이 마련되었다. 젊은 남녀 몇몇은 집 앞의 풀밭에서 춤을 추었고, 다른 젊은이들은 문 앞에 자리를 편 행상인에게 리본과 장갑 같은 장난감들을 사고 있었다.

이처럼 분주한 장면이 펼쳐지는 와중에, 플로리젤과 퍼디타는 외딴 구석에 조용히 앉아, 주변에서 벌어지는 유치한 여흥과 오락에 참여하기보다는, 서로 대화하는 것을 더 즐기는 듯했다.

왕은 아들조차 알아보지 못할 정도로 철저하게 변장을 하고 있었다. 그래서 대화가 들리는 곳까지 가까이 접근해 갔다. 아들과 대화하는 퍼디타의 태도가 소박하면서도 우아한 것에 적지 않게 놀라며, 폴릭세네스가 카밀로에게 말했다.

"미천한 태생의 처녀들 중에서 이렇게 예쁜 처녀는 본 적이 없네. 거동이며 자태며 말하는 것까지 천출이라고는 믿어지지 않아. 시골 처녀답지 않은 기품이 흐르지 않는가."

카밀로가 대답했다. "실제로도 이 시골 잔치의 여왕 역을 맡고 있더군요."

왕은 이제 늙은 양치기에게 말을 건넸다. "이보시오, 당신의 딸과 이야기하는 저 잘생긴 청년은 누구요?"

"이름은 도리클레스랍니다." 양치기가 대답했다. "내 딸을 사랑한다고 하는데, 솔직히 누가 더 사랑하는지 가릴 수 없을 정도죠. 도리클레스라는 저 젊은이가 내 딸을 차지할 수 있다면, 꿈도 꾸지 못한 것을 얻게 될 겁니다."

양치기는 아직 남아 있는 퍼디타의 보석을 암시한 것이었다. 보석의 일부로 양떼를 구입한 후에 나머지는 그녀의 결혼 지참금으로 고이 간직해 두었기 때문이다.

이 다음에 폴릭세네스는 아들에게 말을 걸었다. "이보게, 젊은이! 자네는 잔치가 아닌 다른 데 정신이 팔려 있는 것 같군. 내가 젊었을 적에는 연인에게 선물을 안겨 주곤 했는데, 자네는 이 처녀의 선물 하나 사지 않고 장사치를 돌려 보냈잖은가."

상대가 자신의 아버지 부왕일 줄은 짐작조차 못하고 왕자가 대답했다. "이 여인은 그처럼 하찮은 물건에 관심이 없답니다. 퍼디타가 나에게 기대하는 선물은 내 마음에 들어 있지요."

그 후에는 퍼디타를 바라보며 말했다. "내 말을 들어봐요, 퍼디타, 이 노인도 한 때는 사랑을 해 봤던 듯한데, 이분 앞에서 하는 내 고백을 들어 주시오." 플로리젤은 그 나이든 이방인을 불러, 퍼디타에게 맹세하는 엄숙한 결혼서약의 증인이 되어 달라고 부탁했다. "원컨대, 우리 약조의 증인이 되어 주십시오."

"파혼의 증인이 되어 주마." 폴릭세네스가 자신의 정체를 드러내며 말했다. 그리고는 천한 출신의 여인과 결혼서약을 한 아들을 심하게 나무라며, 퍼디타를 '양치기의 딸년, 양치기의 지팡이'라고 칭하거나 그 외의 다른 저속한 명칭으로 부르고는, 다시 왕자를 만나는 날에는 퍼디타 자신은 물론 그녀의 아비인 늙은 양치기까지 목숨을 부지하지 못할 것이라고 위협했다.

왕은 격분하여 그 자리를 떠나며, 카밀로에게 플로리젤 왕자를 데리고 따라오라 명했다.

왕이 떠나가자, 폴릭세네스의 책망을 듣고 왕가의 자존심이 치밀어 오른 퍼디타가 말했다. "우리 사이가 다 끝났다 해도 나는 두렵지 않아요. 전하가 말씀하시는 중에 한두 번, 그 분의 궁전을 비추는 그 태양이, 우리 오두막에도 얼굴을 숨기지 않고 똑같이 비추고 있다는 사실을 분명하게 말씀드리고 싶었어요." 그러고는 슬픔에 젖어 말했다. "하지만 이제 꿈에서 깨어났으니, 더 이상 여왕 노릇은 하지 않겠어요. 떠나 주세요, 왕자님. 저는 양 젖이나 짜며 눈물을 흘리렵니다."

마음씨 착한 카밀로는 퍼디타의 용기와 교양 있는 행동에 매료되었고, 부왕이 이 여인을 버리라 명했더라도 왕자의 사랑이 그 명령에 따르지 않을 정도로 깊다는 것을 알았다. 그래서 이 연인들을 도와 줄 방법을 생각하다가, 이참에 그가 마음에 품고 있던 계획을 실행에 옮기기로 결심했다.

카밀로는 시칠리아의 왕 레온티스가 진심으로 참회하고 있다는 소식을 익히 들어 왔으며, 지금은 비록 폴릭세네스 왕의 총애 받는 신하이지만, 과거에 주인으로 모셨던 군주와 고국을 다시 한 번 보고 싶은 마음을 억누를 수 없었다. 그는 플로리젤과 퍼디타에게 자신과 같이 시칠리아 궁으로 가면, 레온티스 왕이 그들을 보호해 줄 것이라고 장담했다. 폴릭세네스 왕의 용서를 받고 결혼 승낙을 얻어 내도록 중재할 테니 그 때까지 시칠리아에 머물라고 말했다.

그들은 이 제안을 기쁘게 받아들였고, 카밀로는 그들의 탈출에 필요한 모든 일을 처리한 후에 늙은 양치기도 같이 떠날 수 있게 해 주었다.

양치기는 퍼디타가 아기 때 입고 있던 옷과 남아 있는 보석, 그리고 그녀의 망토에 끼워져 있었던 종이를 챙겨 가지고 갔다.

순조로운 항해를 마치고 드디어 플로리젤과 퍼디타, 카밀로와 늙은 양치기는 레온티스의 궁에 무사히 도착했다. 그때까지도 죽은 아내와 잃어버린 아이를 애도하고 있던 레온티스는 카밀로를 반갑게 맞아 주었고, 플로리젤 왕자도 따뜻하게 환영했다.

하지만 플로리젤이 왕자비라고 소개한 퍼디타를 바라보는 순간, 레온티스의 관심은 오로지 그녀에게 집중되는 듯했다. 퍼디타가 세상을 떠난 허마이어니와 너무나 닮았다는 사실을 깨닫고는, 새삼스레 비통한 마음이 되살아나, 자신이 그토록 잔인하게 딸을 죽이지 않았더라면 이 앞에 서 있는 퍼디타처럼 사랑스러운 여인으로 자랐을 거라고 했다.

그 다음에 플로리젤에게 말했다. "그리고 그 때, 자네의 용맹한 아버지와 나누던 우정과 친교마저 잃어버렸지. 그 친구를 다시 만나는 것이 내 생명보다 소중하게 여겨진다네."

왕이 퍼디타를 유심히 쳐다보며 갓난아기 때 잃어버린 딸이 있다는 말을 했을 때, 늙은 양치기는 자신이 어린 퍼디타를 발견했던 때와 왕의 딸이 없어진 시기를 비교해 보고, 퍼디타의 보석들과 고귀한 태생임을 알려 주는 다른 증거들을 다 생각해보고 나서, 왕이 잃어버렸다는 그 딸이 퍼디타와 동일인물이라는 결론을 내리지 않을 수 없었다.

레온티스 왕은 물론이고 플로리젤과 퍼디타, 카밀로와 폴리나가 모두 모인 자리에서, 늙은 양치기는 어린 퍼디타를 발견하게 된 경위와 아기를 두고 간 안티거너스가 죽음을 맞이한 정황을 설명했다. 곰의 공격을 받아 찢겨 죽은 그의 시신을 보았노라고 말했다. 그런 후에 아기를 감싸고 있던 호화로운 망토를 보여 주었는데 폴리나는 그것이 왕비님이 아기에게 입혀준 망토라는 것을 알았고, 퍼디타의 목에 걸려 있던 보석을 꺼내 보였을 때도 폴리나가 익히 기억하고 있는 보석이었으며, 마지막으로 양치기가 종이를 꺼내 보였을 때 그 서체는 폴리나가 익히 알고 있는 남편의 글씨였다.

이제 퍼디타가 레온티스의 딸이라는 것은 의심할 수 없는 사실이 되었다. 그러나 가엾은 폴리나여! 그녀의 마음 속에는 남편을 잃은 슬픔과 신탁이 옳았다는 기쁨이 엇갈리며 만감이 교차하고 있었다. 신탁의 예언대로, 잃어버린 딸을 찾았으니 이제 왕에게는 후계자가 생겼다.

퍼디타가 자신의 딸이라는 것을 알았을 때, 레온티스는 허마이어니가 이미 세상을 떠나 이렇게 장성한 딸을 보지 못한다는 슬픔에 북받쳐 "아, 네 어머니는, 네 어머니는!" 이 한 마디 외에 오랫동안 아무 말도 하지 못했다.

이처럼 기쁨과 슬픔이 엇갈리던 순간에 폴리나가 문득 앞으로 나서서 왕에게 고했다. 이탈리아의 거장 줄리오 로마노에게 의뢰한 조각상이 바로 얼마 전에 완성되었는데, 그 모습이 어찌나 왕비님과 비슷한지, 전하께서 직접 그녀의 집으로 납시어 조각상을 보게 되면 실제 왕비님으로 착각하실 정도일 거라고 말했다.

그리하여 그들은 모두 폴리나의 집으로 향했다. 왕은 사랑하는 허마이어니와 닮은 모습이라도 보기를 염원했으며, 퍼디타는 한 번도 뵙지 못한 어머니가 어떤 모습인지 알고 싶어했다.

폴리나가 조각상을 가리고 있는 휘장을 걷어 냈을 때, 허마이어니와 너무나 똑같은 그 모습을 보고 왕의 가슴에 맺힌 슬픔이 다시금 새로워졌다. 오랫동안 말을 할 수도 없고 움직일 힘도 없었다.

"그렇게 묵묵히 계시니 오히려 마음이 놓입니다, 전하!" 폴리나가 말했다. "그만큼 감동하셨다는 뜻이겠지요. 이 조각이 참으로 왕비님과 비슷하지 않습니까?"

마침내 왕이 입을 열었다. "아, 내가 처음 그녀에게 구애하던 당시에 바로 이렇게 당당하게 서 있었지. 하지만 폴리나, 허마이어니는 이 조각상처럼 늙은 모습이 아니었소."

폴리나가 대답했다. "그러니 더욱 조각가의 솜씨가 대단한 게 아니겠습니까. 왕비님이 살아계셨다면 지금 어떤 모습일지까지 염두에 두고 조각했으니까요. 이제 다시 휘장을 쳐야겠습니다. 전하, 이러다 조각이 움직인다고 생각하실 지도 모르겠군요."

왕이 다급하게 제지했다. "휘장을 치지 말게. 심장이 멎을 것 같아! 보시오, 카밀로, 조각이 숨을 쉬는 것 같지 않소? 그녀의 눈이 움직이는 듯하오."

"전하, 휘장을 쳐야 합니다." 폴리나가 말했다. "이렇게 넋을 잃고 계시다가는, 조각이 살아 있다고 믿으시겠습니다."

"아, 폴리나." 레온티스가 탄식했다. "이십 년을 그렇게 생각

휘장을 걷어 조각상을 드러내 보이는 폴리나

하며 살게 해 주시오! 지금도 그녀에게서 숨결이 흘러나오는 것만 같군. 어떤 명인의 끌이 숨결까지 새길 수 있을까? 이 조각에 입 맞출 테니, 누구도 나를 조롱하지 말라."

"맙소사, 안될 말씀입니다!" 폴리나가 만류했다. "입술의 붉은 물감이 아직 마르지 않았어요. 전하에게 얼룩이 묻을 겁니다. 이만 휘장을 쳐도 되겠지요?"

"안 된다, 앞으로 이십 년 동안은 안 돼." 레온티스가 말했다.

내내 무릎을 꿇고 감탄하는 표정으로 말없이 어머니의 조각을 응시하던 퍼디타가 이제 입을 열었다. "저도 여기 있는 동안 언제까지나 사랑하는 어머니를 뵐 거예요."

"이성을 찾으시고 휘장을 치게 해 주세요." 폴리나가 레온티스에게 말했다. "그렇지 않으면 더 놀라운 일에 대비하셔야 할 겁니다. 저는 정말로 이 조각을 움직이게 할 수 있어요. 그래요, 연단에서 내려오게 하여, 전하의 손을 잡게 할 수도 있지요. 하지만 그러면 전하께서는 제가 사악한 힘의 조력을 받았다고 생각하시겠죠. 절대로 그게 아닌데 말이에요."

왕이 경악하며 대꾸했다. "그대가 할 수 있다는 그 일을 보고 싶소. 그녀에게 말을 하게 할 수 있다면, 그것도 듣고 싶다. 움직이게 할 수 있으면 말하게 할 수도 있지 않겠느냐."

그러자 폴리나는 이 때를 위해 준비해 둔 장중하고 느릿한 음악을 연주하라고 명령했다. 모든 이들의 눈이 휘둥그레진 가운데, 조각상이 연단에서 내려와 두 팔로 레온티스의 목을 끌어안았다. 그 후에는 입을 열어, 남편과 이제야 찾아 낸 자신의 딸 퍼디타에게 축복을 내려 달라고 기원했다.

조각상이 레온티스를 끌어안고 남편과 딸의 축복을 빈 것은 놀랄 일이 아니었다. 전혀 놀라운 일이 아니었다. 그 조각상은 진짜 허마이어니였고, 실제로 살아 있는 왕비였던 것이다.

폴리나가 왕에게 고한 왕비의 사망 소식은 거짓이었다. 왕비의 생명을 구할 수 있는 길이 그것밖에 없다고 생각했기 때문이었다. 그 뒤로 허마이어니는 착한 폴리나와 같이 생활하며, 퍼디타를 찾았다는 소식이 들려 오기 전까지 레온티스에게 자신이 살아 있음을 알리지 않았다. 레온티스가 자신에게 심하게 대한 일은 이미 오래 전에 용서했더라도, 어린 딸에게 행한 무정한 처사는 용서할 수가 없었던 것이다.

그렇게 잃어버린 딸을 찾고 죽은 줄 알았던 왕비까지 되살아나자, 오랜 세월 슬픔에 잠겨 지냈던 레온티스는 이 기쁨과 행복감을 주체할 수 없을 정도였다.

온통 축하와 애정이 담긴 말들이 오고갔다. 기쁨에 젖은 부모는 미천하게 여겨지던 딸을 아낌없이 사랑해 준 플로리젤 왕자에게 감사했고, 이 딸을 지금껏 보호해 준 착한 양치기 노인에게도 축복했다. 카밀로와 폴리나 역시 충직한 신하로서 행한 모든 일이 좋은 결실을 맺게 된 것을 보고는 기쁨을 감추지 못했다.

이 이상하고 예기치 못한 기쁨을 한층 더 완성시켜 주려는 듯이, 폴릭세네스 왕이 시칠리아 궁에 도착했다.

폴릭세네스는 자신의 아들과 충복 카밀로를 그리워하던 중에, 카밀로가 오래 전부터 시칠리아로 돌아가고 싶어했다는 사실을 생각하고는, 그리로 가면 두 사람을 찾을 수 있으리라 판단했다. 그래서 전속력으로 그들의 뒤를 좇아, 우연히도 레온티스가 평생에 가장 큰 행복을 누리고 있던 순간에 도착하게 된 것이다.

　폴릭세네스도 모든 이들의 기쁨에 동참했다. 레온티스의 부당한 상상과 질투심을 용서하고 다시 한 번 어린 시절에 함께 했던 따뜻한 우정과 사랑을 확인했다. 폴릭세네스가 아들과 퍼디타의 결혼에 반대할 이유는 없었다. 이제 그녀는 "양치기의 지팡이"가 아니라 시칠리아 왕의 후계자였다.

　이리하여 오랜 고통을 견뎌온 허마이어니의 인내와 미덕은 그 보상을 받았다. 이 훌륭한 여인은 세상에서 가장 행복한 어머니이자 행복한 왕비로서 레온티스와 퍼디타와 함께 오래오래 복을 누렸다.

좋으실 대로

프랑스가 여러 지역(또는 공국)으로 나뉘어 있던 시절에, 이 중 한 곳을 지배하는 찬탈자가 있었으니, 그는 합법적인 공작인 자신의 형을 폐위시켜 추방하고 스스로 권좌에 오른 인물이었다.

영토에서 쫓겨난 공작은 충직한 부하 몇 명과 함께 아든 숲으로 들어가 은거했고, 착한 공작을 잊지 못한 그의 친구들도 스스로 망명길에 올라 이 곳으로 찾아 왔다. 그들이 남겨 두고 온 영지와 수입은 못된 찬탈자의 배를 불려 주고 있었지만, 숲 속 생활에 적응이 되자 궁에서 조신으로서 겉치레를 꾸미며 불편하고 화려하게 사는 것보다 여기서 태평하고 편안하게 살아가는 편이 좋아지기 시작했다.

그들은 그 옛날 잉글랜드의 로빈 후드처럼 살았다. 귀족 청년들은 매일매일 궁을 떠나 이 숲에 찾아들며, 황금시대를 구가하는 이들처럼 시간을 무심하게 흘려 보냈다. 여름이면 커다란 나무 아래 쾌적한 그늘에 나란히 누워, 야생 사슴들이 노는 모습을 지켜보았고, 오래 전부터 이 숲을 차지하고 살았을 이 불쌍한 얼룩빼기 사슴들이 너무나 귀여워서, 식량을 얻기 위해 죽일 수밖에 없다는 사실을 못내 안타까워했다. 한겨울의 찬바람이 불운한 처지를 느끼게 할 때면, 공작은 꿋꿋하게 견뎌 내며 말했다.

"내 몸에 불어닥치는 이 싸늘한 바람은 진정한 조언자라네. 아첨 없이 나의 상황을 진실하게 알려 주거든. 그들의 이빨이 매섭게 나를 깨물어도, 몰인정과 배은망덕만큼 날카롭게 느껴지지는 않아. 인간이 아무리 역경을 나쁘게 말해도, 거기서 유익을 얻어 낼 수 있는 법이지. 징그러운 독 두꺼비의 머리에서 귀중한 치료약과 같은 보배를 얻게 되는 것처럼 말일세."

이런 식으로 인내심 많은 공작은 보이는 모든 것에서 유익한 교훈을 이끌어 냈다. 비록 공적인 무대에서 격리된 삶이었지만, 어디서나 교훈을 찾으려는 태도 덕분에, 나무들에게서 이야기를 듣고, 흐르는 시내에서 지식을 얻으며, 바윗돌에서는 삶의 이치를 깨닫고, 모든 것에서 선함을 찾아 낼 수 있었다.

추방된 공작에게는 로잘린드라는 딸이 하나 있었는데, 작위를 찬탈한 프레데릭 공작이 형을 쫓아 낼 때 자신의 딸 실리아의 말동무 삼아 궁에 남겨 두었다. 이들의 우정은 매우 각별해서, 아버지들 간의 불화가 전혀 문제되지 않았다.

실리아는 로잘린드 언니의 아버지를 쫓아 낸 자기 아버지의 잘못을 조금이라도 보상하기 위해 언니에게 잘해 주려고 최선을 다했다. 로잘린드가 추방된 아버지와 못된 찬탈자에게 의탁한 자신의 신세를 생각하며 우울해할 때마다, 그녀를 위로하려고 갖은 정성을 쏟는 사람도 언제나 실리아였다.

어느 날 실리아가 평소처럼 상냥한 어조로 로잘린드 언니에게 "언니, 제발 기운 좀 내요."라고 말하고 있을 때, 공작의 하인이 들어 와 곧 씨름경기가 열릴 예정이니 구경하려면 궁궐 앞마당으로 나오시라고 전했다. 실리아는 언니의 기분이 나아질 것 같아서 보러 가겠다고 대답했다.

요즘에는 시골 어릿광대들이나 하는 게 씨름이지만, 당시에는 영주의 뜰에서 아름다운 숙녀와 공주들까지 모아 놓고 열리는 인기 있는 스포츠였다. 그래서 실리아와 로잘린드도 씨름을 보러 갔던 것인데, 경기장에 도착했을 때 이 대결이 매우 비극적으로 끝날 가능성이 높다는 것을 알게 되었다. 씨름 기술을 오랫동안 연마하여 각종 씨름경기에서 수많은 남자들을 죽였다고 소문난 덩치 크고 힘센 장사와 이 방면의 경험이 전혀 없는 젊은 남자가 싸움을 벌일 예정이라서, 구경꾼들은 모두 이 젊은이가 오늘 틀림없이 죽게 되리라고 생각하고 있었다.

공작이 실리아와 로잘린드를 보고 말했다. "얘들아, 너희도 씨름을 보러 왔느냐? 아무래도 즐겁게 볼 수 있을 것 같지가 않구나. 두 사람의 차이가 너무 심해. 젊은이가 가엾어서 시합을 포기하라고 설득했지만, 도대체 말을 듣지 않는구나. 너희 숙녀들이 설득하면 마음이 움직일지 모르니, 한 번 얘기해 보거라."

아가씨들은 이 인도적인 일을 기꺼이 맡기로 하고, 먼저 실리아가 젊은 남자에게 시합을 그만두라고 간청했다. 그 다음에 로잘린드가 나서서 상냥한 어조로 이야기를 시작했는데, 이 청년이 당할 위험을 진심으로 걱정스러워하며 이 시합을 부디 단념해 달라고 간절하게 설득하자, 이 남자는 그녀의 부드러운 말에 설득당하는 대신에, 오로지 이 사랑스런 숙녀 앞에서 자신의 용기를 떨쳐 보이고 말겠다는 투지가 불타올랐다. 그는 우아하고 기품 있는 말로 실리아와 로잘린드의 요청을 거절했고, 그로 인해서 여인들은 그에게 더욱 관심을 갖게 되었다. 그는 이러한 말로 거절의 뜻을 밝혔다.

"이토록 아름답고 고귀하신 숙녀 분들의 청을 거절하는 것이 참으로 죄스러운 마음이지만, 두 분의 아름다운 눈과 자애로운 소망을 마음에 새기고 시합에 임하겠습니다. 제가 패하더라도 보잘 것 없는 한 사람이 창피를 당할 뿐이오, 제가 죽더라도 죽고자 하는 자의 죽음일 뿐입니다. 죽음을 슬퍼해 줄 친구 하나 없으니 친구들에게 잘못을 행하는 일이 아니요, 가진 것 하나 없으니 세상에 손해를 끼치는 일도 아닙니다. 저는 이 세상에 겨우 한 자리를 차지하고 있을 뿐, 그 자리가 빈다고 해도 더 나은 자가 채울 수 있을 것입니다."

이윽고 두 남자의 씨름이 시작되었다. 실리아는 젊은 남자가 다치지 않기를 바랐지만 로잘린드는 그보다 더 깊은 감정을 느끼고 있었다. 친구 하나 없는 고독한 처지이며 죽고자 하는 자의 죽음일 뿐이라는 그의 말을 들었을 때, 이 남자가 자신처럼 불행한 사람이라는 생각이 들어 가슴 깊이 연민을 느꼈고, 씨름경기가 진행되는 동안에 그가 다칠까 봐 애간장을 졸이는 그녀의 마음은 순식간에 그를 사랑하게 돼 버렸다고 말해도 좋을 정도였다.

아름답고 고귀한 숙녀들이 보여 준 친절이 이 젊은이에게 크나큰 힘과 용기를 주었던 듯, 그는 기적과 같은 일을 일궈 냈다. 결국 상대를 완전히 제압하여 큰 상처를 입히고 한참을 말하거나 움직일 수 없는 지경으로 만들었다.

프레데릭 공작은 이 낯선 청년이 보여 준 용기와 기술이 매우 마음에 들어, 그를 자신의 휘하에 둘 생각으로 이름과 부모의 존함을 물어 보았다.

청년은 자신의 이름이 올랜도이며 로울런드 드 보이스 경의 막내아들이라고 밝혔다.

올랜도의 부친인 로울런드 드 보이스 경은 몇 년 전에 세상을 떠났지만, 살아 있을 당시에 추방된 공작의 진정한 충복이자 소중한 친구로 유명했던 사람이었다. 올랜도가 추방당한 형의 친구 아들이라는 말을 들은 프레데릭은 이 용감한 청년에게 흡족해 하던 마음이 정 반대의 불쾌감으로 바뀌어, 대단히 심사가 꼬인 상태로 자리를 떠나 버렸다. 형의 친구의 이름을 듣는 것은 싫지

만, 이 청년의 용기만큼은 감탄스러웠으므로, 그는 걸어 나가면서 올랜도가 다른 자의 아들이었으면 좋겠다고 중얼거렸다.

로잘린드는 호감을 느끼게 된 이 남자가 아버지의 옛 친구 분 자제인 것을 알고 뛸 듯이 기뻐하며 실리아에게 말했다.

"아버지가 로울런드 드 보이스 경을 총애하셨는데, 그 분의 자제인 줄 알았더라면, 위험에 뛰어드시기 전에 좀더 간절하게 눈물로 말렸을 거야."

그 후에 아가씨들은 그에게 다가갔다. 공작이 갑작스레 불쾌한 심기를 드러낸 것에 무안해 하고 있는 그를 보고, 따뜻한 말로 격려해 주었다. 그 곳을 떠나려다 문득 로잘린드가 뒤돌아서서, 아버지의 옛 친구의 자제인 이 용감한 청년에게 정중하게 몇 마디를 더 하고는, 자신이 걸고 있던 목걸이를 풀어 건네 주었다.

"저를 위해 이것을 목에 걸어 주세요. 가진 게 없는 처지라 이것밖에 드릴 게 없군요, 상황이 달랐더라면 더 귀한 선물을 드렸을 텐데."

단둘이 있게 된 후에도 로잘린드가 계속 올랜도에 대해서만 이야기하자, 실리아는 사촌언니가 그 잘생긴 젊은 남자를 사랑하게 된 모양이라고 생각하며 물었다. "그렇게 갑자기 사랑에 빠질 수도 있어?"

"내 아버님이 그이의 부친을 무척 사랑하셨단다." 로잘린드가 대답했다.

"하지만 그 때문에 언니가 그분의 아들을 사랑해야 하는 건 아니잖아? 그런 거라면 내 아버지가 그의 아버지를 미워했으니, 나는 그를 미워해야겠지. 하지만 난 그 사람이 밉지 않은걸."

그러는 사이에 프레데릭은 로울런드 드 보이스 경의 아들을 만난 일에 여전히 화가 나 있었고, 그로 인해 추방된 공작에게 귀족 친구들이 많다는 게 떠올랐다. 로잘린드의 미덕에 대해 칭찬하는 이들과 그녀의 선한 아버지 때문에 동정하는 이들이 많아서 그렇잖아도 질녀를 못마땅하게 여기던 중이었던 터라, 분한 기분이 그녀에게 폭발하게 되었다.

실리아와 로잘린드가 올랜도 애기를 하고 있을 때 프레데릭이 그 방으로 들이닥쳐, 격노한 표정으로 로잘린드에게 명령하기를, 그 아비와 같이 추방하겠으니 궁을 떠나라고 했다. 실리아가 아무리 애원을 해도 소용이 없고, 로잘린드를 궁에 남겨 둔 이유는 순전히 실리아 때문이었다고 말할 뿐이었다.

실리아가 아버지에게 호소했다. "그 때 당시에 저는 언니를 여기에 남게 해 달라고 간청하지 않았어요. 너무 어려서 언니의 소중함을 몰랐기 때문이죠. 하지만 이제는 함께 일어나 공부하고 놀고 식사하며 오랜 세월을 같이 보낸 언니를 너무나 좋아하게 되었으니, 언니 없이는 살 수가 없어요."

프레데릭이 대꾸했다. "저 애가 얼마나 간교한지 모르는구나. 어찌나 비위를 잘 맞추고 말도 않고 잘 참는지, 백성들이 그녀를 불쌍히 여기고 있어. 그런 애를 위해 간청하는 바보 같으니. 저 애가 없으면 네가 더 총명하고 덕망 있어 보일 게야. 그러니 쓸데없이 두둔하지 말고 입을 다물라. 내 명령은 돌이킬 수 없다."

아버지가 로잘린드를 기어이 쫓아 내려는 것을 알고, 인정 많은 실리아는 그 날 밤 언니와 같이 아버지의 궁을 떠나기로 결심했다. 추방당한 공작을 찾아 아든 숲으로 함께 가겠다고 나선 것이다.

떠나기에 앞서, 실리아는 젊은 아가씨 둘이 지금 입고 있는 부유한 옷차림으로 여행을 떠나면 안전하지 않을 테니 시골 처녀들처럼 차려 입어 신분을 감추는 게 좋겠다고 제안했다. 그러자 로잘린드는 둘 중 한 명이 남자로 변장하면 훨씬 안전할 것이라고 말했다. 금세 두 사람의 합의가 이루어졌다. 키가 큰 로잘린드가 시골 청년의 옷을 입기로 하고, 실리아는 시골 처녀 차림을 하기로 했다. 서로 오빠와 여동생이 되어, 로잘린드는 가니메데[3]라는 이름으로, 실리아는 앨리너라는 이름으로 부르기로 했다.

이 어여쁜 공주들은 시골 처녀와 청년으로 변장하고, 여비 삼을 돈과 보석을 챙겨 긴 여정에 나섰다. 그들이 가려는 아든 숲은 공국의 경계를 넘어 멀리 떨어져 있었다.

로잘린드(지금은 가니메데로 불린다)는 남자 옷을 입어서인지 대장부다운 용기가 생기는 듯했다. 이처럼 힘든 여정에 따라나서 그녀를 새로 생긴 오빠처럼 모시는 실리아의 변함없는 우정과 사랑에 보답하기 위해서라도, 씩씩하고 명랑하게 행동했으니, 정

---

3) Ganymede : 그리스 신화에 나오는 트로이의 미소년. 가니메데스 또는 가니메데로 부른다. 인간 가운데 가장 아름다운 소년으로, 제우스의 시동 노릇을 했다고 한다.

말로 상냥한 시골 처녀 앨리너의 소박하고 용감한 오빠 가니메데 가 된 기분이었다.

드디어 아든 숲에 도달했을 즈음, 그들은 지금까지와 달리 편안히 쉴 수 있는 여인숙이나 편의시설을 찾을 수가 없었다. 오는 내내 유쾌한 이야기와 경쾌한 내용으로 여동생을 즐겁게 해 준 가니메데였지만 극심한 허기와 피곤이 밀려들자, 이제는 너무 지쳐서 남자 옷을 입은 체면도 잊어버리고 여자처럼 울어 버릴 것 같다고 털어놓았다. 앨리너 역시 더 이상 한 발짝도 움직이지 못하겠다고 하소연했다.

상황이 이렇게 되자 가니메데는 다시 연약한 여인을 위로하고 달래 주는 것이 남자의 의무라고 자신을 다그치며, 동생에게 용감한 모습을 보이려고 노력했다.

"기운을 내, 앨리너. 이제 우리의 여행이 다 끝나가. 아든 숲에 거의 다 왔어."

하지만 아무리 남자다운 척하고 억지로 용기를 내 보아도 더 이상 버틸 재간이 없었다. 그들이 아든 숲에 와 있기는 했지만, 공작을 어디서 찾아야 할지 알 수 없었으니, 이 지친 숙녀들의 여행은 여기서 길을 잃고 굶주려 죽는 비참한 결말을 맺게 될 수도 있었다.

그들이 도움받을 희망도 없이 지쳐서 죽을 지경으로 풀밭에 앉아 있을 때, 하늘이 도왔는지 어떤 시골 남자 하나가 그 길로 걸어오고 있었다. 가니메데는 다시 한 번 남자다운 용기를 내어 그에게 말을 걸었다.

"이보시오, 이 황량한 곳에서 인정으로든 돈으로든 대접을 받을 수 있다면, 우리를 부디 쉴 만한 곳으로 데려다 주시오. 나의 누이가 힘든 여행에 지친데다 허기까지 겹쳐 기절할 지경이오."

그 남자는 자신이 양치기의 하인에 불과하며 주인님이 집을 팔려고 내놓은 참이라 변변찮은 대접밖에 할 수 없겠지만, 그래도 괜찮으면 환영해 주겠다고 말했다. 그들은 원기를 찾을 수 있는 음식과 잠자리를 곧 얻게 되리라 기대하며 그를 따라갔다. 그 곳에서 그 집과 양치기의 양떼를 사들이고, 양치기의 집으로 데려다 준 남자를 하인으로 삼았다. 천만다행으로 식량이 잘 갖춰진 깔끔한 오두막을 구하게 되었으므로, 그들은 이제 공작이 아든 숲의 어느 부분에서 살고 계시는지 알아 낼 때까지 이 곳에 머물기로 했다.

여독이 어느 정도 풀리고 나자, 그들은 이 곳에서의 새로운 삶이 좋아지기 시작했다. 어쩔 때는 진짜로 그들이 가장하고 있는 양치기와 양치기 소녀가 된 듯하기도 했다. 하지만 가니메데는 자신이 로잘린드로서 아버지의 친구 로울런드 경의 자제분인 용감한 올랜도를 가슴 깊이 사랑하던 그 시절을 가끔씩 회상하지 않을 수 없었다.

가니메데는 올랜도가 아주 멀리, 그들이 힘들게 여행해 온 거리만큼 멀리 떨어져 있다고 생각했지만, 올랜도도 아든 숲에 와 있다는 사실이 곧 드러났다. 그리하여 이러한 기묘한 사태가 벌어지게 되었다.

올랜도의 아버지 로울런드 드 보이스 경은 세상을 떠날 때(당시에 올랜도는 아주 어린 아이였다) 장남 올리버에게 이 막내아들을 맡기고 축복하며, 동생을 잘 가르쳐서 가문의 위엄에 어울리는 남자로 성장할 수 있도록 필요한 모든 것을 제공해주라고 지시했다. 하지만 올리버는 큰형으로서 할 도리를 다하지 않고, 아버지가 임종시에 하신 명령을 무시해 버렸다. 동생을 학교에 보내지 않은 것은 물론, 전혀 교육을 시키지 않고 집에 방치해 두었다.

하지만 올랜도는 타고난 성품이나 고상한 자질을 부친에게 고스란히 물려받은 덕에, 교육을 받지 않았는데도 최고의 보살핌을 받고 자라난 청년 같았다. 올리버는 배우지 못한 동생에게서 위엄 있는 태도와 훌륭한 인품이 우러나오는 게 참을 수 없이 샘이 나서, 결국에는 동생을 죽여 버리겠다고 마음먹었다. 그 방법으로 상대 선수들을 수없이 죽였다고 소문난 유명 씨름꾼과 동생을 싸우게 만든 것이었다. 이렇게 잔인한 형에게 홀대를 받으며 살아왔으니 올랜도가 친구 하나 없이 죽기를 소망한다고 말한 것도 당연한 일이었다.

올리버는 자신의 사악한 소원과 달리 동생이 싸움에서 이겼다는 소식이 들리자, 그 시샘과 악의가 하늘 높은 줄 모르고 치솟아, 올랜도가 잠자는 방을 불태워 버리겠노라고 맹세하며 이를 갈았다. 마침 돌아가신 로울런드 경의 늙은 충복이 이 맹세를 엿듣고는, 부친과 닮은 올랜도 도련님을 충심으로 사랑하고 있었던 터라, 공작의 궁에서 돌아오는 올랜도를 미리 맞으러 나갔다. 올랜도의 얼굴을 보는 순간, 이 사랑스런 도련님이 처한 위험을 생각하게 되자 그는 가슴이 미어지는 심정으로 탄식했다.

"아, 친절한 도련님, 착하신 도련님, 아버님을 꼭 빼닮으신 주인님! 어찌 이리 훌륭하신 겁니까? 어찌 그리 점잖고 강인하고 용맹하신가요? 어찌자고 그 유명한 씨름꾼을 이기셨단 말입니까? 도련님에 대한 칭송이 도련님보다 먼저 집에 와 버렸습니다."

영문을 모르는 올랜도는 대체 무슨 일이냐고 물었다. 그러자 늙은 하인은 못된 형 올리버가 뭇 사람들에게 사랑받는 동생을 시샘하다가 이제 공작의 궁에서 거둔 승리로 명예까지 얻게 되었음을 듣고, 그 날 밤 올랜도의 방에 불을 질러 죽일 작정이라고 설명했다. 그러니 지금 당장 도주하여 그가 처한 위험을 피하라고 충고하며, 올랜도의 수중에 돈이 없는 줄을 알고는 이 늙은 충복 애덤은 자신이 모아 둔 약간의 돈까지 건네 주었다.

"저에게 5백 크라운이 있습니다. 이 몸이 늙어 주인님을 섬길 수 없을 때 쓰려고 아버님 밑에서 일해 온 30년간 모아 둔 새경이지만, 부디 받아 주세요. 갈까마귀를 먹이시는 신이여, 저의 노년을 위로해 주소서! 이 돈을 다 드릴 테니, 저를 종으로 삼아 주십시오. 제가 비록 늙어 보여도, 도련님이 필요로 하시는 모든 일에 젊은 하인 못지않게 모시겠습니다."

올랜도가 감격하며 대답했다. "선량하기 그지없는 분이군요!

노인을 보니, 늘 변함없이 주인을 섬기던 옛 시절이 눈에 선합니다! 요즘 세상에 이런 분을 찾아 보기는 힘들죠. 나와 같이 가십시다. 젊은 날에 모은 새경이 바닥나기 전에, 우리 둘의 생계를 이어갈 방법을 찾아 보겠습니다."

올랜도와 충직한 종 애덤은 곧바로 집을 떠나, 어느 방향으로 가야 할지 모르는 채 정처 없이 길을 걷다가 결국 아든 숲까지 오게 되었다. 그 곳에서 그들도 가니메데와 앨리너가 처했던 것과 같은 곤경에 처했다. 인가를 찾아 헤매다, 굶주림과 피곤기로 지쳐 죽을 지경에 이른 것이다.

급기야 애덤이 "도련님, 배고파 죽겠습니다. 더 이상 못 가겠어요!"라고 말하며 픽 쓰러졌다. 쓰러진 이 곳이 자신의 무덤이 되리라 생각하며 사랑하는 주인님에게 작별을 고했다.

올랜도는 기력이 바닥난 늙은 하인을 품에 안고 선선한 나무 그늘로 데려가며 말했다. "힘내요, 애덤, 잠시 여기 누워서 쉬어요, 죽는다는 말은 말아요!"

그리고는 벌떡 일어나 먹을 것을 찾아 나섰는데, 우연히 공작이 기거하는 곳으로 가게 되었다. 기품 있는 공작은 커다란 나무 그늘이 차양 구실을 해 주는 풀밭에 앉아 친구들과 같이 막 식사를 하려던 참이었다.

굶주림으로 거의 이성을 잃은 올랜도는 칼을 빼들고, 무력으로 그들의 고기를 가로채려 했다. "다들 그 손 멈추고 먹지 말라. 음식은 내가 가져가야겠다!"

공작은 그에게, 어찌할 수 없는 곤경에 처해 이토록 대담한 행동을 하는 것인가 아니면 원래부터 예의범절을 모르는 무례한 자인가 하고 물었다. 이에 올랜도가 배고파 죽을 지경이라고 답하자, 공작은 그들의 자리에 같이 앉아 식사해도 좋다고 허락했다. 그렇게 온화한 대답을 듣게 되자 올랜도는 검을 집어 넣으며, 그들의 음식을 빼앗으려 했던 자신의 무례한 태도가 부끄러워 얼굴을 붉혔다.

"부디, 용서하십시오." 그가 말했다. "이 숲의 모든 것이 비정한 줄 알고 힘으로 요구하려 했습니다. 하지만 이 황량한 곳 쓸쓸한 나무 그늘 아래서 세월 가는 줄을 모르고 지내시는 여러분이 어떤 분이신지는 모르나, 이보다 더 행복한 시절을 사신 적이 있다면, 교회 종소리에 끌려 예배당에 가신 적이 있다면, 귀인의 연회에 참석해 본 적이 있거나, 동정하는 마음과 동정받는 심정이 어떤지 아시고 눈가의 눈물을 닦아 본 적이 있는 분들이라면, 저의 이야기에 마음이 움직여 인간적인 호의를 베풀어 주십시오!"

공작이 대답했다. "그대가 말한 대로 우리는 이보다 더 행복한 시절을 산 적이 있고, 비록 지금은 이런 야생의 숲을 거처로 삼고 있으나, 마을과 도시에 살며 성스러운 종소리에 이끌려 예배당에 가 보았고, 귀인의 연회에 앉아 보았고, 우리 눈에 맺힌 연민의 눈물을 닦아 낸 적이 있는 사람들이니, 그대는 이리 와서 앉아 차려진 음식을 마음껏 드시오."

"가엾은 노인이 한 명 있습니다." 올랜도가 다시 말했다. "순수한 사랑으로 지친 발을 옮겨 내 뒤로 절룩이며 따라와 주었고, 노령과 허기라는 두 가지 비참한 병으로 지금 고통받고 있는 노인입니다. 그를 배불리 먹이기 전에는 한 입도 먹지 않겠습니다."

공작이 말했다. "가서 그를 찾아 데려오게. 자네가 돌아올 때까지 우리도 음식에 손을 대지 않겠네."

그러자 올랜도는 새끼를 찾아 먹이려는 암사슴처럼 날쌔게 달려가 애덤을 품에 안고 돌아왔다.

공작이 다시 말했다. "그 덕망 높은 노인을 앉히시오. 두 분 다 환영하오."

그들이 노인에게 먹을 것을 주어 기운을 북돋아 주자 애덤은 다시 소생하여 건강과 기력을 되찾았다.

공작은 올랜도의 집안을 물어, 옛 친구 로울런드 드 보이스 경의 아들인 줄 알고는 그를 자신의 휘하로 거둬들였다. 그 후로 올랜도와 늙은 하인은 아든 숲에서 공작과 함께 생활했다.

올랜도가 이 숲에 도착한 시기는, 가니메데와 앨리너가 이 곳에 도착하여 양치기의 오두막을 사들이고 나서 불과 며칠이 지났을 때였다.

숲을 거닐던 가니메데와 앨리너는 나무마다 로잘린드라는 이름이 새겨진 것을 보고 놀라며 이상히 여겼다. 여기저기 나무에 로잘린드에게 바치는 사랑의 연가도 묶여 있었다. 이게 어찌된 일일까 궁금해 하던 차에, 마침 올랜도를 만나게 되었고, 그들은 그의 목에 걸려 있는 로잘린드의 목걸이를 알아보았다.

올랜도는 가니메데가 그 아름다운 로잘린드 공주인 줄은 꿈에도 생각지 못했다. 그저 로잘린드의 고상하고 겸손한 태도와 자신에게 보여 준 호의를 생각하며, 나무에 그녀의 이름을 새기고 그녀의 미모를 칭송하는 연가를 쓰면서 시간을 보내고 있을 뿐이었다. 하지만 예쁘게 생긴 양치기 소년의 우아한 분위기가 썩 마음에 들어 대화를 나누게 되었는데, 사랑하는 로잘린드와 가니메데가 다소 닮았다는 생각은 들었지만 그 이상 생각할 여지가 없었던 이유는, 이 청년이 로잘린드처럼 기품 있고 품위 있게 굴지 않았기 때문이었다.

가니메데는 소년에서 완숙한 남자로 넘어가는 사이의 청년들이 그렇듯 건방지게 행동하며, 능글맞고 익살스럽게 어떤 얼빠진 연인에 대해 이야기했다.

"어떤 얼빠진 연인이 이 숲을 돌아다니며 나무껍질에 로잘린드를 새겨서 어린 나무들을 망치고 있어요. 산사나무에는 송시를 매달고 가시나무에는 애가를 달아 놓았는데, 그 모든 노래에 로잘린드라는 똑같은 사람을 칭송하고 있죠. 이 연인을 찾게 되면, 사랑의 치료 비법을 내가 가르쳐 줄 생각이에요."

올랜도는 자신이 바로 그 얼빠진 연인이라고 고백하며 사랑의 치료법을 알려 달라고 부탁했다. 가니메데가 올랜도에게 가르쳐 준 치료법은, 매일매일 자신과 여동생 앨리너가 사는 오두막으

가니메데는 소년에서 완숙한 남자로 넘어가는 사이의
청년들이 그렇듯 건방지게 행동한다.

로 찾아 오라는 것이었다.

가니메데가 설명했다. "내가 로잘린드인 척하고, 당신은 로잘린드에게 하듯이 그대로 나에게 구애를 하는 것이죠. 그러면 나는 변덕스런 숙녀들이 연인을 괴롭히는 터무니없는 행동들을 흉내내며 당신의 사랑이 수치스러워질 지경으로 만들 거예요. 이게 내가 제시하는 치료법이에요."

올랜도는 이 치료법을 그리 미더워하지 않았지만, 매일 가니메데의 오두막에 들러 구애하는 놀이를 해 보겠다고 동의했다. 그 날로부터 올랜도는 매일매일 가니메데와 앨리너의 오두막으로 찾아가, 양치기 가니메데를 로잘린드라고 부르며, 젊은 남자가 사랑하는 여인에게 구애할 때 하는 온갖 멋있는 말과 알랑거리는 칭찬들을 늘어놓았다. 하지만 가니메데가 로잘린드에 대한 올랜도의 사랑을 치료하는 그 방법이 효과를 나타내는 것 같지는 않았다.

올랜도는 이 일을 장난삼아 하는 놀이일 뿐이라고 생각했지만 (가니메데가 바로 로잘린드인 줄은 상상도 못하고), 마음에 담고 있던 어리석은 생각들을 마음껏 말할 수 있었으므로 이 놀이를 상당히 즐거워했다. 이 멋진 사랑의 대사들이 바로 당사자에게 전해지고 있다는 사실에 남몰래 웃음지을 수 있는 가니메데 역시 즐겁기는 마찬가지였다.

이런 식으로 유쾌하게 여러 날이 지나갔다. 착한 앨리너는 가니메데가 행복해하는 것을 보고, 구애 놀이를 즐기며 하고 싶은 대로 하게 내버려 두었다. 올랜도를 통해 공작이 계신 거처를 알아내고도 로잘린드가 아직 아버지에게 자신의 정체를 드러내지 않았다는 점도 굳이 일깨워 주지 않았다.

하루는 가니메데가 공작을 만나 얘기할 기회가 생겼는데, 공작이 그에게 혈통을 물어보았을 때, 가니메데는 공작님만큼 좋은 가문 출신이라고 답했다. 공작은 이 예쁘장한 양치기 소년이 왕가의 혈통일 리 없다고 생각하며 미소지었다. 아버지의 편안하고 건강한 모습을 확인한 가니메데는 이 상황에 대한 자세한 설명을 며칠 뒤로 미루기로 했다.

그러던 어느 날 아침, 올랜도가 가니메데의 오두막으로 건너가고 있을 때였다. 어떤 남자가 땅바닥에 잠들어 있기에 쳐다보았더니, 커다란 초록색 뱀이 그의 목을 감고 있었다. 올랜도가 다가가자 뱀이 덤불 속으로 스르르 도망쳐 들어갔다. 더 가까이 다가가니, 이번에는 암사자 한 마리가 고양이처럼 바짝 긴장하고 머리를 땅에 댄 채 옆에 쭈그리고 누워 있었다. 사자는 죽거나 잠들어 있는 것을 잡아먹지 않는다고 하니, 잠든 남자가 깨어나기를 기다리는 게 틀림없었다.

올랜도가 이 남자를 뱀과 사자의 위협에서 구해 내기 위해 신의 섭리로 보내진 사람 같지만, 그 얼굴을 쳐다보았을 때 두 번씩 위험에 처하고도 잠들어 있는 남자가 바로 자신의 형 올리버라는 것을 알게 되었다. 잔인하게 그를 이용하고 불에 태워 죽이려고까지 했던 형을 굶주린 사자의 밥으로 내버려 두고 싶은 마음이 잠시 들기도 했지만, 그는 본래 심성이 따뜻한 사람이었다. 형제간의 우애를 저버릴 수 없어서 형에 대한 분노를 잊어버리고, 검을 빼들고 사자를 공격하여 죽여 버렸다. 이렇게 올랜도는 독사와 사나운 암사자로부터 형의 생명을 구했다. 하지만 자신도 사자와 싸우는 와중에 한쪽 팔이 날카로운 발톱에 찢기는 부상을 당했다.

올랜도가 사자와 싸우고 있는 동안에 올리버가 잠에서 깨어났다. 자신이 그토록 비열하게 대했던 동생이 생명을 걸고 맹수에게서 구해 주려 애쓰는 모습을 보면서 너무나 부끄럽고 후회스러워 견딜 수가 없었다. 치졸했던 자신의 행동을 뉘우치며 그 동안 저지른 못된 짓에 대해 눈물을 흘리며 동생에게 용서를 빌었다.

올랜도는 진심으로 참회하는 형의 모습에 감격하여 그 즉시 용서하며 형을 끌어안았다. 올리버는 사실 동생을 죽이려고 이 숲까지 찾아온 것이었지만, 그 순간부터 진정한 형의 마음으로 올랜도를 사랑하게 되었다.

올랜도는 팔에 입은 상처로 피를 너무 많이 흘린 나머지 가니메데의 집까지 갈 기력이 없었다. 그래서 형에게 대신 가서 전해 달라고 부탁했다. "내가 장난삼아 로잘린드라고 부르는 이에게" 이 사건을 설명해 달라고 말했다.

그리하여 올리버는 가니메데와 앨리너에게 찾아가, 올랜도가 자신의 생명을 구한 일을 이야기했다. 올랜도의 용기 있는 행동과 신의 섭리로 자신이 목숨을 부지하게 된 사연을 모두 전하고 나서, 자신이 올랜도를 그토록 잔인하게 대했던 형이라고 고백하며, 이제 그들 형제가 화해했다고 말했다.

올리버가 과거의 잘못을 뉘우치며 진심으로 슬퍼하는 모습이 착한 앨리너의 가슴에 깊이 스며들어 그를 사랑하는 마음이 생기게 되었고, 그의 비통함을 참으로 가엾이 여기는 앨리너를 보고 올리버 역시 순식간에 그녀를 사랑하게 되었다. 하지만 앨리너와 올리버의 가슴에 사랑이 스며들고 있는 동안, 그는 가니메데에게도 신경을 쓰지 않을 수 없었다. 올랜도가 사자와 싸우다 다쳤다는 말을 듣고 기절해 버렸기 때문이다.

정신을 차린 가니메데는 자신이 로잘린드의 역할을 완벽하게 해 냈다고 둘러대며, 올리버에게 말했다. "당신의 동생 올랜도에게 가서, 내가 얼마나 기절하는 연기를 잘 해 냈는지 전해 주세요."

하지만 올리버는 그 창백한 얼굴을 보고 연기가 아니라 진짜로 기절한 것이라 짐작하며, 젊은 남자가 이렇게 허약한 것을 이상하게 여겼다. "당신이 연기를 하는 거라면, 좀더 용기를 내서 남자다워 보이는 연극을 해야겠소."

가니메데가 진실하게 대답했다. "그래야겠어요. 나는 원래 여자였어야 할 사람이에요."

올리버는 이 곳에서 시간을 아주 오래 끌었으므로, 동생에게 돌아갔을 때 그만큼 전해 줄 소식을 많이 갖고 있었다. 올랜도의 부상 소식에 가니메데가 기절했다는 이야기를 하고 나서, 자신이 아름다운 양치기 소녀 앨리너를 사랑하게 되었고, 만난지 얼마 되지는 않았지만 그녀도 그의 구애에 호의적인 반응을 보였다고 말했다. 그리고는 거의 확정된 사실인 것처럼, 사랑하는 앨리너와 결혼할 생각이며, 자신은 이 곳에서 양치기로 살 생각이니 고향에 있는 영지와 집은 올랜도에게 넘겨 주겠다고 했다.

"형이 원하는 대로 하세요." 올랜도가 대답했다. "그럼 결혼식을 내일로 잡고, 나는 공작님과 친구 분들을 초대할게요. 형은 가서 양치기 소녀에게 허락을 받아 내세요. 지금 혼자 있겠군요. 보세요, 저기 그녀의 오빠가 오고 있거든요."

올리버는 앨리너를 만나러 갔고, 올랜도가 저기 온다고 했던 가니메데는 그에게 다가와 몸 상태가 어떠냐고 물어보았다.

그 후에 그들은 갑작스레 불이 붙은 올리버와 앨리너의 사랑에 관해 이야기하기 시작했다. 올랜도는 형에게 내일 결혼식을 올릴 수 있도록 아름다운 아가씨를 설득하라고 충고했다면서, 자신도 로잘린드와 내일 같이 결혼할 수 있다면 더 바랄 게 없겠다고 덧붙였다.

이 결혼에 대찬성인 가니메데는 올랜도가 고백했듯이 진실로 로잘린드를 사랑한다면, 내일 자신이 로잘린드를 그 자리에 나타나게 할 것이고 로잘린드 또한 올랜도와 결혼하고 싶어 할 테니, 소망이 이루어질 것이라고 말했다.

이 기적 같은 사건은, 가니메데가 사실 로잘린드였기 때문에 얼마든지 해 낼 수 있는 일이었지만, 올랜도에게는 유명한 마법

좋으실 대로 | 93

사 삼촌에게 신통한 힘을 배운 덕분에 그 일을 해 줄 수 있다는 식으로 설명했다.

얼빠진 연인 올랜도는 이 말을 믿고 싶은 마음과 의심스런 마음이 뒤섞여, 가니메데에게 제정신으로 하는 말이냐고 다시 한 번 물었다.

가니메데가 약속했다. "내 생명을 걸고 그리할 테니, 당신은 제일 멋있는 옷을 입으시고 공작님과 친구 분들을 결혼식에 초대해 놓으세요. 당신이 내일 로잘린드와 결혼하고 싶어 하면, 그녀가 여기에 올 거예요."

다음 날 아침, 올리버는 기꺼이 청혼을 받아들인 앨리너와 함께 공작 앞에 나타났고, 올랜도도 그들의 곁에 함께 있었다.

이 합동 결혼식을 축하하러 모여든 사람들은 신부가 한 명밖에 없는 것을 보고 이상해하며 수군거렸지만, 대부분은 가니메데가 올랜도를 웃음거리로 만들려는 모양이라고 생각했다.

이 이상한 방식으로 나타나게 될 사람이 자신의 딸이라는 말을 들은 공작은, 양치기 소년이 진짜로 약속을 지킬 수 있으리라 믿느냐고 올랜도에게 물었다. 올랜도가 어찌 생각해야 할지 모르겠다고 대답하고 있는데, 그 때 가니메데가 나타나 공작의 앞으로 나아갔다. 그리고는 자신이 공작의 따님을 모셔 오면 올랜도와의 결혼을 승낙하실 것이냐고 물었다.

공작이 대답했다. "내 딸과 같이 내어 줄 왕국이 있다 해도 기꺼이 허락하겠노라."

그 다음에 가니메데는 올랜도에게 요구했다. "당신은 내가 그녀를 여기 데려오면 결혼하겠다고 약속하세요."

올랜도가 대답했다. "내가 여러 왕국의 왕이라 해도 결혼하겠소."

그 후에 가니메데와 앨리너는 그 자리를 떠났다. 가니메데는 남자 옷을 벗어던지고 다시 한 번 여자의 옷을 차려 입어, 마법의 도움 없이 순식간에 로잘린드로 변신했고, 앨리너는 시골 처녀의 옷을 원래의 화려한 옷으로 갈아 입어 아무런 어려움 없이 실리아로 바뀌었다.

그들이 떠나간 사이에, 공작이 양치기 가니메데가 자신의 딸 로잘린드와 많이 닮은 듯하다고 말하자, 올랜도도 그 비슷한 느낌을 받았다고 이야기했다.

이들이 이 사건의 결말을 궁금해할 겨를도 없이, 원래 옷으로 갈아 입은 로잘린드와 실리아가 나타났다. 로잘린드는 이제 자신의 등장이 마법의 힘인 것처럼 가장하는 것을 그만두고, 아버지 앞에 무릎 꿇고 앉으며 축복을 내려 달라고 간청했다. 홀연히 나타난 그녀의 모습에 놀란 사람들에게는 정말 마법처럼 보였지만, 로잘린드는 더 이상 아버지를 속이지 않았다. 궁에서 추방되어, 사촌 실리아를 여동생으로 삼아 양치기 소년으로 숲에서 살게 된 사연을 정직하게 털어놓았다.

공작은 이미 승낙했던 이 결혼을 거듭 허락해 주었다. 그리하여 올랜도와 로잘린드, 올리버와 실리아는 동시에 결혼식을 올렸다. 황량한 숲에서 치르는 결혼식이어서 의례 있을 만한 행렬이나 화려한 볼거리는 없었지만, 이보다 행복한 결혼식은 전에 없을 정도였다.

그들이 쾌적하고 시원한 나무 그늘에서 사슴고기를 먹고 있을 때, 마치 이 선량한 공작과 진실한 연인들의 지복을 부족함 없이 채워 주려는 듯, 뜻밖의 심부름꾼이 달려와 공작이 다시 나라를 되찾게 되었다는 기쁜 소식을 알렸다.

찬탈자 프레데릭은 자신의 딸 실리아가 도망친 일에 분을 참지 못했다. 게다가 명망 있는 자들이 추방당한 합법적인 공작과 같이 하기 위해 아든 숲으로 들어간다는 말을 듣고, 고난을 당하면서도 존경받는 형에게 미칠 듯한 질투가 일어나, 큰 군대를 일으켜 친히 군대를 이끌고 숲으로 진군했다. 형을 사로잡고 그의 충성스런 부하들을 모조리 죽여 버리려는 목적이었다. 그러나 신의 놀라운 중재로 인해, 이 못된 동생은 사악한 의도를 버리고 개심하게 되었다.

황량한 숲 자락에 들어서던 중에, 그는 은둔하여 도를 닦고 있던 늙은 구도자를 만나 많은 이야기를 나누게 되었다. 그리고 결국 사악한 계획에서 완전히 마음을 돌이켰다. 그 후 진정으로 잘못을 참회하며 부당하게 찬탈한 권력을 포기하고 남은 평생을 수도원에서 보내기로 결심했다.

그가 참회하는 마음으로 제일 먼저 한 행동은(앞서 말한 대로) 형에게 사람을 보내어 공국을 반환하겠다는 뜻을 전하는 것이었다. 오랫동안 찬탈했던 공작의 작위는 물론, 공작과 고난을 같이 한 충직한 친구들의 영지와 수입도 모두 돌려 주기로 했다.

공주들의 결혼식에 때마침 전해진 이 예기치 못한 기쁘고 복된 소식은 결혼식의 축하와 잔치 분위기를 더욱 고조시켰다. 실리아는 로잘린드 언니의 아버지에게 이렇게 좋은 일이 생긴 것을 축하하며 진심으로 언니의 행복을 빌었다. 공작의 복위로 인해 이제 공국의 후계자는 자신이 아니라 로잘린드 언니로 바뀌었지만, 이 두 사촌이 서로를 사랑하는 마음은 질투나 시샘이 끼어들 자리가 없을 정도로 아름다운 것이었다.

공작은 추방당한 후에도 자신의 곁에 머물러 준 진정한 친구들에게 보상해 줄 수 있게 되었고, 공작과 함께 인내하며 역경을 겪은 이 훌륭한 신하들은 합법적인 공작의 궁으로 평화롭게 돌아가 잘 살 수 있게 된 것을 크게 기뻐했다.

헛소동

　메시나 궁정에 히어로와 베아트리체라는 두 아가씨가 살고 있었다. 히어로는 메시나 총독인 레오나토의 딸이었고 베아트리체는 총독의 질녀였다.

　베아트리체는 성격이 매우 쾌활해서, 그보다 진지한 성격이었던 사촌 히어로에게 명랑한 재치를 발휘하여 즐겁게 해 주곤 했다. 무슨 일이 생기든지, 천성이 밝은 베아트리체에게는 신나는 일로 바뀌게 마련이었다.

　이 여인들의 이야기는 전쟁에서 대단한 용맹을 떨치고 귀환하던 육군 장교들이 레오나토 총독을 뵙기 위해 메시나에 들르면서부터 시작된다. 이들 중에 아라곤의 왕자 돈 페드로와 그의 친구이자 플로렌스 귀족인 클로디오가 끼어 있었고, 거칠고 재기 넘치는 파두아의 귀족 베네딕도 동행했다.

이들이 전에 메시나에 다녀간 적이 있었으므로, 손님 접대를 잘하는 총독은 자신의 딸과 질녀에게 그들을 오랜 친구 겸 지인으로 소개했다.

방에 들어서자마자 베네딕은 레오나토와 왕자와 더불어 열띤 대화를 나누기 시작했다. 어떠한 대화에서도 제외되는 것을 좋아하지 않는 베아트리체가 베네딕의 말을 자르며 끼어들었다.

"언제까지 지껄이실 참인가요, 시뇨르 베네딕? 아무도 들어 주지 않잖아요."

베네딕은 베아트리체 못지않게 수다스러운 사람이었지만, 이 버릇없는 인사말에 과히 기분이 좋지 않았다. 교육을 잘 받고 자란 명문가의 여인은 혀를 경박하게 놀리면 안 된다는 것이 그의 지론이었던 데다, 지난번 메시나에 왔을 때 베아트리체가 자신을 농담 대상으로 삼았던 일이 생각났다. 스스로는 멋대로 농담을 해도 본인이 웃음거리가 되는 것을 좋아할 사람은 없는 법이다. 베네딕과 베아트리체 역시 마찬가지였다.

이 매서운 입담꾼들은 만날 때마다 서로를 희롱하며 재치를 겨루는 전쟁을 벌였고, 결국에는 언제나 서로를 불쾌해하며 헤어졌다. 그래서 베아트리체가 아무도 그의 말을 들어 주지 않는다며 중간에 끼어들었을 때, 베네딕은 그녀가 와 있는 줄도 몰랐다는 듯이 말했다.

"아니, 콧대 높은 아가씨가 아니오, 아직까지 살아 계셨소?"

이제 그들 사이에 새로운 전쟁이 벌어졌고, 한참 동안 치열한 말싸움이 계속되었다. 베아트리체는 그가 최근에 치른 전쟁에서 용맹을 떨친 줄을 알면서도, 그 곳에서 그가 죽인 모든 생명을 먹어치우겠다는 식으로 조롱했다. 왕자가 베네딕의 말에 즐거워하는 것을 보고는 그가 "왕자의 어릿광대"에 지나지 않는다고 말했다. 이 빈정거림은 지금까지 베아트리체가 던진 어떤 말보다도 베네딕의 마음에 깊이 사무쳤다.

그는 그녀가 그가 죽인 모든 생명을 먹어치우겠다는 말로 겁쟁이 취급을 했어도, 스스로가 용감한 남자임을 알고 있었기에 개의치 않았다. 하지만 입담꾼들에게 자신의 익살을 비방하는 것만큼 지독한 비난은 없다. 그런 비난이 때로는 신실에 싱당히 근접하기 때문이다. 그래서 베네딕은 자신을 "왕자의 어릿광대"라고 부른 베아트리체를 극도로 미워했다.

얌전한 히어로는 손님들이 계신 곳에서 조용히 자리를 지키고 앉아 있었는데, 그 동안에 클로디오는 어느 새 아름다운 숙녀가 된 그녀를 찬찬히 살피며 그녀의 고상한 용모에서 풍겨 나오는 우아함도 알아차렸다(히어로는 정말로 감탄할 만한 숙녀였다).

한편 아라곤의 왕자는 베네딕과 베아트리체 사이에서 오고가는 재담을 재미있어 하며, 레오나토에게 속삭였다. "상당히 유쾌한 아가씨로군요. 베네딕에게 어울리는 아내감인 것 같소."

레오나토가 대꾸했다, "아이고, 왕자님, 그랬다가는 결혼한

지 일주일도 안 되어, 싸우다 미쳐 버릴 겁니다."

레오나토는 그 두 사람이 어울리지 않는 짝이라고 확신했지만, 왕자는 이 신랄한 입담꾼들을 짝지어 줘야겠다는 생각을 버리지 않았다.

궁에서 클로디오와 같이 걸어 나올 때, 왕자는 자신이 베네딕과 베아트리체의 중매를 생각하게 된 이 만남에서 또 다른 짝이 맺어지려는 것을 알게 되었다. 클로디오가 히어로에 대해 말하는 것을 듣고 그의 마음이 어떤지 짐작할 수 있었던 것이다. 이쪽 한 쌍도 썩 마음에 들었으므로 왕자가 클로디오에게 물었다. "히어로에게 마음이 있소?"

이 질문에 클로디오가 대답했다. "왕자님, 지난번에 군인으로서 메시나에 왔을 때는 군인의 눈으로 그녀를 보았습니다. 그 때도 보기에 흡족했지만 사랑에 마음 쓸 겨를이 없었지요. 하지만 이제 다행히 평화가 찾아 와, 전쟁에 대한 생각들이 마음에서 비워지고 나니, 그 빈 자리에 부드럽고 달콤한 생각들이 몰려듭니다. 그 생각들은 하나같이 히어로가 얼마나 아름다운가 하며 충동질하고, 전쟁터로 떠나기 전에도 좋아하는 마음이 있었다는 것을 일깨워 줍니다."

히어로에 대한 클로디오의 사랑 고백에 흥분한 왕자는 시간을 낭비하지 않고 당장 레오나토에게 찾아가 클로디오를 사위로 삼는 것이 어떻겠냐고 제안했다. 레오나토는 이 청혼에 동의했고, 온유한 히어로에게 고상한 클로디오의 구애를 받아들이라고 설득하는 일 역시 어렵지 않았다. 클로디오는 상당한 재력을 지닌 교양 있는 귀족이었던 것이다. 친절한 왕자의 도움으로, 클로디오는 레오나토의 허락을 받아 곧바로 히어로와 혼인할 날을 잡을 수 있었다.

클로디오가 아름다운 여인과 결혼하기까지는 단 며칠만 기다리면 되는 일이었다. 하지만 어딘가에 온통 마음이 쏠려 있는 젊은이들이 그 일이 이뤄지기를 손꼽아 헤아리며 초조해하듯이, 클로디오도 남은 며칠이 너무나 길게 느껴진다며 불평했다. 그래서 왕자는 그의 지루함을 없애 주기 위해, 베네딕과 베아트리체가 서로 사랑에 빠지게 하는 계획을 꾸며 여가 시간을 즐겁게 활용해 보자고 제안했다.

이 계획에 클로디오는 흔쾌하게 찬성했고, 레오니토도 협조를 약속했으며, 히어로까지 자신의 사촌이 좋은 배필을 만날 수 있도록 미력이나마 보태겠다고 말했다.

왕자가 짜낸 계략은, 그들 남자들이 힘을 모아 베네딕에게 베아트리체가 그를 사랑한다고 믿게 만들고, 히어로는 베아트리체를 맡아 베네딕이 그녀를 사랑한다고 믿게 만드는 것이었다.

먼저 왕자와 레오나토와 클로디오가 작전을 개시했다. 베네딕이 조용한 정자에 앉아 책을 읽을 때를 노려, 왕자의 그 일행은 정자 뒤 나무 사이로 들어갔다. 베네딕이 그들의 얘기를 듣지 않을 수 없을 정도로 가까운 곳에서, 왕자가 몇 마디 사소한 이야기를 늘어놓은 후에 본론으로 들어갔다.

"이리 오십시오, 레오나토. 지난번에 말한 그게 무슨 말이오? 당신의 질녀 베아트리체가 베네딕을 사랑한다고요? 그 여인이 남자를 사랑하게 될 줄은 생각지도 못했소이다."

"그러게 말입니다, 저 또한 생각지 못한 일이에요." 레오나토가 대답했다. "더구나 베네딕에게 마음이 있었다니 이보다 놀라운 일이 또 있겠습니까. 그 애가 하는 행동을 봐서는 죽도록 싫어하는 것 같지 않았습니까."

클로디오는 히어로에게 전해 들었다면서, 베아트리체가 베네딕에게 품은 사랑이 너무나 깊어 그의 사랑을 받지 못한다면 슬픔에 휩싸여 죽고 말 거라고 했다. 그런 후에 레오나토와 클로디오는 베네딕이 그간 언제나 아름다운 여인들을 조롱해왔고 특히 베아트리체에 대해서는 그 정도가 심하기 때문에 베아트리체를 사랑하게 되는 일은 결코 있을 수 없다고 입을 모았다.

왕자는 베아트리체를 몹시도 동정하며 이 모든 내용을 경청하는 척했다. "베네딕이 이 얘기를 들으면 좋으련만."

"그래 봤자 무슨 결과가 나오겠습니까?" 클로디오가 말했다. "베네딕은 그 일을 웃음거리로 삼아, 그 가엾은 여인을 더욱 괴롭힐 게 분명합니다."

"만약에 그런 식으로 행동한다면," 왕자가 말했다. "교수형에 처해 마땅한 일이지요. 베아트리체는 참으로 사랑스러운 여인인데다, 베네딕을 사랑하는 것 말고 모든 일에 지혜롭잖소."

그 말을 끝으로 왕자는 동료들에게 자리를 뜨자고 손짓했다.

그들은 베네딕이 엿들은 말을 곰곰이 생각하도록 버려 두고 그곳을 떠났다.

베네딕은 실제로 이 대화를 상당히 열심히 듣고 있었다. 베아트리체가 그를 사랑한다는 이야기를 들었을 때, 그는 혼잣말로 중얼거렸다. "그럴 리가 있나? 거기서 그런 바람이 불다니."

왕자와 일행이 떠난 후에는 하나하나 이성적으로 따져 보기 시작했다. "이것이 계략일 리는 없어! 그들은 아주 진지했어. 히어로에게 진실을 들었을 거야. 그 여자를 동정하는 것 같았잖아. 나를 사랑한다니! 그렇다면 보답을 해 주어야지! 내가 이제껏 결혼을 생각한 적은 없지만, 죽을 때까지 독신일 거라고 했던 말은, 결혼할 때까지 살게 될 것 같지 않아서였어. 그 여인이 아름답고 덕 있는 여자라고? 사실 맞는 말이긴 해. 나를 사랑하는 깃 말고는 모든 일에 지혜롭다니. 거참, 그건 어리석다고 할 일이 아니잖아. 아니, 저기 베아트리체가 오는군. 오늘 보니, 정말 아름다운 여자야. 그녀에게 사랑의 흔적이 있는지 알아봐야겠어."

베아트리체가 그에게 다가와 평소처럼 매섭게 쏘아붙였다. "내키지는 않지만 어쨌든 식사하러 오시라는 분부를 전하러 왔어요."

전에는 정중하게 대할 마음이 없었던 베네딕이 이번에는 예의 바르게 대꾸했다. "아름다운 베아트리체, 이렇게 수고해 주어서 고맙소."

베아트리체가 두세 마디 더 무례한 언사를 퍼붓고 떠나가자,

베네딕은 그녀의 버릇없는 말투 이면에 애정이 숨어 있다는 생각이 들었고, 큰 소리로 중얼거렸다. "그녀를 가엾이 여기지 않는다면, 내가 나쁜 놈이지. 그녀를 사랑해 주지 않는다면 수전노나 마찬가지야. 그녀의 초상을 입수해야겠어."

그리하여 베네딕은 남자들이 던져 놓은 그물에 걸려들었고, 이번에는 히어로가 베아트리체에게 자기 할 일을 다 해야 할 차례였다. 히어로는 이를 위해 자신의 시중을 드는 어슐라와 마가렛을 불러들여, 마가렛에게 지시했다.

"마가렛, 응접실에 가면 내 사촌 베아트리체가 왕자님과 클로디오와 같이 얘기하고 있을 거야. 그녀의 귀에다, 나와 어슐라가 과수원을 산책하며 그녀에 대한 얘기를 한다고 살짝 일러 줘. 쾌적한 정자로 몰래 들어가면 된다고 해. 햇빛 덕에 무성한 인동덩굴이 배은망덕한 신하처럼 오히려 햇빛을 가로막고 있는 그 곳 말이야."

히어로가 베아트리체를 들여보내라고 말한 그 정자는 바로 얼마 전에 베네딕이 대화를 엿들었던 곳이었다.

"곧바로, 틀림없이, 그 곳에 가시도록 할게요." 마가렛이 장담했다.

곧이어 히어로는 어슐라를 데리고 과수원으로 나갔다. "자, 어슐라, 베아트리체가 오면 이 오솔길을 걸으며 베네딕 얘기만 하는 거야. 내가 그 분의 이름을 말하면, 다른 어떤 남자보다 훌륭하다고 무조건 칭찬해야 해. 나는 베네딕이 얼마나 베아트리체를 사랑하는지 얘기할 테니까. 이제, 시작하자, 베아트리체가 댕기물떼새처럼 지면을 기어 우리 얘기를 엿들으러 왔구나."

이윽고 그들의 대화가 시작되었다. 히어로는 마치 어슐라가 한 말에 대답하듯이 반박했다. "아니, 정말이야, 어슐라. 베아트리체는 너무 오만해. 바위에 앉은 들새만큼이나 억세단 말이야."

어슐라가 말했다. "베네딕 님이 베아트리체 아가씨를 그토록 열렬히 사랑한다는 게 정말이에요?"

히어로가 대답했다. "왕자님과 클로디오 님이 그렇게 말씀하셨다니까. 이 사실을 그녀에게 알려 달라고 부탁하시던걸. 하지만 나는 베네딕 님을 아끼신다면 그 사실을 베아트리체에게 절대로 알려서는 안 된다고 말씀드렸어."

"당연하죠." 어슐라가 대꾸했다. "베아트리체 아가씨가 그 분의 사랑을 알아서 좋을 게 뭐가 있겠어요. 놀림감으로 삼으시기나 하겠죠."

"그러게 말이야." 히어로가 말했다. "솔직히 나는 그 분처럼 지혜롭고, 고상하고, 젊고, 잘생긴 남자를 본 적이 없는데, 베아트리체는 헐뜯기만 해."

"그럼요, 그렇고말고요, 그렇게 트집잡는 건 칭찬할 일이 아니죠."

"그래, 하지만 누가 그녀에게 이런 얘기를 하겠어? 내가 말하면 실컷 비웃음이나 사게 될 거야."

"베아트리체 아가씨를 오해하고 계시는 걸 거예요. 설마 베네딕 님처럼 훌륭한 분을 거절할 정도로 사리 분별력이 없으시겠어요?"

"그 분의 가문도 훌륭하잖아. 이탈리아를 다 뒤져도 그만한 분은 없어, 물론 나의 클로디오 님은 빼고."

이쯤에서 히어로가 대화 주제를 바꾸자고 신호하자 어슐라가 말했다. "결혼식이 언제죠, 아가씨?"

그러자 히어로는 내일이 클로디오 님과 결혼하는 날이니, 같이 가서 새 옷을 살펴보며 내일 입을 옷에 관해 상의하자고 했다.

이 대화를 숨 죽여 듣고 있었던 베아트리체는, 그들이 떠나가자 소리쳤다. "내 귀에 불이 붙은 듯하구나. 그 말이 사실일까? 경멸과 조롱이여, 이젠 안녕이다. 처녀의 자존심이여, 안녕! 베네딕 님, 그 사랑을 간직해 줘요. 내가 보답해 드릴게요. 나의 거친 마음을 사랑의 손길로 길들여 주세요."

선량한 왕자의 즐거운 술책에 말려들어 서로 좋아한다는 속임수에 넘어간 이들이 처음 만나게 되는 장면을 볼 수 있다면 얼마나 재미있었을까. 오랜 앙숙이 느닷없이 다정한 친구로 탈바꿈하는 모습도 볼만한 구경거리였을 것이다. 그러나 이제 히어로의 운명이 가슴 아프게 뒤집어지는 이야기로 넘어가야 한다. 결혼식이 거행될 내일, 히어로와 착한 아버지 레오나토의 가슴에 슬픔이 밀려들 것이다.

왕자는 전쟁을 끝내고 메시나에 돌아올 때 배다른 동생도 함께 데리고 왔다. 그의 이름은 돈 존이었는데, 천성이 침울하고 불만에 가득한 자였고, 온통 몹쓸 짓을 꾸미는 데에만 관심이 있는 듯했다. 그는 자신의 형을 미워했고, 왕자의 친구라는 이유로 클로디오도 미워했다. 그래서 왕자와 클로디오가 불행해지는 꼴을 보겠다는 악의적인 마음 하나로, 히어로와 클로디오의 결혼을 방해하기로 결심했다. 왕자가 신랑이 될 클로디오 만큼이나 이 결혼에 정성을 쏟고 있는 줄을 알았기 때문이다.

이 사악한 목적을 이루기 위해, 돈 존은 자기만큼 흉악한 보라키오라는 자를 끌어들여 이 일에 수고해 주면 큰 상을 내리겠다고 부추겼다. 보라키오가 히어로의 시녀 마가렛과 사귀는 사이였으므로, 그 날 밤 히어로가 잠든 후에 마가렛이 주인 아가씨의 옷을 입고 침실 창문에서 보라키오와 얘기하면 된다고 종용했다. 클로디오를 속여 그 여인이 히어로라고 믿게 하려는 수작이었다. 이것이 그가 이 사악한 계략으로 달성하려는 목표였다.

준비를 끝내고 나서 돈 존은 왕자와 클로디오에게 찾아가, 히어로가 참으로 경망스러운 여인이며 한밤중에 침실 창가에서 남자들과 노닥거린다고 고해바쳤다. 내일이 곧 결혼식이므로 그 날 밤에 당장 히어로가 창가에서 남자와 이야기하는 것을 볼 수 있는 곳으로 데려다 주겠다고 했다.

돈 존을 따라 나서기로 동의하며 클로디오가 말했다. "오늘 어떤 것이든 그녀와 결혼하지 말아야 할 일을 보게 된다면, 내일 그녀와 결혼하기로 한 예배당에서 망신을 주고 말겠습니다."

왕자도 거들었다. "내가 이 혼사를 성사시킨 사람이니, 나 또한 가만있지 않겠소."

그 날 밤 돈 존이 그들을 히어로의 침실 근처로 데려갔을 때, 그들은 창 아래 서 있는 보라키오와 히어로의 창에서 내다보고 있는 마가렛을 보았다. 마가렛은 그들이 알고 있는 히어로의 옷을 입고 있었으므로, 왕자와 클로디오는 그 여인이 틀림없는 히어로라고 믿었다.

클로디오가 이 부정한 증거를 보고 느낀 분노는 세상 어느 것에도 비할 수 없었다. 물론 그가 증거라고 생각한 것일 뿐이지만, 그로 인해 순진한 히어로에게로 향했던 그의 사랑은 단번에 증오로 돌변하여, 다음 날 교회에서 망신을 주겠다고 단언한 그대로, 그녀의 부정을 무참히 폭로하기로 결심했다. 왕자 역시 고결한 클로디오와 결혼하기로 한 전날 밤에 창가에서 남자와 시시덕대는 부도덕한 여인에게는 어떠한 처벌도 가혹하지 않다며 이 계획에 동의했다.

다음 날, 사람들이 결혼을 축하하러 모여들고 클로디오와 히어로가 사제 앞에 서 있었을 때, 이 사제 혹은 수도사가 결혼 예식을 선포하려는 순간, 클로디오가 격렬한 어조로 입을 열어 아무 죄도 없는 히어로의 죄상을 폭로했다.

히어로는 사랑하는 이의 납득할 수 없는 말에 놀라며 유순하게 물었다. "이렇게 함부로 말씀하시다니, 클로디오 님, 어디 불편하세요?"

레오나토는 공포에 질린 표정으로 왕자에게 말했다. "왕자님,

왜 아무 말씀이 없으십니까?"

"내가 무슨 말을 해야 하겠나?" 왕자가 대꾸했다. "소중한 친구를 부정한 여인과 엮어 주려 했으니 나의 체면 또한 말이 아니오. 레오나토, 내 명예를 걸고 맹세하건대, 나와 내 동생과 이 비참한 클로디오는 어젯밤에 히어로가 침실 창가에서 남자와 얘기하는 모습을 이 눈으로 똑똑히 보았고 귀로도 들었소."

이 말을 듣고 베네딕이 놀라며 중얼거렸다. "아무래도 결혼식 같지가 않은걸."

"사실이라니요, 오 하나님!" 마음에 충격을 받은 히어로가 이 한 마디를 외치고는, 그대로 혼절하여 쓰러졌다. 어느 모로 보나 죽은 사람 같았다.

왕자와 클로디오는 히어로가 정신을 차리는지 살피려 하지도 않고, 그들이 레오나토에게 어떤 고통을 안겼는지 돌아볼 새도 없이, 예배당을 떠나 버렸다. 극심한 분노가 그들을 이토록 무정하게 만든 것이다.

베네딕은 그 곳에 남아, 기절한 히어로를 보살피는 베아트리체를 도왔다. "상태는 어떻소?"

"죽은 사람 같아요." 베아트리체가 고통스럽게 대답했다. 그녀는 사촌을 지극히 사랑했고, 그 정숙함을 알고 있었기에 히어로에게 쏟아진 비난을 단 한 마디도 믿지 않았다. 그러나 불쌍한 늙은 아버지는 그렇지가 못했다. 자신의 딸이 정말로 부정한 짓을 저질렀다고 믿고는, 그의 앞에 시체처럼 누워 있는 딸이 차라리 눈을 뜨지 말기를 바라며 애통해했으니, 그 목소리를 듣기조차 애처로웠다.

하지만 나이든 수도사는 인간의 본성을 제대로 관찰할 줄 아는 현명한 사람이었다. 히어로가 비난을 당하고 있을 때 그 안색을 눈여겨 살펴보았더니, 처음에는 수치심으로 인해 얼굴이 빨갛게 달아올랐다가 그 후에 붉은 기운이 천사와 같은 창백한 색조로 변하는 것을 알아차렸다. 그녀의 눈에서 왕자의 비난이 잘못되었음을 말해 주는 불길도 보았다. 그래서 이 수도사는 슬픔에 젖은 아버지에게 말했다.

"나를 바보라고 불러도 좋소, 내가 책에서 얻은 식견도, 나의 관찰도, 연륜이나 내가 받는 존경이나 성직자로서의 지위도 믿지 마시오, 이 사랑스런 여인이 어떤 잔혹한 오해로 인해 여기에 죄 없이 누워 있는 게 아니라면 말이오."

히어로가 혼절 상태에서 깨어나자 수도사가 말을 건넸다. "당신을 비난받게 한 그 남자가 누구요?"

히어로가 대꾸했다. "저를 비난하는 그들이 알겠지요. 저는 전혀 알지 못합니다." 그 후에 아버지를 돌아보며 말했다. "아버지, 만약에 제가 그런 부적당한 시간에 남자와 이야기를 나눴거나, 어젯밤에 어떤 인간하고든 말을 주고받은 적이 있다면, 부녀지간의 정을 끊고 저를 미워하고 고문하여 죽게 하신다 해도 달게 받아들이겠습니다."

"왕자님과 클로디오 님이 무언가 단단히 오해를 하신 듯합니다." 수도사가 이렇게 말한 후에 레오나토를 돌아보며, 히어로가 죽은 것처럼 꾸며야 한다고 일렀다. 그들은 히어로가 죽은 듯이 기절해 있었을 때 떠나 버렸으니 그 말을 쉽게 믿을 것이었다. 상복도 입고 그녀의 기념비도 세우고, 기타 장례에 필요한 모든 절차를 밟으라고 충고했다.

"그러면 어찌 되는 겁니까?" 레오나토가 물었다. "그래 봤자 무슨 소용입니까?"

수도사가 대답했다. "따님의 죽음이 알려지면 비방이 연민으로 바뀔 것입니다. 그것만으로도 소득이지만, 내가 바라는 최선은 그게 다가 아니지요. 자신의 말을 듣고 죽었다는 것을 알게 되면, 클로디오의 뇌리에 그녀의 대한 추억이 사랑스럽게 밀려들 것입니다. 그의 마음에 사랑이라는 게 있었다면, 애도하는 감정이 치밀어 오르면서 너무 심하게 나무란 자신의 행동을 후회하게 되겠지요. 혹여 그 비난이 진실이라고 믿더라도 말입니다."

베네딕이 찬성하고 나섰다. "레오나토 님, 이분의 충고대로 하세요. 제가 왕자님과 클로디오와 절친한 사이라 해도, 저의 명예를 걸고 이 비밀을 누설하지 않겠습니다."

이렇게 설득당한 레오나토는 수도사의 계획을 받아들이며 슬프게 중얼거렸다. "너무나 비통하여, 한 가닥의 가는 실이라도 붙잡고 싶은 심정입니다."

친절한 수도사는 레오나토와 히어로를 위로하고 진정시키기 위해 데리고 떠났고, 이제 베아트리체와 베네딕 둘만 남았다. 이 즐거운 계략을 꾸며 낸 친구들이 몹시도 기대했던 만남이었지만, 그들의 마음에는 이제 고통이 가득할 뿐 유쾌한 생각들이 모조리 사라져 버린 듯했다.

베네딕이 먼저 말을 꺼냈다. "베아트리체 양, 여태껏 내내 울고 있었소?"

"네, 더 오래 울 거예요." 베아트리체가 말했다.

"나는 물론 당신의 사촌이 누명을 쓴 거라고 믿소."

"아!" 베아트리체가 탄식했다. "나를 위해 이 억울한 누명을 벗겨 줄 분이 있다면 얼마나 좋을까!"

베네딕이 말했다. "어떤 방법으로 그런 우정을 보여 드릴까요? 내가 이 세상에서 당신만큼 사랑하는 이는 없다오, 이상하지 않소?"

"내가 이 세상에서 당신만큼 사랑하는 분이 없다고 말하는 것처럼요. 하지만 내 말을 믿지 마세요, 하지만 거짓은 아니에요. 나는 무엇 하나 고백하지도, 부인하지도 않을래요. 히어로가 불쌍할 뿐이에요."

"내 검을 걸고 맹세하건대, 당신은 나를 사랑하고 나 또한 당신을 사랑한다고 말하겠소. 당신을 위해서라면 무슨 일이든 하겠소."

"클로디오를 죽여 주세요." 베아트리체가 요청했다.

"저런! 그것만은 안 될 일이오." 베네딕은 클로디오를 친구로 사랑했고, 그 친구가 꼬임에 빠진 것이라고 믿었다.

헛소동 | 113

"나의 사촌 히어로를 비방하고 조롱하고 망신을 준 악당이 클로디오가 아니던가요? 아, 내가 남자라면 이 원한을 갚아 줄 텐데!"

"내 말 좀 들어 봐요, 베아트리체!"

베네딕이 진정시켜 보려고 노력했지만, 베아트리체는 클로디오의 입장을 두둔하는 말은 한 마디도 들으려 하지 않고, 히어로가 부당하게 당한 일을 복수해 달라고 끈질기게 졸랐다.

"창가에서 남자와 이야기를 하다니, 될 법이나 한 말인가요! 불쌍한 히어로! 그녀는 부당한 비난을 받았어요. 명예를 잃었어요. 끝장이란 말이에요. 아, 내가 남자가 되어 클로디오를 벌할 수 있다면! 나를 대신해 싸워 줄 남자 친구라도 있다면! 하지만 기백은 간데없고 공손하게 그럴 듯한 말이나 지껄일 뿐이군요. 내가 아무리 원해도 남자가 될 수는 없는 몸, 그러니 슬픔에 사무친 여자로 죽는 수밖에요."

"기다려요, 착한 베아트리체." 베네딕이 말했다. "이 손을 걸고 당신을 사랑한다고 맹세하오."

"그 손을 맹세하는데 쓰지 말고 내 사랑을 위해 다른 방법으로 사용하세요."

"클로디오가 정말 히어로에게 억울한 누명을 씌웠다고 생각하오?"

"그럼요. 나에게 생각이나 영혼이 있는 것만큼 확실해요."

"됐소. 약속하리다. 그에게 결투를 신청하겠소. 이제 당신의 손에 키스하고 떠나겠소. 이 손에 걸고 맹세코, 클로디오에게 본 때를 보여 주겠소! 내 소식을 듣게 되거든, 나를 잊지 말아 주시오. 자, 당신은 가서 히어로를 위로해 줘요."

베아트리체가 클로디오와 싸워서라도 히어로의 억울함을 벗겨 달라고 분한 어조로 강하게 간청하여 베네딕의 의협심에 불을 지르고 있는 동안에, 레오나토는 왕자와 클로디오에게 자신의 딸이 슬픔에 못 이겨 세상을 하직했으니 이 문제를 검으로 해결해야겠다며 결투를 요구하고 있었다.

하지만 그들은 레오나토의 연로한 나이와 슬픔을 감안하여 받아들이지 않았다. "안 됩니다, 우리와 싸우지 마십시오."

그런데 그 후에 베네딕까지 찾아와 히어로에게 씌운 누명을 검으로 보상하라며 클로디오에게 결투를 청하자, 클로디오와 왕자는 서로 속삭였다. "베아트리체가 이 일을 시킨 모양이오."

그럼에도 클로디오는 베네딕의 도전을 받아들이는 수밖에 없었다. 결투라는 불확실한 운명에 기대지 않아도, 이 순간에 하늘의 정의가 히어로의 결백을 증명해 줄 확실한 증거를 내려 보내 주지 않는다면 말이다.

왕자와 클로디오가 베네딕의 결투 신청에 관해 이야기하고 있을 때, 치안판사가 보라키오라는 죄인을 왕자 앞으로 끌고 왔다. 돈 존과 한 패였던 이 보라키오는 자신이 저지른 못된 짓을 친구에게 떠벌이다가 마침 그 곳에 있던 야경꾼들에게 붙잡히고 만 것이다.

보라키오는 클로디오와 왕자가 듣는 앞에서 사건의 전모를 이

실직고했다. 그가 창가에서 얘기한 사람은 히어로 아가씨의 옷을 입은 마가렛이었으며, 그들이 마가렛을 히어로 아가씨로 착각한 것이라고 말했다. 이로써 클로디오와 왕자는 히어로의 결백을 알게 되었고, 돈 존의 도주 소식을 듣게 되자 남아 있던 약간의 의심마저 말끔히 사라졌다. 돈 존은 자신의 악행이 발각된 것을 알고 형의 정당한 분노를 피하려고 메시나에서 도망쳐 버렸다.

클로디오는 자신이 히어로를 부당하게 비난한데다 잔인한 말을 하여 그녀를 죽게 했다고 생각하자(실제로 죽은 것은 아니지만) 가슴이 찢어지는 듯했다. 사랑하는 히어로의 모습이 처음 사랑했을 때의 그 아름다운 모습으로 그의 기억 속에 되살아났다. 왕자가 보라키오에게 그 말을 들을 당시에 작살이 영혼을 꿰뚫는 듯하지 않았냐고 묻자, 그는 독약을 들이키는 심정이었다고 대답했다.

클로디오는 극심한 후회에 젖어 늙은 레오나토에게 간청했다. 따님에게 저지른 몹쓸 짓을 용서해 주시길 빌며, 히어로가 부정한 여인이라는 비난을 덜컥 믿어 버린 자신의 잘못에 대해, 레오나토가 어떠한 벌을 내리든 사랑스런 그녀를 위해 감수하겠다고 말했다.

레오나토가 내린 처벌은, 이튿날 아침에 히어로의 사촌과 결혼하라는 것이었다. 히어로가 죽은 이상 질녀가 그의 후계자라고 설명하며 그녀의 모습이 히어로와 무척 닮았다고 덧붙였다. 클로디오는 레오나토에게 엄숙히 약속을 했으므로, 이 알지 못하는 여인이 설사 에티오피아의 흑인이라 할지라도 결혼하겠다고 마음먹었다. 하지만 마음의 비통함을 억누를 길이 없어, 후회와 슬픔의 눈물을 흘리며, 레오나토가 만들어 놓은 히어로의 무덤 앞에서 그 날 밤을 지새웠다.

아침이 밝아 오자, 왕자는 클로디오를 대동하고 교회로 입장했다. 지난번에 본 선량한 수도사와 레오나토와 그의 질녀가 이 두 번째 결혼식을 치르기 위해 모여 있었다. 레오나토가 클로디오에게 약속한 신부를 건네었다. 그녀의 얼굴에는 클로디오가 알아보지 못하도록 가면이 씌워져 있었다.

클로디오는 가면으로 얼굴을 가린 여인에게 말했다. "이 거룩한 수도사 앞에서 당신의 손을 내게 주시오. 나와 결혼해 준다면 나는 당신의 남편이 되겠소."

"제가 살아 있었을 적에 당신의 다른 아내였지요." 이 미지의 여인이 대답하고는 가면을 벗어, 레오나토의 질녀가 아닌 레오나토의 딸 히어로의 모습을 드러냈다. 클로디오가 이 순간에 얼마나 놀라고 기뻐했을지 짐작할 수 있으리라. 죽은 줄로만 알았던 여인이 눈앞에 살아 있으니, 기쁨에 겨워 자신의 눈을 믿을 수 없을 지경이었다.

왕자도 이 광경에 똑같이 놀라워하며 소리쳤다. "이 여인은 히어로가 아닌가, 죽었다던 히어로가 아닌가?"

레오나토가 대답했다. "누명이 살아 있는 동안에만 죽어 있었습니다, 왕자님."

수도사는 예식이 끝난 후에 이 기적 같은 일을 설명해 주기로 하고 결혼식을 진행하려 했다. 그런데 갑자기 베네딕이 자신도 베아트리체와 지금 당장 결혼하겠다고 나섰다.

베아트리체가 그게 무슨 소리냐며 이의를 제기하자, 베네딕은 그녀가 자신을 얼마나 사랑하는지 히어로에게 들어 알고 있다고 받아치며, 그것을 시작으로 재미있는 설명이 이어졌다. 이들은 곧 친구들의 속임수에 넘어가 있지도 않은 사랑을 있는 것으로 믿었음을 알게 되었다. 가짜로 꾸며 낸 농담이 그들을 진짜 연인으로 만든 것이다. 하지만 유쾌한 장난에 속아 시작된 그들의 애정은 이미 어떠한 설명에도 흔들리지 않을 만큼 깊어진 상태였다.

결혼하기로 결심한 이상 베네딕은 세상이 뭐라 해도 꿈쩍하지 않을 생각이었다. 즐겁게 농담을 계속하며, 베아트리체가 그에 대한 사랑으로 죽을 지경이라고 하니 연민의 정으로 받아 주겠냐고 말했다. 그러자 베아트리체는 그가 심한 가슴앓이를 하고 있다고 들었으므로 생명을 구하는 셈치고 어쩔 수 없이 승낙하는 거라고 대꾸했다. 이렇게 못 말리는 입담꾼들은 화해를 하고, 클로디오와 히어로가 결혼한 후에 이어서 결혼했다.

마지막으로 덧붙이면, 고약한 짓을 벌이고 도주한 돈 존은 중간에 붙잡혀 다시 메시나로 호송되었다. 그의 계략이 실패로 돌아가, 메시나 궁에서 흥겨운 잔치가 벌어지는 모습을 보는 것만으로도, 이 침울하고 불평이 가득한 자에게는 통쾌한 처벌이 되리라.

베로나의 두 신사

  베로나 시에 발렌타인과 프로테우스[4]라는 두 명의 젊은 신사가 살고 있었는데, 그들은 오랫동안 굳건하고 변함없는 우정을 나누어 온 친구 사이였다. 공부를 할 때도 함께였고 여가시간을 보낼 때도 언제나 함께였다. 프로테우스가 사랑하는 여인을 찾아갈 때만이 예외였는데, 아름다운 줄리아에게 불태우는 프로테우스의 정열은 그들의 의견 중에서 유일하게 맞지 않는 부분이었다.

  애인이 없는 발렌타인은 끝없이 줄리아에 대해 지껄이는 친구

---

[4] Proteus : 그리스 신화에 나오는 바다의 신으로, 자유자재로 변신하는 능력과 예언의 힘을 지녔다. 호메로스의 〈오뒷세이아〉에 처음 등장한다. 트로이 전쟁에서 승리한 메넬라오스가 그를 잡으려 했을 때, 사자, 뱀, 표범, 늑대, 물, 나무 등으로 변신하여 도망치려 하다가 결국 붙잡혀서 메넬라오스에게 귀국하는 길을 알려 주었다.

의 말을 듣는 것이 때로 지겨워져서, 그럴 때면 프로테우스를 비웃고, 경쾌한 문구로 사랑의 열정을 조롱하고, 프로테우스처럼 연인으로서 느끼는 불안한 희망과 두려움을 안고 살기보다는 지금처럼 자유롭고 행복하게 사는 편이 훨씬 좋으니, 자신의 머릿속에는 그렇게 어리석은 환상이 절대 들어오지 않을 것이라고 장담했다.

어느 날 아침, 발렌타인은 프로테우스에게 찾아가 한동안 헤어져 지내야겠다고 말했다. 밀라노로 떠날 예정이라는 것이었다. 친구와 헤어지기 싫은 프로테우스는 떠나지 못하게 하려고 여러 가지 핑계를 들어 만류했지만 발렌타인의 결심은 변하지 않았다.

"날 설득하려 하지 말게, 프로테우스. 게으름뱅이 건달처럼 집에서 빈둥거리며 젊은 시절을 허비하지는 않겠어. 집이나 지키는 청춘은 흔해빠진 재주밖에 갖지 못해. 자네가 그토록 귀하게 여기는 줄리아의 달콤한 시선에 마음이 붙잡혀 있지 않다면, 같이 가서 바깥 세상의 경이로운 것들을 구경하자고 청하겠네만, 자네는 지금 사랑에 빠져 있으니, 계속 사랑하게나. 자네의 사랑이 성공하길 빌겠네!"

그들은 이 우정을 변치 말자고 약속하며 작별을 고했다.

"잘 가게, 발렌타인!" 프로테우스가 말했다. "여행하다 희귀하고 값진 물건을 보거든 나를 생각해 주게, 자네의 행복에 나도 함께 하기를 빌어 주게."

그 날 발렌타인은 밀라노로 여행을 떠났고, 친구를 떠나 보낸

프로테우스는 줄리아에게 편지를 썼다. 그 편지를 그녀의 하녀 루세타에게 전해 달라고 부탁했다.

줄리아는 그가 사랑하는 만큼 프로테우스를 사랑하고 있었지만, 고상한 마음을 지닌 아가씨였던 터라 너무 쉽게 넘어가는 것이 처녀의 품위에 어울리지 않는다고 생각했다. 그래서 프로테우스의 열정을 모르는 체하며 열렬히 구애하는 그에게 적잖은 불안감을 안겨 주었다.

루세타가 편지를 가져오자 줄리아는 받지 않으려 하며 오히려 이런 편지를 받아 온 하녀를 꾸짖고는 당장 방에서 나가라고 명령했다. 하지만 편지에 쓰인 내용이 너무나 궁금해서 다시 하녀를 불러들였다.

루세타가 들어왔을 때 그녀는 아무렇지 않게 "지금 몇 시냐?"고 물었다.

주인 아가씨가 시간보다는 편지에 더 관심이 많은 줄을 알고 있던 루세타는 그 질문에 대답하지 않고, 한 번 거부당한 편지를 다시 내밀었다. 줄리아는 자신이 진심으로 원하는 것을 다 알고 있다는 듯 버릇없이 구는 하녀에게 화가 나서, 편지를 갈가리 찢어 바닥에 내동댕이치고는 하녀에게 다시 나가라고 명령했다. 루세타가 물러나며 찢어진 편지 조각들을 주우려고 했지만, 그것을 내 줄 마음이 전혀 없는 줄리아는 몹시 화난 척하며 말했다.

"나가, 종이는 놔 두고 썩 나가란 말야. 내 화를 돋우려고 그걸 만지작거리는구나."

하녀가 사라지자 줄리아는 찢어진 종이조각들을 하나하나 이어 붙이기 시작했다. 제일 먼저 알아본 단어는 "사랑에 상처 입은 프로테우스"였다. 이 사랑의 밀어를 찢어진 종이조각 속에서 찾아 낸 그녀는 참으로 안타까워하며 ('사랑에 상처 입은 프로테우스'라는 표현을 빌어) 그 종이들이 '상처를 입었다'면서 이 다정한 단어들에게 말을 건넸다. 상처가 나을 때까지 침대에 누이듯 가슴에 안고 보상하는 뜻으로 각각의 종이에 입을 맞추겠다고 속삭였다.

이렇듯 어여쁜 아가씨의 유치한 태도로 말을 이어가다가 아무리 해도 편지 내용을 다 알아 낼 수 없게 되자, 이토록 사랑스럽고 달콤한 말을 망가뜨려 버린 자신의 경솔한 행동을 자책하며, 전에 없이 다정다감하게 프로테우스에게 편지를 썼다.

프로테우스는 자신이 보낸 편지에 호의적인 답장을 받고는 기쁨을 감추지 못했다. 편지를 읽으며 소리쳤다. "달콤한 사랑, 달콤한 구절, 달콤한 인생이로다!"

한참 황홀해하고 있을 때 그의 아버지가 들이닥쳤다. 그 노신사가 물었다. "무슨 편지를 읽고 있느냐?"

프로테우스가 대답했다. "제 친구 발렌타인이 밀라노에서 보내 온 편지예요."

"내게 보여 다오. 무슨 소식이 있는지 보자." 아버지가 말했다.

"별다른 소식은 없습니다." 프로테우스가 크게 놀라며 둘러댔다. "밀라노 공작이 그를 매우 총애하신다는군요. 매일매일 후한 대접을 받고 있으며, 제가 그와 같이 행운을 나눌 수 있기를 소망한다는 내용입니다."

"그 소망을 너는 어찌 생각하느냐?" 아버지가 물었다.

"저로서는 친구의 소망보다 아버지의 뜻을 따라야지요." 프로테우스가 대답했다.

우연히도 프로테우스의 아버지는 방금 이 주제에 관해 친구와 이야기를 나눈 참이었다. 그 친구는 대개의 아버지들이 아들을 외국으로 보내 발전을 모색케 하는데 어째서 귀댁의 아들은 집에서 젊음을 허비하게 하는지 모르겠다며 이렇게 말했다.

"어떤 이는 아들을 전쟁터로 보내 행운을 잡게 하고, 어떤 이는 저 멀리 섬을 찾으러 보내고, 어떤 이는 외국의 대학에 공부하러 보냅니다. 아드님의 친구 발렌타인만 해도 밀라노 공작의 궁으로 떠나지 않았습니까. 아드님은 이 어떠한 일에도 잘 맞을 겁니다. 젊을 때 여행하지 않으면 나이들어 큰 손해를 보게 되지요."

프로테우스의 아버지는 친구의 충고가 매우 적절하다고 판단했다. 그래서 발렌타인이 "행운을 같이 나누고 싶다"고 했다는 아들의 말을 듣고, 당장에 아들을 밀라노에 보내기로 결심했다. 언제나 독단적으로 명령하는 것이 이 노신사의 습관이어서, 갑작스러운 결정의 이유를 설명해 주지 않고 프로테우스에게 곧바로 말했다.

"나의 뜻도 발렌타인의 소망과 같다." 아들이 경악하는 것을 보고는 덧붙였다. "내가 이렇게 갑자기 너를 밀라노 공작의 궁에 보내기로 결정했다고 해서, 놀랄 것 없다. 내 뜻대로 하는 것이니 더 말할 필요 없이, 내일 떠나거라. 핑계 대지 말아라. 나는 이미 마음을 정했다."

프로테우스는 반대해 봤자 소용없다는 것을 알고 있었다. 아버지는 자신의 의견과 반대되는 의견을 결코 용납하는 분이 아니었기 때문이다. 줄리아의 편지를 거짓으로 고하여 그녀의 곁에서 떠날 수밖에 없는 상황으로 만들어 버린 자신이 원망스러울 뿐이었다.

오랫동안 프로테우스와 헤어져야 한다는 사실을 알게 된 줄리아는 더 이상 무관심한 척하지 않았다. 그들은 변치 않는 사랑을 수없이 맹세하며 가슴 아픈 작별을 나눴다. 영원히 서로를 기억하겠다는 약조로 반지를 교환하고 슬프게 이별을 했다. 그 후 프로테우스는 친구 발렌타인이 체류하고 있는 밀라노로 출발했다.

발렌타인은 실제로 프로테우스가 아버지에게 거짓으로 고한 상황 그대로, 밀라노 공작에게 큰 총애를 받고 있었다. 그 외에 프로테우스가 꿈에도 생각지 못한 다른 일도 발생했는데, 발렌타인이 그토록 자랑스러워하던 자유를 포기하고 프로테우스처럼 정열적인 연인이 되어 있었던 것이다.

발렌타인에게 이처럼 놀라운 변화를 일으킨 여인은 밀라노 공작의 딸 실비아였다. 그녀 역시 그를 사랑하고 있었지만 공작에게는 그들의 사랑을 알리지 않았다. 공작이 발렌타인에게 친절을 베풀며 매일 궁으로 초대한다고는 해도, 자신의 딸을 젊은 신하인 서리오에게 시집 보낼 생각이었던 것이다. 하지만 실비아는 발렌타인이 갖춘 빼어난 자질과 뛰어난 감각 중 어느 것 하나 갖추지 못한 서리오를 경멸할 뿐이었다.

하루는 두 적수인 서리오와 발렌타인이 함께 실비아를 만나러 갔다. 발렌타인이 서리오의 모든 말을 조롱거리로 만들어 실비아를 즐겁게 해 주고 있을 때, 공작이 그 방으로 들어와 그의 친구 프로테우스가 밀라노에 도착했다는 반가운 소식을 전해 주었다.

"저에게 소원이 하나 있다면, 그 친구를 여기서 보는 것이었답니다!" 발렌타인이 반색을 하며 공작에게 프로테우스를 격찬했다. "공작님, 저는 나태한 게으름뱅이였으나, 저의 친구는 시간을 유익하고 훌륭하게 활용하여, 인품으로나 지성으로나 신사로서 나무랄 데 없는 품격을 갖추고 있습니다."

"그렇다면 품격에 맞게 환대해야지." 공작이 말했다. "실비아, 손님을 잘 대접해라, 자네 서리오 경도 그리하시오. 발렌타인, 자네에게는 굳이 말할 필요 없겠지."

이 때 프로테우스의 등장으로 그들의 대화가 중단되었다. 발렌타인이 실비아에게 친구를 소개하며 말했다. "사랑스런 아가씨, 저와 마찬가지로 아가씨의 종이 되게 해 주십시오."

이 방문을 마치고 프로테우스와 단둘이 있게 되자, 발렌타인이 물었다. "어떻게 여기까지 오게 되었는가? 자네의 연인은 어떤가? 사랑은 잘 진행되고 있는가?"

"내가 사랑 이야기를 할 때면 자네는 지루해했지. 자네가 사랑 이야기를 즐기지 않는다는 건 알고 있다네." 프로테우스가 대꾸했다.

"그랬지, 프로테우스. 하지만 이제는 달라졌어. 사랑을 비난한 죄로 고행을 하고 있네. 사랑을 경멸한 죄로, 사랑이 나의 넋 나간 눈에서 잠을 쫓아 내고 있어. 아, 프로테우스, 사랑이라는 위대한 군주가 나를 겸손하게 만들었네. 사랑의 징계와 같은 고통은 없으며, 사랑을 섬기는 것 같은 기쁨 또한 이 지상에는 없지. 이제는 사랑에 관한 이야기가 아니면 다 싫네. 이제 사랑이라는 말만으로도 아침을 먹고, 만찬을 먹고, 저녁을 먹고, 잠을 잘 수 있다네."

사랑 때문에 이토록 변해 버린 발렌타인의 모습은 프로테우스가 흡족해하고도 남을 일이었다. 하지만 프로테우스는 더 이상 '친구'라고 불릴 수 없었다. 전지전능한 사랑의 신이 (두 사람이 발렌타인을 바꿔 놓은 사랑의 힘을 말하는 이 순간에도) 프로테우스의 심장에 똑같은 효력을 미치고 있었기 때문이다. 지금까지 진정한 사랑과 완벽한 우정의 모범이었던 그가 아주 잠깐 만난 실비아로 인해 거짓된 친구이자 불성실한 연인이 되고 말았다.

실비아를 처음 본 순간, 줄리아에 대한 사랑은 모두 꿈처럼 사라졌다. 발렌타인과 나눈 오랜 우정도 그녀의 애정을 차지하겠다는 그의 집념을 막지 못했다. 물론 천성이 선한 사람들이 나쁜 마음을 먹게 되었을 때 그렇듯, 줄리아를 버리고 발렌타인의 연적이 되겠다고 결심하기까지 수없는 망설임이 있었지만, 결국에는 도리를 저버리고 새로이 싹튼 불행한 정열에 사로잡히게 되었다.

발렌타인은 친구를 믿고 자신의 사랑 이야기를 모조리 털어놓았다. 실비아와의 사랑을 공작에게 조심스럽게 숨겨 왔으며, 공작의 승낙을 얻을 수 없을 것 같아 절망적인 심정으로 그날 밤 실비아와 같이 궁을 떠나 만투아로 가기로 했다고 말했다. 그 다음에 밧줄로 된 사다리를 보여 주며, 날이 어두워진 후에 이 사다리를 타고 실비아가 창밖으로 빠져나올 것이라고 했다.

친구의 가장 은밀한 비밀을 다 듣고 나서, 믿어지지 않는 일이지만, 프로테우스는 공작에게 가서 모든 내용을 폭로하기로 결심했다.

배신을 작정한 이 못된 친구는 공작에게 찾아가 교활한 언변으로 이야기를 시작했다. 우정을 따르자면 그가 말하려는 이 내용을 숨겨야 마땅하지만, 공작이 베풀어 준 자애로운 호의와 은혜를 입은 몸이라서, 세상의 좋은 것을 다 준대도 털어놓지 않을 이 이야기를 말씀드리지 않을 수 없다고 했다. 그 후에 발렌타인에게 들은 내용을 모조리 고해바쳤다. 발렌타인이 긴 망토 안에 밧줄 사다리를 숨기고 있을 것이며, 그것으로 무슨 짓을 하려는지에 대해서도 빠뜨리지 않았다.

공작은 친구의 부정한 행동을 숨기지 않고 말해 준 프로테우스를 참으로 고결하게 여겨 크게 칭찬하고는, 이 정보를 누구에게 들었는지 모르게 하겠다고 약속했다. 책략을 써서 발렌타인 스스로 비밀을 드러낼 수밖에 없게 만들겠다는 것이었다.

이 목적을 달성하기 위해 공작은 저녁에 발렌타인이 오기를 기다렸다. 머잖아 서둘러 궁으로 달려오는 발렌타인의 모습이 보였고, 그의 망토 안에 감싸고 있는 듯한 무언가가 밧줄 사다리임에 틀림없다고 판단했다.

공작이 그를 가로막아 서며 물었다. "어딜 그리 급히 가는가, 발렌타인?"

"황송합니다, 전하. 마침 친구들에게 가는 인편이 있어서 편지를 전하러 가는 중입니다." 발렌타인이 대답했다.

밸런타인의 거짓말은 프로테우스가 아버지에게 한 거짓말만큼이나 성공을 거두지 못했다.

"중요한 일인가?" 공작이 물었다.

"그렇지는 않습니다. 전하의 궁에서 편안히 잘 지내고 있다는 소식을 아버님께 전하려는 것뿐이죠."

"그러면 괜찮겠군. 잠시 나와 얘기 좀 하세. 요즘에 걱정되는 일이 하나 있어서 자네의 조언을 듣고 싶네."

그 다음에 공작은 정교한 이야기를 꾸며 내기 시작했다. 발렌타인에게 비밀을 캐내려는 서막으로, 서리오와 딸을 결혼시키려 하는데 실비아가 도무지 자신의 명령을 듣지 않는다고 말했다.

"그 아이는 자신이 내 딸이라는 걸 생각지 않고 나를 아비로서 두려워하지도 않네. 그래서 말일세, 그렇게 교만한 딸자식은 사

랑해 주지 않기로 했어. 한 때는 그 아이의 자식된 도리에 나의 노년을 맡겨 볼까 생각했지만, 이제는 아내를 얻기로 결심했네. 딸아이는 데려가겠다는 사람한테 보내 버리겠네. 이 아비와 아비의 재산에 관심도 없는 아이이니 자기 미모를 지참금 삼으라지."

발렌타인은 공작이 이런 얘기를 하는 목적을 알 수 없어하며 물었다. "전하께서는 제가 어찌 하길 바라시는지요?"

공작이 말했다. "아, 내가 결혼하려는 여인은 착하고 얌전하다네. 그런데 노인의 언변이 제대로 먹힐 것 같지가 않아. 게다가 구애하는 방식이 내가 젊을 때와는 많이 달라졌지 않나. 그래서 자네를 스승으로 삼아 구애하는 법을 배우려 하네."

발렌타인은 아름다운 여인의 사랑을 얻고 싶을 때 당시 젊은이들이 사용하는 구애 법으로, 선물을 하거나 자주 찾아가는 등의 방법을 대략 설명해 주었다.

그러자 공작은 그 여인이 선물을 보내도 받지 않고, 아버지가 매우 엄하게 단속하고 있어서 낮에 접근할 방법이 없다고 말했다.

"그럼 밤에 찾아가셔야죠." 발렌타인이 말했다.

"하지만 밤에는," 공작은 이제 교묘하게 이 대화를 시작한 목적을 향해 접근해갔다. "문이 굳게 잠겨 있단 말일세."

발렌타인은 여기서 안타깝게도, 밤에 밧줄 사다리를 타고 여인의 방으로 들어가면 된다고 제안했다. 그런 사다리를 준비해 드릴 테니 자신이 지금 입고 있는 것과 비슷한 망토에 사다리를 숨기라고 충고했다.

"자네 망토를 빌려 주게."

공작은 이 망토를 벗겨 낼 구실을 찾으려고 이토록 장황하게 이야기를 늘어놓은 것이었다. 그래서 이제 발렌타인의 망토 자락을 홱 잡아당기니, 밧줄 사다리는 물론이고 실비아의 편지까지 드러났고, 당장 편지를 펼쳐 읽어 보니, 편지에 두 사람의 도주 계획이 상세하게 적혀 있었다.

공작은 자신이 베푼 호의를 이런 식으로 배은망덕하게 갚을 수가 있냐며 발렌타인을 호되게 질책하고 나서, 자기 딸을 훔쳐 가려 했으니 그 벌로 이 궁에서도 밀라노 시에서도 영원히 추방하겠노라고 선언했다. 발렌타인은 그 날 밤 실비아의 얼굴도 보지 못하고 그대로 쫓겨나고 말았다.

밀라노에서 프로테우스가 발렌타인에게 피해를 입히는 동안, 베로나에서 줄리아는 프로테우스가 없는 나날을 서글퍼하고 있었다. 마침내 사랑하는 마음을 주체할 수 없어 여인으로서의 도리를 잊고, 베로나를 떠나 밀라노로 애인을 찾아가기로 결심했다. 길에서 위험을 당하지 않도록 하녀 루세타와 같이 남자 옷을 입고, 남자의 모습으로 베로나를 떠났다. 그리하여 발렌타인이 프로테우스의 배신으로 도시에서 쫓겨난 직후에 밀라노에 도착했다.

줄리아는 정오쯤 밀라노에 들어가 묵을 숙소를 잡았다. 오로지 사랑하는 프로테우스만 생각하다가, 혹시라도 연인의 소식을 알 수 있을까 하여 여인숙 주인에게 말을 걸었다.

여인숙 주인은 용모로 보아 귀족 출신인 듯한 이 잘생긴 젊은 신사가(그에게는 이렇게 보였다) 친근하게 말을 붙여 주자 기분이 썩 좋았고, 게다가 천성이 착한 사람이어서 잘생긴 청년이 우울해 보이는 것을 안쓰럽게 여겼다. 그래서 그의 기분을 북돋아 주려고, 멋진 음악을 들을 수 있는 곳으로 데려가 주겠다고 말했다. 그 날 저녁에 어느 신사가 연인에게 음악을 연주하며 세레나데를 부른다는 것이었다.

줄리아가 우울해 보였던 이유는, 자신의 경솔한 행동을 프로테우스가 어떻게 받아들일지 알 수 없었기 때문이었다. 그가 자신의 품위 있는 성품과 고귀한 처녀로서의 자존심 때문에 사랑하는 것을 알고 있었으니, 이 모습을 보면 천하게 여길까 봐 걱정스러워서, 슬프고 우수에 잠긴 모습으로 보이게 된 것이다.

그녀는 가는 길에 프로테우스와 만날 수 있기를 은근히 바라며, 기꺼이 음악을 들으러 가겠다고 대답했다.

하지만 그녀가 여인숙 주인의 안내를 받아 궁으로 갔을 때, 친절한 주인이 의도한 것과는 매우 다른 결과가 벌어졌다. 슬프게도, 그녀는 그 곳에서 신의를 저버린 자신의 연인 프로테우스가 실비아에게 사랑과 칭송의 마음을 전하며 세레나데 부르는 모습을 보게 되었다. 실비아는 창가에 나타나, 사랑하는 연인을 배신하고 친구인 발렌타인마저 배신한 프로테우스를 질책하고 나서, 그의 음악과 아름다운 구애의 말을 듣지도 않고 안으로 들어가 버렸다. 그녀는 쫓겨난 발렌타인을 잊지 않는 신실한 여인이었고 친구로서 못할 짓을 한 프로테우스의 비열한 행동을 혐오스러워했다.

줄리아는 자신이 목격한 장면에 좌절하면서도, 한심한 프로테우스를 사랑하는 마음에는 변함이 없었다. 최근에 그의 하인이 떠났다는 말을 듣고, 친절한 여인숙 주인의 도움을 받아 자신이 직접 프로테우스의 시동이 되었다. 그녀가 줄리아인 줄을 모르는 프로테우스는 그녀의 연적 실비아에게 보내는 편지와 선물을 그녀의 손에 들려 보냈고, 심지어 베로나에서 그녀가 이별의 선물로 준 반지까지 실비아에게 전해 주라고 했다.

그녀가 반지를 들고 찾아갔을 때 실비아는 프로테우스의 구애를 일언지하에 거절하여 그녀의 마음을 기쁘게 했다. 이제 프로테우스의 시동 세바스찬이 된 줄리아는 실비아와 같이 프로테우스의 첫 사랑이자 버림받은 줄리아에 대해 이야기를 나누었다. 그녀는(누구나 그렇듯이) 자신을 호의적으로 설명하며, 줄리아 아가씨를 안다고 말했다. 줄리아 아가씨와 직접 대화도 나누었는데, 그분이 참으로 프로테우스 님을 사랑하고 그의 무정한 처사에 매우 비통해 하신다면서, 알쏭달쏭하게 말을 이었다.

"줄리아 아가씨는 키가 저와 비슷하고, 얼굴도, 눈동자도 머리색도 저와 같으십니다."

사실, 소년의 옷을 입은 줄리아는 더할 나위 없이 아름다운 젊은이로 보였다. 실비아는 그렇게 사랑스러운 아가씨가 사랑하는 남자에게 비참하게 버림받은 것을 생각하자 가슴이 뭉클해졌고, 줄리아가 프로테우스가 보낸 반지를 내밀었을 때 딱 잘라 거절했다.

"그 반지를 나에게 보내다니 창피한 줄도 모르는군요. 받지 않겠어요. 그것이 줄리아에게 받은 반지라는 소리를 전에 들었답니다. 이봐요, 그 가엾은 아가씨를 동정하는 마음이 갸륵하군요! 이 지갑을 받아 줘요. 줄리아 아가씨를 위해 이걸 드리겠어요."

연적의 입에서 이처럼 상냥한 위로의 말을 듣고 나니, 세바스찬으로 변장한 줄리아는 한결 마음이 가벼워지는 기분이었다.

이제 궁에서 쫓겨난 발렌타인에게로 돌아가 보자. 그는 어느 쪽으로 발길을 돌려야 할지 알 수가 없었다. 명예를 잃고 추방까지 당하여 아버지의 집으로 돌아가고 싶지 않았으므로, 마음에 고이 간직한 보물 실비아를 두고 온 밀라노에서 그리 멀지 않은 쓸쓸한 숲을 배회하고 있었다. 그 때 도적 떼가 나타나 가진 돈을 내놓으라고 위협했다.

발렌타인은 자신이 불운을 겪고 추방되어, 돈도 없고, 가진 것이라고는 입고 있는 옷이 전부라고 대답했다.

그의 괴로운 처지를 듣고, 그의 고상한 태도와 남자다운 행동에 감동을 받은 도둑들은 그들과 같이 가서 두목이 되어 준다면 그의 명령에 따를 것이고, 이 제안을 거절할 시에는 죽이겠다고 말했다.

자신이 어찌되든 관심이 없는 발렌타인은, 그들이 여인이나 가난한 여행객들에게 나쁜 짓을 하지 않기로 약속해 주면 두목이 되어 같이 살겠다고 동의했다.

그리하여 고결한 발렌타인은 민요에 나오는 로빈 후드처럼, 무법자들이 모인 도적 떼의 두목이 되었다. 이런 상황에서 그가 실비아와 만나게 되었으니, 상황은 이런 식으로 흘러갔다.

실비아는 아버지가 더 고집피우지 말고 서리오와 결혼하라고 강요하자, 이 결혼을 피해 만투아로 떠날 결심을 했다. 사랑하는 연인이 피신해 있는 곳이 그 곳인 줄 알고 결정한 것이지만 사실 그녀가 알고 있는 것과 달리, 발렌타인은 도둑들의 두목이 되어 숲에서 살고 있었다. 하지만 약탈 행위에는 가담하지 않고, 두목이라는 권위를 이용하여 여행객들에게 자비를 베풀게 할 뿐이었다.

실비아는 아버지의 궁에서 교묘하게 탈출할 계획을 세웠는데, 에글래머라는 노신사에게 도움을 요청하여 가는 길에 보호해 달라고 부탁했다. 하지만 발렌타인과 도둑들이 사는 숲을 지나다, 실비아는 도둑 한 명에게 붙잡히고 에글래머는 간신히 피해 달아나는 지경이 되었다.

실비아를 잡은 도둑은 두려워하는 그녀에게 놀라지 말라면서, 두목이 계시는 동굴로 데려가는 것뿐이라고 말했다. 그들의 두목은 존경스러운 분이고 언제나 여인들에게 인정을 보여주셨으니 전혀 겁낼 필요가 없다고 했다.

하지만 실비아는 무법자들의 두목에게 인질로 끌려가는 것이니 만큼 조금도 위로가 되지 않았다. "아, 발렌타인." 그녀가 울부짖었다. "당신을 위해 견디겠어요!"

그런데 그녀를 두목의 동굴로 데리고 가던 도둑은 실비아가 도망친 소식을 듣고 이 숲까지 추적해 온 프로테우스에게 제지당했다. 시동으로 변장한 줄리아도 그의 곁에 함께 있었다. 프로테우스는 도둑의 손아귀에서 실비아를 구출하고 나서, 그녀가 그의 도움에 고마워할 겨를도 없이, 다시 사랑의 구애를 하며 그녀를 괴롭히기 시작했다. 그가 무례할 정도로 결혼을 승낙해 달라고 재촉하는 동안, 그의 시동은(불쌍한 줄리아는) 방금 프로테우스가 실비아를 구해 준 일로 실비아의 마음이 움직여 그를 받아들이면 어쩌나 조마조마해하며 그 옆에 서 있었다.

그 때 갑자기 발렌타인이 나타나 모두를 놀라게 했다. 도둑이 어떤 아가씨를 붙잡았다는 말을 듣고 구해 주고 위로해 주려고 달려온 것이다.

실비아에게 구애를 하다 친구에게 들켜 버린 프로테우스는 창피스럽고 동시에 후회하는 마음과 양심의 가책을 느끼게 되었다. 그래서 자신이 한 못된 짓에 대해 발렌타인에게 절절히 용서를 구했다. 낭만적이라 할 만큼 천성이 고결하고 너그러운 발렌타인은 그를 기꺼이 용서하며 예전처럼 친구로 받아 주었을 뿐 아니라, 갑자기 발동한 영웅심에 이끌려 말했다.

"아낌없이 자네를 용서하겠네. 그리고 실비아에 대한 내 사랑도 모두, 자네를 위해 포기하겠네."

시동으로 주인의 옆에 서 있던 줄리아는 이 괴상한 제안을 듣는 순간, 프로테우스가 새로 다진 우정 때문에 실비아를 거절하지 못할까 봐 두려워 그대로 기절해 버렸다. 모두들 그녀를 회복시키려고 정신이 없었기에 망정이지, 그렇지 않았으면 실비아는 발렌타인이 자신을 양보한 사실에 몹시 화가 났을 것이다. 오랜 세월 동안 관대한 행동으로 일관해 온 발렌타인의 우정을 도저히 이해할 수 없었을 테니까 말이다.

혼절 상태에서 깨어난 줄리아가 말했다. "주인님이 실비아 아가씨에게 이 반지를 전하라고 하셨는데 제가 잊고 있었습니다."

반지를 본 프로테우스는 그 반지가 다름 아니라 자신이 줄리아에게 주었던 반지인 것을 알아보았다. 그녀에게 담보로 받은 반지는 이미 시동을 시켜 실비아에게 보냈던 것이다.

"이게 어찌 된 일이지?" 그가 다그쳤다. "이것은 줄리아의 반지다. 네가 이걸 어떻게 갖고 있느냐?"

줄리아가 대답했다. "줄리아 아가씨가 제게 주었고, 줄리아 아가씨가 이 곳으로 가져왔습니다."

이제야 그녀를 열심히 뜯어 본 프로테우스는 자신의 시동 세바스찬이 틀림없는 줄리아라고 확신하게 되었다. 이처럼 그녀가 그에게 품은 진실한 사랑과 변치 않는 마음을 보여 주자, 그의 마음에서도 그녀에 대한 사랑이 다시금 우러나 그녀를 소중한 연인으로 받아들였다. 그리고는 실비아에 대한 권리를 기쁜 마음으로 포기하고, 그녀와 아주 잘 어울리는 발렌타인에게 돌려 주었다.

프로테우스와 발렌타인이 서로 화해하며 신실한 여인들의 사랑에 흠뻑 빠져 행복해하고 있을 때, 실비아를 뒤쫓아 온 밀라노 공작과 서리오가 불쑥 나타났다.

서리오가 먼저 다가와 실비아를 붙잡으려 하며 말했다. "이 여자는 내 것이오."

발렌타인이 그에게 맹렬하게 소리쳤다. "서리오, 물러서시오. 다시 한 번 실비아를 당신의 여자라 하면 죽음을 면치 못할 것이오. 여기 서 있는 이 여인에게 손대지 마시오! 내 여자에게 말 한마디도 걸지 마시오."

이 위협을 듣고 천하의 겁쟁이 서리오는 비실비실 뒤로 물러났다. 자신은 실비아를 바라지 않으며, 자신을 사랑하지 않는 여자를 위해 싸우는 바보가 세상에 어디 있겠냐고 말했다.

용기를 중시하는 공작은 서리오의 말에 극도로 분노하며 외쳤다. "내 딸을 얻으려고 무던히도 애를 쓰더니 이처럼 가볍게 내버릴 수가 있나, 참으로 비열하고 몹쓸 놈이로다." 그리고는 발렌타인을 돌아보며 말했다. "자네의 기상을 높이 평가하네, 발렌타인, 왕후의 사랑을 받을 만한 자로다. 그녀를 차지할 자격이 있는 자네에게 실비아를 주겠네."

발렌타인은 매우 겸손하게 공작의 손에 입을 맞추며 딸을 주겠다는 제안을 감사히 받아들였다. 이 기쁨의 순간을 기회로 삼아, 숲에서 함께 지낸 도둑들을 용서해 달라고 공작에게 간청하고는, 그들이 사회로 돌아가면 마음을 돌이켜 선량하고 쓸모 있는 백성이 될 것이라고 약속했다. 그들 대부분이 더러운 범죄를 저지른 것이 아니라 발렌타인의 경우처럼 나라에 밉보여 추방당한 자들이었기 때문이다. 공작은 이 청을 지체 없이 수락했다.

이제는 한 때 친구로서의 신의를 저버렸던 프로테우스가 사랑에 눈이 멀어 저지른 잘못을 참회하며 공작 앞에서 자신의 사랑과 거짓에 관한 모든 이야기를 말씀드리는 일밖에 남지 않았다. 다시금 선악의 판단력을 회복한 그에게, 이런 설명을 하는 창피함으로도 충분한 벌이 되었다. 이 일이 끝난 뒤 밀라노로 돌아간 네 명의 연인은 공작이 보는 앞에서 성대한 결혼식을 치르고, 곧이어 즐거운 잔치가 벌어졌다.

베니스의 상인

 베니스에 샤일록이라는 유대인이 살고 있었다. 그는 기독교도 상인들에게 돈을 빌려 주고 높은 이자를 받아 챙기며 막대한 재산을 긁어모은 고리대금업자였다. 인정머리라고는 찾아볼 수 없이 빌려 준 돈을 어찌나 모질게 받아 내는지, 선한 사람치고 그를 미워하지 않는 사람이 없었고, 그 중에서도 베니스의 젊은 상인 안토니오가 특히 미워했다.

 샤일록도 그 못지않게 안토니오를 미워했다. 그가 어려움에 처한 사람들에게 돈을 빌려 주고 이자도 받지 않았기 때문이다. 상황이 이러니 욕심 많은 유대인과 인정 많은 상인 안토니오의 사이가 좋을 리 없었는데, 안토니오는 리알토(당시의 상업중심지)에서 샤일록을 만날 때마다 그의 고리대금과 냉혹한 처사를 비난했고, 그 유대인은 겉으로 꾹꾹 눌러 참았지만 속으로는 복수의 칼날을 갈고 있었다.

안토니오는 누구보다 친절하고, 형편이 좋았을 뿐 아니라, 부탁을 거절하지 않는 사람이었다. 실제로 이탈리아의 어느 누구보다 고대 로마의 명예로움을 가장 잘 보여 주는 사람이라 할 수 있었다. 베니스의 시민들이 모두 그를 사랑했지만, 그가 가장 가깝게 여기고 사랑하는 친구는 베니스의 귀족인 밧사니오였다. 재산이 별로 없는 귀족 청년들이 자주 그렇듯이, 그는 물려받은 재산이 별로 없는데도 걸맞지 않게 사치스러운 생활을 하다가 얼마 안 되는 재산마저 거의 탕진하고 말았다. 밧사니오가 궁핍해 있을 때마다 안토니오가 도움을 주었으니, 그들은 마치 하나의 심장과 하나의 지갑을 지닌 사람들 같았다.

어느 날 밧사니오가 안토니오에게 찾아가, 몹시 사랑하는 여인이 있으며 그녀와 결혼하여 재산을 회복하고 싶다고 말했다. 이 아가씨의 부친은 최근에 돌아가셨고 유일한 상속녀인 그녀에게 많은 재산을 남겼는데, 아가씨의 아버지가 살아 계실 적에 그 집에 찾아갔을 때마다 이 여인이 가끔씩 그가 구애를 해오면 반갑게 받아 주겠다는 마음을 말없이 눈으로 전하는 듯했다고 했다. 하지만 부유한 그녀의 구혼자로 어울릴 만하게 자신을 꾸밀 돈이 없으니, 지금까지 여러 번 호의를 베풀어 준데 더하여 이번 한 번만 3천 더커트를 빌려 달라고 안토니오에게 간청했다.

안토니오는 그 때 친구에게 빌려 줄 돈이 없었지만, 물건을 싣고 돌아오기로 예정된 배가 있었다. 그래서 돈 많은 고리대금업자 샤일록에게 찾아가 그 배를 담보로 돈을 빌리겠다고 말했다.

이렇게 밧사니오와 함께 샤일록에게 찾아간 안토니오는 이자를 얼마든지 불러도 좋으니 3천 더커트를 빌려 달라고 부탁했다. 배가 들어오면 그 배에 있는 물건으로 빌린 돈을 갚겠다고 했다.

이 말을 들은 샤일록은 속으로 생각했다. "이 자의 약점을 잡으면 오랫동안 쌓인 나의 원한을 풀 수 있으렷다. 이 자는 우리 유대 민족을 미워해. 공짜로 돈을 빌려 주고, 상인들이 있는 앞에서 나를 욕하고, 내 장사를 이자놀이라고 비난했겠다. 내가 이 놈을 용서한다면 나의 민족이 저주받을 일이지!"

그가 속으로 궁리하며 대답을 하지 않자, 돈이 급한 안토니오는 다시 재촉했다. "샤일록, 듣고 있는 거요? 돈을 빌려 주겠소?"

이윽고 유대인이 대답했다. "안토니오 님, 리알토에서 만날 때마다 수없이 자주 나의 돈과 고리대금을 비난하셨잖습니까. 나는 그 때마다 어깨만 으쓱이며 끈기 있게 참아 왔지요. 인내는 우리 민족의 특징이니까요. 당신은 나를 믿음이 없는 이단자라느니, 흉악한 개자식이라느니 욕을 하고, 나의 유대 의복에 침을 뱉고, 똥개를 걷어차듯 발길질을 하셨지요. 자, 그런데, 이제 내 도움이 필요하시다니요. 나에게 와서 '샤일록, 돈을 빌려 주게'라고 말씀하시다니요. 개에게 무슨 돈이 있겠습니까? 똥개가 3천 더

커트를 빌려 줄 수 있겠습니까? 고개 숙여 이렇게 말씀드릴까요? 대단하신 나리, 당신은 지난 수요일에 나에게 침을 뱉고, 다른 날에는 나더러 개자식이라 하셨으니, 그 친절에 대한 보답으로 돈을 빌려드리리다, 이렇게 답을 해야 할까요?"

안토니오가 대꾸했다. "나는 다시 그렇게 당신을 욕할 것이고, 다시 침을 뱉고, 또 발길질할 거요. 나에게 이 돈을 빌려 줄 거라면, 친구로서가 아니라 원수로서 빌려 주시오. 그러면 내가 약속을 어길 시에 더 떳떳하게 처벌을 요구할 수 있을 것이오."

"아니, 이보세요, 왜 이리 야단이십니까!" 샤일록이 말했다. "나는 당신의 친구가 되어 당신의 호의를 받겠습니다. 나에게 퍼부은 모욕은 잊어드리죠. 필요한 돈을 꾸어드리고 이자도 받지 않겠습니다."

일견 친절해 보이는 이 제안에 안토니오가 매우 놀라워하자, 샤일록은 다시 친절을 가장하며 자신의 모든 행동은 안토니오의 애정을 받기 위한 것이니 3천 더커트를 빌려 주고 이자를 받지 않겠노라고 거듭 밝혔다. 다만 재미있는 놀이 삼아, 자신과 같이 변호사에게 가서, 정해진 날까지 돈을 갚지 못하면 샤일록이 원하는 신체 어느 부위에서든 살점 일 파운드를 잘라 낼 수 있다는 증서에 서명을 해 달라고 안토니오에게 말했다.

"좋소." 안토니오가 대답했다. "이 증서에 서명하고, 유대인도 상당히 친절하더라고 얘기하겠소."

밧사니오는 자기 때문에 그런 증서에 서명하면 안 된다고 반대했지만, 안토니오는 지불 기일이 되기 전에 자신의 배가 그 액수의 몇 배나 되는 짐을 싣고 돌아올 것이니 서명해도 상관없다고 고집을 부렸다.

이 언쟁을 듣고 있던 샤일록이 외쳤다. "오, 아브라함 아버지, 기독교인들은 왜 이리 의심이 많은 겁니까! 자기네 거래가 까다로우니 다른 사람의 생각마저 의심스러워지나 봅니다. 이거 하나만 말씀드리죠, 밧사니오. 이분이 기일을 어기게 된다 해도, 내가 위약금을 청구하여 무슨 이득을 보겠습니까? 인간의 살점 일 파운드를 떼어 내 봤자, 양고기나 소고기만한 가치도 없고 수익도 안 나요. 나는 그의 호의를 얻기 위해 이 우정을 제안하는 것이니, 받아들일 생각이 있으면 받아들이고. 싫다면 안녕히 가십시오."

유대인이 아무리 친절한 마음으로 하는 일이라고 떠벌여도, 밧사니오는 친구가 자기 때문에 이토록 충격적이고 위험한 처벌을 받아들이는 것이 내키지 않아 극구 만류했지만, 안토니오는 친구의 충고를 무시하고 이것이(유대인의 말대로) 재미있는 놀이라고만 생각하며 결국 증서에 서명했다.

밧사니오가 결혼하고 싶어 하는 부유한 상속녀는 베니스 근처 벨몬트라는 곳에 살고 있었다. 그녀의 이름은 포샤였는데, 인품으로나 지성으로나 그 옛날 카토의 딸이자 브루투스의 아내였던 포샤[5]에 뒤지지 않는 여인이었다.

---

5) Portia : 카이사르 반대파에 속했던 카토의 딸이며, 후에 카이사르를 암살한 브루투스의 아내였던 포르키아를 뜻한다.

친구 안토니오가 크나큰 친절을 베풀어 생명의 위험을 무릅쓰고 빌려 준 돈으로, 밧사니오는 화려한 수행원들을 이끌고 그라시아노라는 남자와 함께 벨몬트로 출발했다.

밧사니오의 구애는 성공을 거두었고, 포샤는 곧 그를 남편으로 받아들이기로 했다.

밧사니오는 포샤에게 자신의 처지를 솔직하게 고백했다. 자신은 재산이 없는 사람이며 자랑할 수 있는 것이라고는 높은 신분과 귀족 조상들뿐이라고 말했다. 하지만 포샤는 남편의 재산을 따지지 않아도 되는 부자였고 그의 훌륭한 인품에 사랑을 느꼈으므로, 그에게 더 어울리는 여인이 되기 위해 천 배 더 아름답고 만 배 더 부자이기를 바란다고 우아하고 겸손하게 대답했다. 그 후에 이 교양 있는 포샤는 한층 자신을 낮추어, 자신이 비록 배우지 못하고 학식 없고 경험도 없지만 나이가 많지 않으니 앞으로 배울 수 있으며, 모든 일에 그의 지도와 다스림을 받는 온유한 여인이 되겠다고 약속했다.

"저 자신과 저에게 속한 것은 당신의 것이 되었어요. 밧사니오 님, 어제까지는 제가 이 아름다운 집의 주인이고, 제 스스로가 여왕이며 이 하인들의 주인이었지만, 이제 이 집과 하인과 저는 당신 것이에요. 그 모두와 함께 이 반지를 드리겠어요." 그러면서 밧사니오에게 반지를 내밀었다.

밧사니오는 고상하고 부유한 포샤가 재산도 없는 자신을 이토록 우아하게 받아 주는 것이 놀랍고 고마웠다. 그가 자신을 높이 받들어 준 이 사랑스런 여인에게 느낀 경의와 기쁨은 말로 다 표현할 수 없을 정도여서, 그저 더듬더듬 사랑과 감사의 마음을 전하며, 반지를 받아들고는 이 반지를 영원히 빼지 않겠다고 맹세할 수 있을 뿐이었다.

포샤가 지극히 우아한 태도로 밧사니오에게 순종하는 아내가 되겠다고 약속할 때, 포샤의 시녀 네리사와 그라시아노가 그 옆에서 시중을 들고 있었는데, 갑자기 그라시아노가 앞으로 나서더니, 밧사니오 님과 자비로운 아가씨에게 기쁨이 넘치기를 바라며 자신도 같은 날에 결혼할 수 있게 해 달라고 청했다.

"자네가 아내를 얻을 수 있다면 기쁘게 허락하겠네, 그라시아노." 밧사니오가 대답했다.

그러자 그라시아노는 포샤 아가씨의 아름다운 시녀 네리사를 사랑한다면서, 포샤 아가씨와 밧사니오 님이 결혼하게 되면 네리사도 그의 아내가 되어 주기로 약속했노라고 말했다.

포샤가 사실이냐고 묻자 네리사가 대답했다. "사실입니다, 아가씨가 이 일을 허락하신다면요."

포샤는 기꺼이 허락해 주었고, 밧사니오도 기분 좋게 말했다. "그라시아노, 자네의 결혼으로 우리의 결혼잔치가 한결 빛날 것 같소."

이 연인들의 행복은 갑작스레 등장한 심부름꾼으로 인해 슬픔으로 바뀌었다. 심부름꾼은 안타까운 소식을 담은 안토니오의 편지를 가지고 왔다.

밧사니오가 안토니오의 편지를 읽으며 안색이 창백해지자, 포샤는 사랑하는 친구가 죽었다는 소식이 아닐까 걱정하며, 무슨 사연인데 이토록 심난해하시냐고 물었다.

그가 대답했다. "사랑스런 포샤, 이 편지에 쓰인 글처럼 뼈아픈 글은 세상에 없을 거요. 내가 처음 당신에게 사랑의 마음을 전할 때, 내 혈관에 흐르는 피가 내가 가진 전부라고 제멋대로 말하였으나, 사실은 무일푼보다 더 한심한 처지라고 말해야 했소. 빚이 있으니 말이오."

그 후에 밧사니오는 안토니오에게 돈을 빌려야 했던 사정을 이야기했다. 안토니오가 유대인 샤일록에게 그 돈을 빌려 마련해 주었는데, 그 때 약속한 기일에 돈을 갚지 못하면 살점 일 파운드를 베어 내기로 약속하는 증서에 서명을 했다고 설명하고는, 안토니오의 편지를 읽어 주었다. 내용은 이러했다.

'친애하는 밧사니오, 나의 배들이 모두 난파되었소. 유대인에게 약속한 기한이 넘어, 이제 증서에 쓰인 대로 시행하면 살아나기 힘들 터이니, 죽기 전에 자네를 한 번 보고 싶은 소망이 있소. 하지만 나를 사랑하더라도 사정이 여의치 않으면, 내 편지는 신경 쓰지 말고 형편대로 하시게.'

"오, 맙소사." 포샤가 놀라워했다. "여기 일을 처리하고 어서 떠나세요. 밧사니오 님의 잘못으로 착한 친구 분이 머리카락 한 올이라도 다치는 일이 있어서는 안 되니, 그 돈의 스무 배라도 드릴게요. 당신을 힘들게 얻은 만큼 더 소중하게 사랑하겠어요."

포샤는 자기 돈을 정당하게 사용할 수 있는 권리를 주려고 밧사니오가 출발하기 전에 서둘러 결혼식을 올렸다. 그라시아노와 네리사도 그 날 같이 결혼했다. 예식이 끝나자마자 밧사니오와 그라시아노는 급히 베니스로 출발했고, 이미 그 곳 감옥에 갇혀 있던 안토니오를 만나게 되었다.

밧사니오가 빌린 돈을 갚겠다고 제안했지만, 잔인한 유대인은 지급기일이 지났다는 이유로 그 돈을 거절하며 약속대로 안토니오의 살점 일 파운드를 받아 내겠다고 고집했다. 베니스 공작 앞에서 이 충격적인 사건을 재판할 날이 정해졌고, 밧사니오는 심장이 타들어가는 심정으로 재판 날을 기다리는 수밖에 없었다.

포샤는 남편과 헤어질 당시에 소중한 친구와 함께 돌아오시라고 명랑하게 말을 건넸지만, 그 일이 쉬울 것으로 생각되지 않았다. 그래서 혼자 남게 되자 남편의 친구의 생명을 구하는데 도움이 될 수 있는 방안을 궁리하기 시작했다. 밧사니오를 떠받들고자 할 때는 온순하고 품위 있는 아내답게 그의 탁월한 지혜가 인도하는 대로 모든 일에 순종하겠다고 말했지만, 남편의 친구가 위험에 처해 있어 조치를 취해야 하는 지금은, 자신의 힘을 믿으며 오로지 자신이 진실하고 완벽하다고 믿는 판단에 따라, 당장 베니스로 가서 안토니오를 변호해야겠다고 결심했다.

포샤에게는 변호사로 지내는 친척이 있었다. 벨라리오라는 이 신사에게 편지를 보내 사건을 설명하고 조언을 구하며, 충고를 적어 보내 주실 때 변호사복도 같이 보내 달라고 부탁했다. 심부름을 보냈던 하인은 재판 진행방식에 대한 충고가 담긴 벨라리오의 편지와 그 외에 그녀에게 필요한 모든 것을 가지고 돌아왔다.

포샤는 변호사복으로 갈아 입고 네리사는 서기 차림을 하여, 둘 다 남자로 변장을 했다. 그들은 그 즉시 출발하여, 재판 당일에 베니스에 도착했다. 베니스 공작과 원로원들이 모인 의사당에서 재판이 열리려는 순간, 포샤가 법정으로 들어가 벨라리오의 편지를 제시했다. 이 학식 있는 변호사가 공작에게 쓴 편지에는, 자신이 직접 와서 안토니오의 변론을 맡으려 했으나 몸이 불편한 관계로 박식한 젊은 박사 발사자(그가 포샤를 칭한 이름이다)를 대신 보내니 그에게 변론을 맡겨 달라고 요청하는 내용이 담겨 있었다. 공작은 변호사복과 커다란 가발로 그럴 듯하게 변장한 이 낯선 사람의 젊은 용모에 상당히 놀라면서도, 그 요청을 수락했다.

그리고 이제 중요한 재판이 시작되었다. 포샤는 주위를 둘러보며 냉혹한 유대인을 쳐다보았고, 밧사니오에게도 시선을 던졌다. 하지만 그는 변장한 그녀를 알아보지 못했다. 비통하고 두려운 표정으로 안토니오 옆에 서 있을 뿐이었다.

포샤는 자신이 하려는 이 일이 얼마나 어렵고 중요한 일인지 알고 있었으므로, 담대하게 용기를 가다듬고 맡은 바 의무를 진행해 나갔다. 제일 먼저 샤일록에게, 베니스 법률에 따라 그 증서에 표기된 처벌을 실행할 권리가 있다고 말한 다음에, 감정이 없는 샤일록의 마음을 제외하고 어떤 이의 마음이라도 누그러뜨릴 만큼 사근사근하게 '자비'의 고결한 특성을 설명했다.

자비는 하늘에서 이 땅으로 보내 주시는 부드러운 비처럼 내리는 것이며, 주는 이에게도 축복이요 받는 이에게도 축복이니 두 배의 축복이라고 말했다. 또한 그것은 하나님의 속성이라서 왕관보다도 더 군주를 군주답게 하며, 지상의 권력이 자비와 정의를 부드럽게 조율해 나갈 때 그만큼 하나님의 권세에 가까워지는 것이라고 했다. 그러면서 샤일록에게, 우리가 자비를 베풀어 달라고 기도할 때 그 기도는 우리도 그처럼 자비를 베풀어야 한다는 점을 가르쳐 주는 것이라고 알려 주었다.

샤일록은 증서에 쓰인 대로 받고 싶을 뿐이라고 대답했다.

"돈으로 받으면 안 되겠소?" 포샤가 물었다.

밧사니오가 이 때를 틈타 3천 더커트의 몇 배라도 지불하겠다고 제안했지만, 샤일록은 거절하며 안토니오의 살점 일 파운드를 갖겠다고 우겼다. 밧사니오는 안토니오의 생명을 구하기 위해 법을 조금만 조절해 달라고 젊은 변호사에게 애원했지만, 포샤는 이왕 법이 생겨난 이상 지킬 수밖에 없다고 근엄하게 답했다.

법을 바꿀 수 없다는 말이 변호사가 자기편을 들어 주는 거라고 생각한 샤일록은 신이 나서 외쳤다. "다니엘 같은 명재판관이 오셨구나! 오, 지혜로운 젊은 재판관님, 정말 대단하십니다! 보기보다 훨씬 성숙하십니다!"

포샤는 샤일록에게 증서를 보여 달라 하고, 그것을 읽은 후에 말했다. "이 증서는 기한이 지켜지지 않았으니, 이로써 유대인은 합법적으로 안토니오의 심장과 가까운 부위의 살 일 파운드를 요구할 권리가 있소." 그 다음에 샤일록에게 말했다. "자비를 베푸시오. 돈을 받아들이고, 이 증서를 찢으라 하시오."

하지만 잔인한 샤일록은 자비심을 보이지 않았다. "내 영혼을 걸고 맹세컨대, 인간의 말로는 내 마음을 바꿀 수 없소."

"그렇다면 안토니오, 당신은 가슴에 칼 받을 준비를 해야겠소." 포샤가 말했다.

샤일록이 살점을 베어 내려고 긴 칼을 열심히 갈고 있는 동안, 포샤는 안토니오에게 물었다. "할 말이 있소?"

차분하게 체념한 안토니오는 이미 죽음을 준비했으니 할 말이 없다고 대답했다. 그리고는 밧사니오에게 말했다. "악수나 하세, 밧사니오! 잘 있게! 내가 자네 때문에 불행을 당했다고 슬퍼하지 말게. 자네 아내에게 안부 전하고 내가 자네를 참으로 아꼈다고 말해 주게!"

밧사니오는 너무나 괴로워하며 대답했다. "안토니오, 내가 생명처럼 소중히 여기는 아내와 결혼했지만, 그 생명도, 아내도, 온 세상도 자네의 생명보다 귀하지는 않네. 여기 이 악마에게 모든 것을 잃어도, 모든 것을 희생해서라도 자네를 구하고 싶네."

마음씨 착한 포샤는 남편이 진정한 친구 안토니오에게 빚진 사랑을 강하게 표현한 것에 화가 나지는 않았다. 하지만 이 말에 한 마디 대꾸하지 않을 수 없었다. "당신의 아내가 이 자리에서 그 말을 들었다면, 과히 기분 좋아하지 않을 것이오."

그러자 주인의 행동을 따라하기 좋아하는 그라시아노는 자신도 밧시나오 님처럼 말해야겠다는 생각에, 포샤 옆에서 서기 차림으로 글씨를 쓰고 있는 네리사가 듣는 앞에서 이렇게 말했다. "나에게도 사랑하는 아내가 있지만, 하늘에 올라가 이 천박하고 잔인한 유대인의 성질을 바꿔 달라고 청원할 수만 있다면, 그녀가 천국에 있기를 바랄 겁니다."

네리사가 쏘아붙였다. "그런 말은 부인 없는 곳에서 해야죠, 안 그러면 집안이 뒤집힐 걸요."

샤일록이 성마르게 소리쳤다. "시간 낭비하지 말고, 얼른 판결이나 내려 주시오."

이제 법정에 있는 모든 이들은 두려운 일이 일어나리라 예상하며, 안토니오에 대한 슬픔으로 마음이 무거워졌다.

포샤는 살의 무게를 잴 저울이 준비되었냐고 물으며 말했다. "샤일록, 그가 피 흘려 죽지 않도록 의사를 불러 두어야 하오."

안토니오를 피 흘려 죽이려는 의도밖에 없는 샤일록이 대꾸했다. "증서에는 그런 내용이 없습니다."

"증서에 없더라도, 무슨 상관이오? 그 정도 자비는 베풀 수 있잖소."

그래도 샤일록의 대답은 변함없었다. "그런 내용은 찾아볼 수 없소. 증서에 쓰여 있지 않소."

포샤가 말했다. "그렇다면 안토니오의 살 일 파운드는 당신의 것이오. 법이 허락하고 법정이 인정하오. 그리고 그의 가슴 부위

샤일록이 긴 칼을 갈고 있다.

에서 이 살을 베어 낼 수 있소. 법이 허락하고 법정이 인정하오."

다시 샤일록이 외쳤다. "오, 현명하고 공정한 재판관이로다! 다니엘 명재판관님이 오셨구나!" 그가 다시 긴 칼을 갈며 안토니오를 매섭게 노려보았다. "자, 각오해라!"

"잠시 기다리시오, 유대인." 포샤가 제지했다. "더 일러둘 말이 있소. 증서에 따르면 피는 한 방울도 흘리지 말아야 하오. 증서에는 '살 일 파운드'라고만 적혀 있소. 살 일 파운드를 베어 내다가 기독교도의 피를 한 방울이라도 뿌린다면, 당신의 토지와 재산은 법에 의해 베니스 당국에 몰수될 것이오."

샤일록이 안토니오의 피를 흘리지 않고 살점을 베어 낸다는 것은 절대로 불가능한 일이었다. 증서에 명시된 내용은 살 일 파운드이지 피가 아니라는 포샤의 이 현명한 발견이 안토니오의 생명을 구했고, 너무나 다행스럽게 이 방법을 생각해 낸 젊은 변호사의 경이로운 총명함에 모두들 감탄을 금치 못했다. 의사당 곳곳에 박수갈채가 울려 퍼졌고, 그라시아노는 샤일록이 하던 말을 그대로 소리쳤다.

"오, 현명하고 공정한 재판관이로다! 보아라, 유대인아, 다니엘 명재판관님이 오셨구나!"

잔인한 의도가 실패로 돌아가자, 샤일록은 크게 실망하며 대신에 돈을 받겠다고 말했다. 밧사니오는 안토니오가 극적으로 살아난 사실이 너무나 기뻐서 소리쳤다. "여기 돈이 있소!"

하지만 포샤가 그를 가로막았다. "잠깐, 서둘 것 없소. 그 유대인은 증서에 표기된 처벌만을 받을 수 있소. 그러니 살 베어 낼 준비를 하시오, 샤일록, 피 흘리지 않도록 주의하시고. 일 파운드보다 더도 덜도 베어 내면 안 되오. 조금이라도 많거나 적으면, 머리 한 오라기의 무게라도 차이가 나면, 당신은 베니스 법에 따라 죽음을 면치 못할 것이고, 전 재산은 원로원에 몰수될 것이오."

"원금만 받고 떠나게 해 주시오." 샤일록이 말했다.

"준비되었소." 밧사니오가 말했다. "여기 있소."

샤일록이 돈을 받으려 할 때, 포샤가 다시 가로막았다. "기다리시오, 유대인. 또 하나 적용할 조항이 있소. 시민의 생명을 모함한 자에 관한 베니스 법에 따라, 당신의 재산은 국고에 귀속되오. 당신의 생명 또한 공작의 손에 달려 있소. 그러니 무릎 꿇고 자비를 간청하시오."

공작이 이제 입을 열어 샤일록에게 말했다. "우리 기독교 정신의 차이를 알 수 있도록, 나는 그대가 요구하기 전에 생명을 사하여 주겠소. 재산의 반은 안토니오의 것이 되고, 나머지 반은 이 나라의 것이오."

너그러운 안토니오는 샤일록이 사망한 후에 딸과 사위에게 재산을 넘기겠다는 증서에 서명한다면 자신의 몫을 포기하겠다고 말했다. 그 유대인에게는 무남독녀 하나뿐이었는데 딸이 최근에 아버지의 허락 없이 젊은 기독교도인 로렌조와 결혼을 했고, 이 일에 크게 분노한 샤일록이 그녀의 상속권을 박탈해 버렸다는 사실을 알고 있었기에 한 말이었다. 그녀와 결혼한 로렌조는 다름 아닌 안토니오의 친구였다.

유대인은 이에 동의하고, 복수도 실패하고 재산까지 빼앗기게 된 상황에 깊이 실망하며 말했다. "몸이 불편하니 집에 가게 해 주십시오. 증서를 보내 주시면 딸에게 재산 절반을 상속하겠다고 서명하겠습니다."

"그러면 물러가도 좋다." 공작이 허락했다. "꼭 서명하도록 하라. 너의 잔인한 행동을 회개하여 기독교로 개종한다면, 나머지 절반의 벌금도 면해 주겠다."

공작은 안토니오를 석방해 주고 재판을 마무리한 후에, 젊은 변호사의 독창성과 지혜를 크게 치하하며 자신의 집에 가서 같이 식사하자고 초대했다. 하지만 포샤는 남편보다 먼저 벨몬트로 돌아갈 생각이었기 때문에 정중하게 사양했다. "초대해 주셔서 감사하지만, 바로 떠나야 합니다."

공작은 잠시 머물러 같이 식사할 여유가 없음을 안타까워하고, 안토니오를 돌아보며 덧붙였다. "내 생각에는 그대가 이 신사에게 큰 신세를 진 듯하니, 후히 보답하시오."

공작과 의원들이 법정을 떠나자, 밧사니오가 포샤에게 말했다. "정말 훌륭하신 분이군요. 오늘 당신의 지혜로 인해 나와 나의 친구 안토니오가 극악한 형벌을 면했으니, 유대인에게 주려던 3천 더커트를 부디 받아 주시오."

"성심으로 영원히 이 은혜에 보답하겠소이다." 안토니오도 말했다.

포샤는 끝까지 그 돈을 받으려 하지 않았지만, 밧사니오가 어떠한 보답이라도 하게 해 달라고 계속 조르자, 결국 말했다. "당신의 장갑을 주세요. 당신을 위해 그것을 끼겠습니다."

그러자 밧사니오가 장갑을 벗어 주었는데, 그 때 그녀는 그의 손가락에서 자신이 준 반지를 발견했다. 이제 이 꾀 많은 여인은 그 반지를 얻어 내고 싶어졌다. 밧사니오를 다시 만날 때 반지를 갖고 있으면 재미있는 장난을 칠 수 있을 것 같아서였다. 반지를 쳐다보며 그녀가 말했다. "그리고 감사의 징표로 이 반지를 받겠습니다."

밧사니오는 자신이 줄 수 없는 단 하나의 물건을 달라고 하사 매우 곤란해 하며, 이 반지가 아내의 선물이고 영원히 빼지 않겠다고 맹세했기 때문에 줄 수 없다고 대답했다. 대신에 광고를 내서라도 베니스에서 가장 값진 반지를 구해 주겠다고 말했다. 이에 포샤는 기분이 상한 듯 "거지같은 꼴을 당하게 하시는군요."라고 말하며 법정을 떠났다.

안토니오가 친구에게 간곡히 부탁했다. "친애하는 밧사니오, 반지를 내 주시게. 자네 아내에게는 불쾌한 일이겠지만, 나의 우정과 그분이 나를 살려 준 은혜를 소중히 여겨 주게."

밧사니오는 너무나 배은망덕하게 보였을 자신의 행동이 부끄러워져서, 그라시아노에게 반지를 쥐어 주며 포샤의 뒤를 쫓아가게 했다. 그가 포샤 일행을 만났을 때 그라시아노에게 반지를 주었던 '서기' 네리사도 그에게 반지를 달라고 요구했고, 주인의 관대함에 뒤지고 싶지 않은 그라시아노는 반지를 빼 주었다.

이 여인들은 집에 돌아갔을 때 남편들의 손에서 반지가 없어진 것을 꼬투리 삼아, 어떤 여자에게 선물로 주었냐고 다그칠 수 있겠다며 재미있어 했다.

집으로 돌아오는 길에, 포샤는 좋은 일을 했을 때 항상 그렇듯이 행복한 기분이었다. 기분이 밝아지니 보이는 모든 것이 마음에 흡족했다. 달님은 전에 이토록 밝게 빛난 적이 없는 듯했고, 그 예쁜 달님이 구름에 가려졌을 때는, 벨몬트의 집에서 새어나오는 불빛마저 그녀의 매혹적인 환상을 북돋았다. 그녀가 네리사에게 말했다.

"저기 보이는 불빛은 우리 집 홀에서 빛나는 불빛이구나. 작은 촛불이 이렇게 멀리까지 비치듯이, 선한 행동도 이 각박한 세상에서 그렇게 빛나는 거야." 집에서 들리는 음악소리를 들으면서 또 말했다. "낮에 들을 때보다 음악소리가 더 달콤한 것 같아."

포샤와 네리사는 집에 들어가 자신의 옷으로 갈아입고, 남편들이 도착하기를 기다렸다. 머잖아 남편들이 안토니오를 대동하고 집으로 들어섰다. 밧사니오가 아내에게 소중한 친구를 소개하고, 포샤의 축하와 환영 인사가 채 끝나기도 전에, 네리사와 그 남편이 방 한쪽 구석에서 싸우는 소리가 들렸다.

"벌써 싸우는 거야?" 포샤가 그들에게 말했다. "무슨 일이야?"

그라시아노가 대꾸했다. "마님, 네리사가 저에게 준 하찮은 금박 반지 때문이에요. 칼 장수의 칼로 시 비슷하게 '나를 사랑하고 버리지 마오.'라고 새겨 놓은 것이죠."

"그 시나 반지가 어떤 의미였나요?" 네리사가 말했다. "내가 반지를 드릴 때, 죽음이 닥치는 순간까지 간직하겠다고 맹세했 잖아요. 그런데 이제 와서 그것을 변호사의 서기에게 주었다니요. 여자한테 준 걸 누가 모를 줄 알아요."

"이 손에 맹세코," 그라시아노가 대답했다. "반지를 그 청년에게, 키도 당신 정도밖에 안 되는 앳되고 어린 소년한테 주었소. 현명한 변론으로 안토니오 님의 생명을 구한 젊은 변호사의 서기였단 말이오. 그 아이가 어찌나 재잘대며 사례로 그걸 달라고 애원하든지 거절할 도리가 없었단 말이오."

포샤가 말했다. "아내의 첫 선물을 잃어버리다니 비난받을 짓을 했어요, 그라시아노. 나도 밧사니오 님에게 반지를 드렸는데, 이분은 온 세상을 준다 해도 그걸 빼지 않았을 거예요."

이제 자기 잘못의 핑계를 대려고 그라시아노가 고해바쳤다. "밧사니오 님이 먼저 반지를 변호사에게 빼 주셨어요. 그러자 그 서기도 글을 쓰느라 고생했으니 내 반지를 달라고 조른겁니다."

이 말을 들은 포샤는 매우 화난 척하며 자신의 반지를 남에게 주어 버린 밧사니오를 질책했다. 그리고는 네리사가 말한 대로, 어떤 여자가 그 반지를 갖고 있을 게 분명하다고 했다.

밧사니오는 사랑하는 여인을 그토록 화나게 한 것이 슬퍼서 진심으로 말했다. "아니오, 내 명예를 걸고 맹세코, 여인에게 준 것이 아니라 법률 박사에게 주었소. 그 사람이 내가 주겠다는 3천 더커트를 거절하고 반지를 달라고 했소. 안 된다고 했더니 불쾌해하며 떠나 버렸다오. 그러니 내가 어쩔 수 있었겠소, 포샤? 배은망덕하게 보였을 내 행동이 부끄럽고 괴로워서 그에게 반지를 보낼 수밖에 없었소. 용서하시오, 부인, 당신도 그 자리에 있었다면 그 훌륭하신 분에게 드리라고 했을 거요."

"아!" 안토니오가 한탄했다. "이 불행한 싸움이 일어난 것은 모두 나 때문입니다."

포샤는 안토니오에게 자책하지 말라며, 상황이 어떠하든 그를 환영한다고 말했다.

안토니오가 대꾸했다. "내가 한 때 밧사니오를 위해 내 몸을 담보로 내 주었으나, 부군이 반지를 준 그분이 아니었으면 지금쯤 죽은 목숨이었을 것이오. 이번에는 내 영혼을 담보로 맹세하건대, 부군께서 다시는 부인에게 신의를 저버리지 않을 것입니다."

"그렇다면 보증을 서 주세요." 포샤가 말했다. "제 남편에게 이 반지를 드리고 지난번 것보다 더 잘 간직하라고 말씀해 주세요."

밧사니오가 그 반지를 보고 자신이 빼준 반지와 똑같은 것에 놀라워하자, 포샤는 자신이 젊은 변호사가 되고 네리사가 서기가 되었던 경위를 설명해 주었다. 밧사니오는 안토니오의 생명이 아내의 고결한 용기와 지혜 덕분에 살아난 것을 알고 말할 수 없는 놀라움과 기쁨에 사로잡혔다.

포샤는 다시 안토니오를 환영하며, 우연히 입수한 그의 편지를 건네 주었는데, 편지에는 난파된 줄 알았던 안토니오의 배들이 무사히 항구에 들어왔다는 내용이 적혀 있었다. 그래서 이 부유한 상인의 이야기의 비극적인 시작은 뒤이어 벌어진 뜻밖의 행운으로 모두 잊혀지고, 반지에 얽힌 재미난 사건과 자기 아내를 알아보지 못한 남편들에 대해 마음 편히 웃을 수 있게 되었다. 그라시아노는 운치 있는 말로 흥겹게 이러한 맹세를 했다.

"사는 동안 다른 것은 두렵지 않으나, 네리사의 반지를 잘 간수할 수 있을지 그것이 걱정이로다."

심벨린

　로마 황제 아우구스투스 카이사르가 있던 시대에, 영국(당시에는 브리튼이라고 불렸다)에서는 심벨린이라는 왕이 다스리고 있었다.

　심벨린의 첫번째 부인은 어린 자녀 셋(아들 둘과 딸 하나)을 남기고 일찌감치 세상을 떠났다. 이들 중 장녀인 이모진은 아버지의 궁에서 자랐지만, 심벨린의 두 아들은 어느 날 감쪽같이 육아실에서 사라졌다. 이모진이 겨우 세 살이고 막내가 갓 태어났을 때 벌어진 일이었는데, 그 후로 두 아들이 어찌 되었는지 그리고 누가 그들을 훔쳐 갔는지는 도저히 알아 낼 길이 없었다.

　그 후에 심벨린은 재혼을 했다. 그의 두 번째 부인은 음흉하고 계략에 능한 여인이었으며, 심벨린이 전처에게서 얻은 딸 이모진에게는 잔인한 계모였다.

이 왕비는 이모진을 미워했지만 전 남편과의 사이에서 얻은 아들을(그녀 역시 재혼이었다) 이모진과 짝지어 줄 생각이었다. 이렇게 하면 심벨린이 죽은 뒤에 자신의 아들 클로튼이 브리튼의 왕관을 쓸 수 있기 때문이었다. 실종된 두 왕자가 발견되지 않으면 이모진 공주가 왕위 계승자가 될 수밖에 없으니까 말이다. 하지만 이모진 공주가 부왕이나 왕비의 승낙 없이 남몰래 결혼해 버려서 이 계획은 수포로 돌아가게 되었다.

이모진의 남편인 포츠머스는 당대 최고의 학자이자 뛰어난 신사였다. 그의 부친은 심벨린 왕을 위해 전쟁터에 나가 싸우다 전사했고, 모친 역시 그를 낳은 지 얼마 안 되어 남편을 잃은 슬픔을 이기지 못하고 눈을 감았다.

심벨린은 졸지에 고아가 돼 버린 아이를 불쌍히 여겨, 그에게 포츠머스[6]라는 이름을 붙여 주고 궁으로 데려와 교육시켰다.

이모진과 포츠머스는 어릴 때부터 같은 스승 밑에서 공부를 하고 함께 놀던 소꿉친구였다. 어려서부터 서로를 은근히 사랑했던 이들은 해가 갈수록 애정이 깊어져, 장성한 후에 남몰래 결혼까지 하게 된 것이다.

염탐꾼을 붙여 항상 의붓딸의 행동을 감시하던 왕비는 곧 이

---

6) posthumous : 아버지가 돌아가신 후에 태어난 유복자라는 뜻이다.

비밀을 알아 냈고, 즉시 이모진과 포츠머스의 결혼을 왕에게 고해바쳤다.

자신의 딸이 공주라는 신분을 망각하고 신하와 결혼했다는 사실을 들었을 때 심벨린이 느낀 분노는 세상 다른 것에 비할 수 없을 정도였다. 당장 포츠머스에게 영원한 추방을 선포하며 브리튼을 떠나라고 명령했다.

그러자 왕비는 남편을 잃게 되어 슬퍼하는 이모진을 동정하는 척하며, 포츠머스가 귀양지로 선택한 로마로 떠나기 전에 은밀히 만남을 주선해 주겠다고 했다. 일견 친절해 보이는 행동이지만, 이것은 아들 클로튼을 왕위에 앉히려는 계획을 성사시키기 위한 작전에 지나지 않았다. 포츠머스가 떠나면 왕의 승낙 없이 치러진 결혼이 합법적이지 못하다는 이유를 들어 이모진을 설득하려는 속셈이었다.

이모진과 포츠머스는 가슴 아픈 이별을 나눴다. 이모진은 어머니의 유품인 다이아몬드 반지를 남편에게 주었고, 포츠머스는 무슨 일이 있어도 이 반지를 빼지 않겠다고 약속했다. 그는 아내의 팔에 팔찌를 채워 주며 사랑의 정표로 소중히 간직해 달라고 부탁했다. 그 후에 그들은 영원치 변치 않는 사랑과 정절을 수없이 맹세하며 작별을 고했다.

그리하여 이모진은 낙심한 채 쓸쓸하게 아버지의 궁에 남게 되었고, 포츠머스는 귀양지로 선택한 로마에 도착했다.

로마에서 포츠머스는 여러 나라에서 온 쾌활한 젊은이들과 어울리게 되었는데, 그들은 여자에 대해 거침없이 이야기하며 서로 자기 나라의 여인과 자기 애인이 최고라고 칭송했다. 사랑하는 여인을 늘 가슴에 간직한 포츠머스는 아름다운 자신의 아내 이모진이 세상에서 가장 덕 있고 지혜롭고 정숙한 여인이라고 단언했다.

이 신사들 가운데는 이아키모라는 자가 있었다. 그는 브리튼의 여인이 자기 나라 로마의 여인들보다 훌륭하다는 말에 기분이 상해서, 포츠머스가 그토록 칭찬하는 아내의 절개를 의심하는 듯한 말을 하여 포츠머스의 심기를 건드렸다. 둘 사이에 격론이 벌어졌고, 마침내 포츠머스는 이아키모가 브리튼으로 건너가 유부녀 이모진의 사랑을 얻어 내겠다고 한 제안을 받아들였다.

그들은 이 제안을 걸고 내기를 했는데, 이아키모가 이 못된 계획에 성공하지 못할 경우 상당한 액수의 돈을 내놓기로 하고, 하지만 그가 이모진의 애정을 얻어 내 포츠머스가 사랑의 정표로 간직하라고 당부하며 건네 준 팔찌를 받아가지고 오면 포츠머스가 이모진과 헤어질 때 사랑의 선물로 받은 반지를 이아키모에게 넘겨 주기로 했다. 포츠머스는 이모진의 정절을 굳게 믿고 있었으므로 그녀의 명예를 걸고 하는 이 내기에 전혀 위험할 게 없다고 생각했다.

이아키모는 브리튼에 도착하여 입국 허가를 받고, 남편의 친구로서 이모진을 찾아가 정중한 환대를 받았다. 하지만 그가 사랑을 고백하며 유혹하기 시작하자 그녀는 경멸을 드러내며 퇴짜를 놓았고, 그는 곧 자신의 비열한 계획이 성공할 수 없다는 것을 알아차렸다.

일이 이렇게 되자, 이아키모는 내기에 이기겠다는 일념으로 포츠머스를 속여 넘길 계략을 꾸몄다. 우선 이모진에게 귀한 물건이 있으니 하룻밤 맡아 달라고 부탁한 후에, 이모진의 하인 몇 명에게 뇌물을 먹여, 커다란 가방에 숨어서 그녀의 침실로 들어갔다. 저녁에 이모진이 들어와 잠이 들 때까지 가방 안에 숨어 있다가, 그 후에 밖으로 나와 방안 구석구석을 살피며 눈에 띄는 점들을 기억해 두고, 특히 이모진의 목에 있는 점을 눈여겨보았다. 포츠머스가 준 팔찌를 그녀의 팔에서 조심스레 풀어 낸 다음에, 다시 상자로 들어갔고, 다음 날 아침에 즉시 로마로 출발했다.

그는 포츠머스에게 이모진이 직접 팔찌를 풀어 주었고 그녀의 침실에서 밤을 보냈노라고 자랑했다. 이아키모가 꾸며 낸 거짓말은 이러했다.

"그녀의 침실에 비단과 은실로 짠 태피스트리가 걸려 있었는데, '안토니우스를 만나는 도도한 클레오파트라'의 그림이었소. 참으로 훌륭한 작품이더군요."

포츠머스가 대꾸했다. "그건 사실이오. 허나 그쯤은 보지 않아도 전해 들을 수 있는 것이지요."

이아키모가 다시 말했다. "벽난로는 침실의 남쪽에 있고 그 주변에 '목욕하는 다이아나 여신'이 장식되어 있었소. 그렇게 생동감 넘치게 표현된 작품은 일찍이 본 적이 없소."

"이 역시 말하는 사람들이 많으니, 전해 들을 수 있는 내용이오."

이아키모는 침실 천장을 정확하게 묘사하며 덧붙였다. "난로의 장작 받침쇠를 잊을 뻔했구려. 은으로 만든 큐피드 둘이 각기 한 발로 서서 윙크하는 모습이었소."

다음에는 팔찌를 꺼내며 말했다. "이 보석을 알고 있겠지요? 그녀가 내게 주었소. 팔에서 풀어 주더군요. 아직도 그녀의 모습이 눈에 선합니다. 그 어여쁜 행동이 선물보다 값지지만, 그래서 더욱 이 선물이 귀하게 여겨집니다. '한 때 소중히 여기던 것'이라면서 이 팔찌를 나에게 주더이다."

그리고 마지막으로 그녀의 목에 점이 있는 것을 보았다고 설명했다.

설마 설마하며 이 조작된 설명을 진부 듣고 있던 포츠머스는 이제 이모진에 대해 격정적인 절규를 내지르며, 이모진의 팔찌를 가져오면 주겠다고 약속한 다이아몬드 반지를 이아키모에게 주고 말았다.

분노와 질투심에 사로잡힌 포츠머스는 브리튼에서 이모진의 시중을 들고 있는 피사니오에게 편지를 썼다. 피사니오는 오랜 세월 동안 그의 신실한 친구이기도 했다. 편지에 쓰기를, 아내가 부정을 저지른 것이 확실하니, 웨일스의 항구 도시인 밀포드 헤이븐으로 데려가 이모진을 죽여 달라고 호소했다.

그와 동시에 이모진에게도 거짓된 편지를 써 보냈다. 더 이상 그녀를 보지 않고는 살아갈 수 없으니, 죽기를 각오하고 브리튼으로 건너가 밀포드 헤이븐에 갈 것이니, 피사니오와 같이 그 곳으로 와서 자신을 만나 달라고 애원했다. 의심할 줄 모르는 이 선량한 여인은 세상 무엇보다 남편을 사랑하고 생명을 걸고서라도 만나고 싶었으므로, 편지를 받은 그 날 밤 피사니오와 함께 서둘러 궁을 빠져나와 밀포드 헤이븐으로 향했다.

그들의 여행이 끝나갈 무렵, 포츠머스에게 충성을 다할 마음이긴 하지만 사악한 짓까지 하고 싶지는 않았던 피사니오는 이모진에게 자신이 받은 잔인한 명령을 모두 털어놓았다.

자신이 사랑하고 또 사랑받는다고 생각했던 남편을 만나는 대신에, 그 남편의 명령으로 죽음에 처하게 될 운명인 것을 알게 된 이모진은 하늘이 무너지고 땅이 꺼지는 듯 고통스러웠다.

피사니오는 그녀의 마음을 달래 주며, 포츠머스가 잘못을 알고 뉘우칠 때까지 의연하게 견디며 기다리시라고 설득했다. 그녀가 괴로움에 빠져 아버지의 궁으로 돌아가지 않겠다고 하자, 좀더 안전하게 여행할 수 있도록 남자 옷을 입으라고 충고했다. 이모진은 이 충고를 받아들이고, 남장을 하고 직접 로마로 찾아가 남편을 만나겠다고 마음먹었다. 그녀에게 이토록 무정한 짓을 저지른 사람이지만 그 사랑을 단념할 수가 없었기 때문이다.

피사니오는 그녀에게 남자 옷을 구해다 준 후에, 그녀를 불확실한 운에 맡기고 자신은 궁으로 돌아갈 수밖에 없는 상황이었다. 그래서 헤어지기 전에, 왕비가 모든 병에 잘 듣는 영약으로 주었다고 말하며 강심제 약병을 하나 쥐어 주었다.

사실 왕비는 이모진과 포츠머스의 친구인 피사니오를 눈엣가

시처럼 여겨 미워했으므로, 독이 들어 있다고 믿는 이 약병을 그에게 준 것이었다. 시험 삼아 동물에게 써 볼 생각이니 독약을 가져다 달라고 주치의에게 주문했던 것이지만, 그녀의 사악한 성질을 아는 의사는 진짜 독약을 주었다가 무슨 일이 생길지 모른다고 생각해서, 진짜 독약 대신에 별다른 피해 없이 몇 시간 정도 죽은 듯이 잠들게 하는 약을 갖다 바쳤다. 피사니오는 이 약을 고급 강심제로 생각하고 이모진이 길을 가다 병이라도 나면 먹으라는 뜻으로 건네 주었고, 여행하는 내내 아무런 문제없이 안전하기를 기도하고 축복하며 그녀와 헤어졌다.

오묘한 신의 섭리로, 이모진의 발걸음은 어렸을 때 사라진 두 동생이 사는 곳으로 향하게 되었다. 이 두 왕자들을 훔쳐 낸 사는 심벨린 궁의 귀족이었던 벨라리어스였는데, 역모를 꾸몄다는 거짓된 고발을 당하여 궁에서 쫓겨나자, 복수심에 불타서 심벨린의 두 아들을 훔쳐 자신이 숨어 사는 숲 한 구석의 동굴로 데려왔다.

복수할 마음으로 데려오기는 했지만, 이내 자신의 친자식처럼 사랑하게 되어 이후로 그들을 정성껏 교육시켰고, 이제 그들은 훌륭한 청년으로 성장했다. 그들의 담대하고 용맹한 행동에서는 왕자다운 기상이 드러났고, 사냥으로 생계를 이어가야 했던 탓에 그들의 몸은 민첩하고 강건하기 이를 데 없어서, 그들은 아버지로 여기는 벨라리어스에게 전쟁에 나가 공을 세우게 해 달라고 항상 조르고 있었다.

이들이 기거하는 동굴에 닿게 된 것은 이모진에게 행운이었다.

그녀는 밀포드 헤이븐으로 가던 길에(그 곳에서 로마로 출발할 생각이었다) 이 커다란 숲에서 길을 잃었는데, 먹을 것을 구할 곳이 없어서 피곤하고 배고파 죽을 지경이 되었다. 남자 옷을 입었다고 해도, 고생을 모르고 자란 여인이 혼자 숲을 배회하며 쌓이는 피곤을 남자처럼 견뎌 낼 수 있는 것은 아니다.

동굴을 발견한 그녀는 요깃거리라도 내줄 수 있는 사람이 있기를 바라며 안으로 들어갔다. 동굴은 비어 있었지만, 주위를 둘러보다 차가운 고기가 눈에 띄자, 너무 배가 고픈 나머지 주인의 허락을 기다릴 겨를도 없이 주저앉아 먹기 시작했다.

그녀는 속으로 중얼거렸다. "아, 남자의 생활이 고단하다는 걸 알겠어. 너무 힘들어! 이틀 밤을 내리 땅바닥을 침대 삼아 지냈어. 굳게 결심을 했으니 망정이지, 안 그랬으면 병이 났을 거야. 피사니오가 산 정상에서 밀포드 헤이븐을 보여 주었을 때는 아주 가까워 보였는데!" 남편과 그의 잔인한 명령이 뇌리를 스치자 다시 중얼거렸다. "포츠머스, 당신 참 나쁜 사람이로군요!"

이모진의 두 동생과 그들이 아버지로 여기는 벨라리어스가 사냥을 나갔다가 때마침 동굴로 돌아왔다. 벨라리어스는 그들에게 폴리도르와 캐드월이라는 이름을 붙여 주었고, 그들은 그분을 아버지라고 생각할 뿐 그 이상은 알지 못했다. 하지만 이 왕자들의 진짜 이름은 기데리어스와 아비라거스였다.

벨라리어스가 먼저 동굴로 들어가려다 이모진을 발견하고는 그들을 가로막았다. "아직 들어가지 마라. 누가 우리의 양식을 먹고 있구나. 먹고 있지 않았으면 요정인 줄 알았을 게다."

"무슨 일입니까, 아버지?" 청년들이 묻자, 벨라리어스가 다시 말했다. "주피터의 이름을 걸고 말하건대, 동굴에 천사가 와 있단다, 천사가 아니라면 속세의 걸출한 미소년이다." 남자 옷을 입은 이모진은 그만큼 아름다워 보였다.

그녀가 목소리를 듣고 동굴에서 나와 그들에게 간청했다. "여러분, 저를 해치지 마세요. 동굴에 들어갈 때는 먹을 것을 부탁하거나 돈을 주고 살 생각이었어요. 사실 난 아무것도 훔치지 않았습니다. 바닥에 금이 뿌려져 있었다 해도 훔치지 않았을 거예요. 여기 내가 먹은 음식 값이 있어요. 먹고 나서, 음식 주인을 위해 기도하며 이 돈을 식탁에 놔두고 떠날 생각이있습니다."

그들은 돈을 받지 않겠다고 극구 사양했다.

"나에게 화난 모양이군요." 이모진이 소심하게 우물거렸다. "하지만 이 죄 값으로 나를 죽이더라도, 내가 이것을 먹지 않았다면 굶어 죽었을 거라는 점을 알아 주세요."

"어디로 가는 길이오? 이름은 무엇이오?" 벨라리어스가 물었다.

"내 이름은 피델입니다." 이모진이 대답했다. "이탈리아로 떠나는 친척이 있는데, 밀포드 헤이븐에서 출항할 예정이죠. 그리로 가다가 굶주림에 지쳐 이런 무례를 범하게 되었습니다."

"이봐요, 아름답고 예쁜 젊은이." 늙은 벨라리어스가 말했다. "우리를 거친 시골뜨기로 여기거나, 이렇게 조악한 곳에서 산다고 마음씨도 그런 줄로 생각지 마시오. 잘 왔소, 날이 거의 어두워졌잖소. 떠나기 전에 좀더 기운을 차려야지. 여기 머물러 식사해 주면 고맙겠소. 애들아, 이분을 환영해 드려라."

그러자 그녀의 동생들인 점잖은 청년들은 친절하게 환영의 뜻을 표하며, 그녀를(그들의 표현에 의하면 '그를') 형제처럼 사랑하겠다고 말하면서 이모진을 동굴로 안내했다. 동굴에 들어가 그들이 사냥해 온 사슴고기를 손질할 때, 이모진은 깔끔한 살림 솜씨로 저녁 준비를 도와 그들을 기쁘게 했다. 요즘은 지체 높은 여인이 요리법을 배우는 것이 관례가 아니지만, 당시에는 그러했고 이모진은 요리 솜씨가 뛰어났던 것이다. 그녀의 동생들이 멋지게 이야기했듯이, 피델은 병환 중인 주노 여신에게 식사를 마련하는 듯한 솜씨로, 각각의 특성에 맞게 야채 뿌리를 자르고 육즙의 간을 맞췄다. 폴리도르는 동생에게 이렇게 속삭이기도 했다. "노래솜씨까지 천사 같아!"

그들은 피델이 참으로 사랑스럽게 미소짓고 있지만 그 얼굴에 슬픔과 우울함이 드리워져 있어, 마치 고통과 인내가 동시에 그를 사로잡고 있는 듯하다고 서로 이야기를 주고받았다.

그녀의 부드러운 성품 때문에(어쩌면 은연중에 그들의 같은 핏줄이 작용을 했는지도 모르지만) 동생들은 이모진에게 깊은 애정을 갖게 되었고, 그녀 역시 사랑하는 포츠머스만 아니라면 이 숲 속 동굴에서 청년들과 함께 영영 살아도 좋겠다고 생각할 정도로 못지않게 그들을 사랑했다. 그래서 그녀는 밀포드 헤이븐으로 갈 만큼 여독이 충분히 풀릴 때까지 기꺼이 그들과 같이 머물기로 했다.

잡아 온 사슴고기를 모두 먹고 그들이 다시 사냥하러 나갈 때, 피델은 몸이 좋지 않아서 따라갈 수 없었다. 숲을 헤매고 다닌 피로에 남편의 잔인한 처사로 인한 슬픔까지 쌓여 병이 난 게 틀림없었다.

남자들은 그녀에게 인사하고 사냥을 떠났으며, 가는 내내 피델의 우아한 행동거지와 고상한 면모를 침이 마르게 칭찬했다.

혼자 남게 된 이모진은 피사니오가 준 강심제를 기억하고 그것을 꺼내 마셨다. 그 즉시 죽음처럼 깊은 잠으로 빠져들었다.

벨라리어스와 그녀의 동생들이 사냥에서 돌아왔을 때, 제일 먼저 동굴에 들어선 폴리도르는 그녀가 잠들어 있다고 생각했다. 그녀의 잠을 깨우지 않으려고 무지한 신발을 벗고 조용조용 걸어 다녔다. 숲에 사는 이들의 왕자다운 마음에는 이처럼 진정한 온유함이 싹터 있었다. 하지만 이내 그녀가 어떠한 소음에도 깨지 않는 것을 알게 되자 죽었다는 결론에 이르게 되었고, 폴리도르는 어렸을 때부터 한 번도 헤어진 적이 없는 진짜 형제처럼 슬퍼하며 그녀를 애도했다.

벨라리어스 또한 그녀를 숲으로 데려가 당시의 관습대로 엄숙한 장송곡과 노래를 곁들여 장례를 치러 주자고 제안했다.

이모진의 두 동생은 그녀를 그늘진 곳으로 데리고 가서 풀밭에 고이 눕히고, 세상을 떠난 그녀의 영혼에 안식이 깃들기를 노래했다. 폴리도르는 나뭇잎과 꽃으로 그녀를 덮어 주며 말했다.

"피델, 여름이 지속되고 내가 여기에 사는 동안, 매일매일 그

이모진의 두 동생은 그녀를 그늘진 곳으로 데려가 고이 눕혔다.

대의 무덤에 잎사귀와 꽃을 뿌리겠어요. 그대의 얼굴과 닮은 창백한 앵초 꽃을, 그대의 맑은 정맥과 같은 블루벨을, 그대의 숨결보다 달콤하지 않은 들장미 잎사귀를 그대에게 뿌리겠어요. 그대의 고운 시신에 덮을 꽃이 없는 겨울이 되면 부드러운 모피 같은 이끼로 덮어드릴게요."

그들은 그녀의 장례를 마치고 하염없이 슬퍼하며 떠나갔다.

잠시 후에 약효가 사라지고 이모진은 잠에서 깨어났다. 동생들이 뿌려놓은 나뭇잎과 꽃들을 가볍게 털고 일어나서, 자신이 꿈을 꾼 모양이라고 생각하며 중얼거렸다. "동굴을 지키고 착한 사람들에게 요리도 해 주었던 것 같은데. 내가 왜 여기 꽃에 파묻혀 있을까?"

동굴로 가는 길을 찾지 못하고 그 사람들의 흔적도 보이지 않자, 그녀는 꿈을 꾼 것이 분명하다고 생각했다. 그래서 밀포드 헤이븐으로 가는 길을 찾아 이탈리아행 배에 오를 수 있기를 바라며, 다시 힘든 여행길을 떠났다. 그녀의 생각은 오로지 시동으로 변장하여 찾아 나설 작정인 남편 포츠머스에게 가 있었다.

하지만 이즈음 이모진이 알지 못하는 사이에 큰 사건들이 벌어지고 있었다. 로마 황제 아우구스투스 카이사르와 브리튼의 왕 심벨린 사이에 전쟁이 일어난 것이다. 로마 군대가 브리튼을 제압하려고 해안에 상륙하여 이모진이 배회하는 바로 그 숲으로 진군했다. 이 군대에 포츠머스도 끼어 있었다.

포츠머스가 로마군에 끼어 브리튼으로 건너왔지만 조국을 버리고 그들 편에서 싸우려던 것은 아니었다. 브리튼 군에 합류하여 자신을 추방한 국왕을 위해 싸울 결심이었다.

그는 여전히 이모진에게 배신당했다고 믿고 있었으나, 가슴 깊이 사랑하던 그녀가 세상을 떠났고 게다가 자신의 명령으로 죽음을 맞았다는 생각에 견딜 수가 없어서,(피사니오는 그의 명령에 따라 이모진을 죽였다고 편지를 써 보냈다.) 싸우다 죽든지 귀양지에서 돌아왔다는 죄목으로 심벨린 왕에게 처형을 당하든지, 둘 중 하나로 죽으리라 결심하고 브리튼으로 돌아온 것이다.

이모진은 밀포드 헤이븐에 도착하기 전에 로마군에게 붙잡혀, 그녀의 태도와 처신을 눈여겨 본 로마 장군 루시어스의 시동으로 발탁되었다.

심벨린의 군대 역시 적군을 맞으러 진군했고, 이 숲에 들어왔을 때 폴리도르와 캐드월도 왕의 군대에 합류했다. 이 젊은이들이 비록 아버지를 위해 싸우는 줄은 전혀 생각지 못했지만 전쟁에서 용맹을 떨치려 했고, 늙은 벨라리어스도 함께 싸움터로 나섰다. 그는 오래 전부터 심벨린 왕에게 두 왕자를 훔쳐 낸 것이 몹쓸 짓이었다고 후회하고 있었다. 게다가 젊은 시절에 전사였으므로, 못할 짓을 한 왕을 위해 기꺼이 싸우기로 결심한 것이다.

이윽고 양측 군대의 전투가 시작되었다. 치열한 접전이 벌어졌고, 포츠머스와 벨라리어스와 심벨린의 두 아들의 뛰어난 용기가 아니었다면 브리튼 군은 패하고 심벨린도 목숨을 잃을 뻔했다. 그들이 왕을 구출하여 생명을 구했으며, 그 날의 전세를 완전히 역전시켜 브리튼을 승리로 이끌었다.

전투가 끝났을 때, 죽으려 했으나 죽지 못한 포츠머스는 귀양지에서 돌아온 벌을 죽음으로 받으리라 작정하고는, 심벨린의 군장교에게 자수했다.

이모진과 그녀가 섬긴 장군도 인질로 잡혀 심벨린 앞으로 끌려갔다. 로마군의 장교였던 이아키모도 같이 끌려갔다. 이 인질들이 왕 앞에 서 있었을 때, 포츠머스도 사형선고를 받으러 끌려갔고, 이 순간에 묘하게도, 폴리도르와 캐드월과 벨라리어스 역시 왕을 구출한 공로로 상을 받기 위해 왕의 앞으로 나아오게 되었다. 피사니오까지 왕의 시종으로 그 자리에 참석했다.

그리하여 왕의 앞에는 각기 다른 희망과 두려움을 지닌 포츠머스와 이모진과 그녀가 주인으로 모신 로마 장군, 충직한 하인 피사니오, 교활한 이아키모, 심벨린의 잃어버린 두 아들과 그들을 훔쳐 달아났던 벨라리어스가 다 같이 서게 되었다.

로마 장군이 먼저 입을 열었다. 나머지는 쿵쾅거리는 가슴을 안고 말없이 왕 앞에 서 있었다.

이모진은 포츠머스를 보았고 촌부의 옷을 입고 있었음에도 그를 알아보았다. 하지만 그는 남자 옷을 입은 그녀를 알아보지 못했다. 그녀는 이아키모도 보았고 그의 손가락에 자신의 반지가 끼워진 것을 알았다. 하지만 자신에게 이 모든 불행을 일으킨 장본인이 그 사람인 줄 모르고 전쟁 포로로 아버지 앞에 섰다.

피사니오는 이모진을 알아보았다. 자신이 남자 옷을 구해 주었기 때문이다. 그는 맘 속으로 생각했다. "공주님이시구나. 무사히 살아 계시니, 시간이 지나면 어떻게든 해결이 나겠지."

벨라리어스도 그녀를 알아보고는 캐드월에게 조그맣게 속삭였다. "저 소년이 죽음에서 살아난 게 아니냐?"

캐드월이 대답했다. "모래알이 모래알을 닮은 이상으로, 저 사랑스런 장밋빛 소년의 모습이 죽은 피델을 쏙 빼닮았군요."

폴리도르도 말했다. "죽은 피델을 빼다 박았어요."

벨라리어스가 말했다, "진정해라, 진정해, 그 소년이 맞다면, 우리에게 말을 걸었을 게 아니냐."

"하지만 우리 눈으로 죽은 걸 봤잖아요." 폴리도르가 다시 속삭이자 벨라리어스가 대꾸했다. "조용히 해라."

포츠머스는 자신이 바라는 사형선고가 내려지기를 조용히 기다리고 있었다. 전투에서 심벨린 왕의 생명을 구한 것이 알려지면 왕의 마음이 용서하는 쪽으로 기울어질 수도 있겠기에 그 일은 밝히지 않기로 했다.

앞서 얘기했듯이, 이모진을 시동으로 거두어 준 로마 장군 루시어스가 제일 먼저 입을 열었다. 그는 고결한 위엄과 용기를 지닌 사람이었으며, 왕에게 이렇게 말했다.

"왕께서 인질의 몸값을 받지 않고 모두 사형에 처하신다는 말을 들었소이다. 나는 로마인이니, 로마의 기상을 품고 죽을 것이오. 허나 간청할 것이 하나 있소." 그가 이모진을 왕의 앞으로 데리고 나왔다. "이 아이는 브리튼 출신이오. 몸값을 받아 주시오.

이 아이는 나의 시동으로, 이처럼 성실하고 부지런하며 진실하고 상냥하게 주인을 섬기는 자는 없었소이다. 로마인을 섬겼다고는 하나, 브리튼에 아무런 잘못도 저지르지 않았으니, 다른 사람을 살려 주지 않더라도 이 아이는 살려 주시오."

심벨린은 자신의 딸 이모진을 유심히 살펴보았다. 변장을 한 상태라 알아보지는 못했지만, 전지전능한 자연의 신이 그의 마음에 말해 준 듯이, 그가 대답했다. "분명히 어디서 본 듯하구나, 얼굴이 낯이 익어. 이유는 모르겠으나 살려 줘야겠다는 생각이 든다. 너의 생명을 살려 주겠다. 그리고 어떠한 은혜든 베풀어 줄 테니 청해 보아라. 가장 지체 높은 포로의 생명일지라도 들어 주겠다."

"성은이 망극합니다, 전하." 이모진이 말했다.

당시에 은혜를 베풀어 주겠다는 말은, 무엇을 요구하든 그 사람이 요구하는 것을 들어 주겠다는 약속과 같은 말이었다. 그 곳에 모인 사람들은 이 시동이 무엇을 요구할지 궁금해 하며 귀를 기울였고, 그녀의 주인 루시어스가 말했다.

"착한 아이야, 네가 무엇을 요구하려는지 안다만, 나는 내 생명을 구걸하지 않을 것이다."

"아, 그게 아닙니다! 너무나 슬픈 일이지만, 착한 주인님, 저는 달리 청할 일이 있습니다. 주인님의 생명을 구할 수가 없습니다." 이모진이 대답했다.

배은망덕한 듯한 이 말에 로마 장군은 크게 놀라워했다.

그 후에 이모진은 이아키모에게 시선을 고정시키며 왕에게 청을 올렸다. 이아키모가 손가락에 끼고 있는 반지를 어떻게 얻어 냈는지 말하게 해 달라는 것이었다.

심벨린은 이 청을 수락하고, 이아키모에게 그 손의 다이아몬드 반지를 어떻게 얻게 되었는지 고백하지 않으면 고문을 하겠다고 위협했다.

그러자 이아키모는 자신의 악행을 모두 털어놓으며, 포츠머스와 내기를 하게 된 사연과 그에게 거짓말을 하여 믿게 한 내막을 이실직고했다.

아내의 결백을 알게 된 포츠머스가 어떠한 심정이었을지 말로는 표현할 수 없다. 그는 즉시 심벨린의 앞으로 나가, 자신이 피사니오에게 공주를 죽이라는 잔인한 명령을 내렸다고 고백하며 고통스럽게 울부짖었다. "아, 이모진, 나의 여왕, 나의 생명, 나의 아내여! 아, 이모진, 이모진!"

사랑하는 남편이 극심한 고통에 휩싸여 있는 것을 보고 이모진은 자신의 정체를 드러냈다. 포츠머스의 고통은 형언할 수 없는 기쁨으로 바뀌었고, 그는 죄책감과 고뇌의 무게에서 벗어나 자신이 그토록 잔인하게 대했던 사랑하는 여인의 선한 미덕을 맛보았다.

심벨린의 기쁨도 포츠머스에게 뒤지지 않았다. 잃은 줄 알았던 딸을 이토록 기이하게 되찾게 된 것을 기뻐하며 이전처럼 아버지로서의 사랑을 베풀었고, 그녀의 남편 포츠머스도 살려 주고 사위로 인정했다.

기쁨과 화해가 한창이던 이 순간에 벨라리어스가 자신의 죄를 고백했다. 폴리도르와 캐드월을 왕에게 소개하며, 그들이 오래전에 잃어버린 두 왕자님 기데리어스와 아비라거스라고 밝혔다.

심벨린은 늙은 벨라리어스도 용서해 주었다. 모두가 행복해하는 때에 누가 처벌을 생각할 수 있겠는가? 죽었다던 딸이 살아 있고, 자신을 구하기 위해 용감히 싸운 청년들이 바로 잃어버린 두 아들로 밝혀졌으니, 실로 예상치 못한 기쁨이 아닐 수 없었다!

이모진은 그제야 로마 장군 루시어스에게 마음 쓸 겨를이 생겼다. 그녀의 아버지는 딸의 청을 받아들여 그의 생명을 살려 주었다. 그 후 루시어스의 중재로 로마와 브리튼 간에 평화협정이 체결되어, 오랫동안 그 평화는 깨지지 않았다.

그렇다면 음흉한 왕비는 어찌 되었을까. 자신의 계획이 수포로 돌아간 것에 절망하고 양심의 가책까지 받아 시름시름 앓다가, 어리석은 아들 클로튼이 스스로 도발한 싸움에서 죽어 버린 것을 알고는 비통하게 눈을 감았다. 비극적인 사건들이 행복한 결말을 방해하면 안 될 테니 이 정도로만 짚고 넘어가자.

복 받을 사람들이 모두 행복해진 것으로 충분하지 않은가. 교활한 이아키모조차 그의 악행이 목적을 이루지 못한 것을 참작하여 처벌받지 않고 방면되었다.

리어왕

 브리튼의 왕 리어에게는 딸이 셋 있었다. 장녀 거너릴은 올버니 공작의 아내였고, 둘째 딸 리건은 콘월 공작의 아내였으며, 셋째는 아직 결혼하지 않은 코딜리아였다. 그 무렵에 프랑스 왕과 버건디 공작이 코딜리아 공주의 사랑을 얻으려고 리어왕의 궁에 묵고 있었다.

 80세가 넘은 노령으로 나라를 다스리는 일에 피곤함을 느낀 리어왕은 모든 정치적 근심과 국사를 젊고 기운 있는 사람들에게 이양하고, 홀가분한 몸으로 오래지 않아 닥쳐올 죽음으로의 여행을 준비하기로 결심했다. 그는 이러한 의도를 마음에 두고 세 딸을 불러들였다. 딸 중에서 누가 가장 아버지를 사랑하는지 그들의 입을 통해 들어 보고, 그 사랑에 어울리는 비율로 왕국을 나눠 주려고 한 것이다.

맏이인 거너릴은 말로는 표현할 수 없을 정도로 아버지를 사랑하며, 아버지가 자신의 눈빛보다, 생명과 자유보다 더 소중하다고 주장했다. 그처럼 공언하는 말들은 진정한 사랑이 없어도 쉽사리 꾸며서 떠벌일 수 있는 것이니, 이 경우에는 상대가 듣고 싶어 하는 듣기 좋은 말들을 몇 마디 확실하게 들려 주었을 뿐이다. 딸의 입에서 사랑을 다짐하는 대답이 나오자 왕은 매우 기뻐하며 그녀의 마음도 말과 꼭 같으리라고 생각했다. 그래서 아버지로서의 사랑이 솟구쳐, 그녀와 남편에게 넓은 왕국의 삼분지 일을 내 주었다.

그 후에 그는 둘째 딸을 돌아보며 할 말을 하라고 했다. 언니와 마찬가지로 꾸며 내기 잘하는 리건은 그에 못지않은 고백을 했을 뿐 아니라, 언니가 한 말로는 자신이 전하에게 느끼는 사랑을 표현하기에 부족하다고 아뢰었다. 부왕이신 아버지를 사랑하는 기쁨에 비하면 그 밖의 다른 기쁨은 모두 무의미하게 느껴진다고까지 말했다.

리어왕은 그처럼 아버지를 사랑하는 마음이 지극한 자식들을 둔 것을 행운으로 여기며, 리건의 화려한 고백을 듣고 난 후에 거너릴에게 주었던 것과 똑같은 왕국의 삼분지 일을 리건과 그 남편에게 하사했다.

마지막으로 그는 막내딸 코딜리아를 돌아보며 그녀를 자신의 기쁨이라 부르고는, 무슨 말을 할 것이냐고 물었다. 코딜리아가 언니들과 똑같은 애정이 가득한 말로 그의 귀를 즐겁게 하리라 믿어 의심치 않았다. 아니, 그녀가 늘 왕의 귀염을 받아 왔고 누구보다 총애를 받았으므로, 언니들보다 훨씬 기분 좋은 말을 할 것이라고 생각했다.

하지만 코딜리아는 언니들의 말이 전혀 마음에도 없는 아첨에 불과하고, 온갖 감언이설로 아버지를 속여 영토를 받아 내서, 아버지 생전에 그들의 남편과 같이 왕 행세를 하려는 속셈인 줄을 알고 있었으므로, 화려한 미사여구를 동원하려 하지 않았다. 자신은 더도 덜도 아닌, 자식 된 도리로서 전하를 사랑한다고 대답했다.

총애하던 딸에게 이처럼 배은망덕한 듯한 대답을 듣게 되자, 충격을 받은 왕은 그녀의 재산에 피해가 닥치지 않도록 지금 한 말을 숙고하여 다시 말하라고 다그쳤다.

그러자 코딜리아는 왕께서 자기를 키워 주시고 사랑해 주신 아버지시니 가장 합당한 도리를 다하여 은혜를 갚을 것이며, 아버지의 뜻에 순종하고 사랑하며 가장 존경할 것이라고 말했다. 하지만 언니들이 했던 것 같은 거창한 말을 늘어놓거나 이 세상의 다른 누구도 사랑하지 않겠다고 약속할 수는 없다고 했다. 언니들이 그들의 말처럼 아버지만을 사랑했다면 왜 남편을 얻었겠는가? 자신이 만약 결혼하게 된다면, 남편으로 맞이한 그분이 그녀의 사랑과 배려와 의무의 절반을 원할 것이니, 오직 아버지만을 사랑하려면 언니들처럼 결혼할 수는 없는 일이라고 했다.

코딜리아는 언니들의 사랑에 비할 수 없을 정도로 이 늙은 아버지를 진심으로 사랑했다. 보통 때였다면 다소 불손하게 들리는 이런 조건을 붙이지 않고 좀더 딸답게 애정을 담아 솔직하게 말씀드렸을 테지만, 언니들이 교활하게 아첨을 늘어놓고 그 보상으로 엄청난 이득을 취하는 것을 본 후라서, 자신이 할 수 있는 최선의 행동은 조용히 마음으로 사랑하는 것이라고 생각하게 되었다. 이로써 그녀의 사랑은 돈을 목적으로 한 것이 아니며, 이득을 바라지 않는 진솔한 사랑이라는 사실이 분명해졌다. 가식이 없는 그녀의 고백은 언니들의 고백보다 훨씬 진실하고 성실한 것이었다.

하지만 늙은 리어왕은 막내딸의 솔직함을 오히려 오만함으로 여겨 격분했다. 젊은 시절에 늘 심술궂고 경솔한 사람이었던 데다 연로한 나이로 인한 노망기가 그의 이성을 흐리게 하여, 진실과 아첨을 구분하지 못했고 마음에서 우러나오는 말과 화려하게 꾸며 낸 말을 구별하지 못했다. 그는 불같이 화를 내며 코딜리아의 몫으로 떼어 두었던 왕국의 삼분지 일을 회수하여 거둬들이고는, 두 언니와 그들의 남편인 올버니 공작과 콘월 공작에게 똑같이 나눠 주었다.

왕은 그들을 불러들여, 모든 신하들이 보는 앞에서 보관을 하사하고 아울러 모든 권력과 세입과 행정권을 맡겼다. 왕이라는 칭호만을 남겨 놓은 채, 자신의 수행원인 백 명의 무사와 함께 한 달씩 번갈아 가며 딸들의 궁에서 생활한다는 조건으로, 나머

코딜리아

지 모든 왕권을 이양했다.

왕이 이처럼 이성에 따르기보다 감정에 휩쓸려 왕국을 비정상적으로 처분해 버리자, 궁의 조신들은 모두 놀라움과 슬픔에 잠겼다. 하지만 어느 누구도 성난 왕에게 충언할 용기를 내지 못했는데, 단 한 사람 켄트 백작만이 코딜리아를 두둔하고 나섰다. 성미 급한 리어왕이 그만 입을 다물지 않으면 사형에 처하겠다고 위협했지만, 선량한 켄트 백작은 그리 쉽게 물러서지 않았다. 그는 지금까지 리어왕을 왕으로서 경모하고, 아버지처럼 사랑하고, 주인처럼 따르며 충성을 다 바쳐왔다. 자기 생명을 왕의 적과 싸워 나갈 졸개의 생명 이상으로는 생각한 적이 없으니, 왕의 안전을 위해서라면 생명을 잃는다 해도 두렵지 않았다. 이제 리어왕의 적은 자기 자신이었으므로, 이 충성스런 신하는 예전의 의리를 잊지 않고 리어왕을 위해 담대하게 나선 것이었으며, 신하로서 무엄하게 행동한 것은 왕의 마음에 광기가 있기 때문이었다.

과거에 왕의 충직한 상담자였던 켄트 백작은 왕이 예전에 많은 중대사를 처리했을 때처럼 자신의 눈으로 보시고 그의 충언을 따라 달라고 간청했다. 신중히 생각하시어 이 끔찍하고 경솔한 처분을 거둬 달라고 탄원했다. 그는 코딜리아 공주가 왕을 사랑하는 마음이 부족해서 그런 것이 아니며 목소리가 낮아 쩌렁쩌렁 울리지 않는다고 해서 진심이 비어 있는 것은 아니라고, 자기 목숨을 걸고 진언했다. 권력이 사탕발림에 고개를 숙이면 명예는 평범해진다. 왕이 위협한다한들 이미 목숨을 왕의 처분에 맡긴 켄트에게 두려운 일이 무엇이겠는가? 위협은 직언해야 할 의무를 가로막지 못했다.

선량한 켄트 백작의 정직한 간청은 왕의 분노를 더 키웠을 뿐이었다. 미치광이 환자가 자신의 치명적인 병을 사랑하여 의사를 죽여 버리는 것처럼, 그는 이 진실한 신하에게 추방을 명하고 출발 시기까지 5일간의 말미를 주었다. 만약 6일째 되는 날에 왕의 미움을 산 사람이 왕국 내에서 발견되면 그 즉시 죽게 될 것이라고 했다.

켄트 백작은 왕에게 하직을 고하며, 왕께서 그런 식으로 처신하시면 이 곳에 머문다 해도 추방이나 다름이 없다고 말했다. 떠나기 전에 그는 올바른 생각을 지니고 신중하게 답변했던 처녀 코딜리아에게 신들의 보살핌이 있기를 빌고, 그 언니들의 거창한 말들이 효성스러운 행위와 일치되기만을 바라면서, 새로운 나라에서도 예전의 방식대로 살아가겠다는 말을 남기고 떠났다.

이제 리어왕은 프랑스 왕과 버건디 공작을 불러들여, 자신이 막내딸에 대해 결정한 사항을 알렸다. 코딜리아가 아버지의 노여움을 사서 재산이라고는 자기 자신밖에 없는 처지가 되었는데 그래도 구애를 계속할 것이냐고 그들의 의견을 물어보았다. 버건디 공작은 그러한 조건에서는 그녀를 아내로 맞을 수 없다며 이 혼사를 사양했지만, 프랑스 왕은 그녀가 아버지의 사랑을 잃게 된 이유가 약삭빠르게 말하지 못하고 언니들처럼 아첨을 하지 못한 탓이라는 사실을 이해하고, 이 젊은 처녀의 손을 잡으며 그녀의 미덕이 왕국보다 더 큰 지참금이니 언니들과 몰인정한 아버지에게 작별 인사를 하고, 자신과 함께 가서 아름다운 프랑스의 왕비가 되어 그녀의 언니들이 차지한 영토보다 더 훌륭한 영토를 통치하자고 말했다. 그러면서 버건디 공작에게 경멸조로 물 같은 공작이라고 불렀으니, 이 젊은 처녀에 대한 사랑이 한 순간에 물처럼 모두 흘러가 버렸기 때문이었다.

코딜리아는 눈물 젖은 눈으로 언니들에게 작별을 고하며, 그들이 고백한 대로 아버지에게 정성을 다해 효도해 주기를 부탁했다. 그러자 언니들은 자기들도 본분을 잘 알고 있으니 이래라저래라 하지 말라고 퉁명스럽게 대꾸하며, 운명의 여신이 자선을 베풀어 (그들은 조롱하듯이 이렇게 표현했다) 그녀를 받아들여 주는 남편을 만났으니 그 남편이나 잘 받들어 모시라고 했다. 코딜리아는 언니들의 간사함을 알았으므로, 그보다 더 나은 사람에게 아버지를 부탁할 수 있기를 바라며 무거운 마음으로 길을 떠났다.

코딜리아가 떠나자마자 언니들의 악마 같은 성질은 본색을 드러내기 시작했다. 리어왕이 맏딸 거너릴과 함께 지내기로 약속한 한 달이 채 끝나기도 전에, 그 늙은 왕은 약속과 실제 행동이 다르다는 것을 알아차리게 되었다. 아버지에게 물려받을 수 있는 모든 것을 물려받고 아버지의 머리에서 왕관까지 벗겨 낸 이 뻔뻔한 딸은, 그 노인이 아직 자신이 왕이라는 생각을 즐기기 위해 남겨 놓은 아주 작은 왕권에 대해서까지 못마땅해 했다. 그녀는 아버지와 백 명의 기사들을 보는 것마저 견딜 수가 없었다.

아버지를 만날 때마다 인상을 찌푸렸고, 아버지가 얘기를 하고 싶어 하면 꾀병을 부리거나 다른 어떤 구실을 대서라도 피하려 들었다. 나이든 아버지를 쓸모없는 짐으로 여기고, 아버지의 수행원들을 불필요한 낭비라고 생각하는 것이 분명했다. 그녀 자신이 왕에게 본분을 다하겠다던 약속에 태만했을 뿐 아니라, 하인들도 그런 그녀를 본받았고 그녀의 은밀한 지시가 없었던 것도 아니어서(무서운 일이다), 왕을 소홀히 대접하고 명령에 순종하지 않거나 더 모욕적으로는 그의 말을 들은 체도 하지 않았다.

리어왕은 딸의 행동에 생긴 변화를 눈치채지 못할 리 없었지만, 될 수 있는 한 눈을 감아 버렸다. 사람들이 흔히 자신의 잘못이나 고집으로 인해 나타나는 불쾌한 결과를 믿으려 들지 않는 것처럼 말이다.

거짓되고 불성실한 성질을 '선한 대우'로 회유할 수 없듯이, 진실한 애정과 충성도 '악한 짓'으로 떼어 놓을 수 없는 법이다. 선량한 켄트 백작의 경우에 이러한 점이 두드러지게 나타난다. 그는 비록 리어왕에게 추방되어 브리튼에서 발각되면 목숨을 내놓아야 할 처지였지만, 자신의 주인인 왕에게 봉사할 기회가 있는 한 어떠한 결과든지 감수하고 남아 있기로 결심했다. 가엾은 충절은 때로 비천한 속임수나 변장에 의지할 수밖에 없다. 하지만 그것이 책무를 다하기 위해 해야 할 일이라면 저급하거나 무가치하다고 치부할 수 없을 것이다.

이 선량한 백작은 고귀함도 화려함도 모두 내팽개치고 하인으로 변장하여, 왕에게 찾아가 시중을 들게 해 달라고 청했다. 왕은 변장한 사람이 켄트인 줄을 알지 못했지만, 무뚝뚝하다 할 정도로 솔직하게 답변하는 그의 말투가 마음에 들었다. (딸의 언행이 일치하지 않는 것을 보고 진절머리가 나 있었는데, 그런 입에 발린 번지르르한 말과는 너무나 달랐기 때문이다.) 그래서 왕은 즉시 허락하여, 카이어스라고 이름을 밝힌 켄트 백작을 하인으로 삼았다. 그가 한 때 자신에게 가장 총애받은 고귀하고 막강한 켄트 백작이리라고는 꿈에도 생각하지 못했다.

카이어스는 자신의 군주에게 충성과 사랑을 내보일 방법을 금세 찾아 냈다. 여주인에게 은근히 사주를 받았을 게 틀림없는 거너릴의 집사가 바로 그 날 왕에게 불손하게 굴며, 건방진 표정을 짓고 무례하게 말하는 것을 보았던 것이다. 카이어스는 폐하에게 그토록 노골적으로 무례하게 구는 자를 참을 수 없어서, 그의 발을 걸어 넘어뜨림으로써 그 오만불손한 종을 개집에 처넣었다. 이처럼 충성스런 태도를 보이자 리어왕은 카이어스를 더 좋아하게 되었다.

리어왕의 말동무가 켄트밖에 없었던 것은 아니다. 리어왕이 자기 궁에서 생활할 당시에 데리고 있던 가엾은 바보 어릿광대도 낮은 신분을 지닌 자가 보여 줄 수 있는 최선의 사랑을 왕에게 보여 주었다. 그 시대의 왕이나 귀족들은 심각한 일을 처리하고 난 후에 기분 풀이 삼아 어릿광대(그렇게들 불렀다)를 데리고 있는 것이 관습이었다. 이 어릿광대는 왕이 왕관을 물려 주고 난 후에도 왕의 곁에 남아, 재치 있는 말로 기분을 북돋아 주었다. 하지만 때로는 딸들에게 모든 것을 주어 버리고 스스로 왕관까지 벗어 던진 왕의 경솔함을 서슴지 않고 야유했다. 그럴 때면 노래로 그 것을 표현했다.

딸들은 갑작스런 기쁨에 눈물을 흘렸고
그는 슬픔으로 노래 불렀네,
왕이 까꿍 놀이를 하며
광대들 틈에 끼시다니.

이 쾌활하고 솔직한 어릿광대는 이처럼 자신이 알고 있는 거친 속담과 노래 토막을 동원하여, 거너릴의 면전에서까지 급소를 찌 르는 신랄한 조롱과 익살로 마음속 진심을 쏟아 놓았다. 때로는 왕을 바위종다리에 비유하여, 바위종다리가 새끼 뻐꾸기를 충분 히 자랄 때까지 먹여 주었더니 뻐꾸기는 길러 준 고생에 대한 보 답으로 머리를 물어뜯었다느니, 수레가 말을 끌면 당나귀도 모 를 리 없다느니, (아버지의 뒤에 있어야 할 딸들이 이제 아버지 앞에 섰다는 의미이다) 리어는 더 이상 리어가 아니라 리어의 그림자일 뿐이라느니 하면서 지껄여 댔고, 이런 거침없는 말 때문에 한두 번 매질당할 위협을 당하기도 했다.

리어왕은 자신에 대한 존경심이 냉담하게 떨어져 나가는 것을 알아차렸으나, 이 어리석은 아버지가 몹쓸 딸에게 당할 수모는 그것으로 그치지 않았다. 그녀는 이제 아버지가 백 명의 기사를 계속 거느리겠다고 우기면 자기네 궁에 머무는 것이 부담스럽다고 노골적으로 이야기했다. 그러한 상비 병력은 필요치도 않고 경비도 많이 들며, 궁에서 소동이나 일으키고 잔치나 벌일 뿐이라면서, 그 수를 줄이고 아버지 신변에 비슷한 연령의 노인들만 남겨 두라고 했다.

처음에 리어왕은 자신의 눈과 귀를 믿을 수 없었고, 이다지도 불손하게 말하는 사람이 자기 딸이라는 게 믿어지지 않았다. 자신의 왕관을 물려받은 딸이 그의 수행원을 줄이려 하고 나이가 많다는 이유로 존경을 표하지 않으려 하다니. 하지만 그녀의 버릇없는 요구가 계속되자, 노인의 마음에 분노가 가득 일어나 그녀를 밉살스러운 욕심쟁이라 욕하며 거짓말을 한다고 비난했다. 실제로 그녀의 말과는 달리, 백 명의 기사들은 전부 자신의 책무에 능하고, 신중한 행동거지와 건전한 태도를 갖춘 사람들로, 소동이나 잔치판을 벌이지 않았던 것이다.

왕은 당장 백 명의 기사들을 이끌고 둘째 딸 리건에게 갈 작정으로, 말을 대령시키라고 명했다. 배은망덕하다, 냉혹한 악마다, 자식에게서 바다의 괴물보다 더 흉악스러움을 보았다고 말하며, 듣기만 해도 무서우리만치 맏딸 거너릴을 저주했다. 그녀가 절대로 자식을 갖지 못하기를, 혹시 자식을 갖게 되더라도 가증할 자식을 낳아 그녀가 아비에게 보인 모멸과 멸시를 자식에게 그대로 당하게 되기를, 그리하여 배은망덕한 자식을 두는 것이 뱀의 이빨보다 더 고통스러운 일임을 느끼게 되기를 기원했다. 거너릴의 남편 올버니 공작은 아내의 불친절한 처사에 관여하지 않았으므로 영문을 몰라 하며 리어왕을 진정시키려 했지만, 리어왕은 그의 말을 끝까지 듣지도 않고, 화를 내며 말에다 안장을 얹으라고 명령했다.

리어왕은 수행원들과 함께 둘째 딸 리건의 거처를 향해 출발했다. 그리고 코딜리아의 잘못이(그것이 잘못이었다면) 언니의 잘못에 비해 얼마나 사소한 것이었는지를 생각하며 울었다. 그런 다음 거너릴 같은 딸년 때문에 남자다움을 잃고 눈물 흘린 것을 부끄러워했다.

리건과 그 남편은 대단히 호사스럽고 화려하게 궁전을 유지하고 있었다. 리어왕은 둘째 딸에게 전달할 편지를 하인 카이어스의 손에 쥐어 보냈다. 왕과 수행원들이 곧 당도할 테니 영접할 준비를 갖추라는 내용이었다. 하지만 거너릴이 그보다 먼저 리건에게 편지를 보내, 아버지의 완고하고 괴팍한 성질을 비난하며 아버지가 이끌고 가는 그 많은 수행원들을 받아들이지 말라고 충고했다. 이 편지를 지닌 심부름꾼이 카이어스와 같은 시간에 도착하여 둘이 마주쳤다. 그 자는 예전에 리어왕에게 건방지게 굴다가 카이어스의 발에 걸려 넘어진 그 집사였다.

카이어스는 그자의 꼴도 보기 싫었고, 무슨 일로 왔는지 의심스러워서 욕을 퍼부으며 결투를 신청했다. 그 자가 거부하자, 카이어스는 정의감이 불끈 치밀어 올라, 남을 이간질하고 못된 소식이나 전하러 다니는 심부름꾼이 당해야 할 만큼 늘씬하게 패

주었다. 이 일이 리건과 그 남편의 귀에 들어가게 되어, 그들은 부왕의 사자로서 최고의 영접을 받아 마땅한 카이어스에게 족쇄를 채우라고 명령했다. 그래서 왕이 성안으로 들어왔을 때, 그처럼 수치스러운 상태로 앉아 있는 충직한 하인 카이어스를 제일 먼저 보게 되었다.

이것은 리어왕이 바라던 환대에 대한 불길한 징조에 불과했다. 더 기막힌 상황이 뒤를 이었다. 그가 둘째 딸과 사위가 왜 보이지 않느냐고 이유를 물었을 때, 하인들은 두 분 주인 내외가 밤새 여행을 하느라 지쳐서 지금은 만나실 수 없다고 대답하는 것이 아닌가. 결국 왕이 화를 내며 그들을 만나야겠다고 고집을 한 후에야 그들이 인사하러 나왔는데, 그들 무리 속에 가증스런 거너릴도 끼어 있었다. 그녀는 자기 입장을 이야기하여 동생과 아버지 사이를 떼어 놓으려고 건너온 것이다!

이 광경을 본 노인은 큰 충격을 받았고, 리건이 언니의 손을 잡고 있는 모습에 더욱 부아가 치밀어서, 수염이 허옇게 센 늙은 아버지를 보고도 부끄럽지 않느냐고 거너릴에게 호통쳤다. 리건은 아버지의 나이가 많아 분별력이 떨어졌으니 보다 분별 있는 사람의 인도와 보호를 받아야 한다면서, 거너릴 언니가 말한 대로 수행원을 절반으로 줄이고 함께 집으로 돌아가, 언니에게 용서를 빌고 사이좋게 지내라고 아버지에게 충고했다. 리어왕은 만일 자신이 딸에게 무릎을 꿇고 먹여 주고 입혀 주기를 애걸한다면, 그 얼마나 터무니없는 일이겠냐며 그처럼 억지로 얹혀 살지는 않겠다고 주장했다. 거너릴에게는 절대로 돌아가지 않을 것이고, 자신과 백 명의 기사들은 리건과 같이 머무르겠다고 밝혔다.

그는 리건이 자신에게 하사받은 왕국의 절반을 잊어버리지 않았을 것이며, 그녀의 눈은 거너릴의 눈처럼 사납지가 않고 유순하고 다정하다고 말했다. 또한, 수행원의 반을 줄여 거너릴에게 돌아가느니 차라리 프랑스로 건너가 지참금 없는 막내딸과 결혼한 그 곳 왕에게 초라한 생활보조금이라도 구걸하는 편이 낫다고 했다.

하지만 리건이 언니 거너릴보다 더 친절하게 대해 주리라고 기대한 것은 그의 착각이었다. 그녀는 불효막심한 행동으로 언니를 이겨 내고 싶은 듯이, 아버지를 모시는 데는 50명의 기사도 너무 많으며 25명이면 충분하다고 단언했다. 리어왕은 비탄에 잠겨 거너릴을 돌아보며 그녀와 같이 돌아가겠다고 말했다. 거너릴이 말한 50명은 리건이 말한 25명의 두 배이니, 그녀의 사랑 역시 리건의 두 배가 되기 때문이었다. 하지만 거너릴은 자신의 하인들이나 동생의 하인들이 돌봐드릴 텐데 25명이나 되는 사람이 무슨 필요가 있는가, 아니 열명도, 아니 다섯 명도 무슨 필요가 있느냐고 핑계를 댔다.

이 못된 두 딸들은 자기들에게 그토록 인자했던 늙은 아버지에게 잔인하게 구는 경쟁에서 이기려는 듯이, 그가 한 때 왕이었다는 사실을 나타내기 위해 남겨 둔 모든 존경과 수행원을 야금야금 줄이려고 했다! 일찍이 왕국을 호령했던 그에게는 아주 작은 수였는데도 말이다. 호화로운 수행원이 행복의 필수조건은 아니지만,

왕에서 거지로 전락하고 수백만을 거느리던 사람이 한 명의 수행원도 없는 신세가 되는 것은 견디기 힘든 변화이다. 수행원이 없음으로 인해 겪을 고생보다 수행원을 거부하는 딸들의 배은망덕한 태도가 이 불쌍한 왕의 가슴 깊숙이 파고들었다. 이중으로 당하는 푸대접과 너무나 어리석게 왕국을 주어 버린 원통함이 겹쳐, 그의 정신상태는 불안정해지기 시작했다. 리어왕은 스스로 무슨 뜻인지 모르는 말을 하며, 인간의 도리를 저버린 악녀들에게 복수하여 이 땅이 두려워 떨만한 본보기를 삼겠다고 맹세했다!

 그가 자기의 연약한 몸으로는 결코 실행할 수 없는 일을 하겠다고 헛되이 위협하는 동안, 어둠이 내리고 천둥과 번개를 동반한 지독한 폭풍우가 몰아쳤다. 그의 딸들이 아버지의 수행원을 허락할 수 없다는 결심을 거듭 주장하자, 왕은 자기 말을 대령하라 이르고, 이런 배은망덕한 딸들과 한 지붕 아래 있느니보다 밖에서 포악하게 몰아치는 폭풍우에 맞서는 편을 택했다. 딸들은 고집 센 사람들이 스스로 초래하는 고생은 당연히 받아야 할 벌이라고 말하며, 악천후 속으로 나가는 아버지를 외면하고 문을 닫아 버렸다.

 바람은 강해지고 비와 폭풍이 더욱 심해졌을 때, 노인은 딸들의 냉대보다 덜 매서운 폭풍우와 싸우려고 달려나갔다. 그 근방에는 수 마일에 걸쳐 덤불 숲 하나 찾아보기 힘들었다. 캄캄한 밤에 맹위를 떨치는 폭풍에 노출된 채, 리어왕은 정처 없이 황야를 방황하고 다니며 바람과 천둥에게 도전했다. 바람에게 땅을 바다로 던져 버리라고 외치고 바다의 파도에게 일어나 땅을 삼키라고 명령했다. 사람처럼 은혜를 모르는 동물은 흔적도 남기지 말라고 소리쳤다.

이제 이 늙은 왕의 곁에는 불쌍한 어릿광대밖에 남아 있지 않았다. 어릿광대는 왕의 곁에서, 재미있고 기발한 익살로 불행을 웃어넘기려 애쓰며, 수영을 하기에는 고약한 밤이니 안으로 들어가서 따님들의 은혜를 청하는 편이 낫다고 말했다.

하지만 분별력이 모자라는 사람은
아이고, 비가 오고 바람이 불어도!
운명의 변덕에 만족해야 하리,
날마다 비가 내리더라도.

그러면서 여인의 교만을 식혀 주는 멋진 밤이라고 했다.

지난날의 위대한 군주가 이처럼 변변한 시종도 없이 길을 가고 있을 때, 언제나 충직한 신하였고 이제는 카이어스가 되어, 왕이 자신을 알아보지 못해도 늘 떠나지 않고 곁을 지켰던 켄트 백작이 왕을 발견했다. 그가 말했다. "아아, 폐하께서 여기에 계셨군요? 밤을 좋아하는 짐승도 이런 밤은 좋아하지 않습니다. 무서운 폭풍우가 짐승들을 보금자리로 몰아넣지 않았습니까. 사람의 몸으로는 이러한 역경과 공포를 견뎌 낼 수 없습니다."

리어왕은 그를 나무라며, 큰 병에 시달리는 사람은 그보다 덜

한 해악을 느끼지 못하는 법이라고 말했다. 마음이 편안할 때는 육체의 고통이 예민하게 느껴지지만, 그의 마음속에 휘몰아치는 폭풍우가 육체의 감각을 모두 앗아가 버려서, 가슴을 짓뭉개는 그것 외에는 아무것도 느낄 수 없었다. 그는 딸들의 배은망덕을 이야기하며, 음식을 먹여 주려고 넣는 손을 입이 물어 버리는 것과 똑같은 일이라고 했다. 부모는 자식에게 손이며 음식이며 그 밖의 모든 것이기 때문이다.

하지만 선량한 카이어스는 밖에 계시면 안 된다고 계속 애원하여, 마침내 황야에 서 있는 작고 초라한 오두막에 들어가시도록 왕을 설득했다. 그 집에 먼저 들어간 어릿광대가 겁에 질려 뛰쳐나오더니 유령을 보았다고 말했다. 하지만 다시 살펴보니, 그 유령이라는 것은 피할 곳을 찾아 버려진 오두막으로 기어들어온 불쌍한 미치광이 거지였으며, 마귀에 관한 이야기로 어릿광대에게 겁을 주었다. 그는 정신이 돌았거나 인정 많은 시골 사람들에게 자선을 얻어 내려고 부러 미친 체하는 정신병자 중의 하나였는데, 지방을 이리저리 돌아다니며 스스로를 불쌍한 톰 또는 불쌍한 털리굿이라 부르며, "불쌍한 톰에게 누가 동냥 좀 해 주시오."라고 말하면서 핀이나 못이나 로즈메리 가지로 자기들 팔을 찔러 피가 나게 하고는, 그런 섬뜩한 행동과 함께 더러는 애원하고 더러운 미치광이 같은 욕설을 퍼부어, 순박한 시골 사람들에게 동정심이나 공포심을 유발시켜 적선을 하게 하는 사람들이었고, 이 불쌍한 남자도 그런 부류에 속할 듯했다.

캄캄한 밤, 비바람이 몰아치는 황야에서 리어왕이 헤매고 있다.

그런데 리어왕은 알몸을 드러낸 채 간신히 허리에 담요 한 장을 두르고 비참한 꼴로 앉아 있는 거지를 보면서, 그 놈 역시 딸들에게 모든 것을 주어 버리고 그 지경에 이른 아버지일 것이 틀림없다고 고집했다. 고약한 딸들을 두지 않고서야 사람이 이토록 비참한 지경에 떨어질 리가 만무하다고 생각했기 때문이다.

왕이 이 말과 다른 거친 말들을 쏟아 내자, 선량한 카이어스는 왕의 정신이 온전치 않으며 딸들의 학대가 그를 정말로 미치게 했다는 것을 깨달았다. 이제 고결한 켄트 백작은 충성심을 발휘하여 지금까지보다 더 적절하게 왕을 보필했다. 충정을 잃지 않은 수행원 몇몇의 도움을 받아, 새벽녘에 군주를 도버 성으로 모셔가게 한 것이다, 그 곳에는 왕의 편에 서 줄 친구들과 세력이 모여 있었다.

한편 그 즈음에 브리튼의 정황을 예의 주시하고 있던 프랑스 측 군대가 도버 근처에 상륙했는데, 코딜리아도 프랑스 왕의 군대와 함께 건너왔다. 켄트 백작은 코딜리아에게 편지를 보내, 부왕의 가엾은 처지를 대단히 감명 깊게 이야기하고, 언니들의 몰인정한 행위를 매우 생생하게 전달했다. 이 착하고 인정 많은 딸은 하염없이 눈물을 흘리며, 남편인 왕에게 잔인한 언니들과 그 남편들을 진압하고 늙은 왕인 아버지를 왕위에 복위시킬 수 있도록 해 달라고 간청했다. 왕은 아내의 청을 승낙하고 본국에 일이 생겨 귀국했다.

선량한 켄트 백작이 제정신이 아닌 왕을 잘 보살피라고 사람들을 붙여 놓았으나 리어왕은 우연한 기회에 탈출했고, 도버 근처의 들판을 헤매다 코딜리아의 수행원들에게 발견되었다. 그 때 그는 가련한 상태로 아주 미쳐서 옥수수 밭에서 주운 밀짚과 쐐기풀, 그 밖의 잡초들로 만든 관을 머리에 쓰고 큰소리로 노래를 부르고 있었다. 코딜리아는 아버지를 간절히 보고 싶었지만, 의사들의 충고에 따라 아버지가 수면을 취하고 의사들이 처방한 약초의 효력으로 좀더 안정을 되찾을 때까지 만남을 연기해야 했다. 그녀는 의사들에게 왕을 회복시켜 주면 금은보화를 주겠다고 약속했으며, 이 유능한 의사들 덕택에 리어왕은 이내 딸을 만날 수 있는 상태로 회복되었다.

이 아버지와 딸의 상봉은 보기에 흐뭇한 광경이었다. 불쌍한 왕은 일찍이 사랑했던 자식을 다시 보는 기쁨과 그의 기분을 상하게 했다는 사소한 잘못을 이유로 내쳐 버렸던 딸에게 극진한 효도를 받게 된 부끄러움 사이에서 오락가락 했다. 이러한 감정들이 아직 완전히 낫지 않은 그의 질병과 싸움을 벌였고, 그는 반쯤 미친 상태로 자신이 어디에 있는지 그에게 다정하게 입을 맞추며 이야기하는 사람이 누구인지 알아차리지 못했다. 그러면서 옆에 있는 자들에게 자신이 이 여인을 자기 딸 코딜리아로 생각하더라도 비웃지 말아 달라고 부탁했다!

아버지가 무릎 꿇고 용서를 빌려고 하자, 마음씨 착한 코딜리아는 그 앞에 무릎을 꿇고 아버지의 축복을 구하며, 무릎을 꿇는 것은 아버지가 할 일이 아니라 자신이 해야 할 도리라며, 자신이 바로 아버지의 여식이자 진실한 딸 코딜리아라고 말씀드렸다! 언니들의 모든 불효를 입맞춤으로 지워 버리겠다며 아버지에게 키스하고는, 원수의 개가 자기를 물었다 해도 그런 밤에는 불가에 데려다 몸을 녹여 주어야 하는 법인데, 하물며 수염이 허연 자신의 늙고 다정한 아버지를 추운 밖으로 몰아 내다니 언니들 스스로가 부끄럽게 여겨야 할 일이라고 말했다.

그녀가 아버지를 돕기 위해 프랑스에서 온 경위를 설명하자, 왕은 다 잊어버리고 용서하라면서, 자신이 늙고 어리석어서 무슨 짓을 하는지 몰랐던 것이며, 그녀는 아버지를 사랑하지 않을 이유가 충분하지만 그 언니들에게는 그만한 이유가 없는 게 확실하다고 했다. 코딜리아는 언니들에게 아버지를 사랑하지 않을 이유가 없는 것처럼 자신에게도 그럴 이유가 없다고 대답했다.

이리하여 이 늙은 왕은 성실하고 애정 깊은 딸의 보호를 받았으며, 코딜리아와 의사들은 왕에게 약을 먹이고 잠을 자게 하여 다른 딸들에게 당한 잔인한 처사로 인해 안정과 균형을 잃고 헝클어진 왕의 분별력을 회복시키는데 드디어 성공했다. 그럼 이제 매정한 딸들에게로 돌아가, 그들에 대해 몇 마디 이야기해 보자.

늙은 아버지에게 그토록 못되게 굴었던 배은망덕한 딸들이 자기 남편들에게 충실했으리라고는 기대할 수 없다. 그들은 곧 남편에 대한 의무와 애정을 보이는 것조차 귀찮아했고, 노골적으로 다른 남자에게 사랑을 쏟아 부었다. 공교롭게도 그들 자매가 불륜의 사랑을 기울인 대상은 같은 인물이었다. 그는 작고한 글로스터 백작의 사생아 에드먼드였는데, 적법한 후계자인 자신의 형 에드가를 배신하고 모함하여 백작 자리에서 몰아 내고 그 간교한 음모 덕에 스스로 백작에 오른 자였다. 거너릴과 리건처럼 사악한 여인들이 사랑하기에 딱 어울리는 사악한 남자라고 할 수 있겠다.

그 무렵에 리건의 남편인 콘월 공작이 세상을 떠나자, 리건은 즉시 글로스터 백작과 결혼할 의사를 밝혔고, 그것이 언니의 질투심을 자극했다. 이 간교한 백작은 리건에게 고백한 것과 똑같이 그녀의 언니에게도 수차례 사랑을 고백했던 것이다. 거너릴은 동생에게 몰래 독을 먹여 죽이는데 성공했으나 에드먼드에 대한 부정한 열정이 남편인 올버니 공작에게 발각되자, 좌절된 사랑과 분노를 이기지 못하고 스스로 목숨을 끊게 된다. 이리하여 마침내 하늘의 정의가 이 사악한 딸들에게 실현되었다.

모든 사람이 이 사건을 보고 죽어 마땅한 그들에게 정의가 실현된 것에 감탄했으나, 한편으로는 젊고 덕망 높은 딸 코딜리아가 불가사의한 하늘의 섭리로 슬픈 운명에 처하게 된 것을 보며 놀라워했다. 그녀의 선한 행실은 보다 행복한 미래를 보상받을 만했으나, 죄 없고 효성 지극한 사람들이 늘 승리하는 것은 아니라는 게 이 세상의 무서운 진실이다.

거너릴과 리건이 못된 글로스터 백작에게 지휘를 맡겨 내보낸 군대가 승리를 거뒀고, 코딜리아와 리어왕은 인질로 잡혀 감옥에 갇히게 되었다. 그 곳에서 코딜리아는 자신의 앞길을 방해하는 자들을 모두 제거하려 했던 간악한 백작의 계략으로 암살되었다. 이처럼 하늘은 자식 된 자로서 해야 할 도리를 아름다운 본보기로 보여 준 후에, 이 죄 없는 여인을 꽃다운 나이에 데려갔다. 리어왕 역시 다정한 딸이 죽은 지 얼마 안 되어 숨을 거뒀다.

 왕이 눈을 감기 전에, 딸들에게 푸대접을 받은 날로부터 서글픈 몰락에 이르는 순간까지 한결같이 늙은 군주의 곁을 지켰던 켄트 백작은 카이어스라는 이름으로 왕을 따라다닌 자가 바로 자신임을 알리려 했지만, 딸의 죽음을 목격한 극심한 고통으로 정신이 이상해진 리어왕은 어떻게 그런 일이 생길 수 있는지, 켄트와 카이어스가 어찌 동일인물일 수 있는지 도무지 이해하지 못했다. 그래서 켄트는 임종을 앞둔 분을 이런저런 설명으로 괴롭힐 필요가 없다고 생각했으며, 리어왕이 숨을 거두자, 충성을 다 바친 이 신하는 연로한 나이에 왕이 당한 원통한 일을 슬퍼하다가 곧 무덤으로 따라 들어가게 되었다.

 하늘의 심판은 비열한 글로스터 백작에게도 덮쳤으니, 그는 형과 아버지를 배신한 죄가 드러난 후에 적법한 백작인 형과 결투를 벌이다 죽음을 맞았다. 거너릴의 남편 올버니 공작은 코딜리아의 죽음과 무관했고 아내의 불효막심한 행동을 부추긴 적도 없었으므로, 리어왕의 사후에 그가 브리튼의 권좌를 승계하게 된다. 그 경위에 대해서는 여기서 일일이 나열할 필요 없을 것이다. 리어왕과 그의 세 딸이 모두 죽음에 이른 사건만이 우리 이야기의 골자이니 말이다.

끝이 좋으면 다 좋다

 버트럼은 아버지가 돌아가신 후에 작위와 영지를 물려받아 새로운 루시용 백작이 되었다. 버트럼의 부친을 총애했던 프랑스 왕이 그 사망 소식을 듣고는, 그의 아들을 파리의 궁으로 데려오라는 명을 내렸다. 작고한 백작과 나눈 우정을 생각하여, 젊은 버트럼에게 특별한 호의를 베풀어 주기 위함이었다.

 미망인이 된 어머니와 함께 살고 있던 버트럼에게, 어느 날 프랑스 궁의 늙은 귀족 라퓨가 궁으로 모셔 오라는 왕명을 들고 찾아 왔다. 프랑스의 왕은 절대 군주였으므로, 궁으로 들어 오라는 초대는 거부할 수 없는 국왕의 칙령과 같아서, 아무리 지위가 높은 자라도 신하로서 복종하지 않을 수 없었다.

남편을 잃은 슬픔이 채 가시기도 전에 사랑하는 아들과 헤어져야 하는 백작부인은 남편을 다시 땅에 묻는 심정이었지만, 아들을 하루도 더 붙잡아 두지 않고 즉시 떠날 수 있게 해 주었다. 그를 데리러 온 라퓨 경은 남편을 잃고 아들까지 떠나 보내게 된 백작부인을 위로하려고, 궁정의 조신들이 아첨하는 식으로 말하기를, 전하가 참으로 친절하신 군주시니 그녀에게는 남편이 되어 주고 그녀의 아들에게는 부친이 되어 주실 것이라고 했다. 이 말은 단지, 선량하신 왕이 버트럼에게 친절히 대해 주실 것이라는 뜻이었다.

라퓨 경은 전하께서 안타깝게도 병에 걸리셨는데 의사들이 치료할 수 없다며 모두 포기한 상태라고 전했다. 왕의 건강이 좋지 않다는 소식에 백작부인은 크게 슬픔을 표하며, 헬레나(그녀의 옆에서 시중을 들고 있는 젊은 여인)의 아버지가 살아 있었다면 전하의 질병을 치료할 수 있었을 거라고 안타까워했다. 그러면서 헬레나가 유명한 의사 제라르 드 나르봉의 외동딸이고, 그의 임종시에 딸을 잘 보살펴 달라는 부탁을 받았다고 설명했다. 또한 헬레나의 빼어난 자질과 참한 품성을 칭찬하며, 훌륭한 부친에게 이런 미덕을 물려받은 것이라고 말했다. 그 이야기를 하는 동안 헬레나가 슬픔에 잠겨 말없이 눈물만 흘리자, 백작부인은 돌아가신 아버지로 인해 너무 상심하지 말라고 부드럽게 타일렀다.

이제 버트럼이 어머니에게 작별인사를 했다. 백작부인은 눈시울을 적시며 수없이 축복을 빌어 주며 사랑하는 아들과 헤어졌다. 그리고는 라퓨 경에게 아들을 잘 보살펴 달라고 부탁했다. "궁정 경험이 없는 아이이니, 부디 충고를 아끼지 말아 주십시오."

버트럼이 마지막으로 인사한 사람은 헬레나였지만, 그저 그녀의 행복을 비는 예의상의 인사말이었다. 그는 이런 말로 간단한 작별인사를 매듭지었다. "당신의 주인이신 내 어머니를 위로해 드리고, 소중히 여겨 주시오."

사실 헬레나는 오랫동안 버트럼에 대한 사랑을 마음에 간직해 왔다. 그녀가 말없이 슬픔의 눈물을 흘렸을 때 그것은 아버지를 애도하는 눈물이 아니었다. 아버지를 사랑했지만 지금 헤어져야 하는 그분에 대한 사랑이 더욱 간절해서, 돌아가신 아버지의 모습과 이목구비는 잊어버리고, 오로지 버트럼의 모습밖에 떠오르지 않았다.

헬레나가 버트럼을 오랫동안 사랑해 왔지만, 그가 프랑스에서 가장 오래 된 가문의 후손이며 루시용 백작이라는 사실을 언제나 잊지 않았다. 그녀의 출신은 비천했고 부모님도 평범한 분들이었다. 반면에 그분의 조상은 모두 귀족이었다. 그래서 그녀는 신분이 높은 버트럼을 돌아가신 백작님과 백작부인을 대하듯이 우러러보았고, 그분의 종으로 사는 것 이외의 희망을 감히 품지 않았다. 그분의 종으로 살다 죽기를 바랄 따름이었다.

그의 존엄한 신분과 자신의 보잘 것 없는 처지가 천양지차로 느껴져, 그녀는 혼잣말로 중얼거렸다. "유달리 반짝이는 별을 사모하여 그 별의 아내가 되려는 것과 다를 게 없지. 버트럼 님은 나와 비교되지 않을 만큼 높은 곳에 계셔."

버트럼이 떠나자 그녀의 눈에는 눈물이 가득 차고 가슴에는 슬픔이 들어찼다. 아무것도 바라지 않고 사랑했지만, 그래도 매순간 그를 볼 수 있다는 것만으로도 적잖은 위로가 되었던 것이다. 헬레나는 가만히 앉아서 그의 검은 눈동자와 둥근 이마와 고운 곱슬머리를 지켜보곤 했다. 그녀의 심장을 화판 삼아 그의 초상을 그리는 것처럼, 사랑하는 이의 얼굴에 새겨진 이목구비가 가슴에 또렷하게 박힐 때까지.

제라르 드 나르봉은 세상을 떠날 때 단 하나의 유산을 외동딸에게 남겨 주었다. 그것은 희귀하고 효험이 좋은 처방전이었는데, 그가 살아 생전에 깊이 연구한 의학과 오랜 경험을 바탕으로 틀림없이 치료가 되는 효과적인 비법들을 모아 놓은 것이었다. 그 중에 라퓨 경이 설명한 왕의 증상에 딱 들어맞는 처방이 하나 있었다. 국왕의 환후를 알게 되었을 때, 지금까지 비참하고 절망적이었던 헬레나는 파리로 가서 왕의 병환을 치료해 보겠다는 야심 찬 계획을 세우게 되었다.

하지만 헬레나가 뛰어난 치료책을 갖고 있더라도, 왕은 물론이고 의사들까지 치료가 불가능하다고 믿고 있는 상황에서, 배운 것 없는 하찮은 처녀가 치료해 보겠다고 나선다한들 믿어줄 것 같지 않았다. 그래도 기회만 주어진다면, 그녀는 분명히 성공할 수 있을 것이라고 확신했다. 아버지가 당대의 가장 유명한 의

사였지만, 널리 인정받은 아버지의 기술보다도 더 강한 힘이 그녀를 도와주고 있는 듯했다. 이 치료법이 루시용 백작의 아내가 되는 그 높은 곳으로 그녀를 이끌어 줄 유산이 될 수 있도록, 하늘에 있는 행운의 별들이 허락해 주었다는 믿음을 느꼈다.

버트럼이 떠나고 얼마 후에, 백작부인에게 집사가 찾아 와, 헬레나가 혼자 말하는 것을 엿들었는데, 버트럼 님을 사랑하는 듯하며 그분을 따라 파리로 떠날 생각인 것 같다고 말했다. 백작부인은 집사에게 고마워하며 헬레나와 얘기를 해야겠으니 불러 오라고 지시했다. 헬레나에 대한 말을 들었을 때 백작부인은 오래 전 과거의 나날들에 대한 기억이 되살아났다. 버트럼의 부친을 처음 사랑하게 된 시절을 떠올리며 혼잣말로 중얼거렸다.

"젊었을 때 나도 그랬지. 청춘의 장미에는 사랑이라는 가시가 따르게 마련이야. 우리가 자연의 산물인 이상, 젊은 시절에는 이런 과오를 피할 수 없지, 당시에는 과오로 여기지 않지만 말이야."

백작부인이 자기 젊은 날의 사랑의 실수들을 골똘히 생각하는 동안, 헬레나가 들어 왔다. 백작부인이 입을 열었다. "헬레나, 내가 너의 어머니인 것을 알고 있을 게다."

헬레나가 대답했다. "마님은 저의 존귀한 주인이세요."

백작부인이 다시 말했다. "넌 나의 딸이고, 나는 너의 어미이다. 내 말에 왜 그리 놀라며 창백해지느냐?"

헬레나의 얼굴에 놀라움과 당황스러움이 번졌다. 백작부인이 자신의 사랑을 눈치챘을지 두려워하며 그녀가 다시 대답했다. "용서하세요, 마님은 저의 어머니가 아니세요. 루시용 백작은 저의 오라비일 수 없고, 저는 마님의 딸이 될 수 없습니다."

백작부인이 말했다. "하지만 헬레나, 나의 며느리가 될 수는 있잖니. '어머니'와 '딸'이라는 말에 이토록 당황하는 것을 보니, 그리 되고 싶은 모양이구나. 헬레나, 내 아들을 사랑하니?"

헬레나가 기겁을 하며 말했다. "마님, 용서해 주세요."

백작부인이 질문을 반복했다. "내 아들을 사랑하느냐?"

"마님은 그분을 사랑하지 않으시나요?"

"애매하게 피해 가려 하지 마라, 헬레나. 자, 너의 사랑은 충분히 드러났으니, 마음을 털어놓아라."

헬레나는 무릎을 꿇고 자신의 사랑을 고백하며, 부끄럽고 두려운 심정으로 주인마님에게 용서를 빌었다. 신분의 차이를 잘 알고 있으며, 버트럼 님은 자신의 사랑을 알지 못한다고 말했다. 자신을 굽어보면서도 자신에 대해 알지 못하는 태양을 흠모하는 불쌍한 인도인에 비유하며, 자신의 사랑도 그처럼 비천하고 자족할 뿐이라고 호소했다.

그러자 백작부인은 조만간 파리로 떠날 생각이 아니었느냐고 물었다. 헬레나는 라퓨 경이 왕의 질환에 대해 하는 말을 들었을 때 마음에 품게 된 계획을 말씀드렸다.

"그 이유만으로 파리에 갈 생각이었느냐? 그것뿐이냐? 사실을 말해 보아라."

헬레나는 정직하게 대답했다. "마님의 아드님으로 인하여 이런 생각을 하게 되었어요. 그렇지 않았다면 파리와 치료와 전하에 대한 생각은 떠오르지 않았을 거예요."

백작부인은 칭찬이나 비난의 말 한 마디 없이 이 고백을 다 듣고 나서, 그 치료법이 전하에게 정말로 효과가 있겠느냐고 엄히 물었다. 그것이 제라르 드 나르봉이 가장 소중히 여긴 비법이었고 임종시에 딸에게 남긴 유산이라는 대답을 들었다. 그녀는 그가 죽어 갈 때 이 젊은 처녀에 관해 엄숙히 약속한 일을 떠올리며, 이 아이의 운명과 국왕의 생명이 이번 일에 달려 있는 듯하다고 생각했다. 어찌 보면 사랑에 빠진 처녀의 어리석은 제안인 듯하지만, 실상은 왕의 병환을 치유하여 제라르 드 나르봉의 딸에게 미래의 운명을 열어 주려는 보이지 않는 신의 뜻처럼 여겨졌던 것이다.

그녀는 헬레나에게 계획대로 떠나라고 허락하며, 충분한 여비와 적당한 시종까지 너그럽게 마련해 주었다. 그리하여 헬레나는 성공을 빌어 주는 백작부인의 상냥한 기원과 축복을 받으며 파리로 출발했다.

파리에 도착한 헬레나는 늙은 라퓨 경의 도움을 받아 국왕을 알현할 수 있었다. 그녀가 헤치고 나가야 할 어려움은 여전히 많았다. 왕이 이 젊은 여의사에게 치료 받는 것을 좀처럼 내켜하지 않았던 것이다. 하지만 그녀는 자신이 제라르 드 나르봉의 딸이며(그의 명성은 왕도 익히 알고 있었다) 아버지의 오랜 경험과 기술의 정수가 담긴 보물처럼 귀한 치료책이 있으니, 이틀 내에 전하의 건강을 회복시켜 드리지 못한다면 자신의 생명을 거둬 가셔도 좋다고 담대하게 약속했다.

마침내 왕은 그녀에게 치료를 받아 보기로 동의했고, 이틀이 지나도 건강이 회복되지 않을 시에는 목숨을 내놓아야 할 것이라고 말했다. 하지만 성공할 경우에는 프랑스 전역에서 그녀가 어떠한 남자를 고르든(왕자들은 제외하고) 그 자를 남편감으로 주겠다고 약속했다. 왕을 치료한 답례로 남편의 선택권을 받게 된 셈이다.

헬레나가 아버지의 치료법에 걸었던 기대는 결코 틀리지 않았다. 이틀이 지나기 전에 왕은 완벽한 건강을 회복했고, 그는 아름다운 의사에게 약속한 보상을 주기 위해 젊은 귀족들을 궁으로 불러 모았다. 그리고는 헬레나에게 여기 모인 귀족 총각들을 잘 둘러보고 남편을 고르라고 했다.

헬레나의 선택은 오래 걸리지 않았다. 젊은 귀족들 사이에서 루시용 백작 버트럼을 찾아 냈으므로, 그를 바라보며 말했다. "바로 이분이에요. 제가 감히 당신을 택한다고 말씀드릴 수는 없으나, 이 생명 다하는 날까지 영원히 당신의 뜻을 받들며 섬기겠습니다."

왕이 말했다. "좋다, 그렇다면 버트럼이 그녀를 맞아들여라. 그녀가 너의 아내이다."

버트럼은 왕의 이 선물을 받고 싶지 않다고 서슴없이 밝혔다.

이 여인은 가난한 의사의 딸로, 자신의 아버지의 보호를 받고 자랐으며 이제는 어머니의 아량에 의지하며 살고 있는 여자라고 말했다.

경멸이 담긴 그의 거절을 듣고, 헬레나는 왕에게 말씀드렸다. "전하, 건강을 회복하셔서 기쁠 따름입니다. 그 밖의 일은 개의치 마십시오."

하지만 국왕은 자신의 명령이 가볍게 여겨지는 것을 용납하지 않았다. 귀족들의 짝을 맺어 주는 것이 프랑스 왕의 특권 가운데 하나였기 때문이다. 그래서 그 날로 버트럼과 헬레나를 혼인시켜 버렸다.

버트럼에게는 억지로 하는 불쾌한 결혼이었고, 가련한 여인에게는 앞날을 기약할 수 없는 결혼이었다. 죽을 위험을 감수하고 사랑하는 남자를 얻었지만, 남편의 사랑은 프랑스 왕의 힘으로 하사할 수 있는 선물이 아니었으니, 화려한 빈껍데기밖에 가진 것이 없는 듯했다.

결혼식이 끝나자마자 버트럼은 헬레나에게 궁에서 떠날 수 있는 허락을 받아 오라고 요구했고, 그녀가 떠나도 좋다는 왕의 허락을 받아 가지고 오자, 그는 이 갑작스런 결혼에 준비가 되지 않아 마음이 매우 불편하니 자신이 어디로 가든 놀라지 말라고 말했다. 헬레나가 놀라지는 않았더라도, 남편이 자신을 떠나려는 줄을 알고 슬픔에 젖었다.

그는 그녀에게 자기 어머니가 계신 집으로 가라고 명령했다.

이 무정한 명령을 듣고 헬레나가 대답했다. "나리, 제가 무슨 말씀을 드릴 수 있겠습니까. 저는 당신의 가장 온순한 종이며, 저의 미천한 별이 이 커다란 행운을 감당하지 못한 것이니 부족한 점을 메우기 위해 성심을 다해 노력하겠습니다."

하지만 오만한 버트럼은 헬레나의 이 겸손한 말에 전혀 동정을 보이지 않았다. 다정한 작별의 인사말도 없이 떠나 버렸다.

그 후에 헬레나는 백작부인에게 돌아왔다. 여행의 목적을 이루어 왕의 생명을 구하고, 마음에 담아 두었던 루시용 백작과 결혼했지만, 그녀는 낙담한 여인이 되어 시어머니에게 돌아오게 되었다. 집에 들어서자마자 받아들게 된 버트럼의 편지는 그녀의 마음을 더욱 비통하게 무너뜨리는 내용이었다.

선량한 백작부인은 그녀가 아들에게 선택받은 여인이고 고귀한 신분인 것처럼 진심으로 헬레나를 환영해 주었다. 결혼식 날 혼자 아내를 집으로 보내 버린 버트럼의 무신경한 처사로 인해 마음 상했을 그녀를 위로하려고 친절하게 말을 건넸지만, 시어머니의 이러한 자상함도 헬레나의 슬픈 마음을 달래 주지 못했다.

"저의 주인님이 떠나셨어요, 영원히 떠나셨어요."

헬레나가 비통해하며 버트럼의 편지 내용을 읽어 주었다. '당신이 내 손가락에 낀 반지를 얻게 되면 그 때 나를 남편이라 부르시오. 하지만 그런 일은 결코 일어나지 않을 것이오. 그런 날은 결코 오지 않을 것이라고 밝혀 두겠소.'

"끔찍한 선고예요!" 헬레나가 말했다.

백작부인은 인내심을 가지라며 그녀를 다독였다. 버트럼이 떠났으니 헬레나가 자신의 자식이고, 버트럼 같은 무례한 남자 스무 명의 시중을 받으며 시간마다 주인님이라는 호칭을 받아 마땅한 사람이라고 말했다. 하지만 세상에 둘도 없는 이 시어머니가 자신을 낮추고 다정하게 추켜 세워 주며 며느리의 슬픔을 달래 보려 했지만 아무 소용이 없었다.

  헬레나는 여전히 편지에서 눈을 떼지 못한 채 고통스럽게 외쳤다. '나에게 아내가 있는 한은 프랑스에 머물지 않을 것이오.'

  그런 말이 편지에 있느냐고 백작부인이 물었을 때, 불쌍한 헬레나가 대답할 수 있는 말은 한 마디밖에 없었다. "네, 마님."

  이튿날 아침에 헬레나는 사라졌다. 나중에 백작부인에게 전달된 편지에, 갑자기 떠나는 이유가 적혀 있었다. 버트럼을 조국과 고향에서 몰아 낸 것이 슬퍼서 견딜 수가 없으며, 이 죄를 속죄하기 위해 '생 자크 르 그랑' 성소로 순례를 떠나니, 아드님에게 그토록 싫어하는 아내가 영원히 떠났다는 사실을 알려 주시기 바란다는 말로 편지를 매듭지었다.

  한편 파리를 떠난 버트럼은 플로렌스로 가서 플로렌스 공작의 군대에 들어가 장교가 되었고, 전쟁에서 용감하게 싸워 공을 세우고 돌아왔을 때 어머니의 편지를 받았다. 거기에는 헬레나가 더 이상 귀찮게 하지 않을 거라는 반가운 소식이 담겨 있었다. 그가 만족스러워하며 집으로 돌아갈 준비를 하고 있을 무렵, 순례자의 옷을 입은 헬레나가 플로렌스 시에 도착했다.

플로렌스는 '생 자크 르 그랑'으로 가는 순례자들이 들르는 도시였고, 이 곳에 도착한 헬레나는 성인의 성소에 찾아가는 여성 순례자들에게 잘 대해 주는 과부가 있다는 말을 들었다. 자신의 집에 환대하여 묵을 곳을 제공해 줄 뿐 아니라 친절하게 접대까지 해 준다는 것이었다. 그래서 헬레나는 이 선량한 과부에게 찾아갔다. 여인은 정중하게 환영해 주며 유명한 도시 플로렌스의 온갖 흥미로운 것들을 보여 주겠다고 했다. 공작의 군대를 보고 싶으면 행군 행렬이 벌어질 예정이니 그 곳으로 데려다 주겠다고 말했다.

"당신네 나라에서 온 남자도 볼 수 있어요. 루시용 백작이라는 사람인데, 이번 공작님의 전쟁에서 공을 세웠답니다."

헬레나는 군대 행렬에 버트럼이 끼어 있다는 것을 알고는 당장 따라나섰다. 여인을 따라가, 사랑하는 남편의 얼굴을 보게 되자 가슴 저미는 슬픔과 애틋한 기쁨이 동시에 밀려들었다.

"저 남자 잘생겼죠?" 여인이 말했다.

"참으로 마음에 드는 분이에요." 헬레나가 진심으로 대답했다.

길을 걷는 동안 이 말 많은 과부가 하는 이야기는 모두 버트럼에 관한 것이었다. 그녀는 버트럼이 가엾은 아내를 버리고 공작의 군대로 들어왔다면서 그의 결혼에 얽힌 이야기를 늘어놓았다. 헬레나는 자신의 불행한 사연이 설명되는 동안 끈기 있게 듣고 있었으나, 그 말이 끝나고도 버트럼의 이야기는 아직 끝나지 않았다. 다음에 과부는 다른 이야기를 시작했는데, 그 말 한 마디 한 마디가 헬레나의 마음을 깊이 찔렀다. 이제 과부의 이야기는 자기 딸에 대한 버트럼의 사랑에 관한 것이었기 때문이다.

버트럼은 왕이 억지로 시킨 결혼을 내켜하지 않았지만, 사랑에 무관심한 것은 아니었던 모양이다. 플로렌스 군대에 소속된 이래로 헬레나를 접대해 준 이 과부의 젊고 아름다운 딸 다이아나를 사랑하게 되었으니 말이다.

그는 매일 밤마다 다이아나의 아름다움을 칭송하는 온갖 음악과 노래로 그녀의 창문 아래에서 사랑을 애걸했다. 식구들이 잠든 후에 몰래 자신을 그녀의 방으로 받아들여 달라고 간청했지만, 다이아나는 이 부적절한 요구를 결코 받아 주지 않았다. 그가 결혼한 남자인 줄을 알았기 때문에 그의 구애에 전혀 아무런 반응을 보이지 않았다. 그녀는 분별력 있는 어머니 밑에서 자란 여인이었고, 지금은 형편이 궁색하게 되었을지언정 태생적으로는 캐퓰럿의 귀족 출신이었던 것이다.

착한 과부는 이 모든 내용을 헬레나에게 설명하며, 자기 딸의 신중함과 정숙함을 칭찬하고, 그것이 자신의 훌륭한 조언과 탁월한 교육 덕분이라고 만족스러워했다. 그러면서 버트럼이 다음 날 아침 일찍 플로렌스를 떠날 예정이어서, 오늘 밤에 다이아나의 방으로 들여보내 달라고 유난히 끈질기게 졸랐다고 덧붙였다.

과부의 딸을 사랑하는 버트럼의 이야기를 듣고 헬레나의 마음은 찢어지는 듯했지만, 한편으로는 이대로 끝낼 수 없다는 간절한 마음 때문에, 지금까지의 실패에 좌절하지 않고 책임감 없는 남편을 되찾기 위한 계책을 생각해 냈다.

  그녀는 자신이 버트럼에게 버림받은 아내 헬레나라고 밝히고, 친절한 과부와 딸에게 도움을 요청했다. 오늘 밤에 자신이 다이아나 대신 버트럼을 만나겠으니 방에 들여보내 달라고 부탁했다. 남편과 은밀하게 만나려는 이유는 그에게 반지를 얻어 내기 위해서이며, 그녀가 반지를 받아 내면 아내로 인정하겠다는 약조가 있었기 때문이라고 설명했다.

  과부와 딸은 이 일에 협력하겠다고 약속했다. 불쌍하게 버림받은 여인에게 연민의 정이 일어난 탓도 있었고, 헬레나가 일이 잘 되면 호의에 보상하겠다며 계약금으로 쥐어 준 돈지갑 때문이기도 했다. 그 날 저녁이 되기 전에 헬레나는 버트럼에게 자신이 죽었다는 소식이 전해지도록 했다. 아내가 죽었다고 생각하면 두 번째 아내를 택해도 된다고 판단할 것이고, 그가 다이아나로 가장한 그녀에게 청혼하기가 그만큼 수월해질 것이었다. 그 청혼과 함께 반지를 얻을 수 있다면 그녀의 미래가 장차 평탄하게 풀리리라 믿어 의심치 않았다.

  저녁이 되어 날이 어두워진 후에, 버트럼은 다이아나의 방으로 들어 와도 좋다는 허락을 받았다. 어두컴컴한 방에서 준비하고 있던 헬레나가 그를 맞았다. 그가 건넨 아첨과 칭찬과 사랑의 밀어가 모두 다이아나에게 보내는 것임을 알면서도, 헬레나에게는 너무나 달콤하게 들렸다. 버트럼은 그녀를 매우 흡족해하며, 그녀의 남편이 되어 영원히 사랑하겠다고 엄숙히 약속했다. 헬레나는 그가 그토록 기분 좋게 대화했던 여인이 그 동안 경멸했던 아내 헬레나였다는 것을 알게 되더라도, 그의 이 약속이 정말로 사랑하게 될 징조가 되기를 바랐다.

버트럼은 헬레나가 얼마나 재치 있는 여자인지 전혀 알지 못했다. 알았다면 그 정도로 무관심하지 않았을 것이다. 그녀를 매일 본 탓에 그녀의 아름다움도 알아차리지 못했다. 미인이건 평범한 얼굴이건, 매일 보며 익숙해지면 처음 보았을 때의 효과가 사라지는 법이다. 게다가 그가 그녀의 지성을 판단하기도 어려운 일이었다. 그에 대한 사랑과 크나큰 존경심 때문에 그의 앞에 있을 때면 그녀는 항상 입을 다물고 있었던 것이다.

하지만 이 일에 그녀의 미래가 달려 있었고, 오늘 밤 버트럼에게 호의적인 인상을 남기느냐가 지금까지 노력한 사랑의 계획이 행복한 결말로 이어질 수 있을지를 판가름할 것이므로, 헬레나는 그를 즐겁게 하기 위해 자신이 지닌 재치를 모두 발휘했다. 그녀가 생기 넘치는 대화에서 보여 준 꾸밈없는 우아함과 사랑스러운 태도에 흠뻑 빠져버린 버트럼은, 그녀를 아내로 삼겠다고 맹세했다. 헬레나가 그 마음의 징표로 손가락에 있는 반지를 빼 달라고 하자, 그는 기꺼이 빼 주었다. 이 중요한 반지를 받은 보답으로, 그녀 역시 왕에게 선물로 받은 다른 반지를 빼서 건네주었다. 새벽 동이 트기 전에, 그녀는 버트럼을 내 보냈고, 그는 곧바로 어머니가 계신 집으로 출발했다.

헬레나는 과부와 다이아나에게 이 계획을 성공시키려면 도움이 더 필요하다며 파리에 같이 가 달라고 부탁했다. 파리에 도착했을 때 왕이 루시용 백작부인을 만나러 떠났다는 사실을 알고 최대한 속력을 내서 왕을 따라잡았다.

왕은 여전히 건강이 아주 좋았고, 그 건강을 되찾아 준 헬레나에게 고마워하는 마음이 항상 살아 있었다. 그래서 루시용 백작부인을 보는 순간 헬레나 얘기부터 꺼내며, 그녀의 아들이 어리석어 헬레나처럼 소중한 보석을 잃었다고 안타까워했다. 하지만 백작부인이 헬레나의 죽음을 진심으로 슬퍼하며 심란해하자, "나는 모든 것을 용서하고 잊었소."라는 말로 위로해 주었다.

하지만 그 곳에 같이 있던 선량하고 나이 많은 라퓨 경은 총애하던 헬레나의 기억이 가볍게 치부되는 것을 참을 수 없어서, 이렇게 말했다. "이 말씀은 드려야겠습니다. 버트럼 백작은 전하와 모친과 아내에게 큰 잘못을 저질렀으며, 누구보다도 자기 자신에게 가장 큰 잘못을 저질렀습니다. 모든 이의 눈을 놀라게 하는 미모와 모든 이의 귀를 사로잡는 말솜씨와 모든 이의 가슴을 섬기고 싶게 만드는 완벽한 인품을 지닌 아내를 잃었으니까요."

왕이 말했다. "잃어버린 것을 칭송하면 추억이 더욱 소중해지지. 자, 그를 이리 불러들여라."

왕의 명을 받들어 이제 버트럼이 왕 앞에 대령했다. 그가 헬레나에게 심하게 대한 일을 깊이 후회하자, 왕은 돌아가신 그의 부친과 훌륭한 모친을 위해 그를 용서해 주고 다시금 호의를 베풀었다.

그런데 인자하던 왕의 표정이 갑자기 바뀌었다. 버트럼의 손에 자신이 헬레나에게 하사한 반지가 끼워진 것을 보았던 것이다. 헬레나는 그 반지를 받을 당시에, 자신에게 커다란 재난이 생겨 왕에게 보내게 되지 않는 한 이 반지를 절대 빼지 않겠다고 하늘의 모든 성자를 증인 삼아 약속한 적이 있었다.

왕이 그 반지를 어디서 얻었느냐고 묻자, 버트럼은 어떤 아가씨가 창밖으로 던져 주었다는 얼토당토않은 이야기를 하며 결혼식 날 이후로 헬레나를 본 적이 없다고 대답했다. 왕은 아내를 미워하던 버트럼이 끝내 그녀를 죽인 게 아닐까 의심스러워져서, 호위병들에게 버트럼을 체포하라고 명령했다.

"불길한 생각이 드는구나. 헬레나의 생명이 부정하게 강탈당했을까 봐 두렵도다."

그 때 다이아나와 그녀의 모친이 왕의 앞으로 나아와 청원을 올렸다. 버트럼이 다이아나와 결혼하기로 엄숙히 약속했으니 전하의 권한으로 이 혼인을 성사시켜 달라고 애원했다. 버트럼은 왕의 진노가 두려워 그런 약속을 한 적이 없다고 부인했다. 그러자 다이아나는 자기 말의 진실성을 확인해 줄 증거가 있다면서 반지를 내보였다(헬레나가 그녀에게 준 반지였다). 버트럼이 결혼하겠다고 맹세할 때 이 반지를 받았으며 그 보답으로 그가 지금 끼고 있는 반지를 주었노라고 말했다.

이 말을 들은 왕은 호위병들에게 이 여인도 당장 체포하라고 명령했다. 그녀의 이야기가 버트럼의 이야기와 달랐으므로 왕의 의심은 더욱 굳어졌다. 그는 헬레나의 반지를 입수한 경로를 고백하지 않으면 둘 다 사형에 처하겠다고 호통을 쳤다. 다이아나의 어머니는 그 반지를 판 보석상을 데려오게 해 달라고 청했고, 왕의 허락이 떨어지자 밖으로 달려 나갔다. 그리고는 곧바로 헬레나를 데리고 돌아왔다.

아들이 처한 위험을 말없이 비통하게 지켜보며 아들이 자기 아내를 죽였다는 혐의가 사실일까 봐 두려워하고 있던 착한 백작부인 앞에 헬레나가 나타났다. 그녀는 딸처럼 사랑했던 헬레나가 살아 있는 것을 알고 주체할 수 없는 기쁨에 젖었다.

왕도 헬레나를 보고 믿어지지 않는 듯 기뻐하며 말했다. "내 앞에 보이는 여인이 진실로 버트럼의 아내이냐?"

헬레나는 아직 인정받지 못한 아내였기에 이렇게 대답했다. "아닙니다, 지금 보이는 자는 아내의 그림자일 뿐, 이름은 있으되 실체는 없습니다."

버트럼이 소리쳤다. "이름도 있고, 실체도 있소! 아, 용서하시오!"

헬레나가 남편에게 말했다. "제가 이 아름다운 처녀처럼 행세했을 때는 참으로 잘 대해 주시더군요. 보세요, 여기 당신의 편지가 있습니다!"

그녀는 전에 슬프고도 슬프게 되뇌었던 그 구절을 기쁜 어조로 그에게 읽어 주었다. '내 손가락에 낀 반지를 얻게 되면 그 때 나를 남편이라 부르시오.'

"이 일은 이루어졌어요. 당신이 반지를 준 사람은 저였습니다. 당신을 두 번 얻었으니, 이제 저의 낭군이 되시겠습니까?"

버트럼이 대답했다. "내가 그 날 밤 이야기한 여인이 당신이라는 것을 분명히 밝힐 수 있다면, 당신을 앞으로 영원히 소중하게 사랑하겠소."

이것은 어려운 일이 아니었다. 과부와 다이아나가 이 사실을 증명해 주려고 같이 와 있었기 때문이다.

왕은 자신의 병을 고쳐 준 일로 매우 소중히 여기는 헬레나를 친절하게 도와 준 다이아나의 행동을 매우 어여삐 여겨, 그녀에게도 귀족 청년을 남편감으로 주겠다고 약속했다. 헬레나의 경우를 보고, 국왕을 훌륭하게 섬긴 아름다운 여인들에게 그런 보상을 주는 것이 왕으로서 합당하다고 여긴 것이다.

그리하여 헬레나는 하늘에 있는 행운의 별들이 진실로 아버지의 유산에 복을 내려 주었다는 것을 알게 되었다. 사랑하는 버트럼의 사랑받는 아내가 되었고, 고결한 마님의 며느리가 되었고, 또한 루시용 백작부인이 되었으니까.

맥베스

 유약한 던컨 왕이 스코틀랜드를 다스리고 있을 당시, 맥베스라는 대 호족이 살고 있었다. 맥베스는 왕의 친족이었으며, 여러 전쟁에서 보여 준 용맹한 행동으로 궁에서 높은 평가를 받고 있었다. 그 중의 한 예로 그는 최근에 노르웨이 군대의 지원을 받은 대대적인 반란군 무리를 소탕했다.

 스코틀랜드의 두 장군인 맥베스와 뱅쿠오가 대전투에서 개선하여 메마른 황야를 지나고 있을 때, 수염 달린 것만 아니면 여자 같아 보이는 이상한 세 개의 형상이 그들의 앞에 나타났는데, 이 형상들의 말라비틀어진 살갗과 야만스러운 옷차림이 지상의 피조물처럼 보이지 않았다.

세 개의 이상한 형상이 그들의 앞을 가로막았다.

맥베스가 먼저 그들에게 말을 걸자, 그들은 노여운 듯이 튼 손가락을 제각기 말라붙은 입술에 갖다 대며 조용히 하라는 표시를 했다. 그리고 그들 가운데 하나가 글라미스의 영주라고 부르며 맥베스에게 인사했다. 장군은 그러한 자들이 자기를 알고 있다는 사실에 적잖이 놀랐다. 하지만 두 번째 자가, 그가 들을 자격이 안 되는 코더 공이라는 호칭으로 부르며 인사했을 때는 더욱 놀랐다. 그러더니 세 번째 자가 "만세! 장차 왕이 되실 분이여!"라고 인사했다. 미래의 예언을 담은 듯한 그 말에 맥베스는 완전히 놀라 버렸다. 현왕의 아들들이 살아 있는 한 그가 왕위에 오를 가망이 없다는 것을 알고 있었기 때문이다.

그 후에 그들은 뱅쿠오 쪽으로 몸을 돌려 수수께끼 같은 말을 선언했다. '맥베스만은 못하나 더 위대하도다! 썩 행복하지는 않으나 더 행복하도다!' 뱅쿠오가 왕이 되지는 못하더라도 그의 아들들이 맥베스의 뒤를 이어 스코틀랜드 왕이 될 것이라고 예언하더니, 그들은 홀연히 공기가 되어 사라졌다. 그것을 보고 장군들은 그들이 운명의 세 여신 또는 마녀였다는 것을 알았다.

그들이 이 기묘한 사건에 대해 곰곰이 생각하고 있을 때, 국왕의 전령들이 도착했다. 맥베스에게 코더 공이라는 작위를 수여하기 위해 왕이 보낸 자들이었다. 상황이 마녀들의 예언과 신기하게 맞아 떨어지자, 맥베스는 너무 놀라 아무런 대답을 하지 못하고 서 있었다. 그 순간에 세 번째 마녀의 예언도 이와 같이 이루어져 언젠가 그가 스코틀랜드 왕이 될 수도 있겠다는 희망이 마음에 솟구쳤다.

그는 뱅쿠오를 돌아보며 말했다. "마녀들이 내게 약속했던 일이 이토록 신통하게 이루어졌으니, 당신도 아들들이 왕이 될 것이라고 기대하지 않소?"

그 장군은 대답했다. "그런 기대가 당신의 마음에 불을 질러 왕위를 노리게 할지도 모르겠군요. 하지만 이런 어둠의 마귀들은 때로 하찮은 진실을 말하여, 가장 엄청난 결과를 가져오는 행위로 우리를 몰아넣기도 한다오."

그러나 마녀들의 사악한 암시는 맥베스의 마음속 깊은 곳으로 파고들어가, 그는 선량한 뱅쿠오의 경고를 귀담아듣지 않았고, 그 때부터 스코틀랜드 왕위에 오를 수 있는 방법을 생각하는데 골몰했다.

집으로 돌아간 맥베스는 마녀들의 기이한 예언과 그 예언의 일부가 이미 이루어졌다는 사실을 아내에게 말했다. 그녀는 성질이 못되고 야심이 많은 여인이었으므로, 남편과 자신이 권좌를 차지하기 위해서라면 수단과 방법을 가리지 않았다. 피를 보게 되리라는 생각에 양심의 가책을 느끼는 맥베스의 미지근한 태도를 몰아붙이며, 그 감미로운 예언을 성취시키려면 필히 왕을 죽여야 한다고 주장했다.

던컨 왕은 이따금씩 주요 귀족들을 방문하여 친교를 나누곤 했는데, 그 즈음에 마침 맥베스의 집으로 찾아 오게 되었다. 전쟁을 승리로 이끈 맥베스의 공을 치하하기 위해 자신의 두 아들인 맬콤과 도날베인 왕자와 그 외에 많은 호족과 수행원들을 거느리고 행차한 것이다.

맥베스의 성은 쾌적한 곳에 자리잡고 있었다. 주변 공기가 깨끗하고 상쾌해서, 흰털발제비나 제비들이 건물에서 돌출된 소벽 밑이든 부벽 밑이든 적당해 보이는 어디든지 둥지를 틀고 있었다. 공기가 좋은 곳에는 이런 새들이 많이 번식하고 모여드는 법이다.

기분 좋게 성으로 들어선 왕은 맥베스 부인의 존경과 관심이 담긴 환대를 받으며 더욱 즐거워했다. 그녀는 배반의 음모를 미소로 숨기고, 사실은 꽃 아래 숨은 뱀이면서도 순진무구한 꽃처럼 보이는 재주를 갖고 있었다.

왕은 여독으로 피곤하여 일찌감치 침소에 들었고, 두 명의 궁내관이 관례에 따라 그 방에서 같이 잠이 들었다. 침실로 들어가기 전에 왕은 자신이 받은 환대를 매우 흡족해하며 중신들에게 선물을 하사했다. 그 중에서도 맥베스 부인에게는 가장 친절한 여주인이라고 치하하며 값비싼 다이아몬드를 선물했다.

이제 한밤중이 되었다. 세상의 절반 이상이 죽은 듯하고, 사악한 꿈들이 잠들어 있는 사람의 마음을 학대하며, 늑대와 살인자 외에는 아무도 돌아다니지 않는 시간이었다. 이 때 맥베스 부인이 왕을 살해하려고 깨어났다. 웬만하면 여인들이 하기 싫어하는 이런 일을 떠맡고 싶지 않았지만, 남편의 천성이 워낙 인정이 많아 이 계획적인 살인을 감행할 수 있을 것 같지 않았다. 남편이 야심가이긴 하나 한편으로는 양심적이기 때문에, 과도한 야심에 흔히 수반되는 최고의 범죄를 저지를 준비가 아직 되어 있지 않다는 것을 알고 있었다.

그녀는 남편에게 왕을 살해하겠다는 대답을 받아 냈지만, 남편의 결의를 의심했다. 그녀 자신보다 인정 많고 물러터진 남편이 마음의 갈등을 일으켜 목적을 이루지 못할까 봐 걱정스러웠다. 그래서 그녀가 직접 왕의 침소로 몰래 숨어 들어갔다. 미리 취하도록 술을 먹여 놓은 왕의 내관들은 그들의 임무에 개의치 않고 곯아 떨어져 있었다. 던컨 왕도 여행의 피로로 인해 곤히 잠들어 있었다. 그런데 왕의 모습을 살펴보던 그녀는 잠들어 있는 왕의 얼굴이 자기 아버지와 닮아 있었으므로, 일을 저지를 용기가 나지 않았다.

그녀는 남편과 의논하려고 되돌아왔다. 맥베스의 결심은 이미 흔들리기 시작했다. 이런 짓을 하지 말아야 할 확실한 이유들이 있다고 생각했다. 무엇보다, 그는 왕의 신하일 뿐 아니라 가까운 혈족이었고, 그 날의 접대를 맡은 주인이었다. 주인 된 자는 스스로 칼을 품는 것이 아니라 살인자에 맞서 문을 잠그는 것이 마땅한 도리였다. 그 다음에 그는 던컨 왕이 얼마나 공의롭고 자비로운 왕이었는지를 생각했다. 신하들을 정중히 대하고 귀족들을 사랑했으며, 그 중에서 특히 자신을 총애하지 않았던가. 이런 왕들에게는 하늘의 특별한 보살핌이 있는 법이고, 신하들은 왕의 죽음에 복수해야 할 의무가 있었다. 더구나 맥베스는 왕의 총애를 받아 온갖 사람들이 우러러보는 자리에 올라서 있는데, 그러한 명예를 어찌 고약한 살인자라는 오명으로 더럽히겠는가!

맥베스 부인은 남편이 이러한 갈등을 벌이다 점점 선한 쪽으로 마음이 기울어져 그 이상 진행하지 않기로 결심하는 것을 알았다. 하지만 그녀는 악한 목적을 쉽게 포기할 여자가 아니었으므로, 자기 생각의 일부를 남편의 마음에 주입시키려는 말들을 남편의 귀에 쏟아 붓기 시작했다. 한 번 마음먹은 일에서는 물러서지 말아야 한다는 여러 가지 이유를 댔다. 그 행동은 아주 쉬운 일이고, 순식간에 끝날 것이며, 짧은 하룻밤의 행동을 통해 그들은 앞으로 다가올 수많은 밤과 낮에 최고 통치권과 왕권을 누리게 될 것이라고 했다.

그러면서 그녀는 목적을 바꾼 남편을 경멸하고, 변덕스러운 겁쟁이라고 비난했다. 자신이 젖을 물려본 적이 있고 젖을 빠는 아기를 사랑하는 마음이 얼마나 부드러운지 알지만, 그가 살인을 이행하겠다고 맹세했듯이 자신이 그 일을 하기로 맹세했다면, 아기가 눈앞에서 미소짓고 있더라도 가슴에서 떼어 내 머리를 박살 낼 것이라고 했다. 또한 술 취해 곯아 떨어진 궁내관들의 단검으로 왕을 죽이고 그들에게 피 칠을 해 놓으면 얼마든지 죄를 뒤집어씌울 수 있다고 덧붙였다. 그녀의 대담무쌍한 혀가 남편의 어정쩡한 결심을 호되게 질책했으므로, 그는 다시 한 번 시해를 감행할 용기를 불러 모았다.

그는 어두운 가운데 던컨 왕이 자고 있는 방으로 살금살금 다가갔다. 그런데 손잡이가 그를 향해 있는 단검이 허공에 떠 있는 것을 보았다. 그 칼날과 칼끝에 핏방울이 엉켜 있었다. 하지만 그가 단검을 잡으려 하자 아무것도 잡히지 않았다. 지금 감행하려는 일 때문에 열이 오른 그의 머리에서 생겨난 단순한 환각이었다.

그는 두려움을 밀쳐 버리고 왕의 침소로 들어가 단칼에 왕을 죽여 버렸다. 살인을 저지른 그 때 그 방에서 자고 있던 궁내관 하나가 잠결에 낄낄거렸고, 다른 하나는 "살인이다"라고 외쳤다. 그 소리에 둘 다 깨어났지만 그들은 짤막한 기도를 올리고, 한 명이 "신이여 우리를 축복하소서!"라고 말하자 다른 하나가 "아멘"이라 중얼거리고는 둘 다 다시 잠이 들었다.

그들의 말을 듣고 서 있던 맥베스는 궁내관이 "신이여 우리를 축복하소서!"라고 할 때 "아멘"을 말하려 했지만, 그에게 가장 신의 축복이 필요한데도 그 말이 목에 걸려 입 밖으로 나오지 않았다.

그 후에 다시 어떤 목소리가 들리는 것 같았다. "더 이상 잠들지 못하리라. 맥베스가 잠을 죽였다, 삶을 살찌게 하는 천진난만한 잠을." 그 목소리가 온 집안에 대고 계속 외쳤다. "더 이상 잠들지 못하리라. 글라미스가 잠을 죽였다. 그러므로 코더는 이제 잠들지 못하리라. 맥베스는 이제 잠들지 못하리라."

맥베스는 이러한 무서운 상상에 빠져 아내에게로 돌아왔다. 열심히 귀를 기울이고 있던 그녀는 남편이 목적을 이루지 못하고 그 일이 허사가 된 게 아닐까 생각하다가, 남편이 단검을 손에 쥔 채 미친 듯한 상태로 돌아오자, 결의가 굳지 못하다고 비난하며 피로 더렵혀진 손을 씻으라고 보냈다. 그 사이에 자신은 궁내관들의 얼굴에 피를 묻혀 그들의 범행으로 보이게 하려고 남편이 가져온 단검을 들고 빠져나갔다.

아침이 되자, 감추어질 수 없는 왕의 시해 현장이 발견되었다. 맥베스와 그의 아내는 참으로 비통해하는 척했고, 궁내관들에게 불리한 증거(그들의 곁에서 발견된 단검과 피로 얼룩진 얼굴)도 충분했지만, 사람들의 의심은 맥베스에게로 쏠렸다. 불쌍하고 어리석은 궁내관들에 비할 수 없을 정도로 맥베스에게는 왕을 죽일 동기가 확실했기 때문이다. 그리고 던컨 왕의 두 아들은 집안이 어수선한 틈을 타서 달아났다. 장남 맬콤은 잉글랜드 왕실에 몸을 의탁했고, 차남인 도날베인은 아일랜드로 도주했다.

왕위를 이어받아야 할 왕자들이 이처럼 왕좌를 비워 놓았으므로, 맥베스가 그 다음 후계자로서 왕위에 올랐고, 마녀들의 예언은 실제로 이루어졌다.

이리하여 맥베스와 그의 아내는 나라에서 최고의 자리에 오르게 되었지만, 맥베스가 왕이 되더라도 그 뒤를 이을 왕은 그의 자손이 아니라 뱅쿠오의 자손이 될 것이라는 마녀들의 예언을 잊을 수 없었다. 자기들이 손을 피로 물들여 무서운 범죄를 저질렀는데 그것이 고작 뱅쿠오의 후손을 왕위에 앉히기 위해서였던가 하는 생각이 늘 마음에서 떠나지 않고 괴롭혔다. 그래서 그들은 자신의 경우에 놀라울 정도로 들어맞은 마녀들의 예언이 성사되지 않도록, 뱅쿠오와 그의 아들을 둘 다 제거하기로 결심했다.

이 목적을 위해 그들은 성대한 만찬을 마련하여, 주요 호족들을 모두 초대했다. 그 중에서도 뱅쿠오와 그의 아들 플리언스를 특히 정중하게 초대했다. 그 날 밤에 맥베스가 보낸 자객들이 뱅쿠오가 궁으로 오는 길목을 지키고 있다가, 뱅쿠오를 찔러 죽였다. 하지만 플리언스는 난투 중에 도주해 달아났다. 훗날 그 플리언스에게서 스코틀랜드 왕위를 채울 왕손이 나왔으니, 그가 바로 스코틀랜드의 제임스 6세 겸 잉글랜드의 제임스 1세이며, 잉글랜드와 스코틀랜드의 왕위가 그의 지배 하에 하나로 통합되게 된다.

그 만찬에서, 왕비는 지극히 상냥하고 기품 있는 태도로 참석자 전원에게 우아한 관심을 표명하며 여주인으로서의 역할을 톡톡히 해 냈다. 맥베스는 호족과 귀족들과 허물없이 담화하면서, 훌륭한 친구 뱅쿠오만 이 자리에 있다면 나라의 귀하신 분들이 그의 지붕 아래 모두 모인 셈이라며, 뱅쿠오에게 무슨 불상사가 생겨 슬퍼하기보다는 그의 태만함을 책망할 수 있게 되기를 바란다고 했다.

이 말을 하고 있을 때, 맥베스가 자객을 시켜 살해한 뱅쿠오의 유령이 방에 들어 와 맥베스가 앉으려던 의자에 앉았다. 그가 비록 악마 앞에서도 떨지 않고 대항할 수 있는 대담한 사람이었지만, 이 무시무시한 광경을 보고는 두 뺨이 두려움으로 하얗게 질린 채 유령을 응시하며 무기력하게 서 있었다. 왕비와 모든 귀족들은 자기들 눈에 아무것도 보이지 않는데 맥베스가 텅 빈 의자를 노려보고만 있자(그들에게는 이렇게 보였다) 정신착란이 일어난 모양이라고 생각했다. 왕비는 그가 던컨을 죽이던 밤에 허공에서 단검을 보았을 때와 똑같은 환상을 보는 것에 불과하다고 속삭이며 그를 질책했다. 하지만 맥베스는 유령을 계속 노려보았고, 사람들이 무슨 말을 하든 개의치 않고 정신없이 중얼거렸는데 그 말이 사실은 의미심장한 내용이었으므로, 끔찍한 비밀이 드러날까 두려워진 왕비는 맥베스가 가끔 이런 증세를 보인다고 핑계를 대며 황급히 손님들을 돌려보냈다.

이와 같은 무서운 환상들이 맥베스를 놓아 주지 않았다. 맥베스와 왕비는 밤마다 악몽으로 잠을 설쳤고, 뱅쿠오의 피 못지않게 플리언스가 살아 도망쳤다는 사실이 그들을 괴롭혔다. 플리언스에게서 나오는 왕가의 혈통이 그들의 후손을 왕위에 오르지 못하게 할 것이라고 생각했기 때문이다. 이런 참담한 생각들로 인해 그들은 마음의 평화를 찾을 수 없었고, 맥베스는 다시 한 번 운명의 세 여신들을 찾아 최악의 사태에 대해 들어 보기로 결심했다.

그는 히스가 무성한 황야의 한 동굴에서 그들을 찾아 냈다. 그가 오는 것을 미리 알고 있던 마녀들은 그들에게 미래를 보여 줄 수 있는 지하의 혼령들을 불러 내기 위해 무시무시한 마법을 준비했다. 이 마법의 재료는 두꺼비, 박쥐, 뱀, 영원의 눈, 개의혀, 도마뱀 다리, 올빼미 날개, 용의 비늘, 늑대 이빨, 굶주린 상어의 위, 마녀의 미라, 독미나리 뿌리(이것은 밤에 캐내야 효험이 있다), 염소의 쓸개즙, 유태인의 간, 무덤에 뿌리를 내린 주목나무 조각, 죽은 아이의 손가락 등이었다. 이 모든 것을 커다란 가마솥에 넣고 팔팔 끓이다가 개코원숭이의 피로 식혔다. 여기에 자기 새끼를 잡아먹은 암퇘지의 피를 붓고, 살인자의 교수대에서 흘러나온 기름을 불꽃 속으로 던졌다. 이러한 마법으로 지하의 혼령들을 불러 내서 질문에 대답하도록 했다.

마녀들은 맥베스에게, 그가 품고 온 의심들을 그들이 풀어 주길 바라는가 아니면 그들의 주인인 지하의 혼령들이 풀어 주길 바라는가 하고 물었다. 그는 자신이 목격한 무시무시한 광경에 꿈쩍하지 않고 대담하게 대답했다. "그들이 어디 있느냐? 그들을 보여 다오."

그들이 혼령 셋을 불러 냈다. 첫번째 혼령이 머리에 투구를 쓴 모습으로 나타나, 맥베스의 이름을 부르더니, 파이프 영주를 조심하라고 일렀다. 맥베스는 그 경고를 고마워했다. 파이프의 영주인 맥더프에게 시기심을 갖고 있었기 때문이다.

두 번째 혼령은 피투성이 아이 같은 모습으로 나타나, 맥베스의 이름을 부르더니, 여자에게서 태어난 자는 누구도 그를 해칠 수 없으니, 두려워하지 말고 인간의 힘을 비웃으라고 명했다. 그러면서 맥베스에게 잔인하고 담대하고 단호해지라고 충고했다. 왕이 소리쳤다. "그렇다면 살아 있거라, 맥더프! 내가 너를 두려위할 필요가 무엇이냐? 하지만 확실한 일도 거듭거듭 확인해야 하는 법. 너를 살려 두지 않겠다. 비겁한 공포심에게 거짓말하지 말라고 호통치고, 천둥소리에도 잠을 잘 수 있게 말이다."

두 번째 혼령이 사라지자, 세 번째 혼령이 손에 나무를 들고 왕관을 쓴 어린애의 모습으로 나타났다. 그는 맥베스의 이름을 부르며, 버남 숲이 움직여 던시네인 언덕으로 그를 치러 올 때까지는 절대로 정복당하지 않을 테니 모반을 두려워하지 말라고 위로했다.

맥베스가 외쳤다. "달콤한 예언이로구나! 좋아! 어느 누가 땅에 뿌리를 박고 선 숲을 뽑아 옮길 수 있단 말이냐? 나는 횡사 당하지 않고 천수를 다 누리리라. 하지만 한 가지 더 알고 싶은 것이 있어 나의 가슴이 두근거리는구나. 너의 마법이 그렇게 많은 것을 말할 수 있다면, 나에게 말해다오, 뱅쿠오의 자손이 이 왕국을 통치하게 되겠느냐?"

이 때 가마솥이 땅 속으로 꺼지고, 음악소리가 들리더니, 왕처럼 보이는 여덟 개의 그림자가 맥베스 옆을 지나가는데, 그 가운데 마지막이 뱅쿠오였다. 뱅쿠오는 더 많은 이들의 형상이 비치는 거울을 들고, 피투성이인 채로 맥베스에게 미소지으며, 그들을 가리켰다. 맥베스는 그들이 자기 뒤를 이어 스코틀랜드를 지배할 뱅쿠오의 후손이라는 것을 알았다. 마녀들은 부드러운 음악소리와 더불어 춤을 추며 맥베스에게 환영과 경의를 표시하고 사라졌다. 그리고 이 순간부터 맥베스의 머리에는 온통 잔인하고 무시무시한 생각들이 가득 찼다.

마녀들의 동굴에서 나왔을 때 제일 먼저 그에게 들린 소식은 파이프 영주 맥더프가 잉글랜드로 도망쳤다는 것이었다. 그는 돌아가신 왕의 장남인 맬컴의 지휘 하에, 맥베스를 몰아 내고 정당한 후계자인 맬컴 왕자를 옹립하기 위해 조직되고 있는 군대에 합류하러 떠난 것이었다. 격분한 맥베스는 맥더프의 성으로 쳐들어가, 그 호족이 남겨 두고 간 처자식을 베어 죽이고, 맥더프와 조금이라도 연고가 있는 자들을 모조리 도살했다.

이 일과 그 비슷한 행동들 때문에 주요 호족들의 마음은 그에게서 멀어져갔다. 달아날 수 있는 자들은 모두 달아나, 잉글랜드에서 막강한 군대를 일으켜 진군하고 있는 맬컴과 맥더프에게 합세했다. 남아 있는 자들도 맥베스가 무서워서 적극적인 행동을 취하지는 않았지만 왕자의 군대가 승리하기를 내심 바라고 있었다. 반면에 그의 보충병 모집은 더디게 진행되었다. 모든 사람들이 폭군을 증오했고, 그를 의심하는 사람은 많았으나 사랑하거나 존경하는 사람은 아무도 없었다. 맥베스는 자기가 죽여 무덤 속에 깊이 잠들어 있는 던컨 왕의 처지를 부러워하기 시작했다. 이미 최악의 배신이 행해졌으니, 칼도, 독약도, 백성들의 적의도, 외적도, 더 이상 던컨 왕을 해칠 수 없었던 것이다.

이러한 일들이 벌어지는 동안, 맥베스와 함께 흉악한 짓을 저지른 단 한 명의 동료였고, 밤마다 괴롭히는 악몽에서 깨어났을 때 그 가슴을 빌려 잠시나마 휴식을 취할 수 있게 해 주던 왕비가 세상을 떠났다. 죄책감과 사람들의 미움을 견디지 못하고 스스로 목숨을 끊었으리라 생각된다. 그 사건으로 인해, 맥베스는 사랑해 주거나 보살펴 줄 이 하나 없고, 그의 사악한 목적을 털어놓을 친구 하나 없는 외톨이 신세가 되었다.

그는 점점 삶에 관심이 없어지고 죽기를 소망했다. 하지만 맬콤의 군대가 접근해 오고 있었으므로 그에게 남아 있던 예전의 용기가 다시 살아나, "갑옷을 입은 채" 죽기로 작정했다. 이외에도 마녀들의 허황된 약속이 그에게 거짓된 자신감을 불어넣었다. 여자에게서 태어난 자는 그를 해칠 수 없으며, 버남 숲이 던시네인으로 옮겨 올 때까지는 정복당하지 않는다는 혼령들의 말을 기억하고는, 그런 일이 결코 일어날 수 없으리라고 확신했다.

그래서 그는 포위 공격을 능히 막아 낼 수 있는 성안에 몸을 숨기고, 맬콤이 접근해 오기를 음울하게 기다렸다. 어느 날 창백하게 질린 전령 하나가 자신이 본 것을 제대로 보고할 수도 없을 정도로 두려움에 떨며 맥베스에게 찾아 와, 자신이 언덕 위에서 보초를 서다가 버남 숲 쪽을 쳐다보았는데 숲이 움직이는 것 같았다고 주장했다.

맥베스가 소리쳤다. "거짓말쟁이 노예 같으니! 만일 네 말이 거짓이면, 굶어 죽을 때까지 옆 나무에 산 채로 매달아 놓겠다. 네 놈의 말이 사실이라면, 네가 나를 그렇게 해도 개의치 않겠다." 그의 결의는 약해지고, 혼령들의 애매한 말이 의심스러워지기 시작했다. 버남 숲이 던시네인으로 올 때까지는 두렵지 않앉으나, 이제 그 숲이 움직이고 있다는 것이 아닌가!

"그 놈의 말이 사실이라면, 무장을 하고 나가자. 이제는 달아날 수도 없고, 여기 남아 있을 수도 없다. 이젠 태양을 보는 것도 싫어졌으니, 차라리 생명이 끝나기를 바라노라." 그는 이처럼 자포자기하는 말을 던지고, 이미 성까지 다가온 포위 공격군을 향해 진격했다.

전령에게 숲이 움직이는 듯이 보였던 그 신기한 현상은 쉽게 이해할 수 있는 것이다. 포위 공격군이 버남 숲을 지나 행군할 때, 노련한 장군이 그렇듯 맬콤도 실제 군사의 수를 숨기기 위해, 병사들에게 제각기 나뭇가지를 잘라 앞에 들도록 했다. 그래서 나뭇가지를 든 병사들의 행군이 멀리서는 전령을 두렵게 한 그 모습으로 보였던 것이다. 이처럼 지하의 혼령이 한 말은 맥베스가 이해한 것과는 다른 의미로 실현되었고, 그의 자신감을 지탱해 주던 커다란 버팀목 하나가 무너졌다.

이윽고 치열한 접전이 벌어졌다. 그 싸움에서 맥베스는 말로는 그의 편이라 하면서도 실제로는 폭군을 미워하고 맬콤과 맥더프의 편에 서 있던 자들에게 별달리 지원을 받지 못했지만, 엄청난 분노와 용맹성을 발휘하여 그에게 대적하는 자들을 모조리 베어 쓰러뜨렸다. 드디어 그는 맥더프가 싸우고 있는 곳에 이르렀다. 맥더프를 보는 순간, 어느 누구보다 맥더프를 조심해야 한다던 혼령의 경고가 떠올라 다른 곳으로 방향을 돌리려 했지만, 전투 내내 그를 찾고 있었던 맥더프가 앞길을 가로막았고, 격렬한 싸움이 벌어졌다. 맥더프는 자신의 아내와 자식들을 죽인 맥베스에게 온갖 고약한 욕설을 퍼부었다. 맥베스는 이미 그 일가의 죽음에 커다란 양심의 가책을 느끼고 있었으므로, 이 싸움을 회피하려 했지만, 맥더프가 계속해서 폭군, 살인자, 지옥의 개, 악당이라고 욕하며 그를 자극했다.

그러자 맥베스는 여자에게서 태어난 자가 그를 해칠 수 없다고 한 예언을 상기하고는, 자신만만하게 미소지으며 맥더프에게 말했다. "헛수고다, 맥더프. 나를 쓰러뜨리려는 것은 그대의 검으로 허공에 상처를 내려는 것과 다를 바 없지. 나의 생명에는 마법이 걸려 있어서, 여자에게서 태어난 자에게 절대 당하지 않는다."

"그 따위 마법은 단념해라." 맥더프가 말했다. "네가 받드는 거짓말쟁이 혼령이 이 말은 해 주지 않은 모양이구나. 맥더프는 평범한 사람들처럼 여자에게서 태어난 것이 아니라, 달이 차기 전에 어머니 배를 가르고 나온 사람이다."

"그 따위 말을 하는 혓바닥은 저주를 받으라." 자신감을 주던 마지막 버팀목마저 사라지는 것을 느끼며 맥베스가 부들부들 떨었다. "그리고 앞으로는 사람을 홀리는 망령이나 마녀들의 모호한 거짓말을 어느 누구도 믿지 말게 하라. 그들은 이중의 의미가 있는 말로 우리를 속이니, 글자 그대로는 약속을 이행하지만 또 다른 의미로 우리의 희망을 저버리는구나. 나는 그대와 싸우지 않을 것이다."

맥더프가 경멸적으로 말했다. "그렇다면 살려 주마. 괴물을 전시하듯 너를 구경거리로 삼아, '여기 폭군을 보라!'고 써서 붙여 놓겠다."

맥베스의 절망이 용기를 다시 불러일으켰다. "그렇게는 안 될 걸. 풋내기 맬콤의 발 앞에 엎드려 입 맞추고 오합지졸의 욕설에 괴롭힘을 당하며 살지는 않겠다. 버남 숲이 던시네인으로 옮겨오고 여자에게서 태어나지 않은 네 놈이 대적하더라도, 나는 끝까지 싸우겠다."

이런 광적인 말을 외치며 그가 맥더프에게 달려들었다. 격렬한 전투 끝에 결국 맥더프는 맥베스를 쓰러뜨리고 그의 머리를 베어, 합법적인 젊은 왕 맬콤에게 그것을 선물로 바쳤다. 맬콤은 찬탈자의 음모로 오랫동안 빼앗겼던 통치권을 되찾고, 귀족들과 백성들의 환호를 받으며 던컨 왕의 권좌에 올랐다.

말괄량이 길들이기

 말괄량이 캐서린은 파두아의 부유한 신사인 밥티스타의 맏딸이었다. 고삐 풀린 망아지 같은 성질에 사사건건 시끄럽게 잔소리를 해대는 통에, 파두아에서 말괄량이 캐서린으로 소문이 나 있었다.

 캐서린과 결혼하겠다고 나설 만큼 용감한 남자를 찾기는 어려웠으며 불가능에 가까운 일이었다. 이에 비해 그녀의 동생 비앙카는 얌전한 여인이라서 사방에서 청혼이 들어왔지만, 밥티스타는 그 때마다 큰딸을 결혼시킨 후에 어린 비앙카의 혼사를 생각해 보겠다는 핑계로 거절하여 구혼자들의 원성을 샀다.

 그 즈음에 페트루키오라는 신사가 신부감을 찾으려고 파두아로 오게 되었다. 그는 캐서린의 성질이 대단하다는 소문을 듣고 기가 죽기는커녕, 아름답고 부유한 여인이라는 것을 알고는, 이 유명한 말괄량이와 결혼하여 온순하고 순종적인 여자로 길들이 겠다고 결심하기에 이르렀다.

사실 이 험난하고 어려운 과업에 페트루키오만큼 어울리는 사람은 없었으니, 그는 캐서린 못지않은 기백을 지닌 데다 재치 있고 쾌활한 해학가였다. 매우 지혜롭고 판단력도 뛰어나서, 겉으로 성급하고 사나운 척 가장하는 방법을 잘 알고 있었다. 실제로는 성난 척하는 자신의 연기를 차분하게 웃으며 즐기면서도 말이다. 천성이 태평스럽고 여유로운 사람이었으므로, 그가 캐서린의 남편이 되었을 때 난폭하게 행동한 것은 단지 게임에 불과했다. 더 정확히 말하면, 사나운 캐서린을 제압하는 유일한 방법이 그녀와 똑같은 방법으로 대응하는 것이라는 탁월한 안목을 바탕으로, 일종의 게임을 벌인 것이었다.

페트루키오는 말괄량이 캐서린에게 구애를 하러 갔다. 우선 그녀의 아버지 밥티스타에게 캐서린을 '상냥한 따님'이라 부르며 구애를 허락해 달라고 청했다. 그녀가 수줍음 많고 얌전하고 온순하다는 소문을 들었다고 능글맞게 늘어놓으며, 그녀의 사랑을 얻으러 베로나에서 여기까지 찾아 왔다고 말했다.

아버지는 맏딸을 결혼시키고 싶은 마음이 간절했지만, 캐서린이 고약하게 굴 거라고 고백하는 수밖에 없었다. 그녀의 성격이 얼마나 온순한지는 금세 들통이 났다. 음악 선생이 방에서 뛰쳐

나오더니, 캐서린의 연주를 듣다가 주제넘게 결점을 지적했다는 이유로 그녀에게 사정없이 류트로 머리를 얻어맞았다고 호소한 것이다.

그 말을 들은 페트루키오가 말했다. "용감한 아가씨로군요. 그녀를 사랑하는 마음이 더 커졌으니, 어서 빨리 이야기를 나눠 보고 싶습니다." 그리고는 늙은 신사에게 승낙을 재촉했다. "밥티스타 님, 제 일이 바빠서 매일 구애하러 올 수가 없습니다. 제 아버지를 알고 계시지요? 돌아가실 때 토지와 재산을 모두 저에게 남기셨답니다. 이제, 귀댁 따님의 사랑을 얻게 되면 지참금을 얼마나 주실 건지 말씀해 주시지요."

밥티스타는 그의 태도가 사랑한다는 사람치고 꽤나 퉁명스럽다고 생각했지만, 캐서린을 결혼시킬 수 있다는 것이 그저 기뻐서, 2만 크라운을 지참금으로 주고 자신이 죽게 되면 영지의 반을 주겠다고 대답했다. 이 묘한 흥정은 재빨리 합의가 이루어져서, 밥티스타는 곧 말괄량이 딸에게 구혼자가 왔다는 사실을 알리고 페트루키오가 있는 곳으로 들여보내기 위해 방을 나섰다.

기다리는 동안에 페트루키오는 구애하는 방법을 구상했다. "그녀가 오면 열렬하게 구애해야지. 욕을 하면 나이팅게일처럼 감미롭게 노래한다고 말하고, 눈살을 찌푸리면 방금 이슬로 목욕한 장미처럼 투명해 보인다고 할 거야. 그녀가 한 마디도 하지 않으면 유창한 화술을 칭찬하고, 나더러 당장 꺼지라고 하면 일주일간 머물러 달라고 청한 것처럼 고맙다고 인사해야지."

이윽고 캐서린이 거만하게 들어오자 페트루키오가 먼저 말을 건넸다. "좋은 아침이오, 케이트, 이게 당신의 이름이지요?"

캐서린은 이 평범한 인사가 마음에 들지 않았고, 경멸스럽게 대꾸했다. "나에게 말을 거는 사람들은 나를 캐서린이라고 불러요."

"거짓말 마시오. 분명히 케이트라고 불리잖소, 사랑스러운 케이트, 때로는 말괄량이 케이트. 하지만 당신은 기독교 왕국에서 가장 예쁜 케이트요. 그래서 케이트, 온 마을이 칭송하는 당신의 온유함을 듣고, 내가 당신을 아내로 맞으러 이렇게 구애하러 왔소."

참으로 이상한 구애가 아닐 수 없었다. 그녀는 성난 어조로 소리치며 말괄량이라는 별명을 얻은 것이 얼마나 온당한지 보여 주었고, 그 동안에 그는 다정하고 예의바르게 말한다며 쉴새없이 그녀를 칭찬했다. 결국 그녀의 아버지가 살피러 오는 것을 알았을 때, 그는 가능한 한 빨리 구애를 끝내려고 이렇게 말했다.

"사랑스런 캐서린, 이런 쓸데없는 잡담일랑 그만둡시다. 아버님께서 당신을 내 아내로 주겠다고 승낙하셨고, 지참금도 정해졌으니, 당신이 좋든 싫든, 나는 당신과 결혼할 거요."

밥티스타가 들어오자, 페트루키오는 따님이 자신을 친절하게 맞아 주었고 오는 일요일에 결혼하기로 약속했다고 말했다. 캐서린은 차라리 이 남자가 일요일에 목매달아 죽는 꼴을 보겠다며 이 말을 부인했다. 그리고는 페트루키오처럼 물불 안 가리는 악당에게 딸을 시집 보내려 하는 아버지를 비난했다.

페트루키오는 그녀의 아버지에게 따님의 성난 말을 곧이곧대로 받아들이지 말라고 했다. 아버지 앞에서 내키지 않는 듯이 행동하기로 한 것일 뿐, 둘이 있으면 매우 다정하고 사랑스럽게 대한다고 안심시켰다.

그가 불쑥 그녀의 손목을 잡으며 말했다. "결혼합시다, 케이트. 나는 이제 우리 결혼식에서 당신이 입을 멋진 옷을 사러 베니스에 다녀오겠소. 잔치를 준비해 주십시오, 장인어른, 하객들을 초대하세요. 나의 캐서린을 아름답게 꾸밀 반지와 멋진 신부복과 화려한 옷들을 가지고 오겠습니다. 케이트, 우리는 일요일에 결혼하게 될 테니, 나에게 키스해 주오."

일요일에 결혼을 축하하려는 하객들이 모여들었지만, 한참이 지나도 페트루키오는 나타나지 않았다. 캐서린은 페트루키오가 자신을 놀림감으로 삼았다고 분해하며 눈물을 터트렸다.

마침내 신랑이 나타났다. 하지만 그는 캐서린에게 약속한 아름다운 신부 예복을 하나도 가져오지 않았고, 자신도 신랑처럼 갖춰 입지 않았다. 마치 이 진지한 예식을 조롱하려는 듯이 허접쓰레기를 주워 입은 꼴사나운 차림새였고, 그의 하인과 타고 온 말들도 똑같이 초라하고 괴상한 몰골이었다.

사람들이 옷을 갈아 입으라고 아무리 설득을 해도 페트루키오는 끝내 거절하며, 캐서린이 결혼하는 상대는 자신의 옷이 아니라 자신이라고 말했다. 더 얘기해 봤자 소용없다는 것을 알고 다들 교회로 들어갔지만, 그는 여기서도 미친 사람처럼 굴었다. 신부님이 캐서린을 아내로 맞이하겠냐고 물었을 때, 너무 큰 소리로 대답을 해서 모든 사람을 놀라게 하고 신부님까지 놀라 성경을 떨어뜨리게 하더니, 신부님이 성경을 집으려고 몸을 숙이자 이 미친 신랑은 신부님을 찰싹 때려 책을 다시 떨어뜨리고 신부님을 나가떨어지게 했다. 게다가 예식이 진행되는 내내 발을 쿵쿵 울리고 고래고래 악을 쓰는 통에, 성질 사나운 캐서린까지 겁이 나서 부들부들 떨어 댈 지경이었다.

예식이 끝나고 아직 예배당을 나서지도 않았는데, 그는 와인을 달라고 소리치더니 하객들의 건강을 바란다며 큰 소리로 축배를 들었다. 그리고는 유리잔에 남은 술을 교회지기의 면상에 휙 뿌렸다. 이런 괴상한 행동을 한 이유는, 교회지기의 턱수염이 가늘고 성글었으며 자신이 술을 마실 때 마시고 싶어 하는 눈치였다는 것뿐이었다. 세상에 다시없을 미치광이 짓 같은 결혼식이었지만, 페트루키오가 광포하게 행동한 것은 말괄량이 아내를 길들이려는 계획에 성공하려면 그 편이 나았기 때문이었다.

밥티스타가 준비해 둔 성대한 피로연도 그에게는 필요 없었다. 교회에서 돌아오자마자 페트루키오는 캐서린을 붙잡고 당장 집으로 데려가겠다고 선언했다. 장인의 충고나 격분한 캐서린의 험한 말로도 그의 뜻을 굽힐 수 없었다. 자신의 아내이니 자기 마음대로 할 수 있다는 남편의 권리를 주장하며, 그 즉시 캐서린을 데리고 떠나 버렸다. 어찌나 단호하고 무모하게 구는지 감히 누구도 그를 막지 못했다.

페트루키오는 비쩍 마르고 야윈 말에 아내를 태웠다. 그가 일부러 고른 말이었다. 그 말에 자신도 같이 올라타고 하인을 걸어 따라오게 하면서 울퉁불퉁한 진창길을 지나가는데, 말이 넘어질 때마다 무거운 짐을 버티며 겨우겨우 기어가다 지칠 대로 지쳐 버린 그 가엾은 짐승에게 호통을 치며 욕을 퍼부었다. 세상에 그보다 더 포악한 남자는 없다고 여겨질 정도였다.

결국 힘든 여정을 마치고 그들은 페트루키오의 집에 도착했다. 여행 내내 캐서린은 페트루키오가 하인과 말에게 고래고래 고함치는 야만스런 소리밖에 듣지 못했다. 페트루키오는 캐서린에게 집에 온 것을 환영한다고 상냥하게 말을 건넸지만, 속으로는 그날 밤에 배를 곯게 하고 잠도 재워 주지 않을 결심이었다.

식탁이 차려지고 곧 저녁식사가 나왔다. 하지만 페트루키오는 나오는 음식마다 문제점을 지적하며 바닥에 집어던지고는 하인들에게 치우라고 명령했다. 그러면서 캐서린에게는 이 모든 일이 그녀를 사랑해서 하는 일이라고 말했다. 제대로 되지 않은 음식을 먹게 할 수 없다는 것이었다.

피곤한 캐서린이 저녁도 먹지 못한 채 방으로 들어갔을 때, 그는 침대에서도 별의별 트집을 잡으며 베개와 침구를 사방으로 던져 버렸다. 결국 그녀는 의자에 앉을 수밖에 없었는데, 그녀가 잠이 들려고 할 때마다 남편의 호통소리에 화들짝 일어나야 했다. 신부의 침실을 제대로 꾸미지 못했다며 하인들을 야단치는

나오는 음식마다 잘못을 찾아 내 집어 던지는 페트루키오

소리였다.

다음 날도 페트루키오의 행동은 변하지 않았다. 캐서린에게는 여전히 친절하게 말했지만, 그녀가 먹으려고만 하면 차려진 음식에서 죄다 결점을 찾아 내, 어젯밤에 했던 그대로 음식을 바닥에 내동댕이쳤다. 캐서린의 자존심이 아무리 강하다한들 배고픈 것은 어쩔 수 없었으므로 하인들에게 몰래 음식을 가져다 달라고 애원했지만, 페트루키오에게 이미 지시를 받은 그들은 주인님 모르게 가져다 드릴 수 없다고 대답했다.

그녀가 한탄하며 중얼거렸다. "아, 이 남자가 나를 굶겨 죽이려고 결혼했나? 아버지 집에서는 구걸하러 온 거지들도 음식을 얻어먹는데, 무엇 하나 아쉬울 것 없던 내가 먹을 게 없어서 굶주려야 하다니. 한잠도 못자서 머리는 빙빙 도는데, 줄곧 소리를 질러 시끄럽게 하니 눈도 붙일 수가 없어. 무엇보다 화가 나는 건, 내가 잠을 자거나 먹으면 죽기라도 할 것처럼 그게 다 나를 사랑해서 하는 일이라고 말한다는 거야."

이 때 갑자기 페트루키오가 등장했다. 그녀를 굶겨죽일 생각이 전혀 없는 그는 음식을 조금 가져와 내밀며 말했다. "사랑스런 케이트, 어떠시오? 자, 내가 얼마나 부지런한지 보시오. 당신을 위해 직접 음식을 준비했소. 이만한 친절이면 감사받을 자격이 있겠지? 어떻소, 할 말이 없나? 없나보군, 음식이 마음에 안드는 모양이야. 내가 괜한 헛수고를 했군."

그러면서 하인에게 음식을 가져가라고 소리쳤다. 캐서린은 너무 배가 고픈 나머지 자존심을 챙길 겨를이 없어서, 속에서는 열불이 났지만 이렇게 말할 수밖에 없었다. "제발 그냥 놔 두세요."

하지만 페트루키오는 그녀에게 이 정도 말만 들으려는 게 아니었기 때문에 이렇게 대답했다. "아무리 작은 친절도 감사해야 하는 법이오. 식사하기 전에 고맙다는 말쯤은 해야 하지 않겠소."

캐서린이 마지못해 말했다. "고마워요."

그러자 그는 이제 얼마 안 되는 음식을 먹도록 허락해 주며 말을 이었다. "당신의 온유한 마음에 유익이 되길 바라겠소, 케이트. 어서 드시오! 자, 사랑하는 부인, 이제 당신 아버님 댁으로 가서 멋지게 즐겨봅시다. 비단 코트와 모자와 금반지가 있어야지. 주름 깃과 목도리와 부채, 갈아 입을 옷도 있어야겠군."

그리고는 정말로 이 좋은 물건들을 그녀에게 선물하려는 듯이, 재단사와 잡화상을 불러들였다. 그들이 그가 주문해 놓은 아내의 새 옷을 가지고 오자, 그는 그녀가 아직 허기를 채우지도 못했는데 "벌써 다 먹었소?"라고 말하며 접시를 하인에게 내 주었다.

잡화상이 그들에게 모자를 내밀었다. "주문하신 모자를 가져왔습니다."

페트루키오는 모자를 보자마자 다시 호통치기 시작했다. 모자를 얕은 사발에 끼워 만들었는지 조가비나 호두 껍데기처럼 작다며, 가져가서 더 크게 만들어 오라고 지시했다.

캐서린이 반박했다. "난 마음에 들어요. 요즘 여자들은 모두 이런 모자를 써요."

"당신이 얌전해지면 가질 수 있소. 그 전에는 안 되오." 페트루키오가 대꾸했다.

캐서린은 그나마 조금 음식을 먹은 덕분에 기운이 나서 말했다. "나도 말할 자격이 있으니 할 말은 해야겠어요. 난 아이도 아니고 갓난애도 아니에요. 당신보다 더 훌륭한 사람들도 내가 하는 말을 다 들어 주었단 말이에요. 그렇게 못하겠다면 차라리 당신 귀를 틀어막으세요."

페트루키오는 이렇게 성난 말을 듣고 있을 이유가 없었다. 아내와 요란하게 말다툼을 하는 것보다 더 확실하게 다룰 수 있는 방법을 찾아 냈기 때문이다. 그래서 이렇게 대답했다. "맞는 말이오. 당신 말대로 볼품없는 모자야. 이것을 싫다고 하니 당신이 더욱 사랑스럽소."

"사랑스럽든지 말든지, 난 이 모자가 마음에 들어요. 이 모자 아니면 다 싫어요." 캐서린이 말했다.

"옷을 보고 싶다고?" 페트루키오는 계속 그녀의 말을 잘못 들은 척하며 물었다.

그러자 재단사가 앞으로 나와 멋진 드레스를 보여 주었다. 페트루키오는 그녀에게 모자도 드레스도 갖게 해 줄 생각이 없었으므로, 이번에도 트집을 잡았다. "아이고, 맙소사! 이게 뭐야! 이걸 소매라고 만든 건가? 위아래를 사과파이처럼 자른 대포 같이 생겼잖은가."

재단사가 말했다. "요즘 유행에 맞춰서 만들라고 하셨잖습니까."

캐서린도 이보다 세련된 드레스를 본 적이 없다고 했다. 페트루키오에게 이 정도로 충분했다. 재단사와 잡화상을 따로 불러, 괴상망측하게 여겨졌을 대접에 대해 변명을 하고 물건값을 지불하겠다고 말한 다음에, 사납고 과격한 행동을 보이며 그들을 쫓아 냈다.

그 후에 캐서린을 돌아보고 말했다. "이리와요, 나의 케이트, 지금 입은 이 초라한 차림으로라도 아버님께 찾아가 뵙시다."

그러면서 아직 7시밖에 안 되었으니 저녁식사 때 장인어른 댁에 도착할 수 있을 거라며 말을 준비하라고 일렀다. 그가 이 말을 했을 때는 이른 아침인 7시가 아니라 한낮이었다. 그래서 캐서린은 그의 과격한 태도에 질려 조심스러워하면서도 용감하게 말했다. "사실은 지금 시간이 두 시에요. 저녁식사 때까지 도착하지 못할 거예요."

페트루키오는 그녀를 아버지에게 데려가기 전에 자신이 무슨 말을 하든 옳다고 인정할 정도로 완벽하게 순종시킬 생각이었다. 그래서 그가 시간을 명령할 수 있는 태양의 주인인 것처럼, 자기가 말하는 시간이 되어야 출발할 것이라고 말했다. "내가 하는 말이나 행동에 당신이 사사건건 거스르고 있으니, 오늘은 가지 않겠소. 내가 말한 그 시간이 아니면 떠나지 않을 것이오."

다음 날에도 캐서린은 순종하는 연습을 해야 했다. 페트루키오는 도도한 그녀가 철저히 순종적인 여인이 되어 반박이라는 단어가 있다는 것조차 잊어버릴 때까지는 아버지의 집으로 데려가지 않을 결심이었다.

그러다 간신히 친정으로 출발을 하게 되었는데, 그녀는 중간에 다시 되돌아가야 할 위험에 처했다. 그가 한낮에 달이 환하게 빛난다고 했을 때, 그녀가 무심코 태양이라고 지적해 주었기 때문이다. "내 어머니의 아들, 즉 나 자신을 두고 단언하건대, 저것은 달이든 별이든 내가 말하는 무엇이든 되어야 하오. 그래야 당신 아버지 집으로 갈 수 있소."

그가 집으로 돌아가려 하자, 더 이상 말괄량이 캐서린이 아니라 순종적인 아내가 된 캐서린이 애원했다. "제발 걸음을 멈추지 마세요. 여기까지 왔잖아요. 태양이든 달이든 당신이 말씀하는 무엇이든 맞아요. 앞으로 저것을 골풀 양초라 하시더라도, 저에게는 그 말이 옳을 거예요."

이 말을 시험해 보려고 그가 다시 말했다. "저건 달이구려."

"맞아요, 달이에요." 캐서린이 대답했다.

"거짓말 마시오, 저것은 해잖소."

"그러시면 해가 맞아요. 하지만 당신이 아니라고 하시면 해가 아니에요. 당신이 어떤 이름으로 부르든 그것이 맞아요. 저도 그렇게 부를게요."

그제야 그는 계속 길을 갈 수 있게 했다. 하지만 이 순종하는 마음이 계속되는지 더 알아보려고, 길에서 나이 많은 신사를 만나게 되자 그 사람이 젊은 여인인 것처럼 말을 건넸다. "안녕하시오, 아가씨."

그 후에 캐서린에게 이보다 아름다운 여인을 본 적이 있냐고 물었다. 노인의 뺨에 깃든 흰빛과 붉은 빛을 칭찬하며, 그 눈을 두 개의 밝은 별에 비유하며 다시 그에게 말했다. "아름답고 사랑스런 아가씨, 다시 한 번 즐거운 하루가 되기를 빌겠소!"

그리고 아내에게 말했다. "사랑스런 케이트, 이 아름다운 분을 한 번 껴안아 드리구려."

이제 완전히 항복한 캐서린은 재빨리 남편의 뜻을 받들고, 노신사에게 남편과 비슷한 말을 건넸다. "꽃봉오리처럼 젊은 아가씨, 아름답고 싱싱하고 사랑스럽군요. 어디 가세요? 어디 사시나요? 이처럼 아름다운 딸을 둔 부모는 행복하실 거예요."

"아니, 케이트, 미친 건 아니겠지?" 페트루키오가 말했다. "이 분은 당신이 말하는 것 같은 아가씨가 아니라, 늙고 주름지고 시들고 마른 노인이잖소."

캐서린이 다시 말했다. "용서하세요, 할아버지. 태양에 눈이 부셔서, 모든 것이 싱싱해 보였답니다. 이제 보니 존경스러운 신사 분이셨군요. 저의 바보 같은 착각을 용서해 주세요."

"용서해 주십시오, 착한 신사 양반." 페트루키오가 말했다. "어디로 가시는 길입니까? 방향이 같다면 기꺼이 동행이 되어드리겠습니다."

노신사가 대답했다. "두 분 참 재미있는 분이구려. 이상하게 인사를 하셔서 무척 놀랐답니다. 나는 빈센시오라는 사람이며, 파두아에 사는 아들을 찾아가는 중이라오."

페트루키오는 이 노인이 밥티스타의 둘째 딸 비앙카와 결혼하려는 루센시오의 부친인 줄 알고, 그의 아들이 부잣집 사위가 될 것이라고 얘기해 주어 그를 기쁘게 했다. 그들은 기분 좋게 여행을 마치고 밥티스타의 집에 도착했는데, 그 곳에는 비앙카와 루센시오의 결혼식을 축하하기 위해 많은 하객들이 모여 있었다. 밥티스타가 캐서린을 시집 보낸 후에 비앙카의 결혼을 기꺼이 승낙한 것이다.

그들이 들어서자 밥티스타가 결혼 피로연에 그들을 환영해주었고, 갓 결혼한 다른 한 쌍도 그들과 합석했다.

비앙카의 남편 루센시오와 또 다른 새 신랑 호텐시오는 익살맞은 농담을 주고받으면서, 페트루키오의 아내가 말괄량이라는 점을 넌지시 비꼬았다. 이 어리석은 신랑들은 자기들보다 못하게 선택한 페트루키오를 비웃으며, 자신들이 택한 여인들의 온화한 성품을 크게 기뻐하는 듯했다.

페트루키오는 그들의 농담에 전혀 개의치 않고 있다가, 식사가 끝나고 여인들이 물러갔을 때 밥티스타까지 농담에 끼어 페트루키오를 놀리자, 이제 그는 자기 아내가 그들의 아내보다 더 순종적일 것이라고 장담하기에 이르렀다.

이 말을 듣고 캐서린의 아버지가 말했다. "안타까운 일이지만 페트루키오, 자네가 가장 사나운 여인을 아내로 맞은 것 같다네."

페트루키오가 대꾸했다. "글쎄요, 아닐 텐데요. 그렇다면 제 말이 맞는지 확인해 볼 겸해서 각자 아내를 불러 내기로 하죠. 아내가 제일 먼저 순종적으로 나오는 사람이 내기에서 이기는 것입니다."

　다른 두 남편들은 이 제안에 흔쾌히 동의했다. 그들의 아내가 고집쟁이 캐서린보다는 순종적이고 온유하다고 확신했기 때문이다. 그들이 내기 돈으로 20크라운을 걸자, 페트루키오는 매나 사냥개에게라면 그만한 액수를 걸겠지만 아내에게는 스무 배 정도 더 걸어야 한다고 쾌활하게 지적했다. 그래서 루센시오와 호텐시오는 내기 액수를 100크라운으로 올렸다.

　루센시오가 먼저 하인을 불러 비앙카 님을 모셔오라고 말했다. 하인이 곧 돌아와 전했다. "나리, 마님께서 바빠서 오실 수 없다고 하십니다."

　페트루키오가 면박을 주었다. "바빠서 올 수 없다고? 그게 아내로서 할 대답인가?"

　그들은 캐서린이 더 고약한 대답을 하지 않으면 다행일 거라며 그를 비웃었다. 이제 아내를 부르러 보낼 차례가 된 호텐시오가 하인에게 말했다. "가서 내 아내더러 이리로 와 달라고 청하라."

　"쯧쯧! 청을 하다니요!" 페트루키오가 한 마디 했다. "그렇다면 꼭 오셔야만 하겠소이다."

　호텐시오가 반박했다. "당신의 아내는 간청을 해도 오지 않을 것이오."

말괄량이 길들이기 | 257

하지만 이 예의 바른 남편의 표정은 금세 멍해지고 말았다. 하인이 혼자 돌아왔던 것이다.

그가 물었다. "아니! 내 아내는 어디 있느냐?"

"나리, 마님께서 말씀하시길, 나리가 무슨 장난을 꾸미시는 듯하니 나오지 않으시겠답니다. 볼일이 있으면 나리께서 들어오시랍니다."

"갈수록 태산이군!" 페트루키오가 혀를 차고는 하인에게 명령했다. "여봐라, 아씨에게 가서 내가 오라고 명하셨다고 전해라."

일행은 그녀가 이 명령에 따르지 않을 거라고 생각할 겨를조차 없었다. 갑자기 밥티스타가 기겁을 하며 소리쳤던 것이다. "세상에, 이럴 수가, 저기 캐서린이 오지 않나!"

그녀가 다가와 페트루키오에게 온순하게 물었다. "무슨 일로 절 부르셨어요?"

"처제와 호텐시오의 아내는 어디 있소?"

"응접실 불가에 앉아 이야기하고 있어요." 남편의 물음에 캐서린이 대답했다.

"가서, 그들을 데려오시오!"

캐서린은 즉시 남편의 명을 받들어 그 자리를 떠났다.

루센시오가 중얼거렸다. "기적이 있다면 이게 기적이군."

호텐시오도 거들었다. "그러게 말이오, 무슨 조화인지 모르겠소."

"이것은 평화와 사랑과 평온한 생활, 올바른 질서를 보여주는 것이오. 간단히 말해서, 달콤한 행복이지요." 페트루키오가 말했다.

캐서린의 아버지는 크게 달라진 딸을 보고 너무나 기뻐서 외쳤다. "나의 사위 페트루키오, 정말 훌륭하네! 자네가 내기에서 이겼어. 내 딸이 다른 딸아이인 것처럼 완전히 새 사람이 되었으니, 지참금으로 2만 크라운을 더 얹어 주겠네."

페트루키오가 말했다. "아뇨, 내기에서 더 확실하게 이겨야죠. 제 아내의 새로운 미덕과 순종을 보여드리겠습니다."

그 때 캐서린이 두 여인을 데리고 돌아오자, 그가 말을 이었다. "저기 오는 걸 보십시오. 여자다운 설득력을 발휘하여 두 분의 고집 센 아내를 데려왔군요. 캐서린, 당신의 모자가 어울리지 않는구려, 그 싸구려 모자를 벗어 던져 버리시오."

캐서린이 당장 모자를 벗어 던졌다.

"맙소사!" 호텐시오의 아내가 말했다. "저런 바보 같은 짓이 어디 있담. 나라면 도저히 참지 못할 거야!"

비앙카도 한 마디 했다. "참나, 저런 어리석은 짓을 아내의 도리라고 생각하는 건가?"

이 말을 듣고 비앙카의 남편이 말했다. "당신의 도리도 이만큼 어리석기를 바라오! 당신이 아내의 도리를 달리 생각하는 바람에, 나는 저녁식사 후에 100크라운을 날렸소."

"그런 것을 내기거리로 삼다니, 당신이 더 어리석어요." 비앙카가 말했다.

페트루키오가 아내에게 말했다. "캐서린, 이 완고한 여인들에게 그들의 주인이자 남편에게 해야 할 도리를 알려 주시구려."

그러자 거기 있는 모두가 놀랍게도, 새 사람이 된 말괄량이는 페트루키오의 뜻에 무조건 순종하는 연습을 한대로, 설득력 있게 아내로서 순종해야 할 도리를 찬양했다. 그리하여 캐서린은 다시 한 번 파두아에서 유명해졌다. 예전의 말괄량이 캐서린으로서가 아니라, 이번에는 파두아에서 가장 순종적이고 착실한 아내 캐서린으로.

실수연발

 시라쿠스와 에페수스의 사이가 좋지 않았을 때, 에페수스에 잔혹한 법이 하나 만들어졌으니, 시라쿠스의 상인이 에페수스 시에서 발각될 경우 몸값으로 천 마르크를 지불하지 않으면 사형에 처해진다는 내용이었다.

 그런데 시라쿠스의 늙은 상인 이지언이 에페수스 거리에서 발각되어 공작의 앞으로 끌려갔다. 그는 엄청난 벌금을 물지 못하면 사형을 당하는 수밖에 없게 되었다.

 이지언에게는 벌금을 낼 돈이 없었고, 공작은 사형선고를 내리기에 앞서, 그에게 살아온 인생사를 얘기해 보라고 했다. 시라쿠스 상인이 들어 오면 죽게 되어 있는 에페수스에 생명을 걸고 들어 온 이유가 무엇인지 설명해 보라고 말했다.

이지언은 슬픔이 너무 커서 사는 것조차 힘이 드니 죽음이 두렵지 않다고 대답했다. 자신의 불운한 인생사를 이야기하는 것보다 힘든 일은 없다며, 지나온 과거사를 아뢰기 시작했다.

"저는 시라쿠스에서 태어나 상인으로 자랐고, 한 여인과 결혼하여 행복하게 살았습니다. 그러다 에피담눔에 가야 할 일이 생겨서, 일 때문에 6개월을 그 곳에 붙잡혀 있었는데, 좀더 오래 머물러야 한다는 걸 알고는 아내를 불러들였지요. 아내는 도착하자마자 아들 쌍둥이를 낳았답니다. 희한하게도, 어찌나 똑같이 생겼는지 누가 누군지 분간할 수 없을 정도였지요. 아내가 이 아들 녀석들을 낳았을 때, 아내가 묵던 여인숙에서 가난한 여인이 아들 둘을 낳았는데, 그 녀석들도 제 아들놈들처럼 똑같이 생긴 쌍둥이였더랍니다. 그 아이들의 부모가 너무 가난했던지라, 제가 아들놈들의 하인을 삼으려고 데려와 키우게 되었지요.

저의 아들들은 아주 잘생긴 녀석들이었고, 아내는 그런 아이들을 무척 자랑스러워했답니다. 아이들을 자랑하고 싶어서 매일매일 고향집으로 돌아가자고 조르기에, 저도 어쩔 수 없이 그러기로 하고 배를 탔는데, 에피담눔에서 1리그도 항해하기 전에 끔찍한 폭풍우를 만나고 말았습니다. 어찌나 무서운 폭풍이었는지, 선원들은 배를 구해 볼 생각도 못하고 자기 한 목숨 살겠다고 작은 배로 몰려가더이다. 그렇게 우리만 배에 남아, 이제나 저제나 폭풍에 휘말려 죽을 시간만 기다리는 처지가 되었습니다.

아내는 계속 울어 대고, 뭐가 무서운지도 모르는 아이들은 제 어미가 우는 것을 보고 애처롭게 따라 울어 대더군요. 내가 죽는 것은 두렵지 않으나 가족은 살려야겠다는 일념으로, 어떻게 안전을 도모할 수 있을까 필사적으로 생각하다가, 뱃사람들이 폭풍에 대비해서 마련해 놓은 예비 돛대가 있기에, 작은 녀석을 그 작은 돛대 끝에 묶고, 다른 쪽 끝에 쌍둥이 하인의 동생 녀석을 묶었지요. 그러면서 아내에게 다른 아이들을 다른 돛대에 똑같이 묶으라고 했습니다.

그래서 아내가 큰 녀석 둘을 맡고, 제가 어린 녀석 둘을 맡고, 각자 떨어져 그 아이들을 묶은 돛대에 매달려 있었답니다. 그런데 배가 거대한 바위에 부딪쳐 산산조각 나는 바람에 우리는 그렇게 헤어지고 말았습니다. 가느다란 돛대에 매달려 물에 겨우 떠 있었지요. 어린 녀석들을 맡은 저는 아내를 도와 줄 수가 없었고, 큰 녀석들을 맡은 아내는 금세 저 멀리 떠내려가더군요. 하지만 아직 내 시야에 남아 있을 때 멀리서 어선에 구출되는 것을 보았습니다. 제가 보기에는 코린트의 어선 같았는데, 여하튼 아내와 큰 녀석들이 안전해진 것을 보고, 저도 이제 거친 파도와 싸워 사랑하는 아들과 하인 아이를 보호하려고 온 힘을 다했습니다. 결국에는 배 한 척이 우리를 건져 주었고, 저를 알아본 선원들이 친절하게 맞아 주며 도와 주어, 우리를 시라쿠스에 무사히 내려 주었습니다. 하지만 그 슬픈 날 이후로 아내와 큰 아들의 소식을 전혀 알지 못한 채 살게 되었지요.

저에게는 이제 작은 아들밖에 애정을 쏟을 사람이 없었는데, 작은 아들이 18살이 되면서부터 제 엄마와 형 얘기를 캐묻기 시작하더니, 하인을 데리고 찾아 나서겠다고 자주 조르더이다. 그 하인 녀석도 제 형을 잃었으니까요. 저도 물론 아내와 장남의 소식이 궁금해서 미칠 지경이었지만, 그들을 찾으러 어린 녀석을 보냈다가 그 녀석마저 잃어버리면 어쩌나 싶어서 많이 망설였습니다. 하지만 결국에는 허락을 할 수밖에 없었답니다.

그렇게 작은 아들이 제 곁을 떠난 지 7년이 되었는데, 지난 5년 간 저는 그 아들을 찾으러 세계 각지를 떠돌아 다녔습니다. 저 멀리 그리스에도 가 봤고, 아시아 국경을 샅샅이 뒤지고, 고향으로 돌아오는 길에, 사람이 사는 곳을 찾아 보지 않고 남겨 두기가 찜찜해서 여기 에페수스에 들어 오게 되었습니다. 하지만 오늘로 저의 인생사가 끝나게 되는군요. 아내와 아들들이 살아 있다는 것을 확인할 수만 있다면 죽어도 원이 없겠습니다."

이지언이 이렇게 불행한 삶의 이야기를 끝마치자, 공작은 잃어버린 아들에 대한 사랑 때문에 이 위험한 지경까지 이르게 된 노인을 불쌍히 여기게 되었다. 법을 어기는 일만 아니라면 마음이 이끄는 대로 노인을 용서해 주고 싶으나, 그의 지위와 맹세한 바가 있으니 함부로 법을 바꿀 수는 없는 노릇이었다. 다만, 엄격한 법조항에 정해진 대로 즉시 사형에 처하는 대신, 벌금 낼 돈을 빌리거나 얻어 보라며 하루 말미를 주겠다고 말했다.

이지언은 사형을 하루 미뤄 주는 것이 큰 호의로 여겨지지 않앉다. 에페수스에 아는 사람이 하나도 없는데, 어느 누가 그를 위해 벌금 천 마르크를 주거나 빌려 주겠는가. 가능성이 없는 일인 듯했다. 그래서 의지할 데 없고 살아날 희망도 없이, 그는 간수의 손에 이끌려 공작의 면전에서 물러나왔다.

이지언은 에페수스에 아는 사람이 없다고 생각했지만, 그가 작은 아들을 찾아다니다 생사의 갈림길에 서 있던 그 시점에, 작은 아들과 큰아들이 모두 에페수스에 들어 와 있었다.

이지언의 두 아들은 얼굴과 성품이 똑같은데다 이름도 똑같이 안티폴러스였다. 쌍둥이 하인의 이름도 둘 다 드로미오였다. 이지언이 에페수스까지 찾으러 온 작은 아들, 즉 시라쿠스의 안티폴러스는 이지언이 도착한 바로 그 날 우연히도 하인 드로미오와 같이 에페수스에 도착했다.

그 역시 시라쿠스의 상인으로 아버지가 처한 것과 같은 위험에 처할 뻔했지만, 다행히 어느 친구가 시라쿠스에서 온 늙은 상인이 죽게 되었다는 이야기를 해 주며 에피담눔의 상인인 척하라고 충고해 주어 그 충고에 따르기로 했다. 안티폴러스는 자신의 고국 사람이 죽게 된 것을 유감스러워했지만 그 사람이 아버지인 줄은 꿈에도 생각지 못했다.

이지언의 장남(동생인 시라쿠스의 안티폴러스와 구분하기 위해, 에페수스의 안티폴러스라고 불러야겠다)은 이십 년째 에페수스에 살고 있었다. 어엿한 부자가 되어 아버지의 몸값을 충분히 지불할 수 있는 형편이었지만, 그는 아버지에 관해 전혀 알지 못했다. 어부들이 어머니와 같이 바다에서 건져 주었을 때 너무 어린 나이여서, 살아났다는 것만 알고 있을 뿐 아버지나 어머니에 대한 기억이 남아 있지 않았다. 이 안티폴러스와 어머니와 하인 드로미오를 건져 준 어부들은 두 아이들을 팔아 넘기려고 어머니에게서 억지로 아이들을 떼어 놓았고, 이 불행한 여인은 그로 인해 크나큰 슬픔을 겪었다.

안티폴러스와 드로미오는 유명한 전사이자 에페수스 공작의 삼촌인 메나폰 공작에게 팔려 갔는데, 그는 조카인 에페수스 공작을 만나러 갈 때 소년들을 같이 데리고 갔다.

어린 안티폴러스가 마음에 들었던 에페수스 공작은 그가 자라나자 자기 군대의 장교로 삼았다. 안티폴러스는 여러 전쟁에서 용맹을 떨치며 두각을 나타내다 후원자인 공작의 생명까지 구하게 되었고, 공작은 그에 대한 보답으로 에페수스의 부유한 여인 아드리아나와 짝을 맺어 주었다. 아버지가 에페수스에 왔을 때 이 안티폴러스는 그녀와 같이 살고 있었으며, 그의 하인 드로미오도 여전히 주인을 섬기고 있었다.

시라쿠스의 안티폴러스는 에피담눔의 상인인 척하라고 충고해 준 친구와 헤어진 후에, 하인 드로미오에게 돈을 주며 식사할 여인숙에 가져다 놓으라고 했다. 자신은 잠시 도시를 구경하고 사람들의 풍습을 관찰하며 거닐겠다고 말했다.

드로미오는 성격이 쾌활한 하인이라서, 안티폴러스가 따분하고 우울해할 때마다 이상한 유머와 재미있는 농담으로 기분을 풀어 주곤 했다. 그래서 안티폴러스는 주인과 하인 사이에서 보기 드물 정도로 드로미오에게 자유로이 말할 수 있도록 허락해 주었다.

시라쿠스의 안티폴러스는 드로미오를 떠나 보내고, 한동안 그곳에 서서 어머니와 형을 찾는 이 외로운 방랑에 대해 상념에 잠겼다. 찾아간 곳 어디서도 그들의 소식을 들을 수 없었으므로, 혼잣말로 구슬프게 중얼거렸다. "망망한 바다에서 잃어버린 친구 물방울을 찾아다니는 한 방울의 바닷물 같은 신세로구나. 어머니와 형을 찾으려다 나 자신을 잃어버리지 않는가."

그가 지금까지 아무런 소득 없이 헤매고 다닌 힘겨운 여정을 곰곰이 생각하고 있을 때, 드로미오가(그는 드로미오라고 생각했다) 돌아왔다. 안티폴러스는 너무 빨리 돌아온 것을 이상해하며 돈을 어디에 두고 왔냐고 물었다. 그가 말을 건넨 사람은 자신의 하인 드로미오가 아니라 에페수스의 안티폴러스를 섬기는 쌍둥이 하인이었다.

두 명의 드로미오와 두 명의 안티폴러스는, 이지언이 어렸을 때 똑같이 생겼다고 말했던 것처럼 지금도 똑같았다. 그래서 안티폴러스는 당연히 그를 자신의 하인으로 여기고, 왜 이리 빨리 돌아왔냐고 물었던 것이다.

드로미오가 대답했다. "아씨께서 저녁식사에 모셔 오라고 하셨어요. 닭고기는 타고 돼지고기는 꼬챙이에서 떨어지는데, 나리가 집에 가지 않으시면 고기가 다 식을 거예요."

"그런 농담할 때가 아니다. 돈은 어디에 두었느냐?" 안티폴러스가 다그쳤다.

드로미오는 다시, 아씨가 모셔 오라고 해서 왔다고 대답했다.

"무슨 아씨 말이냐?" 안티폴러스가 물었다.

"주인님의 아내 말입니다, 나리." 드로미오가 대답했다.

결혼한 적도 없는 안티폴러스는 이 말을 듣고 불같이 화를 냈다. "내가 때로 너의 농을 허물없이 받아 주었더니, 방자하게 나를 놀려도 된다고 생각하는 게냐? 지금은 장난할 기분이 아니다. 돈은 어디 있느냐? 우리는 여기서 낯선 이방인인데, 그 엄청난 돈을 어찌 함부로 놔 두고 다니느냐?"

드로미오는 주인이라고 생각되는 사람이 스스로를 이방인이라고 부르자, 안티폴러스가 농담을 하는 줄 알고 쾌활하게 대답했다. "나리, 제발 식사나 하시면서 농담하세요. 저는 나리를 집으로 모셔 오라는 분부만 받았습니다. 아씨와 그 동생분이 기다리고 계신다니까요."

안티폴러스는 참을 수 없이 분이 일어나서 드로미오를 마구 때렸고, 하인은 집으로 달아나 주인나리가 식사하러 오지 않으려 하시며 아내가 없다는 말까지 하셨다고 아뢰었다.

에페수스의 안티폴러스의 아내 아드리아나는 남편이 아내가 없다고 했다는 말을 듣고 화가 치밀었다. 질투가 심한 성격이라서, 남편이 자기보다 다른 여인을 사랑한다는 뜻이 아니겠느냐며 안달하기 시작했고, 남편에 대한 질투와 비난의 말을 줄줄이 늘어놓았다. 그녀와 같이 사는 동생 루시아나는 근거 없는 언니의 의심을 떨쳐 보려고 노력했지만 아무 소용이 없었다.

시라쿠스의 안티폴러스는 어찌된 일인지 알아보려고 여인숙으로 갔는데, 그 곳에서 안전하게 돈을 지니고 있는 드로미오를 보았다. 조금 전에 함부로 농담한 일로 하인을 꾸짖으려 했을 때, 남편을 찾으러 나온 아드리아나가 그를 보고 다가왔다.

그녀는 그가 자신의 남편이 아닌 줄은 생각도 못하고, 자신을 낯선 사람처럼 쳐다본다며 그를 질책하기 시작했다. (이 여인을 본 적이 없는 안티폴러스로서는 당연한 일이다.) 그러면서 그가 결혼하기 전에는 자신을 참으로 사랑했는데, 이제 자신이 아닌 다른 여자를 사랑하는 게 분명하다고 비난했다. "이게 어찌된 일인가요? 아, 내가 왜 당신의 사랑을 잃어버린 건가요?"

"나에게 하는 말씀이오, 아름다운 부인?" 안티폴러스가 놀라며 되물었다.

그가 아무리 그녀의 남편이 아니라고 말해도 소용없었다. 에페수스에 당도한 지 두어 시간밖에 안 되었다고 말해도, 그녀는 같이 집으로 가자고 고집을 부릴 뿐이었다. 결국 안티폴러스는 벗어날 도리가 없어서 그녀와 같이 형의 집으로 가게 되었고, 그 곳에서 아드리아나와 그녀의 동생과 함께 식사를 했다.

한 명은 그를 남편이라 부르고 다른 여자는 형부라고 부르니, 그는 이 모든 것이 그저 놀랍기만 해서, 자신이 잠을 자는 중에 결혼을 했든지 아니면 지금 꿈을 꾸고 있는 거라고 생각했다. 그들을 따라온 드로미오도 놀라기는 마찬가지였다. 자기 형의 아내인 요리사 하녀가 자기더러 남편이라고 우겼기 때문이다.

시라쿠스의 안티폴러스가 형수와 식사하는 동안, 그의 형이자 진짜 남편은 하인 드로미오와 같이 식사를 하러 집으로 돌아왔다. 하지만 어떤 사람도 들이지 말라는 아씨의 명을 받은 하인들은 문을 열어 주지 않았다. 그들이 거듭 문을 두드리며 안티폴러스와 드로미오가 왔다고 말하자, 하녀들은 그들을 비웃으며 안티폴러스 님은 아씨와 식사중이시고 드로미오는 부엌에 있다고 대꾸했다. 문이 부서져라 두드렸는데도 집에 들어가지 못한 안티폴러스는 아내가 어떤 남자와 식사한다는 말을 기이하게 여기며, 급기야 격분해서 그 곳을 떠나 버렸다.

식사를 마친 시라쿠스의 안티폴러스는 여전히 막무가내로 자신을 남편이라 부르는 여인 때문에 정신이 하나도 없었고, 드로미오 역시 요리 담당 하녀 때문에 혼이 빠질 지경이었으므로, 도망칠 핑계가 생각나자마자 그 집을 빠져나왔다. 안티폴러스는 동생 쪽인 루시아나에게 매우 호감을 느꼈지만, 질투 많은 아드리아는 영 마음에 들지 않았다. 부엌에서 괴롭힘을 당한 드로미오도 자신의 아내라는 여인이 끔찍할 뿐이었다. 그래서 주인과 하인은 두 여자에게 벗어나는 것을 기뻐하며 부랴부랴 도망쳐 나왔다.

시라쿠스의 안티폴러스가 집을 나섰을 때 금 세공인을 만나게 되었는데, 아드리아나처럼 그 남자도 그를 에페수스의 안티폴러스로 착각하고는 그의 이름을 부르며 금 목걸이를 건넸다. 안티폴러스가 자기 것이 아니라 받지 않겠다고 하자, 금 세공인은 그의 주문을 받아 만든 것이라며 안티폴러스의 손에 목걸이를 쥐어 주었고, 돈은 나중에 받으러 가겠다면서 뒤도 돌아보지 않고 가 버렸다.

이 곳에서 괴상망측한 일들을 당하게 되자 안티폴러스는 마법에 홀린 게 틀림없다고 생각했다. 당장 여길 떠나기로 결심하고, 하인 드로미오에게 짐을 가져다 배에 실으라고 명령했다.

엉뚱한 안티폴러스에게 목걸이를 준 금 세공인은 그 후에 바로 빚진 돈 때문에 관리에게 체포당했다. 관리가 금 세공인을 체포하고 있는 그 곳에, 결혼한 형 안티폴러스가 지나가게 되었는데, 그에게 목걸이를 주었다고 생각한 금 세공인은 방금 드린 금 목걸이의 대금을 지불해 달라고 부탁했다. 그 금액이 그가 진 빚과 엇비슷한 액수였던 것이다.

안티폴러스는 목걸이를 받은 적이 없다고 했고, 금 세공인은 바로 몇 분전에 목걸이를 주었다고 주장했다. 그들은 둘 다 자신의 말이 맞는다며 한참을 옥신각신했다. 안티폴러스는 금 세공인에게 목걸이를 받지 않았다고 확신한 반면, 똑같이 닮은 형제를 착각한 금 세공인은 자신이 분명히 목걸이를 주었다고 확신했다. 마침내 관리는 금 세공인을 빚진 죄목으로 체포하고, 금세공인의 목걸이 값을 내지 않는 안티폴러스도 체포해 버렸다. 그리하여 그들은 감옥으로 끌려가게 되었다.

감옥으로 끌려가던 안티폴러스는 도중에 시라쿠스의 드로미오 즉 동생의 하인을 보고, 그가 자신의 하인인 줄 알고 아드리아나

아씨에게 가서 돈을 받아가지고 오라고 일렀다. 드로미오는 주인님이 방금 전에 정신없이 도망쳐 나온 그 이상한 집으로 자신을 다시 보내는 것이 이상했지만 감히 물어볼 수 없었다. 사실은 배가 곧 출발할 거라는 소식을 전하러 왔지만, 안티폴러스가 전혀 농담할 분위기가 아니라는 것을 알았던 것이다.

그래서 그는 아드리아나의 집으로 돌아가야 하는 처지를 투덜거리며 발길을 옮겼다. "그 뚱뚱보가 남편이라고 우기는 곳에 가야 하다니. 하지만 하는 수 없지, 하인은 주인의 명을 따라야 하니까."

아드리아나는 그에게 돈을 주었고, 드로미오는 돈을 받아 가지고 돌아오다 시라쿠스의 안티폴러스를 만났다. 안티폴러스는 자신이 마주친 희한한 상황에 여전히 어리둥절해하는 중이었다. 그의 형이 에페수스에서 유명했기 때문에, 거리에서 만나는 사람마다 오래 전부터 아는 사이처럼 그에게 인사를 건넸던 것이다. 어떤 이는 빚을 졌다면서 돈을 내밀고, 어떤 이는 다가와 자기 집에 와 달라고 초대하고, 또 어떤 이는 전에 베풀어 준 친절에 감사하다며 인사했다. 모두가 그를 그의 형으로 착각했다. 어떤 재단사는 그를 위해 샀다는 비단을 보여주며 옷 치수를 재겠다고 고집을 부렸다.

안티폴러스는 자신이 필시 마법사와 마녀들이 판치는 나라에 와 있는 거라고 생각하기 시작했다. 게다가 이제 드로미오까지 그의 머리를 뒤죽박죽으로 만들었다. 드로미오가 감옥으로 끌고 가던 관리에게 어떻게 풀려났냐고 물으며 아드리아나가 빚을 갚으라고 보낸 돈지갑을 내민 것이다.

자신이 체포되어 감옥으로 끌려갔다는 말과 아드리아나에게 받아왔다는 돈지갑에 안티폴러스는 얼이 빠져 버렸다. "드로미오 이 녀석이 미쳤구나. 우린 여기서 환상 속을 헤매고 있어." 그리고는 혼란에 빠진 자기 상태를 몹시 두려워하며 소리쳤다. "어떤 신령한 힘이든 우리를 이 괴상한 곳에서 구해주소서!"

그런데 이번에는 다른 낯선 여자 하나가 다가오더니, 그 여자도 그를 안티폴러스라 부르며 그 날 저녁에 같이 식사를 했다면서 자신에게 주기로 한 금 목걸이를 달라고 하는 것이 아닌가. 안티폴러스는 이제 자제력을 완전히 잃어버리고 그녀에게 마녀라고 욕을 퍼부었다. 목걸이를 주기로 한 적도 없고, 식사한 적도 없고, 이 시간 전에 그 여자의 얼굴도 본 적이 없다고 소리쳤다.

여자는 그와 같이 식사를 했고 목걸이도 주기로 약속했다고 계속 주장했다. 안티폴러스가 극구 부인하자, 자신이 귀한 반지를 주지 않았냐면서, 금 목걸이를 주지 않을 거면 그 반지라도 돌려달라고 말했다. 이 말에 안티폴러스는 미친 사람처럼 흥분하여, 다시 그녀에게 요술쟁이 마녀라고 소리치고, 그 여자도 반지도 전혀 모르는 일이라면서 달아났다.

여자는 그의 말과 사나운 표정에 놀란 채로 남아 있었다. 분명히 그와 식사를 했고, 그에게 자신의 반지를 주었으며, 그가 금 목걸이를 선물하겠다고 약속한 것이 그녀에게는 너무나도 확실했기 때문이다. 하지만 이 여인도 다른 사람들과 똑같이, 그를 그의 형으로 착각하는 실수를 저지른 것이었다. 그녀가 이 안티폴러스에게 주장한 모든 일을 행했던 사람은 결혼한 안티폴러스였다.

유부남인 안티폴러스는 자기 집에 들어가지 못하게 되자(집안에 있던 사람들은 이미 그가 와 있다고 생각했다) 극도로 화가 났다. 질투심 강한 아내가 괴팍한 짓을 벌이는 것이라고 믿었고, 그 전에도 자주 다른 여자를 찾아다닌다고 근거도 없이 비난했던 일이 떠오르자, 자신을 집에 들여보내 주지 않은 아내에게 복수하려고 이 여인에게 가서 식사하기로 결심했다.

이 여인은 아주 정중하게 그를 맞아 주었고, 아내에게 지독히 화가 나 있던 안티폴러스는 아내에게 선물하려고 주문한 금 목걸이를 그녀에게 주기로 약속했다. 그것은 금세공인이 실수로 그의 동생에게 쥐어 준 그 목걸이였다. 여인은 멋진 금 목걸이를 갖게 될 생각에 기분이 좋아져서 유부남 안티폴러스에게 반지를 주었던 것이다.

그녀는 그가 자신을 알지 못한다며 모든 사실을 부인하고 사납게 떠나 버리자,(동생을 형 안티폴러스로 착각하고) 그가 제정신이 아니라고 생각하게 되었다. 그래서 곧장 아드리아나에게 남편이 미쳤다는 사실을 알려 주려고 달려갔다. 그녀가 그 일을 아드리아나에게 이야기하고 있을 때, 그녀의 남편 안티폴러스는 집에 가서 빚을 갚으라고 허락해 준 간수와 함께 돈지갑을 가지러 왔다. 아드리아나가 드로미오 편에 보냈고 드로미오가 다른 안티폴러스에게 전해 준 그 돈 지갑을 말이다.

안티폴러스가 자신을 집에 들여보내 주지 않았다며 화를 내자, 아드리아나는 남편이 미쳤다고 한 여자의 얘기가 틀림없는 사실이라고 믿었다. 그리고 식사하는 내내 자신이 남편이 아니라고 주장하면서 이번에 에페수스에 처음 와 봤다고 주장했던 것을 기억하고는, 남편이 미쳤다는 점을 더 이상 의심치 않았다.

그녀는 우선 간수에게 돈을 주어 보내고 나서, 하인들에게 남편을 밧줄로 묶으라고 명령했다. 그를 어두운 방에 가둬 놓고 그의 광증을 치료할 의사를 불러오라고 했다. 억울한 안티폴러스는 당연히 밧줄에 묶여 끌려가는 동안 이 말도 안 되는 상황에 대해 거세게 항의했다. 이것은 그가 동생과 똑같이 생겨서 벌어진 일이었지만, 그의 격분한 반응을 본 사람들은 그가 미쳤다는 확신이 더욱 굳어졌고, 주인과 똑같은 이야기를 주장하는 드로미오까지 한꺼번에 묶어 가둬 버렸다.

아드리아나가 남편을 가두고 얼마 안 되어, 하인 하나가 뛰어오더니 안티폴러스와 드로미오가 감시의 눈을 피해 달아난 모양이라고 말했다. 거리에서 자유롭게 활보하는 모습을 보았다는 것이었다. 이 말을 들은 아드리아나는 그들을 다시 데려와 보호하려고 하인 몇 명을 데리고 달려 나갔다. 그녀의 동생도 따라나섰다. 그들이 이웃에 있는 수녀원 문 앞에 도달했을 때, 안티폴러스와 드로미오를 발견했다. 이번에도 똑 닮은 쌍둥이 형제를 착각한 것이다.

시라쿠스의 안티폴러스는 쌍둥이 형으로 인해 벌어진 혼란스러운 상황에 아직도 정신을 차리지 못하고 있었다. 그는 금 세공인이 준 목걸이를 목에 걸고 있었는데, 그것을 본 금 세공인이 목걸이를 받았으면서 왜 받지 않았다고 했으며 왜 돈을 주지 않았냐고 비난했다. 안티폴러스는 아침에 그가 목걸이를 거저 주었고 그 시간 이후로 금 세공인을 만난 적이 없다고 반박했다.

그런데 여기에 아드리아나까지 합세했다. 그녀가 그에게 다가오더니, 감시인의 눈을 피해 달아난 미친 남편이라고 주장하며, 데리고 온 하인들에게 안티폴러스와 드로미오를 붙잡으라고 했다. 그들은 허둥지둥 수녀원 안으로 도망쳐 들어가, 원장수녀에게 수녀원에 피신할 수 있게 해 달라고 간청했다.

이제 이 어리둥절한 상황의 원인을 캐묻는 것은 원장수녀의 몫이었다. 그녀는 신중하고 덕망 있는 여인이었고 자신이 본 것을 지혜롭게 판단할 줄 알았다. 수녀원으로 피해 들어온 사람을 무턱대고 내 주기보다는, 남편이 미쳤다고 말하는 여인에게 정확한 사실을 알아보려 했다.

"부군께서 왜 갑자기 이상해지신 건가요? 바다에서 재산을 잃었나요? 아니면 가까운 분의 죽음으로 정신이 혼란스러워진 건가요?"

아드리아나는 그런 이유 때문이 아니라고 대답했다.

원장수녀가 말했다. "어쩌면 아내가 아닌 다른 여자에게 애정을 느끼다 이 지경이 되었을 지도 모르죠."

아드리아나는 남편이 자주 집을 비우는 이유가 다른 여인을 사랑하기 때문이라는 생각을 오래 전부터 품어 왔다고 대답했다. 하지만 안티폴러스가 밖으로 전전하는 이유는 다른 여인을 사랑해서가 아니라 아내가 괜한 질투로 들볶아대기 때문이었다.

아드리아나의 격한 태도를 보고 이 점을 짐작한 원장수녀는, 진실을 확인하려고 다시 말했다. "정신 차리게 남편을 혼내 줬어야지요."

"물론 그랬어요." 아드리아나가 답했다.

"하지만 미흡했던 모양이군요."

아드리아나는 이 문제에 관해 남편에게 충분히 지적했다는 점을 알려주려고 이렇게 설명했다. "우리의 대화에는 항상 그 얘기가 빠지지 않았답니다. 이 얘기를 거론하지 않고는 잠을 자게 하지 않았고, 이 얘기를 거론하지 않고는 식사하게 하지 않았어요. 남편과 단둘이 있을 때는 그 얘기만 했고, 다른 사람들과 같이 있을 때는 수시로 암시를 주었죠. 나 아닌 다른 여자를 사랑하는 것이 얼마나 야비하고 못된 짓인지 항상 얘기해 주었어요."

아드리아나에게 이 모든 고백을 받아 내고 나서, 원장수녀가 말했다. "그래서 당신의 남편이 이상해진 게로군요. 질투가 심한 여인의 독설은 미친개의 이빨보다 더 치명적이죠. 남편 분은 당신의 비난 때문에 잠을 이루기 힘들었을 거예요. 정신이 어지러워진 것도 이상할 게 없어요. 식사할 때마다 당신의 비난을 양념으로 드셨다면, 불편한 식사는 소화가 안 되었을 테니, 그것이 이런 질환으로 이어졌겠지요. 당신이 시비를 걸어 오락까지 방해를 했다면, 사교생활과 오락의 즐거움을 누릴 수 없으니, 암울하고 우울하고 쓸쓸한 절망 말고 무엇이 더 있을 수 있겠어요? 그 결과, 당신의 질투어린 발작들이 남편을 미치게 만든 거예요."

루시아나는 언니가 항상 형부를 부드럽게 질책했다고 두둔하며, 언니에게 말했다. "왜 이런 비난을 잠자코 듣기만 하는 거야?"

하지만 원장수녀의 설명을 듣고 자신의 잘못을 너무나 확연하게 알게 된 그녀는 조용히 말했을 뿐이었다. "듣고 보니 다 내 잘못이야."

아드리아나는 자신의 행동을 부끄러워했지만 그래도 남편을 데려가겠다고 고집했다. 하지만 원장수녀는 그들을 수녀원에 들여보내지 않았고, 이 불행한 남자를 질투 많은 아내의 손에 넘겨주지도 않았다. 자신이 부드러운 방법으로 그를 회복시켜 보리라 결심하며, 다시 안으로 들어가 문을 닫으라고 명했다.

똑같이 생긴 쌍둥이 형제로 인해 이렇게 많은 실수들이 벌어지며 다사다난한 하루가 지나는 동안, 늙은 이지언의 삶에 남은 하루도 어느덧 다 지나가 해가 저물고 있었다. 벌금을 내지 못하면 해질녘에 그는 죽을 운명이었다.

사형집행 장소는 이 수녀원 근처에 있었다. 원장수녀가 수녀원으로 돌아 들어갔을 때 그는 공작과 함께 그 곳에 도착했다. 공작은 몸값을 내 줄 사람이 있으면 그를 사면해 주려고 친히 나와 있었다.

아드리아나가 이 우울한 사형집행 과정을 중단시켰다. 공작의 앞으로 나아가, 원장수녀가 미친 남편을 돌려 주지 않으니 정의를 가려 달라고 호소했다. 그녀가 이 말을 하고 있을 때, 그녀의 진짜 남편과 하인 드로미오가 탈출하여 공작에게 찾아왔다. 아내가 자신을 미치광이 취급하고 감금했다면서, 밧줄을 끊고 감시인의 눈을 피해 도망쳐 나온 일을 설명했다. 아드리아나는 수녀원 안에 있어야 할 남편이 앞에 있는 것을 보고 영문을 몰라 어리둥절해 했다.

아들을 본 이지언은 이 아들이 어머니와 형을 찾으러 떠난 작은 아들이라고 생각했고, 사랑하는 아들이 자신의 몸값을 내 줄 거라고 확신했다. 그래서 이제 풀려나겠다는 기쁜 희망을 안고 아버지다운 애정을 담아 안티폴러스에게 말을 건넸다. 그런데 기가 막히게도, 아들은 그를 알지 못한다고 일언지하에 부인했다. 그도 그럴 수밖에 없는 것이, 이 안티폴러스는 어렸을 때 폭풍우에서 헤어진 이후로 아버지를 한 번도 본 적이 없었기 때문이다.

하지만 불쌍한 이지언은 아들에게 자신이 아비임을 인정하게 하려고 애를 써도 소용이 없자, 그 동안에 겪은 슬픔과 근심이 지극하여 그의 모습이 알아보지 못할 정도로 이상하게 바뀌었거나 아니면 이렇게 초라해진 아버지를 인정하는 것이 부끄러운 모양이라고 생각하게 되었다.

 이런 혼란이 벌어지는 와중에 공작의 명을 받은 원장수녀와 다른 안티폴러스와 드로미오가 수녀원에서 나왔다. 아드리아나는 이제 두 명의 남편과 두 명의 드로미오를 보며 자신의 눈을 믿을 수가 없었다.

 이로써 지금까지 벌어진 수수께끼 같은 실수들과 그들을 너무나 혼란스럽게 했던 원인이 확실하게 밝혀졌다. 공작은 똑같이 생긴 두 명의 안티폴러스와 두 명의 드로미오를 보는 순간, 이 불가사의한 상황을 정확히 짐작해 냈다. 이지언이 아침에 했던 이야기가 생각났기 때문이다. 그래서 이들이 이지언의 쌍둥이 아들과 쌍둥이 하인이 틀림없다고 말했다.

 그 후에 이지언의 이야기는 실로 예기치 못한 기쁨과 함께 막을 내렸다. 그가 아침에 사형선고를 받고 슬퍼하며 읊조린 이야기는 해가 지기 전에 행복한 결말을 맺었다. 존경스러운 원장수녀가, 이지언이 오래 전에 잃어버린 아내이자 두 안티폴러스의 어머니가 바로 자신이라고 밝힌 것이다.

 그녀는 큰아들 안티폴러스와 드로미오를 어부들에게 빼앗기고 수녀원에 들어 와 살았으며, 현명하고 덕망 높은 행동으로 결국 이 수녀원의 원장수녀가 되었다. 그리고 불행한 이방인을 환대하는 자비를 행하다 자기도 모르게 아들을 보호하게 된 것이다.

 오랫동안 헤어져 지낸 부모와 자식은 즐거운 축하와 애정 어린 인사를 나누느라, 이지언이 아직 사형선고 받은 상태라는 사실

을 잠시 잊어버렸다. 흥분을 가라앉힌 후에 에페수스의 안티폴러스가 공작에게 아버지의 몸값을 내겠다고 했지만, 공작은 그 돈을 받지 않고 너그러이 사면해 주었다. 그 후에 공작은 원장수녀와 그녀의 새로 찾은 남편과 아들들과 같이 수녀원으로 들어갔다. 무수한 역경이 복된 결말로 끝난 이 행복한 가족의 이야기를 느긋하게 들어 보기 위해서였다.

두 명의 드로미오가 느낀 소박한 기쁨도 지나치지 말아야 하리라. 그들도 서로 축하와 인사를 나누었고, 거울을 보듯이 잘생긴 형제에게서 자신의 모습을 보며 서로 잘생긴 외모를 기분 좋게 칭찬했다.

아드리아나는 시어머니의 훌륭한 조언에 깨달음을 얻어, 그 후로는 남편을 부당하게 의심하거나 질투하지 않았다.

시라쿠스의 안티폴러스는 형수의 동생인 아름다운 루시아나와 결혼했고, 선량한 노인 이지언은 아내와 아들들과 더불어 오래도록 에페수스에서 살았다. 이 당황스런 사건이 해결되었다고 해서 그 뒤로 오해의 소지가 완전히 없어진 것은 아니었다. 때로는 지난날의 경험을 상기시키는 우스꽝스러운 실수들이 일어나곤 했다. 이 안티폴러스와 드로미오가 저 안티폴러스와 드로미오로 혼동을 일으켜, 한바탕 유쾌하고 재미난 실수 희극이 연출되었다.

자에는 자로

 예전에 관대하고 온화한 공작이 비엔나 시를 통치하던 시절이 있었다. 그 공작은 백성들이 법을 어겨도 벌을 내리지 않을 정도였는데, 특히 그가 치세하던 동안에 한 번도 실행되지 않아 그런 법이 있는지조차 모르게 잊혀진 법이 하나 있었다. 그것은 결혼하지 않은 여자와 사는 남자에게 사형을 내린다는 법이었다.
 자비로운 공작은 이 법을 강요하지 않았고, 그 결과 신성한 혼인 제도를 경시하는 풍조가 생겨나, 비엔나에서 젊은 딸을 둔 부모들은 하루가 멀다 하고 공작에게 찾아 와, 어떤 독신남이 자신의 딸을 유혹하여 부모의 집에서 빼내 갔노라고 호소하고 있었다.
 선량한 공작은 백성들 사이에서 이런 해악이 늘어나는 것을 안타까이 여겼지만, 지금까지 관대하던 사람이 갑자기 변하여, 이 법을 시행하는데 없어서는 안 될 엄격하고 가혹한 처벌을 내린다면 그를 사랑했던 백성들에게 폭군이라는 원성을 사게 될까봐 걱정스러웠다. 그래서 이 부도덕한 연인들을 규제하는 법이 효력을 발휘할 수 있도록, 다른 사람에게 전권을 위임하고 자신은 잠시 공국에서 떠나 있기로 했다. 그렇게 하면 그가 평소와 달리 모진 벌을 내려 백성들의 원망을 듣지 않아도 될 것이었다.

공작은 비엔나에서 엄격하고 강직한 생활을 하여 성자라는 명성까지 얻고 있는 앤젤로를 이 일의 적임자로 선택했다. 고문관인 에스칼러스 경에게 이 계획을 언급하며 의견을 묻자 그는 대답했다. "비엔나에서 그렇게 큰 은총과 명예를 감당할 사람이 있다면, 앤젤로 경밖에 없지요."

그래서 공작은 자신이 없는 동안 앤젤로에게 대리 공작의 임무를 맡기고, 폴란드로 여행을 다녀오겠다며 비엔나를 출발했다. 하지만 여행을 떠난다는 것은 속임수에 불과할 뿐, 그는 성인 같은 앤젤로의 행동을 지켜볼 생각으로 탁발승 차림을 하고 은밀하게 비엔나로 돌아왔다.

앤젤로가 새로운 권한을 부여받은 그 즈음에, 클로디오라는 남자가 젊은 여인을 유혹하여 부모의 집에서 빼내 가는 죄를 범했다. 이 죄로 인해 신임 공작 대리인의 명령으로 체포되어 감옥에 갇히게 되었는데, 앤젤로는 오랜 세월 동안 잊혀졌던 구법을 내세워 클로디오의 목을 베라고 선고했다.

젊은 클로디오를 사면해 달라는 청원이 수없이 날아들었고, 선량한 노인 에스칼러스 경도 직접 중재에 나섰다. "슬픈 일이구려. 내가 구하려는 그 신사의 선친은 훌륭한 분이셨소. 그분을 봐서라도 젊은 청년의 위법을 부디 용서해 주시오."

하지만 앤젤로는 대답했다. "법을 유명무실한 허수아비로 만들어서는 안 됩니다. 나쁜 새들을 쫓으려고 세워 둔 허수아비가 언제까지나 같은 모양으로 있으면, 조만간 익숙해져서 새들이 별 것이 아닌 줄 알고 두려움도 없이 횃대 삼아 내려앉게 마련이지요. 그 자는 죽어야 합니다."

클로디오의 친구 루시오가 감옥으로 찾아갔을 때, 클로디오가 친구에게 말했다. "루시오, 제발 이 부탁을 들어 주게. 나의 누이 이사벨이 오늘 성 클라레 수녀원에 지원하러 들어가는데, 그녀에게 가서 나의 절박한 처지를 알리고, 엄격한 대리 공작께 탄원해 달라고 청해 주게. 직접 앤젤로 님을 찾아가라고 하게. 이 일에 큰 기대를 걸고 있다네. 나의 누이는 화술이 능란하여 잘 설득할 수 있을 테니까 말일세. 게다가 젊은 여인의 슬픔은 입을 열지 않아도 남자를 감동시키는 힘이 있지 않나."

클로디오의 누이 이사벨은 그의 말대로 그 날 수녀원에 들어가 있었다. 지원자로서 견습기간을 마친 후에 정식 수녀가 될 예정이었다. 그녀가 한 수녀님에게 수녀원의 규칙에 관해 물어보고 있을 때, 루시오의 목소리가 들렸다. 그가 수녀원으로 들어서며 말했다. "이 곳에 평화가 있기를 빕니다!"

"이 말을 하는 분이 누구일까요?" 이사벨이 말했다.

"남자 목소리군요." 수녀님이 대답했다. "온유한 이사벨, 그분에게 가서 무슨 볼일인지 알아보세요. 당신은 할 수 있지만 나는 할 수 없는 일이랍니다. 수녀가 되면, 원장수녀님이 계시는 곳이 아니면 남자와 이야기해서는 안 돼요. 이야기를 나눌 경우에는 얼굴을 보이면 안 되고, 얼굴을 보이면 말을 하지 말아야 하죠."

"수녀에게 그 이상의 특권은 없나요?" 이사벨이 물었다.

"이 정도로 족하지 않은가요?" 수녀님이 답했다.

"네, 맞는 말씀이에요. 저는 다만 성 클라레 수녀원 자매들에게 더 엄격한 규정이 있었으면 해서 말씀드렸어요."

다시 루시오의 목소리가 들리자 수녀님이 재촉했다. "또 부르는군요. 당신이 가서 대답하세요."

이사벨이 루시오에게 나가, 그의 인사에 대한 답으로 인사했다. "평화와 번영이 함께 하시기를 빌게요! 누굴 찾으시나요?"

루시오가 경의를 표하며 다가와 말했다. "안녕하십니까, 두 뺨에 장밋빛이 도는 것을 보니 틀림없는 처녀로군요! 이 곳 수련수녀이자 불행한 클로디오의 아름다운 누이인 이사벨을 만나게 해 주시겠습니까?"

"불행한 클로디오라니요, 왜요?" 이사벨이 물었다. "저에게 말씀하세요! 제가 그의 동생 이사벨이에요."

"아름답고 상냥한 아가씨. 당신의 오빠에게 간절한 부탁을 받았습니다. 그가 지금 감옥에 갇혀 있습니다."

"어머나, 세상에! 이유가 뭐죠?"

루시오는 클로디오가 젊은 처녀를 유혹한 죄로 투옥되었다고 설명했다.

"저의 사촌 줄리엣에 관한 일인가요?" 줄리엣이 이사벨의 친척은 아니지만, 학창시절에 절친했던 사이라 서로 사촌이라 부르고 있었다. 이사벨은 오빠가 줄리엣을 사랑하는 줄 알았으므로, 그녀에 대한 사랑 때문에 이런 사태가 벌어졌으리라 짐작했다.

"그렇습니다."

"그럼 오빠가 줄리엣과 결혼하면 되겠군요." 이사벨이 말했다.

루시오는 클로디오가 줄리엣과 결혼할 생각이지만, 공작 대리인이 그의 죄를 물어 사형을 선고했다고 대답했다. "당신의 아리따운 탄원으로 앤젤로의 마음을 누그러뜨리지 않으면 그리되고 말 것입니다. 이것이 당신과 당신의 불쌍한 오빠 사이에서 내가 맡은 일입니다."

"어쩌면 좋아! 제가 무슨 힘이 있어서 오빠를 도울 수 있겠어요? 앤젤로 님의 마음을 움직일 수 없을 것 같아요."

"의심은 우리를 배반하는 배신자예요. 시도하기를 두렵게 하여, 능히 얻을 수 있는 유익을 잃게 만들기도 하죠. 앤젤로 경에게 찾아가세요! 처녀들이 무릎 꿇고 호소하며 눈물을 흘리면, 남자들은 무엇이든 베풀어 준답니다."

"할 수 있는 데까지 해 볼게요." 이사벨이 말했다. "우선 원장수녀님께 이 일을 말씀드리고 앤젤로 님에게 가 보겠어요. 오빠에게 안부 전해 주세요. 저녁에 좋은 소식을 가지고 갈게요."

이사벨은 서둘러 궁으로 들어가, 앤젤로 앞에 무릎을 꿇고 아뢰었다. "슬픈 소청이 있어 왔습니다. 저의 원을 들어 주십시오."

"무슨 청이오?" 앤젤로가 물었다.

그녀는 오빠의 생명을 살리기 위해 감동적인 말로 탄원을 했다.

하지만 앤젤로는 말했다. "어쩔 도리가 없소. 그대의 오라비는 선고를 받았으니, 죽어야 하오."

"아, 공정하지만 가혹한 법이여." 이사벨이 말했다. "오빠는 이제 죽은 목숨이군요. 부디 직무를 소중히 하시길!"

그녀가 이 말을 끝으로 물러나려 하자, 같이 갔던 루시오가 말했다. "이대로 포기하지 말아요. 다시 돌아가 애원해 보세요, 그분 앞에 무릎을 꿇고 옷자락에라도 매달려야지요. 너무 차갑잖아요. 바늘이 하나 필요해도 그런 미지근한 말솜씨로는 얻을 수 없을 겁니다."

그러자 이사벨은 다시 무릎을 꿇고 자비를 호소했다.

앤젤로가 말했다. "형이 언도되었으니, 너무 늦었소."

"너무 늦었다고요!" 이사벨이 항변했다. "아, 아니에요. 말이란 돌이킬 수 있는 것이죠. 제 말을 믿어 주세요. 위대한 이들에게 속한 예식도, 왕의 면류관도, 대리인의 검도, 장군의 사령봉도, 재판관의 법복도, 자비에 비하면 그 미덕의 절반에도 미치지 못합니다."

"그만 돌아가시오." 앤젤로가 명령했다.

하지만 이사벨은 굴하지 않고 호소했다. "저의 오빠가 나리이고 나리가 저의 오빠인데 나리가 만약 저의 오빠 같은 잘못을 범했다면, 오빠는 이처럼 몰인정하게 굴지 않았을 겁니다. 하늘에 맹세코 제가 나리 같은 권력자이고 나리가 이사벨이라면 어땠을까요. 그 때도 이렇게 되었을까요? 아뇨, 저는 재판관이 무엇이고 죄인이 무엇인지 말하였을 겁니다."

"그만하시오! 그대의 오빠를 정죄하는 것은 내가 아니라 법이오. 그가 나의 친척이나 동생이나 심지어 아들이었더라도 다를 바 없었을 거요. 그는 내일 죽어야 하오."

"내일이요? 아, 너무 빨라요. 오빠를 살려 주세요. 살려 주십시오. 오빠는 죽음을 맞을 준비가 되지 않았습니다. 식사를 준비하더라도 때를 맞춰 짐승을 잡는 법입니다. 하늘을 섬기는 일이라면 천박한 우리 음식에 대해 하는 것보다 신중해야 하지 않을까요? 좋아요, 나리, 잘 생각해 보세요. 오빠와 같은 죄를 지은 자는 많지만 그 죄목으로 죽은 사람은 없습니다. 나리는 이 선고를 처음 내리셨고, 오빠는 이 벌을 처음 받는 사람입니다. 나리의 마음을 살펴보세요. 마음 문을 두드려, 그 마음에 오빠의 죄와 같은 잘못을 품고 있지 않는지 물어보세요. 그것이 인간의 본성적인 죄라고 여겨지시면, 오빠의 생명을 죽이려는 생각에는 귀

기울이지 말아 주십시오!"

 이전에 했던 모든 말보다 이 마지막 말이 앤젤로의 마음을 움직였다. 이사벨의 아름다움이 그의 마음에 죄스러운 정열을 일으켜, 클로디오의 죄처럼 부정한 사랑에 대한 생각이 자라나기 시작한 것이다. 그 갈등에서 벗어나려고 이사벨을 외면하며 돌아섰지만, 그녀는 다시 그에게 소리쳤다. "나리, 돌아오세요, 제 말을 들어 주세요, 제가 뇌물을 드리겠습니다. 나리, 돌아오세요!"

 "뭐야, 뇌물을 주겠다고!" 앤젤로는 자신에게 뇌물을 먹이려 한다는 생각에 경악하며 외쳤다.

 이사벨이 대답했다. "네, 금으로 된 보화나 사람의 변덕에 따라 가치가 오르내리는 반짝이는 보석이 아니라, 하늘도 기뻐하며 받아 주실 선물을 드릴게요. 해 뜨기 전에 하늘에 올라갈 진실한 기도, 순전한 영혼의 기도, 영원한 것에 헌신하는 여인의 금식기도를 바치겠습니다."

 "내일 오시오." 앤젤로가 말했다.

 내일 다시 아뢸 수 있는 허락이 떨어지고 오빠의 생명을 조금이나마 연장할 수 있게 되자, 그녀는 이 완고한 분을 설득할 수 있으리라는 기쁨과 희망을 안고 그 자리를 물러났다. 물러나며 그녀가 기원했다. "나리의 명예가 안전하시길! 하늘이 나리의 명예를 구해 주시길!"

 이 말을 듣고 앤젤로는 마음속으로 생각했다. "아멘, 그대와 그대의 덕으로부터 구원되길 바라노라." 그리고는 자신의 사악한 생각에 기겁을 했다. "이게 무엇인가? 이게 무엇이란 말인가? 다시 그녀의 말을 듣고자 하고 그녀의 눈을 보고자 하다니, 내가 그녀를 사랑하는가? 무엇을 꿈꾸고 있는 것인가? 인간의 교활한 적이 성자를 무너뜨리려고 갈고리에 미끼를 달아 던지는구나. 부정하고 천박한 여인에게 흔들려 본 적이 없는데, 이 덕 있는 여인이 나를 완전히 정복하는구나. 지금까지 색욕에 빠진 남자들을 이상히 여기며 비웃던 내가 이리 될 줄이야."

그 날 밤 앤젤로는 마음에서 일어나는 죄스런 갈등에 빠져, 사형 선고를 받은 죄수보다 더 고통스러워했다.

감옥에 있는 클로디오는 탁발승 차림으로 찾아 온 공작에게 참회와 평화의 말씀을 들으며 하늘로 가는 길을 배웠으나, 앤젤로는 밤새도록 우유부단한 죄책감의 고통을 느껴야 했다. 때로는 이사벨의 순결과 명예를 유혹하고 싶어하며, 때로는 마음속에 의도한 범죄로 인해 양심의 가책을 느끼며 두려워했다. 하지만 결국은 사악한 생각들이 승리했고, 바로 얼마 전에 뇌물을 주겠다는 말에 깜짝 놀랐던 그가 이 처녀를 값비싼 뇌물로 유혹하리라 결심했다. 사랑하는 오빠의 생명을 선물로 준다면 그녀가 거절할 수 없을 테니까.

아침에 이사벨이 찾아 왔을 때 앤젤로는 그녀 혼자 들어 오게 했다. 단둘이 있게 되자, 줄리엣이 클로디오에게 했듯이 그녀가 순결한 정절을 그에게 바친다면 오빠의 생명을 살려 주겠다고 말했다.

"내가 그대를 사랑하기 때문이오, 이사벨." 그가 말했다.

"저의 오빠는 줄리엣을 무척 사랑했지만, 나리는 그 이유 때문에 오빠가 죽어야 한다고 말씀하셨어요."

"하지만 클로디오는 죽지 않을 거요, 줄리엣이 아버지의 집을 떠나 클로디오를 만나러 간 것처럼, 그대가 밤에 몰래 나를 찾아온다면 말이오."

이사벨은 그가 오빠에게 사형을 내린 것과 똑같은 죄악으로 그녀를 유혹하려는 것에 놀라워하며 말했다. "불쌍한 오빠를 위해서, 저 자신을 위해 하듯이 하렵니다. 다시 말씀드리면, 제가 사형을 선고받은 처지라면, 이런 죄악에 굴복하느니 차라리 매서운 채찍질도 루비처럼 입고, 애타게 갈망하는 침대에 가듯이 죽음의 길로 걸어가겠습니다." 그 다음에 그녀는 그가 오로지 그녀의 미덕을 시험하기 위해 한 말이기를 바란다고 했다.

하지만 그의 말은 달라지지 않았다. "내 명예를 걸고, 이 말은 진실로 나의 목적을 나타낸 것이오."

그가 이처럼 불명예스런 목적에 명예라는 단어를 사용하는 것을 듣고 이사벨은 진심으로 화가 났다. "신뢰할 수 없는 하잘 것 없는 명예요, 가장 악의적인 목적이로군요. 나리를 고발하겠습니다. 두고 보세요! 오빠의 사면장에 서명해 주지 않으면, 나리가 어떤 분인지 온 세상에 크게 알릴 것입니다!"

"누가 그대의 말을 믿어 주겠소, 이사벨? 더럽혀지지 않은 나의 이름, 나의 엄격한 생활, 그대에 대한 나의 반박이 그 고발을 제압할 것이오. 내 뜻대로 하여 오빠를 구하시오, 안 그러면 그는 내일 죽소. 그대가 무슨 말을 해도, 나의 거짓이 그대의 진실을 능가할 것이오. 내일까지 대답하시오."

"이 일을 누구에게 호소해야 하나? 호소한들, 누가 나를 믿어 줄까?" 이사벨은 하염없이 탄식하며 오빠가 갇혀 있는 황량한 감옥으로 걸어갔다.

감옥에 도착했을 때, 그녀의 오빠는 공작과 경건한 대화를 나누는 중이었다. 공작은 줄리엣에게도 탁발승 차림으로 찾아가 이 범죄한 연인들에게 잘못을 깨닫게 해 주었고, 줄리엣은 눈물을 흘리며 진심으로 후회했다. 자신이 불명예스런 구애를 기꺼이 받아들였으니 클로디오보다 더 죄 많은 여인이라고 고백했다.

클로디오가 갇혀 있는 방으로 들어가며 이사벨이 인사했다. "이 곳에 평화와 은총과 선한 교제가 있기를!"

변장한 공작이 말했다. "거기 누구요? 들어오시오. 고마운 기원을 해 주었으니 환영해 드리겠소."

"제 오빠와 몇 마디 나누고자 합니다."

이사벨이 말하자, 공작이 둘을 남겨 두고 자리를 피해 주었다. 하지만 공작은 죄수들을 책임지는 간수에게 그들의 대화를 엿들을 수 있는 곳에 있게 해 달라고 부탁했다.

"이사벨, 좋은 소식이 있니?" 클로디오가 물었다.

이사벨은 오빠에게, 내일 죽음을 준비해야 한다고 말했다.

"방법이 없는 거냐?"

"있어요, 있긴 하지만 오빠가 동의한다면 명예가 어그러져 벌거벗은 채로 남게 될 일이에요."

"요점을 말해 봐라."

"아, 오빠가 걱정이에요! 오빠가 영원한 명예를 택하기보다 6, 7년의 사소한 기간을 더 소중히 여겨 살고 싶어 할까봐 두려워져요! 죽을 용기가 있나요? 죽는다고 생각할 때가 가장 무서운 법이고, 우리 발에 밟히는 하찮은 딱정벌레도 거인이 죽을 때와 마찬가지로 큰 고통을 느끼지요."

"왜 이리 나를 모욕하는 거냐? 내가 화려한 미사여구에 혹해서 결심할 사람으로 보이니? 죽어야 한다면 신부를 맞이하듯 어둠을 품에 껴안을 것이다." 클로디오가 말했다.

"그래야 오빠답지요. 그것이 무덤에 계신 아버지의 말씀이에요. 그래요, 오빠는 죽어야 해요. 하지만 이걸 좀 생각해 봐요! 겉으로는 성자인 척하는 공작 대리인이 내가 처녀의 순결을 바치면 오빠의 목숨을 구해 주겠다고 하더군요. 아, 그가 요구하는 게 내 생명이라면 바늘 하나 버리듯 아낌없이 오빠를 위해 버리겠어요!"

"고맙다, 이사벨."

"내일, 죽을 준비를 하세요."

"죽음은 두려운 거야."

"수치스러운 삶은 혐오스럽지요."

그러나 이제 죽음에 대한 생각들이 클로디오의 이성을 어지럽히고 죄인이 죽을 때 알게 되는 공포가 엄습해 오자, 그가 소리쳤다. "사랑하는 이사벨, 날 살려다오! 오라비의 목숨을 구하려고 지은 죄라면, 자연이 그 죄를 용서하여 미덕이 될 것이다."

"아, 비겁한 겁쟁이! 파렴치한 오빠! 동생의 치욕으로 생명을 구하겠다고요? 오, 맙소사! 오빠에게 명예심이 있을 줄 알았는데. 스무 개의 목숨이 있어 스무 번 참수형을 당한다 해도 동생에게 그런 불명예를 씌우지 않으려 할 줄 알았어요."

"그런 게 아니야, 내 말을 들어 봐, 이사벨!"

클로디오는 고결한 누이의 순결을 바쳐 살기를 바란 자신의 연약함을 변명하려 했지만, 그 때 공작이 그 곳으로 들어 오며 말했다.

"클로디오, 자네와 동생 사이에 오간 말을 들었네. 앤젤로 님은 동생을 타락시키려 한 것이 아니라, 미덕을 시험하려 했을 뿐이네. 그녀가 명예를 소중히 여겨 아름답게 거절했으니 기뻐하시지 않았겠는가. 그분이 사면해 줄 희망은 없으니, 남은 시간을 기도하며 사형을 준비하게나."

클로디오는 나약하게 행동한 것을 뉘우치며 말했다. "동생에게 용서를 구해야겠습니다! 이제 생에 대한 미련은 다 없어졌습니다. 어서 죽고 싶을 뿐입니다." 그는 자신의 잘못을 매우 부끄러워하고 슬퍼하며 물러났다.

이사벨과 둘이 있게 된 공작은 그녀의 정숙한 결단을 칭찬했다. "그대를 아름답게 만드신 손이 그대를 선하게 만드셨군요."

"선량한 공작님이 앤젤로에게 감쪽같이 속고 계세요! 그분이 돌아오시어 제가 말씀드릴 수 있다면, 이 일을 다 폭로하겠어요." 이사벨은 자신이 지금 벼르던 대로 폭로하고 있다는 사실을 전혀 알지 못했다.

공작이 대답했다. "그것도 좋지만, 지금 같아서는, 앤젤로 님이 그대의 고발에 반박할 것이오. 그러니 나의 충고를 들어보시오. 이 방법대로 하면, 부당한 취급을 받은 가엾은 여인에게 매우 정당하게 유익한 일을 해 줄 수 있고, 그대의 오빠를 분노한 법에서 건져 내고, 그대의 고귀한 인품을 더럽히지 않을 수 있으며, 또한 부재중인 공작님이 돌아와 이 일을 알게 되었을 때 크게 기뻐하실 것이오."

이사벨은 나쁜 일만 아니라면 무슨 일이든 하겠다고 말했다.

"미덕은 담대하고, 결코 두려워하지 않지." 공작은 이렇게 말한 다음에, 바다에 빠져 익사한 용감한 군인 프레데릭의 누이인 마리아나에 대해서 들은 적이 있냐고 물었다.

"이야기는 들었어요. 평판이 좋은 분이더군요." 이사벨이 대답했다.

"그 여인은 원래 앤젤로 님의 아내인데, 오라비가 죽으면서 그 배에 실려 있던 지참금도 사라지는 바람에 힘든 고초를 당하게 되었소! 동생을 아끼고 지극히 다정했던 오빠였는데 그런 고상하고 유명한 오빠를 잃은데 더하여, 재산이 바다 밑으로 가라앉아 남편의 애정까지 잃게 되었던 거요. 군자처럼 보이는 앤젤로 님은 이 덕망 높은 여인에게 수치스러운 일을 발견한 척하고 그녀를 떠나 버렸소. 진짜 이유는 지참금이 없다는 것이었지만, 그녀의 눈물을 전혀 위로해 주지도 않고 떠나갔다오. 그렇게 부당한 대접을 받았으니 그녀의 사랑이 말라 버렸어야 마땅하지만, 조류를 가로막는 장애물처럼 더 걷잡을 수 없게 되어, 마리아나는 잔인한 남편을 처음 사랑했던 그 마음대로 변함없이 사랑하고 있소."

그 후에 공작은 자신의 계획을 더 분명하게 풀어 놓았다. 우선 이사벨이 앤젤로 경에게 가서 그가 바라는 대로 밤중에 찾아가겠다고 동의하는 척하라고 했다. 그렇게 오빠의 사면을 받아 낸 다음에, 마리아나가 그녀 대신 약속장소에 가서 어둠 속에서 앤젤로에게 몸을 맡기는 것이다.

"이 일을 두려워하지 마시오. 앤젤로 님은 그녀의 남편이니, 그들을 엮어 주는 것은 하등의 죄가 아니라오." 변장한 수도사가 말했다.

이사벨은 이 계획에 흡족해하며 그의 지시대로 일을 처리하러 떠났고, 공작은 마리아나에게 그들의 작전을 알리러 갔다. 그는 전에 탁발승 차림으로 이 불행한 여인을 찾아가 신앙적인 교훈을 가르치고 다정한 위로를 해 주었는데, 그 때 그녀에게서 이 슬픈 처지를 듣게 된 것이었다. 마리아나는 그를 거룩한 분으로 존경하며 그 뜻에 따르겠다고 쉽사리 동의했다.

이사벨은 앤젤로를 만나고 나서, 공작과 만나기로 약속한 마리아나의 집으로 건너왔다.

"때맞춰 잘 왔소. 일은 어찌 되었소?" 공작이 물었다.

이사벨은 앤젤로와 약속한 내용을 설명했다. "앤젤로 님의 집에 벽돌담으로 에워싸인 정원이 있어요. 그 서쪽에 포도밭이 있고 포도밭으로 가는 문이 있어요." 그러면서 공작과 마리아나에게 두 개의 열쇠를 보여 주었다. "큰 열쇠는 포도밭 문을 여는 것이고, 다른 열쇠는 포도밭에서 정원으로 들어가는 쪽문 열쇠예요. 거기서 밤에 만나기로 약속했어요. 오빠의 생명을 보장해 주겠다는 언지도 받았고요. 제가 장소를 꼼꼼히 봐 두었는데, 앤젤로 님은 죄지은 사람처럼 조심스레 속삭이며 그 길을 두 번이나 알려 주더군요."

"마리아나가 알아 둬야 할 만한, 둘 사이에 다른 약속의 표시는 없었소?" 공작이 물었다.

"없어요, 캄캄한 밤에 가기만 하면 돼요. 제가 시간 여유가 많지 않다고 말해 놓았어요. 하인을 데리고 올 것이고, 하인은 제가 오빠 일로 잠깐 들르는 줄 알고 있을 거라고 했거든요."

공작이 그녀의 사려 깊은 일 처리를 칭찬했다.

이사벨은 마리아나를 돌아보며 말했다. "앤젤로 님에게 달리 말씀하실 필요는 없고, 헤어질 때 조그맣게 '오빠를 기억해 주세요!'라는 한 마디만 하세요."

그 날 밤 마리아나를 약속한 장소로 데려다 주며, 이사벨은 이 계략으로 오빠의 생명과 자신의 명예를 둘 다 보존할 수 있게 되었다고 기뻐했다. 하지만 공작은 오빠 쪽의 생명이 무사할지 마음이 놓이지 않아서 밤중에 다시 감옥으로 돌아갔는데, 그것이 클로디오를 위해 천만다행이었다. 그렇게 하지 않았다면 클로디오는 그 날 밤에 죽었을 것이다.

공작이 감옥에 들어간 직후에, 잔인한 공작 대리인의 명령이 도착했는데, 클로디오를 참수하여 새벽 5시까지 목을 보내라는 내용이었다.

공작은 형 집행을 연기해 달라고 간수를 설득했고, 앤젤로를 속이기 위해 그 날 아침에 감옥에서 죽은 남자의 머리를 보내라고 했다. 간수는 탁발승이 보이는 그대로 일개 탁발승인 줄로만 알고 있었으므로, 이 계획에 간수의 동의를 얻어 내려고 공작은 자신의 친필 편지를 보여 주었다. 인장까지 찍혀 봉인된 편지를 본 간수는 이 탁발승이 부재중인 공작님의 비밀 명령을 받았다고 생각했고, 그래서 클로디오의 목숨을 살려 주기로 했다. 그는 대신에 이미 죽은 남자의 머리를 베어 앤젤로에게 보냈다.

다음에 공작은 앤젤로에게 친히 편지를 보내, 여행을 중단해야 할 일이 생겨서 다음 날 아침에 비엔나로 돌아갈 예정이니, 도성 입구에 마중을 나와 그 곳에서 공작의 권한을 인계하라고 알렸다. 또한 백성들 중에 부당한 처우를 당한 자가 있어 시정을 요구하고 싶을 경우에는 공작이 도시로 들어가는 첫 거리에서 청원을 제시하라는 포고령도 내리라고 했다.

이사벨은 아침 일찍 오빠가 있는 감옥으로 달려갔고, 거기서 그녀가 오기를 기다리고 있던 공작은 생각한 바가 있었으므로 클로디오가 참수되었다고 말하기로 했다.

이사벨이 오빠가 감옥에서 풀려 났냐고 물었을 때, 그는 말했다. "앤젤로 님이 클로디오를 이 세상에서 내 보냈소. 머리가 잘려 공작 대리인에게 넘어갔다오."

너무나 슬픈 여동생은 통곡하며 부르짖었다. "아, 불쌍한 클로디오. 비참한 이사벨, 무자비한 세상, 가증스런 앤젤로!"

탁발승 차림의 그는 그녀를 위로했고, 그녀의 슬픔이 조금 진정되었을 때 공작이 조만간 돌아올 것이라고 말하며 앤젤로에 대해 불만을 제기하는 방법을 알려 주었다. 재판이 한동안 그녀에게 불리하게 돌아가는 것 같더라도 걱정하지 말라고 일렀다. 이사벨에게 충분히 숙지시킨 후에, 그 곳을 떠나 마리아나에게 가서 그녀에게도 행동할 방법을 알려 주었다.

다음에 공작은 탁발승 옷을 벗고 위엄 있는 공작의 의관으로 갈아 입었다. 그의 도착을 환영하러 몰려든 충성스런 백성들의 환호를 받으며 비엔나 시로 들어가, 앤젤로의 마중을 받으며 적절한 권한 인계 절차를 밟았다.

그 때 이사벨이 시정을 요구하는 청원자로 나서서 말했다. "훌륭하신 전하, 재판하여 주십시오! 저는 젊은 여인을 유혹한 죄로 참수형을 받은 클로디오의 누이입니다. 일찍이 오빠를 사면해 주십사 앤젤로 님에게 호소한 바 있습니다. 제가 무릎 꿇고 얼마나 간청하였는지, 그분이 저를 얼마나 박대하고 제가 또 어찌 대답했는지에 대해 일일이 전하께 말씀드리려면 너무 긴 이야기이니, 지금은 그저 슬픔과 수치심을 무릅쓰고 비참한 결론만을 말씀드리겠습니다. 앤젤로 님은 그의 불명예스런 사랑에 저의 정조를 바치지 않으면 오빠를 방면해 주지 않겠다고 하셨습니다. 많은 갈등이 있었으나, 동생으로서의 도리가 저의 미덕을 이겨, 결국 그분의 뜻에 따르게 되었습니다. 그런데 다음 날 아침 일찍, 앤젤로 님은 약속을 어기고 불쌍한 오빠의 머리를 베라는 명령을 내렸습니다!"

공작은 그녀의 이야기를 믿지 않는 척했고, 앤젤로는 그 오빠의 죽음이 정당한 법집행에 따라 이루어진 것인데 오빠를 잃은 슬픔으로 인해 이 여인의 정신이 어지러워진 모양이라고 말했다.

이제 마리아나가 다른 청원자로 나서서 공작께 아뢰었다. "고결하신 전하, 하늘에서 빛이 내려오듯, 숨결에서 진실이 나오듯, 진실에 이치가 있고 미덕에 진실이 있듯이, 저는 앤젤로 님의 아내입니다. 전하, 이사벨의 말은 거짓입니다. 그녀가 앤젤로 님과 같이 있었다고 한 그 날 밤, 그분은 정원이 있는 집에서 저와 같이 밤을 보냈습니다. 이것이 사실이니, 저를 이대로 일어나게 해 주십시오. 사실이 아니라면 석상같이 영원히 이 자리에 무릎 꿇고 있겠습니다."

다음에 이사벨은 로도윅 탁발승에게 진실을 말했으니 밝혀 달라고 호소했다. 로도윅은 공작이 변장했을 때 사용하던 이름이었다.

이사벨과 마리아나는 공작이 시킨 대로 말하고 있었다. 비엔나 전 백성이 보는 앞에서 이사벨의 순결을 널리 입증하려는 것이 공작의 의도였지만, 앤젤로는 그들이 다르게 이야기한 이유가 따로 있는 줄은 꿈에도 생각지 못하고, 그들이 상반된 주장을 하고 있으므로 자신이 이사벨의 비난에서 벗어날 수 있겠다고 생각했다.

　그는 죄 없는 사람처럼 분개한 표정을 지으며 말했다. "선량하신 전하, 지금까지 웃고만 있었으나 이제는 도저히 참을 수 없습니다. 이 가련하고 정신 나간 여인들은 어떤 배후 인물의 지시에 따르고 있는 듯합니다. 실상을 알아 낼 수 있도록 허락해 주십시오."

　공작이 말했다. "좋소. 기꺼이 허락할 테니, 원하는 대로 처벌하시오. 에스칼러스 경, 앤젤로 경을 도와 이 모함을 밝혀내시오. 여인들을 선동한 탁발승을 불러들이고, 그가 오거든 훼손된 명예를 회복하는데 필요한 어떤 응징이든 내려도 좋소. 나는 잠시 자리를 뜰 것이나, 앤젤로 경은 이 명예훼손 사건이 해결될 때까지 자리를 지키시오."

　공작이 떠나자, 앤젤로는 자기 사건을 스스로 재판하고 심판할 수 있게 되었다며 속으로 기뻐했다. 하지만 공작은 공작의 의관을 벗고 탁발승 옷으로 갈아입을 정도만 자리를 비웠을 뿐이었다. 변장을 하고 다시 앤젤로와 에스칼러스의 앞에 모습을 드러냈다.

선량한 노인 에스칼러스는 앤젤로가 무고하게 고발당했다고 생각하며 탁발승에게 물었다. "앞으로 나오시오. 그대가 이 여인들을 선동하여 앤젤로 경을 비방하였소?"

그가 대답했다. "공작님은 어디 계십니까? 제 말을 들어야 할 분은 공작님입니다."

에스칼러스가 말했다. "공작님이 우리에게 하명하셨으니, 우리가 그대의 말을 들을 것이오. 한 치의 거짓도 없이 고하시오."

"적어도 용감하게 말씀드리겠습니다." 탁발승이 대꾸하고는, 이사벨의 사건을 그녀가 고발한 자의 손에 맡긴 공작을 비난하며 자신이 보아 온 부패상들을 거리낌 없이 지적했다. 그는 이런 일들을 비엔나에 구경꾼으로 있던 동안에 보았다고 말했다. 에스칼러스가 나라를 모독하고 공작의 품행을 비판한 죄로 고문하리라 위협하며, 그를 감옥에 처넣으라고 명령했다. 그 순간 공작이 탁발승으로 변장한 옷을 벗어 던지고 정체를 드러내자, 모든 이들이 놀라워하는 가운데 앤젤로는 당황해서 어쩔 줄을 몰랐다.

공작은 우선 이사벨에게 말을 건넸다. "이리 오라, 이사벨. 너의 탁발승이 너의 군주가 되었으나, 옷은 변했어도 내 마음은 변하지 않았다. 변함없이 너를 보살피겠노라."

"용서해 주십시오. 종인 제가 전하를 부리고 수고를 끼쳐 드렸습니다." 이사벨이 말했다.

그는 그 오라비의 죽음을 예방하지 못했으니 그녀에게 용서받아야 할 사람은 바로 자신이라고 대답했다. 클로디오가 살아 있다는 사실을 말하기 전에, 그녀의 선한 마음을 좀더 시험해 보려는 뜻이었다.

앤젤로는 이제 공작이 자신의 나쁜 행실을 은밀히 지켜보고 있었음을 알고 입을 열었다.

"아, 전하께서 신과 같이 저의 행동을 굽어보고 계시는 줄 알면서 감출 수 있다고 생각한다면, 저의 죄를 더하는 것일 뿐이겠지요. 선하신 전하, 더 이상 저의 수치를 늘이지 마시고, 저의 고백을 재판 삼아 즉시 선고를 내리시어 사형에 처해 주십시오. 이것이 제가 애원하는 전부입니다."

공작이 대답했다. "앤젤로, 그대의 잘못은 명백하오. 클로디오를 죽게 한 그 단두대로 가는 형을 내리겠소. 클로디오처럼 지체 없이 사형에 처하라. 마리아나, 그의 재산은 과부가 되는 그대가 더 좋은 남편을 맞을 수 있도록 그대에게 상속하겠다."

"전하, 저는 다른 남자도 더 좋은 남자도 원치 않습니다." 마리아나는 이사벨이 클로디오의 생명을 애원했을 때처럼 그렇게 무릎을 꿇었다. 그리고 이 착한 아내는 못된 남편의 목숨을 살려 달라고 애원했다. "선량하신 전하, 온유하신 전하! 이사벨, 내 편이 되어 줘요! 당신이 함께 무릎을 꿇고 청원해 주면 남은 평생 당신을 위해 목숨을 바치겠어요!"

공작이 말했다. "되지도 않는 말로 그녀를 귀찮게 하는구나. 이사벨이 무릎 꿇고 자비를 간청한다면, 그 오빠의 영혼이 무덤을 깨고 나와 격분하며 그녀를 그리 데려갈 것이다."

그래도 마리아나는 호소했다. "이사벨, 상냥한 이사벨, 내 옆에서 무릎을 꿇고, 손이라도 들어 줘요, 당신은 아무 말하지 않아도 돼요! 탄원은 내가 할게요. 아무리 착한 사람도 결점은 있는 법이고, 대개의 사람은 조금씩 잘못을 저지르면서 더 훌륭해진다고 하잖아요. 제 남편도 그럴 수 있어요. 아, 이사벨, 같이 무릎을 꿇어 주지 않을래요?"

공작이 호통을 쳤다. "그는 클로디오의 일로 인해 죽는 것이다."

하지만 품위 있고 명예롭게 행동하리라 기대했던 이사벨이 무릎을 꿇고 이렇게 말하자, 선한 공작의 마음은 매우 흡족해졌다. "너그러우신 전하, 선고받은 이 사람을 제 오빠가 살아 있는 것으로 여겨 주세요. 저를 보기 전에는 직분에 충실했던 분이라고 생각합니다. 그러니 그를 죽이지 말아 주세요! 오빠는 죽을 일을 저질러 죽은 것이니 정당한 일이었습니다."

공작은 원수의 생명을 간청한 이 고결한 청원자에게 최상의 보답을 내리기로 했다. 감옥에서 자신의 운명이 어찌될지 의심하고 있던 클로디오를 불러 내, 죽음을 애도하던 오빠가 살아 있는 것을 그녀에게 보여 주었다.

그 후에 이사벨에게 말했다. "네 손을 다오, 이사벨. 사랑스러운 너를 위해 클로디오를 사면해 주겠다. 네가 나의 여인이 되겠다고 하면 그는 나의 형님이 될 것이다."

앤젤로는 이제 목숨이 안전하다는 생각에 표정이 조금 밝아졌고, 그것을 알아본 공작이 말했다. "앤젤로, 그대는 아내 덕에 사면을 얻었으니, 아내에게 사랑을 보이시오. 마음껏 기뻐하시오, 마리아나! 아내를 사랑하시오, 앤젤로! 나는 그녀의 고백을 들었으며 그녀의 미덕을 잘 알고 있소."

앤젤로는 짧은 기간 권좌에 있었을 때 자신의 마음이 얼마나 강팍했는지를 기억하며, 자비가 참으로 감미로운 것임을 알았다.

공작은 클로디오에게 줄리엣과 결혼하라 명하고, 다시금 이사벨에게 자신의 청혼을 받아 달라고 했다. 그녀의 덕스럽고 고결한 행동이 공작의 마음을 얻었던 것이다. 이사벨은 정식 수녀가 아니었으므로 결혼할 수 있는 몸이었고, 탁발승으로 변장했을 때 공작이 베풀어 준 친절한 일들을 알고 있었기에 진심으로 기뻐하며 청혼을 받아들였다.

그녀가 비엔나 공작부인이 되었을 때, 덕망 높은 이사벨의 훌륭한 모범을 보고 도시의 젊은 여인들이 마음을 돌이켜, 그 이후로는 누구도 줄리엣과 같은 죄에 빠지지 않았다. 줄리엣은 이제 개심한 클로디오의 참회하는 아내가 되었다.

그리고 자비를 사랑하는 공작은 오랫동안 사랑하는 이사벨과 더불어, 가장 행복한 남편이자 군주로서 나라를 다스렸다.

십이야

    세바스찬과 그의 여동생 비올라는 메살린에서 태어난 쌍둥이 남매였다. 태어날 때부터 어찌나 비슷하게 생겼는지, 옷으로 구별하지 않고서는 분간할 수가 없어서, 모든 사람들이 기적 같다고 할 정도였다.

    한 날 한 시에 태어난 그들은 함께 항해를 하다가 일리리아 해안에서 배가 난파되어, 한 날 한 시에 죽을 위험에 처했다. 그들이 타고 있던 배가 격렬한 폭풍우에 휘말려 바위에 부딪치면서 부서졌고, 배에 탄 사람들 중에서 극소수가 생명을 구했다. 그 배의 선장은 목숨을 구한 선원 몇 명과 함께 작은 배를 타고 육지에 상륙했는데, 비올라도 그들과 같이 안전하게 뭍에 올랐다.

그 가엾은 여인은 자신이 살아난 것을 기뻐하기보다 오빠의 죽음을 한탄하기 시작했다. 하지만 선장은 배가 부서질 때 튼튼한 돛대에 몸을 묶은 그녀의 오라비를 보았으며, 그의 눈에 보이는 멀리까지 파도를 넘어 잘 버티고 있었다고 그녀를 위로했다.

비올라는 이 말에 희망을 느끼며 큰 위로를 받았고, 이제 고향을 떠나 먼 낯선 곳에서 어떻게 살아야 할 지가 걱정이었다. 그래서 선장에게 일리리아에 대해 아는 것이 있냐고 물었다.

"네, 아주 잘 알지요, 여기서 세 시간이면 갈 수 있는 곳에서 태어났거든요." 선장이 대답했다.

"이 곳을 다스리는 분이 누구죠?" 비올라가 물었다.

선장은 일리리아를 다스리는 분이 올시노 공작인데 위엄 있고 고매한 성품이라고 설명했다. 비올라는 아버지가 올시노 공작에 관해 말씀하시는 것을 들었는데 당시에는 미혼이었다고 말했다.

선장이 대꾸했다. "지금도 마찬가지예요, 아니라면 요 근래에 한 달 전쯤 결혼을 하신 거겠죠. 내가 여길 떠날 때쯤에 공작님이 아름다운 올리비아에게 구애한다는 소문이 있었거든요. 높은 분들이 하는 일은 백성들의 화젯거리가 되지 않습니까. 올리비아는 열두 달 전에 세상을 떠나신 백작님의 딸로 정숙한 처녀지요, 백작님이 돌아가시면서 올리비아 아가씨를 오빠에게 부탁했는데 그 후에 바로 오빠도 세상을 떠나 버렸답니다. 사람들 말로는, 이 아가씨가 사랑하는 오빠의 죽음을 애도하며 남자를 만나거나 어울리는 일조차 피하고 있다더군요."

비올라 역시 오빠를 잃은 슬픔에 빠져 있었던 터라, 오빠의 죽음을 그토록 애틋하게 애도하는 이 여인에게 동병상련을 느껴 같이 살 수 있기를 바랐다. 올리비아를 기꺼이 섬길 생각이라고 말하며 선장에게 소개해 줄 수 있냐고 물어보았지만, 그는 가능성이 희박한 일이라고 대답했다. 올리비아 양은 오빠가 세상을 떠난 후로 사람을 집에 들이지 않는다는 것이었다. 공작님조차 출입하지 못하는 상태라고 했다.

그래서 비올라는 다른 계획을 생각해 냈다. 남자 옷을 입고 올시노 공작의 시동이 되겠다는 것이었다. 젊은 여인이 남자 옷을 입고 남자 노릇을 하겠다고 생각하는 것이 이상하겠지만, 비올라는 보호해 줄 사람도 없이 홀로 쓸쓸히 이국땅에 와 있었던 데다, 보기 드물게 아름다운 처녀였으니, 어쩔 수 없었을 거라고 이해해 주어야 하리라.

선장의 행동이 공정해 보이고 그녀의 안전에 친절한 관심을 보여 주었으므로, 비올라는 그에게 자신의 계획을 털어놓았다. 선장은 흔쾌히 도와 주겠다고 나섰다. 비올라는 적당한 옷을 구해 달라며 그에게 돈을 쥐어 주고, 오빠 세바스찬이 입던 옷과 같은 색상 같은 모양으로 만들어 달라고 부탁했다.

그녀가 남자 옷을 입었을 때 오빠와 똑같이 생긴 탓에 오해가 벌어져 이상한 실수들이 일어나게 되었는데, 나중에 밝혀지겠지만 세바스찬 역시 생명을 구했기 때문이다.

선량한 선장은 어여쁜 비올라를 궁정에 관심이 있는 신사로 탈바꿈시킨 후에, 세자리오라는 가짜 이름을 붙여 올시노 공작에게 소개했다. 공작은 이 잘생긴 청년의 말씨와 우아한 행동거지를 썩 마음에 들어 하며, 세자리오를 시동으로 삼았다. 그리하여 비올라는 자신이 원하던 그 자리에 들어가게 되었다.

그녀가 워낙 일처리를 잘하고 주인에게 충성스러우며 즉각적인 순종을 보였기 때문에, 얼마 지나지 않아 공작에게 가장 총애받는 수행원이 되었다. 올시노는 세자리오에게 올리비아에 대한 사랑 이야기를 털어놓았다. 오랫동안 정성을 기울였으나 거절당하고 무시당하며, 그를 만나 주려 하지도 않는 여자에게 구애하다 실패한 사연을 빠짐없이 이야기해 주었다.

너무나 매정하게 대하는 이 여인에 대한 사랑 때문에 올시노는 과거에 즐겨하던 남자다운 운동과 야외활동을 모두 등지고, 부끄러우리만치 나태하게 시간을 보내며, 나약하고 부드러운 음악에 귀를 기울이고, 차분한 곡조와 열정적인 연가를 들으며, 지난날에 자주 어울리던 현명하고 학식 있는 귀족들과의 교제를 소홀히 했다. 그는 이제 하루 종일 젊은 세자리오와 대화를 나누며 소일하고 있었다. 궁정의 근엄한 신하들은 고상하고 훌륭한 올시노 공작에게 세자리오가 전혀 어울리지 않는 동료라고 여겼다.

젊은 아가씨가 잘생긴 젊은 공작의 비밀을 아는 친구가 되는 것은 위험한 일이다. 비올라는 곧 슬픈 사실을 깨닫게 되었다. 올시노가 올리비아를 위해 견뎌 왔다는 그 모든 일들을 듣고, 자신의 마음이 공작에 대한 사랑으로 괴로워하고 있음을 알게 된 것이다. 세상 누구와도 비교할 수 없고 바라보는 누구든 감탄할 수밖에 없다고 생각하는 이 남자에게 올리비아가 그토록 무관심할 수 있다는 것이 놀라울 뿐이었다.

그녀는 올시노에게, 그의 훌륭한 자질을 몰라 주는 여인에게 애정을 품는 것이 불쌍한 일이라는 것을 넌지시 알려 주려고 이렇게 말했다. "나리가 올리비아 아가씨를 사랑하듯 나리를 사랑하는 여인이 있다면, (그런 여인이 있을 수도 있어요) 나리께서는 그녀를 사랑해 줄 수 없다면, 그녀가 그 답을 받아들이든 말든, 사랑할 수 없다는 것을 그녀에게 말씀하지 않으실 건가요?"

하지만 올시노는 이 논리를 받아들이려 하지 않았다. 어떠한 여인도 그가 사랑하는 만큼 사랑할 수 없으며, 어떤 여인의 마음도 그런 사랑을 품을 정도로 크지 않으므로, 올리비아에 대한 그의 사랑과 그에 대한 어떤 여인의 사랑을 비교하는 것은 부적절하다고 말했다. 비올라는 공작의 견해를 지극히 존중했지만, 그 말이 틀렸다고 생각지 않을 수 없었다. 그녀의 마음에 올시노의 마음처럼 사랑이 가득 차 있었기 때문이다.

그녀가 말했다. "아, 하지만 저는 알아요."

"무엇을 안다는 거지, 세자리오?"

"여인이 남자에게 품을 수 있는 사랑이 어떤 것인지 너무나 잘 알아요. 그들의 마음도 우리 못지않게 진심이에요. 제 부친에게 딸이 있는데 한 남자를 사랑했답니다, 제가 여자라면 공작님을 그렇게 사랑했을 만큼이었죠."

"그래서 어찌 되었느냐?" 올시노가 물었다.

"어찌 된 것은 없습니다. 누이는 그 사랑을 드러내지 않고 씨앗 속의 벌레처럼 숨겨 놓았죠. 그것이 그녀의 장밋빛 뺨을 좀먹어 들어가, 상념으로 수척해지고, 깊은 수심에 잠긴 채, 인내의 기념비처럼 앉아, 고통의 신에게 미소지을 뿐입니다."

공작은 그 여인이 사랑으로 인해 죽음에 이르렀냐고 물었지만, 비올라는 모호한 대답으로 질문을 비켜갔다. 그녀가 이 이야기를 꾸며 낸 것은, 올시노에 대한 은밀한 사랑과 침묵의 슬픔을 표현하기 위해서였을 것이다.

그들이 이야기하고 있을 때, 공작이 올리비아에게 보냈던 하인이 돌아와 말했다. "기뻐하십시오, 나리, 아가씨를 뵐 수는 없었지만, 하녀가 그 분의 답을 전해 주었습니다. 앞으로 7년이 되기까지, 하늘에 얼굴을 보이지 않고, 수녀처럼 베일을 쓰고 다니며, 죽은 오라비의 기억을 슬프게 떠올리며, 눈물로 처소를 적실 것이라고 하셨습니다."

이 말을 듣고 공작이 외쳤다. "아, 그녀의 마음이 얼마나 어여쁜가. 죽은 오라비에 대한 사랑의 빚을 갚으려는 마음이 이 정도인데, 큐피드의 황금 화살이 가슴에 꽂히면 그 얼마나 사랑할 것인가!" 그 후에 비올라에게 말했다. "세자리오, 나는 내 마음의 비밀을 모두 너에게 말해 주었다. 그러니 올리비아의 집으로 가라, 거절을 받아들이지 마라. 그녀의 문 앞에 서서, 만나 주기 전에는 발에 뿌리가 돋아날 때까지 움직이지 않겠다고 말하라."

"그래서 그분과 이야기하게 되면, 그 때는 어찌 합니까?" 비올라가 물었다.

"그때는 나의 뜨거운 사랑을 알려야지. 나의 진심을 전할 수 있도록 오래오래 이야기하라. 내 고뇌를 전하는 일은 네가 적격이겠다. 근엄하게 생긴 사람보다 너 같은 젊은이의 말에 그녀가 더 귀를 기울일 테니 말이다."

비올라는 공작의 궁을 출발했으나, 이런 구애 심부름을 하는 것이 내키지 않았다. 자신이 결혼하고 싶은 남자의 아내가 되어 달라고 다른 여인에게 구애를 해야 하다니. 하지만 공작이 명령한 대로 성실하게 수행했다.

머잖아 올리비아는 어떤 청년이 문 앞에서 꼭 만나 뵙기를 청한다는 소리를 듣게 되었다. 하인이 들어와서 아뢰었다.

"아가씨가 편찮으시다고 했더니, 알고 있다면서 그러니까 뵙고 말씀드려야 한다고 하는군요. 잠드셨다고 했더니, 그것도 미리 알고 있었다는 듯이 아가씨와 얘기를 해야겠다고 고집합니다. 어떻게 할까요, 아가씨? 아무리 거절해도 소용이 없고, 아가씨가 원하시든 원하지 않으시든 만나 뵐 작정인 듯합니다."

이처럼 막무가내로 구는 심부름꾼이 누군지 궁금해진 올리비아는 그를 들여보내라고 했다. 얼굴을 베일로 가리고, 다시 한번 올시노가 보낸 전갈을 듣겠다고 말했다. 그처럼 끈질긴 사람이라면 올시노 공작이 보낸 자일 게 틀림없었다.

안으로 들어온 비올라는 최대한 남자다운 태도로 지체 높은 분의 시동답게 멋들어진 말투를 흉내내며, 베일을 쓴 여인에게 말했다.

"눈부시고 절묘하고 비할 데 없이 아름다운 분이여, 당신이 이 집의 주인이신지 말씀해 주시겠습니까? 다른 분에게 말씀을 전해 드리고 싶지는 않아요. 게다가 너무나 훌륭하게 지어진 말이라 외우느라 고생을 많이 했답니다."

"어디서 왔죠?" 올리비아가 말했다.

"제가 연습한 것만 말할 수 있을 뿐, 그 질문에는 답해 드릴 수 없습니다."

"희극배우인가요?"

"아니오, 하지만 지금 하고 있는 그대로의 인물도 아닙니다." 여자인 그녀가 남자로 가장했다는 뜻이었다. 다시 그녀는 올리비아에게 이 집의 주인아씨가 맞는지 물었고, 올리비아가 그렇다고 대답하자, 주인의 말씀을 급하게 전달하기보다는 경쟁자의 얼굴을 보고 싶다는 호기심에 이끌려, 비올라가 요청했다.

"얼굴을 보여 주십시오."

올리비아는 이 대담한 요구를 싫은 기색 없이 응해 주었다. 올시노 공작이 그토록 오래 사랑했으나 마음을 얻을 수 없었던 이 오만한 미인이 시동으로 변장한 소박한 세자리오를 보자마자 마음이 끌려 버린 것이다.

비올라가 얼굴을 보여 달라고 했을 때 올리비아는 말했다. "당신의 주인이 내 얼굴과 협상하라고 명하시던가요?" 그러고는 7년이 되기까지 베일을 쓰고 다니겠다던 결심을 잊고, 베일을 걷어 올리며 말했다. "하지만 커튼을 열고 상을 보여드리죠. 자, 어떠세요?"

"참으로 절묘한 미모로군요. 그 뺨의 붉은 빛과 흰 빛을 자연의 정교한 손길이 만든 듯합니다. 이런 아름다움을 세상에 복사하여 남기지 않고 무덤으로 그냥 가져가신다면, 세상에서 가장 잔인한 여인일 것입니다." 비올라가 대답했다.

"그리 잔인하진 않을 거예요. 세상에 내 아름다움의 명세서가 있을 테니까요. '첫번째 품목' 평범한 빨간 입술, '두 번째 품목' 두 개의 회색 눈동자와 그 위의 눈꺼풀, 목 하나, 턱 하나, 기타 등등이 되겠죠. 그분이 나를 칭찬하라고 보내시던기요?"

"당신이 어떤 분인지 압니다. 도도하지만 아름답지요. 공작님이 당신을 사랑하십니다. 아, 그런 사랑에는 보답을 해 주어야 하지요. 아무리 미의 여왕의 관을 쓰고 있더라도 말입니다. 올시노 공작님이 눈물과 연모로, 사랑을 토해 내는 신음과 불같은 탄식으로 당신을 사랑하시니까요."

"공작님은 제 마음을 잘 알고 계세요. 저는 그분을 사랑할 수 없어요. 하지만 덕망 있는 분이라는 것은 의심하지 않습니다. 고상하고, 지체 높고, 건강하고, 흠 없는 청년인 줄을 알고 있어요. 모든 사람들이 학식 있고 정중하고 용맹한 분이라고 목소리를 높이지요. 하지만 저는 그분을 사랑할 수 없어요. 오래 전에 이 대답을 들으셨을 거예요."

"제가 공작님처럼 당신을 사랑한다면, 당신의 문 앞에 버들가지로 오두막을 지어 당신의 이름을 소리쳐 부르고, 올리비아에 관해 탄식하는 소네트를 지어 한밤중에 노래하고, 당신의 이름을 언덕 사이사이에 퍼뜨려, 허공에서 재잘거리는 메아리로 하여금 '올리비아'를 외치게 하겠습니다. 저를 가엾게 여기지 않으시면 천지간에 쉴 곳이 없을 겁니다."

올리비아가 말했다. "당신이라면 그렇게 할 수 있을 듯하군요. 어떤 가문에서 태어났나요?"

비올라가 대답했다. "현재의 형편보다 나은 가문에서 태어났지만, 지금도 나쁘지는 않습니다. 저는 신사 계급입니다."

이제 올리비아는 마지못해 비올라를 물리치며 말했다. "당신의 주인에게 가서, 사랑할 수 없다고 전해 드리세요. 그분이 답을 어찌 받아들였는지 당신이 말해 주러 올 게 아니라면, 더 이상 사람을 보내지 마세요."

비올라는 그 여인을 '잔인한 미인'이라 부르며 작별을 고하고 출발했다.

그녀가 떠났을 때 올리비아는 '현재의 형편보다 나은 가문에서 태어났지만, 지금도 나쁘지는 않다. 신사 계급이다.'라는 말을 되뇌었다. 그리고는 큰 소리로 말했다. "신사임에 틀림없어. 말씨며, 용모며, 수족이며, 행동이며, 기백이 신사인 것을 분명하게 보여 주잖아."

그녀는 세자리오가 공작이길 바랐고, 이토록 순식간에 마음을 사로잡아 버린 그를 생각하며, 갑작스런 자신의 사랑을 비난했다. 하지만 사람들이 가볍게 자기 잘못을 탓할 때는 오래 가지 않는 법이라서, 고상한 올리비아 아가씨는 자신과 시동과의 사이에 벌어진 신분의 격차를 금세 잊어버렸고, 품위 있는 여인에게 빛을 더해 주는 처녀다운 조신함마저 까맣게 잊어버렸다.

그녀는 젊은 세자리오의 사랑을 얻어 내기로 결심하고, 하인에게 다이아몬드 반지를 주며 시동이 올시노 공작의 선물을 두고 갔으니 얼른 쫓아가 돌려 주라고 했다. 물론 이것은 핑계일 뿐, 은근히 반지를 선물하여 자신의 마음을 암시하려는 뜻이었다.

아닌 게 아니라 비올라는 그 반지를 받고 생각에 잠겼다. 올시노 공작이 그녀에게 반지를 보내지 않았으므로, 올리비아의 표정과 태도에 담긴 감탄을 돌이켜보기 시작했고, 곧바로 그 여인이 자신을 사랑하게 된 것이라고 짐작했다. 그녀가 중얼거렸다. "이럴 수가. 그 가엾은 여인이 차라리 꿈을 사랑했더라면 좋았을 걸. 변장이 몹쓸 짓인 것을 알겠구나, 공작에 대한 나의 사랑처럼 그것이 올리비아에게 부질없는 한숨을 쉬게 했으니."

비올라는 올시노의 궁으로 돌아가 협상이 잘 되지 않았다고 고하며, 더 이상 괴롭게 하지 말아 달라던 올리비아의 부탁을 전해 주었다. 하지만 공작은 여전히 부드러운 세자리오가 조만간 그녀에게 동정을 끌어 낼 수 있으리라는 희망을 버리지 않고, 다음 날 다시 찾아가 보라고 말했다. 그러면서 지루한 시간을 보낼 양으로 자신이 좋아하는 노래를 부르라고 명하며, 세자리오에게 말했다.

"세자리오, 어젯밤 이 노래를 들었을 때 나의 정열을 많이 달래 주었던 것 같아. 잘 들어 봐라, 예스럽고 소박한 노래야. 햇빛 아래 앉아 물레질하고 뜨개질 하는 이들과 뼈바늘로 실을 짜는 젊은 처녀들이 이 노래를 부르지. 바보 같은 노래지만 난 이 노래가 마음에 들어. 옛날의 순수한 사랑을 말해 주거든."

오너라, 오너라, 죽음이여,
슬픈 사이프러스 관에 나를 뉘어다오.
사라져라, 사라져라, 숨결이여,
아리땁고 잔인한 아가씨에게 나 죽임을 당했네.
주목나무로 만든 새하얀 수의를 준비하라!
나와 같이 죽은 이는 참으로 아무도 없네.
한 송이 꽃도, 아름다운 꽃도,
나의 검은 관에 흩뿌리지 말고,
친구도, 한 명의 친구도,
내 뼈가 던져지는 곳에서 가련한 내 시체를 슬퍼하지 마라.
수많은 탄식을 피할 수 있게, 나를 묻어다오
진정한 연인이 찾아와 눈물을 뿌릴 수 없는 곳에!

비올라는 그 고풍스런 노랫말이 남의 얘기처럼 들리지 않았다. 보답 없는 짝사랑의 고통을 너무나 진실하고 소박하게 묘사한 노래를 들으며, 그 노래에 표현된 감정이 그녀의 얼굴에도 고스란히 드러났다.

그녀의 슬픈 표정을 알아챈 올시노가 말했다. "틀림이 없구나. 세자리오, 네가 그리 젊은 나이인데도, 너의 눈은 사랑하는 이의 얼굴을 보았던 거야, 그렇지 않니?"

"황송하오나 그렇습니다." 비올라가 대답했다.

"어떤 여인이냐? 나이는 몇이냐?"

"나리와 비슷한 나이, 비슷한 안색입니다."

이 아름다운 청년이 자기보다 훨씬 연상의 여인을, 그것도 남자처럼 거무스름한 안색의 여인을 사랑한다고 하자, 공작은 스르르 미소를 흘렸다. 하지만 비올라는 올시노와 비슷한 여인이 아니라, 은밀하게 올시노 공작을 뜻한 것이었다.

비올라가 두 번째로 올리비아를 찾아갔을 때, 그 집으로 들어가는데 아무런 문제가 없었다. 하인들은 주인아씨가 젊고 잘생긴 심부름꾼과 대화하고 싶어 하는 줄을 금세 알아차렸으므로, 비올라가 도착하자마자 정문을 활짝 열어, 극진하게 대접하며 올리비아의 거처로 안내했다.

비올라가 공작님을 대신하여 간청하러 왔다고 하자, 올리비아는 말했다. "그분 말씀은 다시 하지 말아 주세요. 하지만 당신이 다른 구애를 한다면, 하늘의 음악보다 더 즐겁게 듣겠어요."

이 정도로도 상당히 솔직한 말이었지만, 올리비아는 곧이어 자신의 마음을 더 분명하게 표현하며 사랑을 고백했다. 비올라의 얼굴에 당황스런 불쾌감이 떠오르는 것을 보고 그녀가 말했다. "아, 그의 입에서 나오는 경멸과 분노라면 그마저도 얼마나 아름다워 보이는가! 세자리오, 봄의 장미를 두고, 처녀의 정조를 두고, 진실을 두고 말하건대, 당신을 사랑하는 마음이 너무나 커서, 당신이 아무리 오만하다한들, 나로서는 열정을 숨길 재주도 이유도 없어요."

하지만 이 여인의 구애는 허사로 끝났다. 비올라는 더 이상 올시노 공작의 사랑을 하소연하러 오지 않겠다고 말하며 서둘러 그 자리를 빠져나왔다. 올리비아의 맹목적인 구애에 대해 그녀가 한 대답은, '어떤 여자도 결코 사랑하지 않겠다.'는 한 마디 뿐이었다.

비올라가 그 집을 나서자마자, 용기를 겨뤄 보자며 도전하는 자가 나타났다. 올리비아에게 구애했다 거절당한 남자가, 올리비아가 공작의 심부름꾼에게 마음이 있는 것을 알고 결투를 신청한 것이다. 불쌍한 비올라는 어찌해야 할까? 겉으로는 남자 행세를 하고 있지만 실은 여인의 마음을 지니고 있는지라 검을 보기만 해도 두려워하는데 말이다.

무시무시한 상대가 검을 빼들고 다가오는 것을 보면서, 비올라는 자신이 여자라는 사실을 고백해야겠다는 생각이 들기 시작했다. 그런데 그 순간, 지나가던 낯선 남자가 그녀의 두려움과 비밀이 발각되어 당하게 될 수치에서 한꺼번에 구해 주었다.

그 남자가 그들에게 오더니, 마치 오랫동안 그녀를 알고 지낸 절친한 친구인 듯이, 그녀의 결투 상대에게 말했다. "이 젊은 신사가 잘못을 했다면, 내가 그 잘못에 책임을 지겠소. 당신이 그를 불쾌하게 한 거라면, 내가 대신에 맞서 싸워 주겠소."

비올라가 그의 개입에 감사할 겨를도 없이, 친절하게 나서준 이유를 물어볼 시간도 없이, 이 남자는 새로운 적수를 만나게 되어 그 용맹함도 무용지물이 되고 말았다. 경관들이 나타나 공작의 이름으로 그를 체포한 것이다. 그가 몇 년 전에 저지른 죄 때문이었다.

일이 이렇게 되자 그는 비올라에게 말했다. "당신을 찾아다니다 이 모양이 되었소." 그러면서 자신이 준 지갑을 달라고 했다. "이제 나에게 그 지갑이 필요하게 생겼구려. 나에게 생긴 일보다는 당신을 도와 줄 수 없게 된 것이 더욱 슬프오. 놀란 모양이군. 허나 걱정하지 마시오."

비올라는 그의 말에 깜짝 놀라며, 그를 알지도 못하고 지갑을 받은 적도 없다고 대꾸했다. 하지만 친절을 베풀어 주셨으니 가지고 있는 돈을 드리겠다고 했다.

그러자 낯선 남자는 그녀에게 배은망덕하고 매정하다며 호되게 비난을 했다. 그가 말했다. "여기 보이는 이 젊은이를 내가 죽음의 위기에서 구해 주었고, 오로지 그를 위해 일리리아까지 왔다가 이런 위험에 빠지게 됐소."

하지만 경관들은 죄수가 무슨 불만을 쏟아 내든 전혀 관심 없이, "그게 우리와 무슨 상관이오?"라고 말하며 그를 재촉하여 끌고 갔다.

비올라는 자신이 여자라는 사실을 고백해야겠다고 생각중이다.

그는 경관들에게 끌려가는 내내, 비올라를 세바스찬이라 부르며 친구의 의리를 저버린 몹쓸 인간이라고 소리쳤다. 비올라는 자신이 세바스찬이라 불리는 것을 듣고, 그가 너무 빨리 끌려가서 이유를 물어볼 수는 없었지만, 그녀를 오빠로 착각하여 이 희한한 일이 생긴 듯하다고 추측했다. 그리고 이 남자가 생명을 구해 주었다는 사람이 오빠일 거라는 희망을 품기 시작했다.

실제로 그러했다. 이 남자는 이름이 안토니오이고 선장이었다. 세바스찬이 폭풍우에 맞서 돛대에 몸을 묶고 바다를 떠다니며 거의 탈진해가고 있었을 때, 안토니오가 그를 구하여 자기 배에 태워 주었다. 그 후로 세바스찬에게 진한 우정을 느끼게 되었고, 그가 가는 곳이면 어디든 함께 갈 결심을 했는데, 세바스찬이 올시노 공작의 궁에 가고 싶다고 하자, 헤어지기보다 일리리아로 같이 오는 편을 택한 것이었다.

하지만 그는 일리리아에서 정체가 발각될 경우 목숨이 위태로워질 수 있다는 것을 알고 있었다. 과거에 바다에서 해전을 벌이다 올시노 공작의 조카에게 치명적인 부상을 입혔기 때문이다. 그리고 이제 그 죄로 인해 체포되기에 이르렀다.

안토니오는 비올라를 만나기 몇 시간 전에 세바스찬과 함께 일리리아에 도착했다. 마을을 구경하러 나서는 세바스찬에게, 자신은 여인숙에서 기다릴 테니 사고 싶은 것이 있으면 마음대로 쓰라며 지갑을 내 주었다. 그런데 세바스찬이 약속된 시간이 지난 후에도 돌아오지 않자, 그는 과감하게 친구를 찾으러 나섰다.

그러다 생김새와 옷차림새까지 똑같은 비올라를 보게 되었고, 그녀를 세바스찬으로 착각하여, 자신이 한 번 생명을 구해 준 그 청년을 위해 검을 빼들게 된 것이다. 그러니 세바스찬이(사실은 비올라였지만) 신의를 저버리고 지갑도 돌려주지 않았을 때 그가 배은망덕하고 몹쓸 인간이라고 비난한 것도 당연한 일이었다.

안토니오가 사라지자, 비올라는 또다시 결투 신청을 받게 될까봐 겁이 나서 허둥지둥 집으로 도망쳤다. 그녀가 떠나고 얼마 지나지 않았을 때, 결투를 신청했던 남자는 상대가 다시 돌아오는 것을 보았다. 하지만 그 사람은 우연히 그 곳에 오게 된 비올라의 오빠 세바스찬이었다.

"그래, 다시 만났구나. 맛 좀 봐라." 남자가 다짜고짜 주먹을 날리자, 세바스찬은 겁쟁이가 아니었으므로, 이자까지 붙여서 주먹을 날려 주고 나서 검을 빼들었다.

이 때 집밖으로 나선 올리비아로 인해 이들의 결투가 중단되었다. 그녀 역시 세바스찬을 세자리오로 잘못 알고, 자기 때문에 무례한 공격을 받게 되어 미안하다며 자신의 집으로 가자고 초대했다.

세바스찬은 낯선 남자의 무례함에 놀란 만큼 이 여인의 정중한 대접에 상당히 놀라워했지만, 기꺼이 집안으로 따라 들어갔다. 올리비아는 세자리오가(사실은 세바스찬) 자신에게 좀더 관심을 갖게 된 모양이라고 생각하며 기뻐했다. 비올라와 세바스찬의 외모가 똑같기는 해도, 지금 그의 얼굴에는 그녀가 세자리오에게 사랑을 고백했을 때 보았던 경멸과 분노가 나타나지 않았던 것이다.

세바스찬은 그 여인이 베푸는 애정 공세가 전혀 싫지 않았다. 오히려 매우 기분 좋게 받아들였지만, 이것이 어찌된 일인지 의아해 하다가, 올리비아가 제 정신이 아니라는 쪽으로 생각이 기울어졌다. 하지만 그녀가 이 아름다운 집의 주인이며, 사려 깊게 할일을 지시하고 집안을 다스리는 것으로 보이자, 그에게 드러내는 갑작스런 사랑을 제외한 모든 면에서 충분히 온전한 정신이라고 판단했다. 그래서 그녀의 구애를 매우 흡족해했다.

올리비아는 세자리오의 기분이 좋은 상태인 것을 알고, 그의 마음이 변하기 전에 얼른 일을 진행시키기로 결정했다. 그래서 이 집에 신부님이 있으니 당장 혼례를 치르자고 했다. 세바스찬도 그녀의 제안에 동의했다. 결혼식이 끝나자, 그는 자신에게 생긴 이 기막힌 행운을 친구 안토니오에게 알려 주려고 잠시 아내의 곁을 떠났다.

한편, 올시노 공작은 올리비아를 만나러 오는 길이었다. 그녀의 집 앞에 도착했을 때 경관들이 안토니오를 공작 앞으로 데려왔다. 올시노 공작의 옆에는 비올라가 서 있었다.

비올라를 본 안토니오는 여전히 세바스찬인 줄로 착각하고, 공작에게 자신이 위험한 지경에 처한 이 청년을 바다에서 구해 주었다고 아뢰었다. 자기가 진정한 마음으로 세바스찬에게 베푼 친절을 빠짐없이 설명하고, 이 은혜를 모르는 청년이 석 달 밤낮을 자신과 같이 있었다며 끝을 맺었다.

하지만 마침 올리비아가 집에서 걸어 나왔고, 공작은 더 이상 안토니오의 이야기를 들어 줄 겨를이 없었다. 그가 말했다. "백작의 영애가 오시는군. 천사가 하강하여 거니는 듯하구나! 아참, 여봐라, 그대는 무슨 정신 나간 소리를 늘어놓는 게냐. 지난 석 달간 이 청년은 나의 시중을 들었다."

공작은 안토니오를 옆으로 끌고 가라고 명했다. 하지만 이내 그 천사 같은 백작의 영애는 올시노에게 안토니오처럼 세자리오를 배은망덕하다고 비난할 이유를 주었다. 공작의 귀에 들린 말은 오로지 올리비아가 세자리오에게 건네는 다정한 말뿐이었기 때문이다.

시동이 올리비아의 사랑을 독차지한 것을 알게 되자, 공작은 정당한 복수를 하겠다고 위협하며 발길을 돌렸다. 그러면서 비올라에게 소리쳤다. "시동은 따라 오너라, 나와 같이 가자. 내 마음에 잔학한 불길이 타오르고 있다."

극심한 질투와 분노에 휩싸인 공작이 당장이라도 사형을 내릴 듯했지만, 비올라의 사랑은 그녀를 더 이상 겁쟁이로 만들지 않았다. 그녀는 주인의 마음을 편케 하기 위해서라면 죽음도 기쁘게 맞이하겠다고 말했다.

하지만 이대로 남편을 잃을 수 없었던 올리비아는 다급하게 소리쳤다. "세자리오, 어디 가는 거예요?"

비올라가 대답했다. "내 생명보다 더 사랑하는 분을 따라 갑니다."

올리비아는 이에 굴하지 않고 세자리오가 자신의 남편이라고 주장하며 그들의 출발을 가로막았다. 그리고는 하인을 시켜 신부님을 불러왔고, 신부님은 자신이 이 젊은 남자와 올리비아를 결혼시킨 지 두 시간도 채 지나지 않았다고 주장했다.

비올라가 올리비아와 결혼한 적이 없다고 아무리 말해도 소용 없었다. 올리비아와 성직자의 증언을 들은 올시노는 이 시동이 자신에게서 생명보다 소중히 여긴 보물을 강탈해 갔다고 믿었다. 하지만 돌이킬 수 없는 일이라 생각하며, 그의 마음을 밀어 낸 올리비아에게 작별을 고하고, 비올라를 그녀의 남편이자 '거짓된 청년'이라 부르며 다시는 눈앞에 나타나지 말라고 경고했다.

그런데 그 때 기적이 일어났다(그들에게는 기적 같은 일이었다)! 또 다른 세자리오가 나타나 올리비아를 자신의 아내라고 부른 것이다.

이 두 번째 세자리오는 다름 아닌 세바스찬이었고, 올리비아의 진짜 남편이었다. 똑같은 얼굴, 똑같은 목소리와 똑같은 복장을 한 상대방을 쳐다보고 경악하다가 그 놀라움이 약간 가라앉았을 때, 오빠와 동생은 서로에게 질문을 하기 시작했다. 비올라는 오빠가 살아 있다는 것이 좀처럼 믿어지지 않았고, 세바스찬은 익사한 줄 알았던 동생이 젊은 남자의 옷을 입고 발견된 이 상황을 어떻게 이해해야 할지 알 수 없었다. 하지만 비올라는 자신이 그의 여동생인 진짜 비올라이며 남장을 한 거라고 고백했다.

쌍둥이 남매가 너무 똑같이 생겨서 일어난 실수들이 모두 확인

되자, 그들은 여자를 사랑하게 된 올리비아의 우스꽝스러운 실수에 웃음을 터트렸다. 올리비아도 자신이 여동생 대신에 오빠와 결혼한 것을 알고 싫어하지 않았음은 물론이다.

올시노가 그 동안 간직했던 희망은 올리비아의 결혼으로 영원히 사라지게 되었고, 그 희망과 함께 부질없던 사랑도 모두 사라지는 듯했다. 그는 오로지 총애하는 젊은 세자리오가 여인으로 변했을 때의 모습을 상상하고 있었다. 비올라를 유심히 살펴보며, 전부터 세자리오를 볼 때마다 참으로 잘생겼다고 생각했던 일을 떠올렸다. 여자 옷을 입으면 매우 아름다울 것이라고 결론지었다. 그 후에 그녀가 자주 그를 '사랑한다'고 했던 말이 떠올랐고, 그 때는 충직한 시동의 충성스런 표현인 듯했지만, 이제는 그보다 더 의미가 있게 여겨졌다. 수수께끼 같던 그녀의 말들이 새록새록 마음에 되살아났던 것이다.

그 모든 기억이 되살아나자, 그는 비올라를 아내로 삼기로 결심했다. 아직은 그녀를 '세자리오' 또는 '애야'라고 부를 수밖에 없었으므로, 이렇게 말했다. "애야, 네가 나를 사랑하는 것처럼 사랑하는 여인이 없다고 천 번을 말해 왔으며, 곱게 자란 연약한 몸으로 나에게 성심껏 충성을 다했고, 나를 오랫동안 주인이라 불러왔으니, 이제는 네 주인의 여인이 되어 진짜 올시노 공작부인이 되어다오."

올리비아는 자신이 무례하게 거절했던 올시노의 마음이 비올라에게 옮겨 간 것을 알고, 그들을 자신의 집으로 초대했다. 아침에 세바스찬과 그녀의 결혼식을 맡아 준 착한 신부님에게 도움을 청하여, 올시노와 비올라도 그 날 결혼시켜 달라고 부탁했다.

  그리하여 쌍둥이 오빠와 동생은 같은 날 결혼식을 치렀다. 남매를 갈라 놓은 폭풍우와 난파사고는 그들을 보다 높고 위엄 있는 자리로 올려 주려는 시련이었을 뿐, 이제 비올라는 일리리아 공작 올시노의 아내가 되었고, 세바스찬은 부유하고 고상한 백작의 영애 올리비아의 부군이 되었다.

로미오와 줄리엣

　베로나에 있는 부유한 캐퓰럿 가와 몬태규 가는 그 도시에서 으뜸가는 가문이었다. 이들 두 가문은 오래 전부터 앙숙이었는데, 날이 갈수록 적개심의 정도가 심해지더니, 급기야 양쪽 집안의 먼 친척은 물론이고 하인이나 양가에 드나드는 사람들까지도 서로를 잡아먹지 못해서 안달이었다.

　캐퓰럿 가의 하인은 몬태규 가의 하인을 만날 수 없고, 캐퓰럿 가의 사람은 몬태규 가의 사람과 우연히 마주치지도 말아야 했다. 하지만 뜻하지 않게 마주치기라도 하면 험한 말들이 오고가는 것은 물론이고 때로 유혈사태까지 벌어졌다. 이처럼 두 집안 사람들이 만날 때마다 충돌이 일어났으므로, 베로나 거리의 평온한 행복은 무참히 깨지기 일쑤였고 베로나를 다스리는 공작도 골머리를 썩고 있었다.

어느 날 나이 많은 캐퓰럿 경이 아름다운 숙녀들과 귀한 손님들을 모두 초대하여 성대한 만찬을 열었다. 베로나에서 미인이라 칭송 받는 여인들이 모두 이 자리에 참석했고, 몬태규 가의 사람만 아니라면 누구든 환영을 받았다. 캐퓰럿 가의 이 잔치에, 몬태규 경의 아들 로미오가 사랑하는 로잘린도 참석하게 되었다.

몬태규 가의 사람이 그 모임에 얼굴을 들이미는 것은 위험천만한 일이었지만, 로미오의 친구 벤볼리오는 가면으로 얼굴을 가리고 가면 된다고 로미오를 설득했다. 그 곳에서 로잘린을 만날 수도 있고, 베로나의 아름다운 미인들과 그녀를 비교해 보면 백조인 줄 알았던 여인이 까마귀처럼 여겨질 것이라고 말했다. 로미오는 벤볼리오의 말을 믿지 않았지만, 로잘린을 사랑하는 마음 때문에 모험을 감행하기로 결심했다.

로미오는 진실하고 정열적인 청년이었는데, 가슴에 불붙은 사랑으로 인해 잠을 잘 수도 없고 사람들과 어울리고 싶지도 않아, 그저 혼자서 로잘린을 생각하며 나날을 보내고 있었다. 하지만 로잘린은 그의 사랑에 보답해 주기는커녕, 그를 무시하며 최소한의 예의나 애정도 보여 주지 않았다. 그래서 벤볼리오는 다양한 여인들을 친구에게 보여 주어 이 사랑의 병을 치료해 주려 했던 것이다.

이리하여 젊은 로미오와 벤볼리오와 그들의 친구 머큐시오는 가면을 쓰고 캐퓰렛 가의 잔치에 발을 디뎠다. 캐퓰렛 경은 그들에게 환영 인사를 하며, 발가락에 굳은살 박이지 않은 숙녀들이 그들과 춤을 출 것이라고 말했다. 성격이 쾌활하고 명랑한 캐퓰렛 경은 자기도 젊었을 적에 가면을 쓰고 아름다운 아가씨의 귀에 속삭이며 이야기한 적이 있다고 귀띔해 주기까지 했다.

연회 참석자들이 춤을 추기 시작했을 때, 로미오는 문득 저만치에서 춤추고 있는 아름다운 여인을 보고 넋이 나가 버렸다. 그녀는 마치 횃불에게 밝게 타는 법을 가르치는 듯했고, 밤에 흑인이 달고 있는 화려한 보석처럼 아름다웠다. 사용하기 아까울 정도로 값지고, 이 땅의 것이라고 하기에는 너무나 귀한 아름다움이었다! 까마귀들 사이에 섞인 한 마리 흰 비둘기처럼, 그녀의 미모와 완벽함이 주위의 뭇 여인들보다 찬란하게 빛나고 있었다.

로미오가 이런 찬사를 읊조리고 있을 때, 캐퓰렛 경의 조카 티볼트가 이 말을 엿들었다. 그리고는 그것이 로미오의 목소리라는 것을 알아차렸다. 성질이 급하고 불같은 티볼트는 몬태규 가의 녀석이 가면을 쓰고 와서, 그들의 장엄한 잔치를 비웃고 조롱하는 것을 참을 수가 없었다. 그래서 화가 머리끝까지 치밀어 펄펄 뛰며, 당장이라도 젊은 로미오를 때려 죽이려 했다.

하지만 그의 삼촌인 캐퓰렛 경이 그 자리에서 말썽 피우는 것을 허락하지 않았다. 주인으로서 손님들을 배려해야 할 의무가 있었을 뿐 아니라, 로미오가 신사답게 처신하였고 베로나의 모든 이들이 그를 덕망 있고 잘 자란 젊은이라고 칭찬했기 때문이다. 티볼트는 하는 수없이 성질을 꾹 눌러 참아야 했지만, 꼴 보기 싫은 몬태규 놈이 함부로 쳐들어온 대가를 언젠가 톡톡히 갚아 주겠다고 마음속으로 다짐했다.

춤이 끝나자, 로미오는 그 아가씨가 서 있는 곳을 쳐다보았다. 가면을 쓰면 어느 정도 자유롭게 행동해도 될 듯한 여유가 생기는 법이라서, 그는 참으로 부드럽게 그녀의 손을 잡으며, 그 손을 성지라고 부르며, 자신이 만약에 그 손을 만져 성지를 더럽힌 것이라면, 부끄러워 얼굴을 붉히는 순례자로서 그 손에 입을 맞춰 속죄하겠노라고 말했다.

그 여인이 대답했다. "착한 순례자님, 신앙심이 매우 예의 바르고 우아하시군요. 순례자들이 성인의 손을 만질 수는 있으니, 입을 맞추지는 않는답니다."

"성인에게도 순례자에게도 입술이 있지 않습니까?" 로미오가 말했다.

"그렇죠, 그 입술은 기도에 사용해야 해요."

"아, 그렇다면 나의 성인이여, 내가 절망하지 않도록, 나의 기도를 듣고 허락해 주십시오."

이런 암시적인 말과 사랑의 표현을 주고받다가, 그 아가씨는 어머니의 부르심을 받고 자리를 떠났다.

그녀의 어머니가 누구인지 알아보다가, 로미오는 그의 마음을 이토록 사로잡아 버린 그 비할 데 없이 아름다운 아가씨가 몬태규 가의 앙숙인 캐퓰렛 경의 딸이자 상속녀 줄리엣이라는 사실을 알게 되었다. 자신도 모르는 사이에 가문의 원수에게 마음을 내주고 만 것이다. 이 사실을 알고 그는 몹시 괴로웠으나, 그녀에 대한 사랑을 단념할 수 없었다.

자신과 이야기를 나눈 신사가 몬태규 가의 로미오임을 알게 된 줄리엣도 마음이 편치 않았다. 로미오가 그녀에게 마음을 주었듯이, 그녀도 어느새 로미오에게 성급하고 분별없는 열정을 느끼게 된 것이다. 원수를 사랑하다니, 가족들의 미움을 사게 될 애정을 품게 되다니, 그녀에게는 불길한 사랑의 탄생인 듯했다.

로미오와 그의 친구들은 한밤중이 되어서야 그 집을 빠져나왔다. 하지만 친구들은 금세 그의 행적을 놓쳤다. 로미오가 마음을 남겨 두고 온 그 집을 떠날 수가 없어서, 줄리엣의 집 뒤편에 있는 과수원의 담을 뛰어 넘었기 때문이다.

로미오가 그 곳에서 새롭게 깨어난 사랑을 곰곰이 생각하고 있은 지 얼마 안 되어, 줄리엣이 창가에 나타났다. 창문을 통해 보이는 그녀의 빼어난 아름다움은 동쪽에서 떠오르는 환한 햇살 같았으며, 희미하게 과수원을 비추는 달빛은 이 새로운 태양의 뛰어난 광채에 밀려 슬픔으로 병이 난 듯 창백해 보였다. 뺨에 손을 괴고 있는 그녀를 보며, 그는 그녀의 장갑이 되어 그 뺨을 어루만질 수 있기를 열렬히 소망했다.

그녀는 자기 혼자 있는 줄 알고, 깊은 한숨을 내쉬며 탄식했다. "아, 어쩌면 좋아!"

로미오는 그녀의 목소리를 듣고 황홀해져서, 그녀가 듣지 못하게 조그맣게 속삭였다. "아, 다시 한 번 말해 줘요, 빛나는 천사여, 인간들이 우러러보는 하늘에서 내려온 날개 달린 사자처럼, 내 머리 위에 그렇게 나타났군요."

그녀는 누가 듣고 있는 줄도 모르고, 그 날 밤의 경험으로 난생 처음 느끼게 된 정열에 북받쳐 사랑하는 사람의 이름을 불렀다(그가 여기에 있으리라고는 생각도 못했다). "오, 로미오, 로미오! 어찌하여 당신은 로미오인가요? 저를 위해서, 당신의 아버지를 부인하고, 당신의 이름을 거부해 주세요. 그렇게 하지 않으실 거면, 저를 사랑한다고 맹세해 주세요. 그러면 제가 캐퓰릿이라는 이름을 버리겠어요."

이 말에 용기를 얻은 로미오는 기쁘게 대답하려 했으나, 좀더 그녀의 말을 들어 보고 싶었다.

줄리엣은 정열적인 혼잣말을(그녀는 혼잣말이라고 생각했다) 계속하며, 그의 이름이 로미오인 것과 몬태규 가의 사람인 것을 꾸짖고, 그가 다른 이름이기를, 아니면 그 증오스런 이름을 버리고 다른 이름이 되어 그녀의 모든 것을 차지해 주기를 원했다.

이 같은 사랑의 고백에 로미오는 더 이상 참을 수 없었다. 그녀가 단순히 공상하며 중얼거린 말이 아니라 직접 그에게 말을 건넨 것처럼 그 대사를 받아, 그녀에게 자신을 연인이라 불러 달라고 청했다. 그녀가 로미오라는 이름을 싫어한다면 그는 더 이상 로미오가 아닐 테니 그녀가 원하는 어떤 이름으로 불러도 좋다고 했다.

줄리엣은 정원에서 들려 오는 남자의 음성에 화들짝 놀랐다. 캄캄한 밤이라서 그녀의 비밀을 우연히 엿들은 이 자가 누구인지 언뜻 알아차릴 수 없었다. 하지만 로미오가 다시 입을 열었을 때, 그녀가 아직 그 입에서 나온 말을 백 마디쯤 들은 것은 아니지만 연인의 귀는 매우 예민한 법이라서, 그가 젊은 로미오라는 사실을 즉시 알 수 있었다. 그래서 그녀는 과수원 담을 넘은 이 일로 인해 그에게 미치게 될 위험을 경고했다. 그가 여기에 있는 것을 집안 사람 누구라도 알게 되는 날이면, 몬태규 가의 사람이라는 이유만으로 죽음을 면치 못할 것이었다.

로미오가 대답했다. "아아, 그들의 스무 자루 칼보다 당신의 눈이 더 위험해요. 당신이 나를 다정히 쳐다봐 주면 그들의 적의 따위는 내게 통하지 않을 거요. 당신의 사랑 없이 증오스러운 삶을 연장하느니, 차라리 그들의 미움을 받아 목숨이 끊어지는 편이 낫겠소."

"여기에 어떻게 들어 오셨어요? 누가 알려 주던가요?" 줄리엣이 물었다.

"사랑이 알려 주었소. 내가 도선사는 아니지만, 당신이 저 멀리 바다에 씻겨 가는 거대한 해안처럼 나에게서 멀리 떨어져 나간다 해도, 나는 당신을 찾으러 나설 것이오."

줄리엣은 뜻하지 않게 마음을 온통 들켜 버린 일이 생각나자 얼굴이 빨갛게 달아올랐다. 하지만 어두운 밤이라서 로미오에게는 보이지 않았다. 할 수만 있다면 좀 전에 자신이 한 말을 모두 주워 담고 싶었지만, 그것은 불가능한 일이었다. 신중한 숙녀들이 그렇듯이, 예법에 따라 연인에게 거리를 유지하며, 눈살을 찌푸리고 심술궂게 대하고, 처음에는 구혼자들에게 쌀쌀맞게 거절하고, 피하고, 수줍은 척 관심 없는 척 사랑하는 마음을 숨겨서, 연인이 그녀를 너무 가볍게 여기거나 쉽게 얻을 수 있다고 생각하지 않기를 바랐다. 손에 넣기가 어려우면 그만큼 가치도 올라가는 법이니까. 하지만 그녀에게는 거절하거나 발뺌하거나, 구애를 지연시키거나 오래 끌기 위한 어떠한 기교도 사용할 수 있는 여지가 남지 않았다.

그녀는 로미오가 근처에 있는 줄을 꿈에도 모르고 자신의 입으로 사랑을 고백했다. 상황이 이렇게 된 이상 솔직하고 정직해질 수밖에 없었으므로, 아까 한 말이 모두 사실이라고 숨김없이 인정했다. 그를 '훌륭한 몬태규'라고 부르며(사랑은 싫은 이름도 달콤하게 만들 수 있다), 자신이 쉽게 마음을 드러낸 것을 경솔하고 가치 없게 여기지 말아 달라고 간청했다. 만일 그것이 잘못이라면 그녀의 생각을 기묘하게 알려 버린 밤의 탓으로 돌려 달라고 했다. 비록 그에 대한 그녀의 행동이 여인들의 관습으로 볼 때 신중하지는 않았을지라도, 신중함을 가장하며 일부러 얌전한 체하는 여인들보다 더 진실하다고 덧붙였다.

로미오는 이토록 정숙한 여인에게 치욕의 그림자 한 점이라도 드리울 생각이 없노라고, 하늘을 증인삼아 사랑을 맹세하려 했다. 그 때 그녀는 맹세하지 말아 달라며 그를 가로막았다. 그와 함께 있는 것은 기쁘지만 그 날 밤에 언약을 하고 싶지는 않으며, 그것은 너무 무모하고 경솔하고 급작스러운 일이기 때문이었다.

하지만 그가 이 밤에 사랑의 서약을 주고받자고 조르자, 그녀는 그가 요구하기 전에 이미 자신의 서약을 주었다고 대답했다. 그가 엿듣고 있을 때 고백을 했으니 말이다. 하지만 그녀는 그때 한 말에 개의치 않고 다시 마음을 전하는 기쁨을 택했다. 그녀의 아량은 바다처럼 넓고, 사랑도 그만큼 깊었다.

이러한 사랑의 대화를 나누다 그녀는 유모가 부르는 소리를 듣고 방으로 들어갔다. 그녀와 같은 방을 쓰는 유모가 새벽 동틀 시간이 가까웠으니 이만 자야 한다고 생각했던 것이다. 하지만 그녀는 급히 되돌아와 로미오에게 서너 마디를 더 건넸다. 만일 그의 사랑이 진정으로 명예로운 것이고 결혼할 마음이 있다면, 내일 심부름꾼을 보낼 테니 결혼식 올릴 시간을 정해 주기 바라며, 결혼식을 치르면 그녀는 자신의 모든 것을 그에게 맡기고 세상 어디든 그를 주인으로 믿고 따르겠다고 말했다.

그들이 이 일을 논의하는 동안, 줄리엣은 유모가 부르는 소리에 들어갔다가 다시 나오기를 몇 번이나 반복했다. 어린 소녀가 손에 새를 쥐고 잠시 놓아 주었다가 날아갈까 봐 아쉬워 명주실에 매달아 도로 잡아당기는 것처럼, 로미오를 떠나 보내는 것을 몹시 서운해 했다. 로미오도 그에 못지않게 떠나고 싶어 하지 않았다. 연인들에게 가장 달콤한 음악은 밤에 서로 주고받는 목소리가 아니겠는가. 그러다 마침내 그들은 그 밤의 달콤한 잠과 휴식을 빌며 작별했다.

그들이 헤어졌을 무렵에 이미 날이 밝아오고 있었다. 사랑하는 여인과 그들의 축복받은 만남에 대한 생각으로 꽉 차 있던 로미오는 잠을 이룰 수 있을 것 같지가 않아, 집으로 가는 대신에 로렌스 수도사를 만나기 위해 근처에 있는 수도원으로 발길을 돌렸다.

그 선량한 수도사는 벌써 일어나 기도를 드리고 있었는데, 로미오가 이토록 이른 시간에 찾아 온 것을 보고, 이 젊은이가 그 날 밤에 잠을 자기는커녕 젊은 날의 가슴앓이로 인해 밤을 지새웠으리라고 짐작했다. 로미오의 불면증이 사랑 때문일 거라는 그의 짐작은 정확했지만, 그 대상은 잘못 짚었다. 그는 로미오를 잠 못 이루게 한 사랑의 대상이 로잘린일 것이라고 추측했다.

하지만 로미오가 줄리엣에 대한 사랑을 고백하며 그 날 바로 결혼할 수 있게 도와 달라고 부탁하자, 로렌스 수도사는 로미오의 사랑이 갑자기 바뀐 것에 놀라 눈을 치뜨며 두 손을 들어올렸다. 그는 로잘린에 대한 로미오의 애정을 알고 있었고 그녀가 받아 주지 않는다며 하소연하던 일들을 모두 들었으므로, 젊은이들의 사랑이 사실은 마음에 있는 것이 아니라 눈에 있는 듯하다고 말했다.

로미오는 이에 맞서, 사랑을 받아 주지도 않는 로잘린에게 매달리는 자신을 스스로 꾸짖은 적이 여러 번이었으나, 줄리엣은 그를 사랑하며 그 역시 그녀를 사랑한다고 대답했다. 그러자 신부님은 로미오의 설명에 어느 정도 수긍하며, 젊은 로미오와 줄리엣이 부부로서의 연을 맺는다면 캐퓰럿과 몬태규 가의 오랜 반목이 해소될 수 있을 것이라고 예상했다. 양쪽 집안과 친하게 지냈던 이 선량한 수도사는 양가의 불화를 어느 누구보다 애석하게 생각하여, 그들의 앙금을 풀어 보려고 몇 번이나 중재를 시도했으나 아직까지 효과를 보지 못했다. 그래서 한편으로는 양가를 화해시키려는 목적을 지니고, 다른 한편으로는 로미오의 청이라면 무엇이든 거절하지 못할 정도로 그를 총애하고 있었으므로, 이 수도사는 그들의 결혼식 주례를 맡아 주기로 했다.

이제 정말로 로미오는 하늘의 축복을 받은 듯했다. 약속대로 심부름꾼을 보내 이 소식을 알게 된 줄리엣도 로렌스 수도사의 방에 일찌감치 도착했다. 그 곳에서 그들은 신성한 결혼식을 올렸으며, 선량한 수도사는 하늘이 이 결혼에 미소를 보내어 젊은 몬태규 청년과 캐퓰럿 처녀의 결합을 통해 오랫동안 이어진 두 가문의 싸움과 알력이 사라지기를 기도했다.

결혼식이 끝난 후, 줄리엣은 서둘러 집으로 돌아가 밤이 되기를 초조하게 기다렸다. 지난밤에 만난 그 과수원으로 로미오가 밤에 찾아오기로 약속했던 것이다. 그 때까지의 시간이 어찌나 길게 느껴지는지, 마치 성대한 축제 전날 밤에 아침이 되어야 입을 수 있는 예쁜 새 옷을 앞에 두고 기다리는 소녀와 같은 심정이었다.

그 날 정오쯤 로미오의 친구 벤볼리오와 머큐시오가 베로나 거리를 지나다가, 성마른 티볼트를 앞세워 걸어 오던 캐퓰럿 가 사람들과 마주쳤다. 캐퓰럿 경의 잔치에서 로미오와 싸움을 벌이

로렌스 수도사의 방에서

려 했던 이 티볼트는 머큐시오를 보자마자 몬태규 가의 로미오와 어울리는 자라며 욕을 했다. 티볼트만큼이나 혈기 왕성하고 불같은 성질이었던 머큐시오는 이에 지지 않고 신랄하게 맞받아쳤다. 벤볼리오가 그들의 분을 진정시키려고 노력했지만 아무런 소용이 없었다.

때마침 로미오가 그 길을 지나게 되었는데, 과격한 티볼트는 머큐시오를 공격하다 말고 로미오에게 돌아서서 악당이라며 치욕적인 폭언을 퍼부었다. 티볼트가 줄리엣의 친척이었던 데다 그녀의 사랑을 받고 있었기 때문에, 로미오는 다른 누구보다도 티볼트와의 싸움을 피하고 싶었다. 게다가 천성이 지혜롭고 온화해서 집안의 분쟁에 개입한 적이 없었으며, 사랑하는 여인이 속해 있는 캐퓰렛이라는 이름은 이제 그에게 화를 돋우는 단어라기보다 분노를 누그러뜨리는 주문이 되었다.

그래서 그는 티볼트를 설득하려고 애썼다. 자신은 비록 몬태규 가의 사람이지만, 티볼트에게 '선량한 캐퓰렛'이라고 부르며 그 이름을 부르는 것이 은근히 기쁜 것처럼 부드럽게 인사했다. 하지만 몬태규 가의 모든 사람들을 치 떨리게 증오하고 있던 티볼트는 설득을 들으려 하지 않고 무기를 뽑아들었다. 한편, 티볼트와 화해하려는 로미오의 은밀한 동기를 알 리 없는 머큐시오는 로미오의 인내심을 일종의 굴욕적인 항복으로 간주하고, 다시 티볼트에게 경멸적인 언사를 퍼부어 싸움을 도발했다. 티볼트와 머큐시오가 검을 휘두르며 싸우다, 그들을 떼어 놓으려고 중간에 끼어든 로미오의 팔 밑으로 파고든 티볼트의 칼날에 맞아, 머큐시오가 치명상을 입고 쓰러졌다. 이리하여 그들을 말리려던 로미오와 벤볼리오의 노력은 물거품이 되었다.

머큐시오의 죽음을 목격한 로미오는 더 이상 성질을 억누를 수 없었다. 티볼트가 아까 퍼부은 모욕적인 언사를 로미오가 그대로 되돌려 주면서 싸움이 시작되었고, 마침내 티볼트는 로미오의 칼에 찔려 숨을 거두고 말았다.

이 죽음을 유발한 싸움은 대낮에 베로나 거리 한복판에서 벌어졌기 때문에, 소식을 듣고 온 수많은 사람들이 순식간에 몰려들었다. 그들 중에 캐퓰릿 경과 몬태규 경도 각기 부인을 대동하고 나타났으며, 곧이어 티볼트의 손에 죽은 머큐시오의 친척뻘인 공작이 등장했다.

공작은 자신이 통치하는 구역의 평화를 몬태규와 캐퓰릿 가의 싸움이 자주 깨뜨리자, 죄 지은 자를 밝혀 내어 엄벌에 처하기로 작정을 했다. 그래서 사건의 목격자인 벤볼리오에게 이 싸움의 발단을 설명하라고 명했다.

벤볼리오는 로미오에게 해를 끼치지 않는 범위 내에서 최대한 사실과 가깝게, 그의 친구들이 싸움에 개입한 정도를 경감시켜 변명해 주었다. 그러자 조카인 티볼트를 잃고 극도의 슬픔과 복수심에 가득 차 있던 캐퓰릿 부인은 살인자를 엄히 다스려 달라고 공작에게 간청하며, 벤볼리오는 몬태규 가의 일원이고 로미오의 친구라서 편파적으로 말하는 것이니 그의 진술을 곧이곧대로 들으면 안 된다고 항의했다. 이렇게 그녀는 아직 로미오가 자신의 사위이자 줄리엣의 남편인 줄을 모르는 채, 자신의 사위를 고소해 버렸다. 한편 몬태규 부인도 아들의 목숨을 구하기 위해 나서서, 티볼트가 목숨을 잃은 것은 머큐시오를 죽인 정당한 죄값을 받은 것이므로 로미오는 처벌받을 짓을 하지 않았다고 주장했다. 공작은 이들 부인들의 열렬한 호소에 흔들리지 않고, 사건의 진상을 면밀히 조사하여 선고를 내렸는데, 그 판결은 로미오를 베로나에서 추방한다는 것이었다.

신부가 된 지 몇 시간 만에 비보를 접하게 된 줄리엣은 이제 영영 남편과 이별하게 된 듯했다. 처음 이 소식을 들었을 때 줄리엣은 자신이 사랑하는 사촌을 죽여 버린 로미오에게 격분했다. 아름다운 폭군, 천사 같은 악마, 굶주린 비둘기, 어린 양의 탈을 쓴 늑대, 꽃 같은 얼굴에 숨기고 있는 뱀 같은 마음, 그 외에 온갖 모순 된 명칭으로 로미오를 부르며, 사랑과 원망의 감정 사이에서 갈등했다. 하지만 결국은 사랑이 승리를 거두어, 로미오가 그녀의 사촌을 죽였다는 비통함으로 흘리던 눈물이 티볼트에게 살해되었을지 모르는 남편이 살아 있다는 기쁨의 눈물로 바뀌었다. 그 후에는 다시 로미오가 추방당한다는 슬픔의 눈물이 솟구쳤다. 그 명령은 여러 명의 티볼트가 죽었다는 것보다 더 끔찍한 소식이었다.

티볼트를 쓰러뜨린 후에 로렌스 수도사의 방으로 피신해 있었던 로미오는 그 곳에서 공작의 선고를 듣게 되었는데, 그것은 그에게 죽음보다 더 견딜 수 없는 일로 느껴졌다. 그에게 베로나 성벽 밖의 세상은 없는 것이나 마찬가지였고, 줄리엣을 볼 수 없는 곳에서는 산다고 해도 사는 것이 아니었다. 줄리엣이 사는 곳이 그에게는 천국이요, 그 외의 모든 곳은 연옥이며 고통이며 지옥이었다.

선량한 수도사는 철학적으로 그의 슬픔을 위로해 주려 했으나, 미칠 듯한 심정에 빠져 있는 젊은이에게는 그 말이 하나도 들리지 않았다. 로미오는 미친 사람처럼 머리카락을 잡아 뜯으며, 자기 무덤의 치수를 재야겠다며 바닥에 몸을 던져 나뒹굴었다. 이처럼 꼴사나운 상태에 빠져 있다가 사랑하는 아내로부터 온 심부름꾼이 당도했을 때에야 그는 조금 정신을 차렸다.

수도사는 이 때를 기회로 삼아, 남자답지 못한 그의 연약한 모습을 질책했다. '티볼트를 죽인 것으로 모자라, 이제는 너 자신마저, 그리고 너만을 바라보고 사는 사랑하는 여인마저 죽이려는 것인가? 인간의 고귀한 모습은 그것을 굳건히 지킬 용기가 없다면 밀랍으로 만든 노리개에 지나지 않는다. 법은 너에게 관대했고, 공작은 너에게 마땅히 죽음을 선고할 수도 있었으나 대신에 추방을 선고했을 뿐이다. 티볼트가 너를 죽일 뻔했으나 네가 티볼트를 죽였으니, 죽지 않고 살아 있는 것만으로도 다행스러운 일이 아닌가. 줄리엣이 살아 있고 전혀 가망이 없을 듯하던 너의 아내까지 되었으므로, 그 점에서 너는 가장 행복한 사람이다. 이 모든 복을 누리고 있으면서 뚱하고 버릇없는 계집애처럼 굴다니 무슨 짓인가.' 이런 충고를 하면서 수도사는, 절망하는 사람은 비참하게 죽게 마련이니 정신을 차려야 한다고 말했다.

이윽고 로미오가 조금 안정을 되찾자, 그 수도사는 로미오에게 그 날 밤 아무도 모르게 줄리엣에게 찾아가 작별을 고하고, 곧바로 만투아로 가서, 자신이 그들의 결혼을 공표할 적당한 시기를 잡을 때까지 그 곳에 머물러 있으라고 충고했다. 그들의 결혼이 양가를 화해시켜 줄 고마운 방법이 될 수 있으니, 그렇게 된다면 공작도 틀림없이 그를 사면해 줄 마음이 생길 것이므로, 슬퍼하며 이 곳을 떠나갈 때보다 스무 배 더 기쁘게 돌아오게 될 것이라고 말했다. 로미오도 수도사의 현명한 충고를 받아들여, 그 날 밤 줄리엣에게 찾아가 하룻밤을 머물며 작별을 한 후에, 동틀 녘에 홀로 만투아로 떠나기로 했으며, 선량한 수도사는 가끔씩 그에게 편지를 보내 이 곳 고향의 상황을 알려 주겠다고 약속했다.

로미오는 전날 밤에 아내의 사랑 고백을 들었던 과수원으로 가서, 남들 몰래 그녀의 방으로 들어가 사랑하는 아내와 밤을 같이 보냈다. 순수한 기쁨과 환희가 빛나는 밤이었지만, 사랑하는 연인들이 주고받은 그 밤의 즐거움과 기쁨은 이제 곧 헤어져야 한다는 사실과 전날에 생긴 뜻하지 않은 사고로 인해 슬프게 가라앉았다.

반갑지 않은 새벽은 너무나 빨리 오는 듯했고, 아침에 지저귀는 종달새의 소리를 들었을 때 줄리엣은 그것이 밤에 우는 나이팅게일의 소리라고 믿고 싶었다. 하지만 그것이 종달새 소리인 것은 부인할 수 없는 노릇이었고, 그 소리가 그녀에게는 불쾌하게 거슬리는 불협화음처럼 들렸다. 동쪽에서 확연하게 떠오르는 햇살마저 이제 그들이 헤어질 시간이라는 것을 분명하게 알려 주었다.

로미오는 만투아에서 매 시간마다 편지를 쓰겠다고 약속하며, 무거운 마음으로 사랑하는 아내와 작별을 나눴다. 그가 침실 창을 넘어 아래쪽 땅바닥에 내려섰을 때, 왠지 모르게 슬프고 불길한 예감에 젖은 줄리엣의 눈에는 그가 마치 무덤에 있는 시신 같아 보였다. 로미오의 마음도 그 비슷하게 불안했지만, 그는 이제 서둘러 떠나야 했다. 날이 밝은 후에 베로나 성벽 안에서 발각되면 죽을 운명이었기 때문이다.

이것은 이 불행한 연인들에게 닥칠 비극의 시작이었다. 로미오가 떠나고 며칠 지나지 않아, 캐퓰럿 경이 줄리엣을 결혼시키려 했다. 딸이 이미 결혼했으리라고는 꿈에도 생각지 못한 아버지는 용맹하고 젊고 고결한 패리스 백작을 사윗감으로 선택했다. 줄리엣이 로미오를 만나지 않았더라면 더할 나위 없는 신랑감이었을 것이다.

줄리엣은 아버지의 제안이 너무나 놀랍고 당황스러웠다. 자신의 나이가 아직 어려서 결혼하기에는 적당치 않으며, 티볼트를 잃은 지 얼마 안 되어 기쁜 낯으로 남편을 맞을 수 있는 기분이 아니라고 호소했다. 또한 티볼트의 엄숙한 장례식이 채 끝나기도 전에 혼인 잔치를 벌인다면 캐퓰럿 가의 위상이 얼마나 우스워보이겠냐는 등, 갖가지 이유를 들어 결혼을 반대했지만, 진짜 이유는 그녀가 이미 결혼한 몸이라는 것이었다.

하지만 캐퓰릿 경은 그녀의 핑계에 전혀 귀를 기울이지 않았다. 다가오는 목요일에 패리스와 결혼식을 올릴 예정이니 준비를 하라고 단호하게 명령할 뿐이었다. 베로나에서 가장 도도한 처녀라도 기쁘게 받아들일 만큼 부유하고 젊고 고귀한 신랑감을 찾아 주었으므로, 그는 자신의 딸이 수줍은 척하며(아버지는 그녀의 거절을 이렇게 해석했다) 행운을 걷어차려는 것을 용납할 수 없었다.

궁지에 몰린 줄리엣은 마음이 괴로울 때마다 상담자가 되어준 친절한 수도사에게 찾아가 의논했다. 수도사는 최후의 수단까지 감당한 용기가 있느냐고 물었고, 그녀는 사랑하는 남편이 멀쩡히 살아 있는 상황에서 패리스와 결혼하느니 차라리 산 채로 무덤에 묻히는 편을 택하겠다고 대답했다.

그러자 수도사는 집으로 돌아가 쾌활하게 행동하며 아버지의 뜻에 따라 패리스와 결혼하겠다고 말하라고 지시했다. 그리고 내일 밤에, 즉 결혼식 전날 밤에 자신이 준 약병의 약을 마시면, 42시간 동안 생명이 없는 시신처럼 몸이 차갑게 식을 것이니, 신랑이 아침에 그녀를 데리러 왔을 때 그녀가 죽었다고 생각하게 될 테고, 그녀는 이 나라의 풍습대로 뚜껑을 덮지 않은 관에 실려 가문의 납골당에 안치될 것이라고 했다. 그녀가 나약한 공포심을 떨쳐 버리고 이 무서운 시련을 받아들인다면, 약물을 마신 지 42시간이 지난 후에 꿈에서 깨어나듯 틀림없이 깨어나게 될 것이며, 그녀가 깨어나기 전에 자신이 로미오에게 이 계획을 알릴 테니, 그러면 그가 밤에 와서 그녀를 만투아로 데려갈 것이라고 설명했다.

로미오에 대한 사랑과 패리스와의 결혼에 대한 두려움은 젊은 줄리엣에게 이 무시무시한 모험을 감행할 용기를 주었다. 그래서 그녀는 수도사의 지시대로 따르기로 하고 약병을 받아들었다.

수도원에서 젊은 패리스 백작을 만나게 되었을 때, 그녀는 다소 곳하게 시치미를 떼며 그의 신부가 되겠다고 약속했다. 이 소식을 들은 캐퓰럿 경과 그의 아내는 뛸 듯이 기뻐했다. 이 일은 노귀족에게 젊음의 생기를 불어넣은 듯했고, 백작과의 결혼을 거부하여 아버지의 노여움을 샀던 줄리엣은 이제 아버지의 뜻에 순종하겠다는 약속을 하여 다시 사랑받는 딸이 되었다. 집안이 온통 다가오는 결혼식 준비로 바삐 돌아갔고, 베로나에서 진에 볼 수 없었던 축하연을 베풀기 위해 아낌없는 비용을 쏟아 부었다.

수요일 밤에 줄리엣은 약을 꺼내 들었다. 수도사가 로미오와 그녀를 결혼시킨 일로 자신에게 돌아올 비난을 피하기 위해 독약을 내 준 것이 아닐까 불안하기도 했지만, 늘 한결같이 경건함을 유지해온 그분을 믿기로 했다. 한편으로는 로미오가 데리러 오기 전에 깨어나면 어쩌나 걱정스러웠다. 죽은 캐퓰럿 가 사람들의 뼈들이 가득하고 피투성이 티볼트의 시체가 수의 속에서 썩어가는 무시무시한 납골당에서 혼자 깨어난다면 미쳐 버리지나 않을까 두려웠다. 시체들이 있는 곳에서 출몰한다는 유령들에 대한 이야기도 새록새록 생각이 났다. 하지만 로미오에 대한 사랑과 패리스에 대한 반감이 되살아나자, 그녀는 필사적으로 약을 꿀꺽 삼키고, 이내 정신을 잃었다.

다음 날 아침 일찍 패리스가 음악을 연주하며 신부를 깨우러 왔을 때, 그 방에는 살아 있는 줄리엣 대신에 생기 없는 시신이 쓸쓸히 누워 있었다. 그의 희망을 산산이 짓밟아 버린 죽음이여! 곧이어 집안 전체가 발칵 뒤집혔다! 가엾은 패리스는 신부와 손을 맞잡기도 전에 그를 속여 신부를 빼앗아가 버린 이 죽음을 한탄했다. 그러나 캐퓰럿 부부의 비통해하는 탄식은 듣는 이의 가슴을 더욱 미어지게 했다. 그들에게 기쁨과 위안을 주던 단 하나의 사랑하는 자식은 이제 목숨이 끊어져 그들의 눈앞에서 사라지고 말았다. 이들 신중한 부모가 조건 좋은 유망한 결혼을 시켜 딸이 잘 되는 것을 보리라 생각했던 그 시점에 말이다.

잔치를 위해 준비한 모든 것들은 침울한 장례식에 쓰이게 되었다. 피로연에 내놓을 음식은 서글픈 장례용 식사가 되고, 결혼식 축가는 음울한 장송곡으로 바뀌었다. 경쾌한 악기들은 우울한 종으로 바뀌고, 신부의 걸음걸음에 뿌릴 꽃들은 이제 시신에 뿌릴 꽃이 되었으며, 결혼식을 집전할 사제 대신에 장례식을 치러 줄 사제가 필요해졌다. 그녀는 살아 있는 이의 즐거운 희망을 늘리기 위해서가 아니라 죽은 자의 쓸쓸한 수를 늘리기 위해 교회로 실려 갔다.

언제나 좋은 소식보다 나쁜 소식이 더 빨리 전해지는 법이다. 줄리엣의 죽음에 대한 참담한 이야기가 만투아에 있는 로미오에게로 전해졌다. 이것은 가짜 장례식일 뿐이고, 죽음의 이미지에 지나지 않으며, 그가 사랑하는 아내는 그 음울한 곳에서 남편이 구하러 올 때를 기다리며 잠시 무덤에 누워 있을 뿐이라는 사실을 로렌스 수도사가 로미오에게 알리기 위해 보낸 심부름꾼은 아직 도착하지 않은 상태였다. 그 때까지만 해도 로미오는 매우 즐겁고 유쾌한 기분이었다. 지난밤에 자신이 죽는 꿈을 꾸었는데(죽은 사람이 생각을 하는 이상한 꿈이었다), 아내가 나타나서 그가 죽어 있는 것을 보고는, 그의 입술에 키스를 퍼부어 생명을 불어넣어 주었고, 그는 다시 살아나 황제가 되었다!

그래서 베로나에 보낸 하인이 돌아왔을 때, 그는 틀림없이 자신의 꿈이 예언한 희소식을 확인하게 될 것이라고 생각했다. 그런데 이 즐거운 예상과는 정반대로, 아내가 그의 키스로도 되살릴 수 없이 절명했다는 소식을 듣게 되자, 그는 그 날 밤에 베로나로 가서 무덤에 누운 아내를 보기로 결심하고 당장 역마를 구해 오라고 지시했다.

게다가 절망한 자의 머리에는 해로운 생각이 재빠르게 파고드는 법이라서, 그는 문득 만투아에서 최근에 만난 어느 가난한 약재상을 기억해 냈다. 굶주린 듯한 그 남자의 거지같은 행색, 지저분한 선반에 진열된 빈 상자들의 초라한 모양새와 그 외에 비참한 상태를 말해 주는 다른 증거들을 보면서, 그는 당시에 이렇게 생각했다(어쩌면 그의 불운한 삶이 그런 절망적인 결말에 이를 거라는 불안감이 도사리고 있었는지도 모른다). "만투아에서 독약을 파는 자는 즉시 사형에 처해지지만, 누군가 독약을 구해야 할 사람이 있다면 이 가난뱅이 약재상이 틀림없이 팔겠구나."

그 생각이 뇌리에 떠오르자 로미오는 약재상을 찾아 나섰고, 그 상인은 양심의 가책을 느끼면서도 궁색한 처지 때문에 로미오가 건넨 금화를 거절하지 못하고 독약을 팔았다. 그 약을 마시면 스무 명의 힘을 가진 장사라도 금세 죽을 것이라고 말했다.

로미오는 독약을 품에 간직하고 베로나로 출발했다. 무덤에 누워 있는 아내를 보고 나서, 독약을 마시고 그녀의 곁에 함께 묻힐 작정이었다. 그는 한밤중에 베로나에 도착하여 캐퓰럿 가의 무덤이 있는 교회 묘지로 찾아갔다. 준비해 온 등불과 삽과 쇠렌치로 무덤을 열고 있을 때, 갑자기 그를 '사악한 몬태규'라 부르는 남자의 목소리가 이 불법적인 행위를 당장 중단하라고 소리쳤다. 그 사람은 젊은 패리스 백작이었다. 자신의 신부가 되었어야 할 여인의 무덤에 꽃을 뿌리며 애도하려고 이 야심한 밤에 줄리엣의 무덤을 찾아온 것이다.

백작은 로미오가 죽은 자에게 무슨 볼일이 있어 왔는지 알 수 없었지만, 그가 몬태규 가의 사람이며 캐퓰럿 가의 원수라는 것을 알고 있었으므로(백작은 이렇게 생각했다), 로미오가 캐퓰럿 가의 망자들에게 고약한 짓거리를 하러 밤중에 몰래 찾아 온 것이라고 생각했다. 그래서 성난 목소리로 로미오에게 하던 일을 중지하라 명하며, 그가 베로나 성벽 안에서 발각되면 사형에 처해질 죄인이므로 체포하겠다고 말했다.

로미오는 패리스에게 꺼지라고 받아쳤다. 저 안에 묻힌 티볼트와 같은 운명에 처하게 될지 모르니 자신의 분을 돋우지 말라고 경고하며, 그렇지 않을 시에는 그를 죽일 수밖에 없게 되어 또 다른 죄를 머리에 뒤집어쓸 거라고 말했다. 하지만 백작은 로미오의 경고를 무시하고 조롱하며, 그를 중죄인으로 체포하려 했다. 로미오가 저항하는 가운데 싸움이 벌어졌고, 결국 패리스가 죽어 넘어졌다.

로미오가 등불을 들어 자신이 죽인 자를 살펴보았을 때, 그 사람이 줄리엣과 결혼할 예정이었던(이 사실은 만투아에서 오는 길에 하인에게 들었다) 패리스라는 것을 알았다. 로미오는 뜻하지 않게 죽음의 길동무가 된 이 청년의 손을 잡으며, 승리의 무덤 즉 줄리엣의 무덤에 묻어 주겠노라고 중얼거렸다. 무덤을 연 후에, 줄리엣과 함께 묻어 달라고 유언을 남긴 패리스의 시신을 안고 안으로 들어갔다.

무덤 안에 그의 아내가 누워 있었다. 죽음도 그녀의 얼굴이나 안색에 손댈 힘을 갖지 못한 듯, 비할 데 없이 아름다운 모습이었다. 아니면 죽음의 신이 그녀를 연모한 것일까, 그 비쩍 마르고 혐오스런 괴물이 자기 즐거움을 위해 그녀를 고이 간직해 둔 듯했다. 그만큼 그녀는 마취약을 마시고 잠들었을 때의 모습 그대로 생생하고 화사해 보였다. 그리고 그녀의 옆에는 피투성이 수의에 싸인 티볼트가 누워 있었다.

티볼트를 본 로미오는 그의 생기 없는 시체에게 용서를 빌었다. 줄리엣을 대신하여 그를 '사촌'이라고 부르며, 그의 원수가 이제 스스로 목숨을 끊어 원한을 달래 주겠노라고 말했다. 그 후에 로미오는 아내의 입술에 입을 맞춰 마지막 작별을 고하고, 지친 몸에서 시련의 짐을 털어 내며 약재상에게 구입한 독약을 삼켰다. 이 약은 줄리엣이 마신 약과 달리 치명적인 진짜 독약이었다. 줄리엣의 약효는 차츰 약해지는 중이었으니, 조만간 그녀는 긴 잠에서 깨어나 로미오가 시간을 지키지 않고 너무 빨리 와 버린 것을 탄식하게 될 것이었다.

이제 수도사가 약속한 대로 줄리엣이 깨어날 시간이 되었다. 로렌스 수도사는 존 수도사에게 편지를 맡겨 만투아로 보냈는데, 중간에 문제가 생겨 편지가 로미오의 손에 들어가지 않았다는 사실을 알고, 자신이 직접 줄리엣을 무덤에서 꺼내 주기 위해 곡괭이와 등불을 들고 건너갔다. 그런데 놀랍게도 캐퓰럿 가의 무덤에는 이미 불빛이 밝혀져 있었으며, 무덤 근처에 흩어진 핏자국과 주인 없는 두 자루의 검, 그리고 무덤 안에 죽어 누워 있는 로미오와 패리스를 발견했다.

그가 이렇게 끔찍한 일이 어떻게 벌어졌는지 추측해 볼 겨를도 없이, 줄리엣이 혼수상태에서 깨어나 옆에 있는 수도사를 바라보았다. 그녀는 자신이 어디에 있는지 그곳에 어떻게 오게 되었는지 기억이 난다며, 로미오가 어디에 있냐고 물었다. 하지만 밖에서 다른 소리가 들리는 것을 알아차린 수도사는, 인간의 능력으로 어쩔 수 없는 거대한 힘이 그들의 계획을 틀어 놓았으니, 죽음의 영역에서 빠져 나와 부자연스런 잠에서 어서 깨어나야 한다고 그녀를 다그쳤다. 그러다 사람들이 오는 소리에 놀라 달아났다.

하지만 줄리엣은 수도사의 뒤를 따르지 않고 주위를 둘러보다가, 사랑하는 이의 손에 쥐어진 잔을 보고, 그가 독약을 마시고 죽음에 이르렀다는 것을 알았다. 그녀는 남아 있는 독약이라도 마시려 했으나 잔에 남은 것이 없자, 그의 입술에 독이 묻어 있다면 그것이라도 마시겠다며 아직도 따뜻한 그의 입술에 입을 맞췄다. 사람들이 다가오는 소리가 더욱 가까워지자, 그녀는 로미오의 단검을 빼내어 스스로 몸을 찌르고 사랑하는 로미오의 옆에 쓰러졌다.

이 무렵에 야경꾼이 그 곳에 도착했다. 패리스 백작의 시동이 자기 주인과 로미오가 싸우는 것을 보고 달려가 위급함을 알렸는데, 그 소식이 시민들 사이에 퍼져나가서, 사람들이 베로나 거리를 뒤죽박죽 엉켜 돌아다니며, 소문에서 들은 대로 어설프게 '패리스! 로미오! 줄리엣!'의 이름을 부르짖으니, 그 소동으로 몬태규 경과 캐퓰럿 경도 잠자리에서 뛰쳐나왔고, 공작까지 이 소란의 원인을 조사하러 나섰다.

교회 묘지에서 덜덜 떨며 한숨을 내쉬고 눈물을 흘리며 나오던 수도사는 그것을 수상쩍게 본 야경꾼들에게 체포되었다. 캐퓰럿 가의 묘지에 수많은 군중이 모여들었고, 공작은 이 괴이하고 불행한 사건에 대해 아는 바를 소상히 고하라고 수도사에게 명했다.

몬태규 경과 캐퓰럿 경이 보는 앞에서, 수도사는 그들 자녀의 치명적인 사랑 이야기를 정직하게 털어놓았다. 그가 두 가문의 오래 된 불화를 종식시키려는 희망으로 그들의 혼례를 올려 주었으며, 그리하여 저기 죽어 있는 로미오는 줄리엣의 남편이 되고, 저기 죽어 있는 줄리엣은 로미오의 신실한 아내가 되었는데, 그가 그들의 결혼 소식을 알릴 수 있는 적당한 기회를 잡기도 전에 줄리엣에게 또 다른 혼처가 들어와, 줄리엣은 이중으로 결혼하게 되는 죄를 피하려고 그가 충고한 대로 잠드는 약을 삼키게 되었고, 모두가 그녀를 죽을 줄로 알았으며, 그 사이에 그는 로미오에게 그 약의 효과가 사라질 때쯤 와서 아내를 데려가라는 내용을 적어 편지를 보냈는데, 그 일을 부탁한 사람에게 뜻밖의 사고가 생기는 바람에 편지가 로미오의 손에 도착하지 못했다고 설명했다.

그 다음부터는 수도사가 이야기할 수 있는 내용이 많지 않았다. 줄리엣을 죽음의 장소에서 꺼내 주려고 왔을 때 패리스 백작과 로미오와 죽어 있었다는 것밖에 아는 바가 없었다. 그러자 패리스 백작의 시동이 두 사람의 싸우는 모습을 목격했다고 진술했으며, 로미오의 하인은 로미오가 내일 아침 일찍 아버지에게 전해 달라고 맡긴 편지를 꺼내 보였는데, 그 내용이 수도사의 진술과 빈틈없이 맞아떨어졌다. 로미오는 줄리엣과 결혼한 사실을 고백하고, 부모님에게 용서를 빌며, 가난한 약재상에게 독약을 사가지고 무덤으로 가서 줄리엣의 곁에서 죽을 것이라고 밝혀 놓았다. 모든 정황으로 보아, 수도사가 이 복잡한 살인사건에 개입하지 않은 것은 입증되었다. 선한 의도로 꾸민 인위적이고 교묘한 계획이 의도하지 않은 결과로 이어졌을 뿐이었다.

공작은 이제 몬태규 경과 캐퓰릿 경을 돌아보며, 그들의 잔인하고 분별없는 적개심을 꾸짖었다. 하늘이 그러한 죄에 벌을 내린 것이며, 그들 자녀의 사랑을 통하여 그들의 비인도적인 증오심을 처벌하신 것이라고 말했다.

오랫동안 앙숙이었던 노귀족들은 서로에 대한 적의를 풀고, 오랜 기간의 불화를 아이들의 무덤에 모두 묻어 버리기로 동의했다. 그리고 캐퓰릿 경은 캐퓰릿의 딸과 몬태규 아들의 결혼으로 그들의 가문이 하나로 결합된 것을 인정하듯이, 몬태규 경을 형제라 부르며 악수를 청했고, 딸이 받을 보상으로 자신이 요구하는 것은 몬태규 경이 화해의 표시로 내미는 손뿐이라고 말했다. 하지만 몬태규 경은 그 이상의 것을 주겠다면서, 베로나의 이름이 살아 있는 한 가장 화려하고 훌륭한 순금 조상을 만들어, 진실하고 정숙한 줄리엣을 기리겠다고 했다. 그 답례로 캐퓰릿 경도 로미오의 상을 만들겠다고 대답했다.

불쌍한 노귀족들은 때가 늦기는 했지만, 이처럼 서로 앞 다투어 호의를 표시했다. 과거에 그들이 서로에게 품은 분노와 적대감은 해결의 실마리가 보이지 않을 정도로 극심했으니, 자식들의 처절한 죽음이 아니었다면(두 집안의 싸움과 불화로 인해 생겨난 가련한 희생제물인 셈이다) 두 가문의 뿌리 깊은 증오와 시샘은 사라지지 않았을 것이다.

아테네의 타이먼

아테네의 귀족 타이먼은 제왕 같은 부를 누리며 살았다. 어찌나 너그러운 성격이었는지, 아무리 써도 금세 바닥나지 않을 만큼의 재산을 가지고 있었지만, 그 재산이 바닥날 정도로 지위고하를 막론하고 온갖 사람들에게 펑펑 나누어 주었다. 가난한 자들만이 그의 관대함을 맛보는 것이 아니라, 대단한 귀족들도 그에게 의탁하거나 추종하는 자가 되기를 부끄러워하지 않았다.

그의 식탁에는 사치스러운 잔치꾼들이 모여들었고, 그의 집은 아테네에 오가는 모든 자들에게 열려 있었다. 그 많은 재산과 관대하고 아낌없이 베풀어 주는 성격 때문에 누구나 그를 좋아했으며, 그야말로 모든 사람들이 타이먼 경을 받들어 모셨다. 후원자의 기분을 거울처럼 반영하는 유리 같은 얼굴의 아첨꾼들만이 아니라 거칠고 완강한 냉소주의자까지 예외가 아니었다. 세속적인 것에 무관심하고 사람들의 인격을 경멸하는 척하는 냉소주의자들도 자애롭고 아량이 넓은 타이먼 경에게는 버틸 재간이 없어, 자기 성격에 어울리지 않게 타이먼의 풍요로운 여흥에 참여하러 왔으며, 타이먼에게 목례를 받거나 인사말만 들어도 최고의 부자가 된 듯이 돌아갔다.

시인이 세상에 널리 추천받고 싶은 작품을 지었다면, 타이먼 경에게 가서 바치기만 하면 되는 일이었다. 그 시는 틀림없이 팔렸으며 시인은 후원자에게 선물 지갑을 받고, 그의 집과 식탁에 매일 드나들 수 있는 기회까지 얻었다. 처분할 그림이 있는 화가라면, 타이먼 경에게 가져가서 그림의 장점에 관해 의향을 묻는 척하면 그뿐이었다. 그 이상 애쓸 필요 없이, 이 관대한 귀족은 선뜻 그림을 사 주었다.

값나가는 보석을 지닌 보석상이건 값비싼 옷감을 가진 포목상이건 고가의 물건을 타이먼 경에게 가져왔기 때문에, 그의 집은 언제나 판이 벌어질 준비가 된 시장이었다. 그 곳에서는 어떤 가격이든 부르는 값으로 보석이나 세공품을 팔아 치울 수 있었고, 호인인 타이먼 경은 그들이 그처럼 귀중한 물건의 선매권을 주어 호의를 베풀었다는 듯이 고마워했다.

그의 집에는 이런 식으로 비싸게 사들인 아무 짝에도 쓸모없이 불편하고 겉만 번지르르한 물건들이 넘쳐났고, 그의 주위에는 그보다 더 불편하게 게으른 손님들이 우글거렸다. 거짓말하는 시인, 화가, 사기 치는 상인, 귀족, 여인들, 궁핍한 조신들, 무엇이든 기대하는 자들이 줄줄이 찾아 와 그의 집안을 메우며, 그의 귀에 지겨운 아첨을 속삭이고, 신을 찬양하듯이 알랑거리고, 그의 말 등에 얹은 등자까지 신성시했다. 그의 허락과 관대함으로 인해 공기를 들이쉬고 있는 듯이 행동할 정도였다.

이처럼 매일같이 빌붙는 자들 가운데 좋은 가문의 젊은이들도 상당수였다. 분수에 맞지 않게 사치를 부리다 빚에 쫓겨 감옥에 갇히고 타이먼 경 덕분에 풀려 난 이들이었다. 그들은 타이먼 경이 일반적인 동정심으로 모든 방탕한 자들과 게으름뱅이들을 받아 주어야 한다는 듯이 그에게 달라붙었다. 그의 재산에는 따를 수 없는 그들이었지만 막대한 낭비와 방탕은 쉽사리 흉내를 냈다. 이들처럼 남의 것을 축내며 사는 쉬파리 중에, 타이먼이 최근에 5탤런트의 빚을 갚아 준 벤티디어스도 끼어 있었다.

하지만 수없이 밀려드는 인파 중에서 뭐니 뭐니 해도 가장 많은 무리는 선물을 바치는 이들이었다. 타이먼이 어떤 사람이 갖고 있는 개나 말이나 값싼 가구를 마음에 들어 하는 듯하면, 그 사람은 횡재를 만난 셈이었다. 칭찬을 받은 물건이 무엇이건 그것은 틀림없이 다음 날 아침에 타이먼 경에게 보내는 찬사와 보잘 것 없다는 사과의 말과 함께 그의 집에 도착했다. 그리고 그 선물이 개든 말이든 다른 무엇이든, 타이먼에게 대단히 후한 답례를 받았다. 한 마리 개를 선물하면 스무 마리를 내 주는 식으로, 그는 선물의 가치를 훨씬 뛰어넘는 값비싼 답례를 했고, 선물을 보낸 자들은 이 점을 충분히 알고 한 짓이니, 그들의 거짓된 선물은 단기간에 높은 이자를 받고 돈을 빌려 주는 것과 같은 일이었다.

그래서 교활한 루시어스 경은 타이먼이 칭찬하는 말을 귀담아 들어 두었다가, 최근에 우웃빛 흰색 말 네 필에 은장식 마구를 달아 선물로 보냈다. 또 다른 귀족 루컬러스도 타이먼이 그 생김새와 빠르기를 칭찬했다는 말을 듣고 공짜 선물인 것처럼 그레이하운드 한 쌍을 바쳤다. 선량한 귀족은 그들에게 흑심이 있는 줄을 전혀 의심치 않고 선물을 받아들였고, 그들은 자신이 불순한 목적으로 선물하는데 들인 가치보다 스무 배쯤 되는 보석이나 다이아몬드로 넉넉하게 보상을 받았다.

때로는 이보다 더 직접적이고 노골적이고 야비한 술책을 쓰는 경우도 있었는데, 사람을 잘 믿는 타이먼은 그 수법을 도무지 눈치채지 못했다. 타이먼이 소유한 것이나 최근에 구입했거나 사들인 물건을 감탄하며 칭찬하는 척하면, 이 인정 많고 물러 터진 귀족은 틀림없이 그 물건을 선물로 주었다. 세상에서 제일 돈 안 들고 뻔한 아첨밖에 하지 않았는데 말이다.

이런 식으로 비열한 수법을 쓴 귀족 한 명에게 타이먼은 자신이 타던 밤색 준마까지 선물했다. 그 말이 잘 생기고 잘 달린다고 칭찬하는 말에 기분이 좋아졌고, 자신이 갖고 싶지 않은 것을 칭찬하는 사람이 없다는 것을 알고 있었기 때문이다. 타이먼 경은 친구들의 애정이 자신의 마음과 같다고 여기며 베푸는 것을 너무나 좋아했으니, 친구라는 이 자들에게 왕국을 나누어 주어도 아까워하지 않을 정도였다.

타이먼의 재산이 사악한 아첨꾼들의 배를 불려 주는데 모두 다 들어간 것은 아니었다. 그는 고결하고 칭찬받을 만한 행동도 곧잘 했다. 한 번은 그의 하인이 부유한 아테네인의 딸을 사랑하게 되었는데, 재산으로나 계급으로나 그 처녀보다 못하다는 이유로 결혼을 하지 못하게 되자, 타이먼 경은 그 하인에게 3아테네 탤런트를 아낌없이 내 주었다. 그 처녀의 아버지가 사윗감이 되려면 갖춰야 한다고 말한 재산을 만들어 주기 위해서였다.

하지만 대체로 그의 재산은 속이 시꺼먼 악당과 기생충 같은 인간들에게 헤프게 낭비되고 있었다. 모두가 거짓된 친구들이었지만, 항상 그의 주위에 몰려 있었기 때문에 그는 그들이 자신을 사랑하는 줄로 여겼고, 그들이 항상 미소지으며 알랑거렸기 때문에 자신의 행동이 지혜롭고 선한 자들에게 인정을 받는다고 확신했다.

그가 아첨꾼과 사기꾼 친구들에게 둘러싸여 연회를 베풀 때, 그들이 그의 재산을 먹어치우고, 그의 건강과 번영을 빈다며 최고급 와인을 부어라 마셔라 하며 그의 재산을 고갈시키고 있을 때, 그의 미혹된 눈은 친구와 아첨꾼의 차이를 알 수 없었다. 오히려 서로의 재산을 나눠 쓰는 형제 같은 이들이 많으니 소중한 재산이라고 여겼다. 모든 비용이 그의 재산에서 나가고 있었지만 그는 자기 생각을 자랑스러워했고, 다른 이들은 그가 즐겁고 우애 있는 연회로 여기는 잔치에 신나게 달려들어 즐기면 그만이었다.

그렇게 그는 재물의 신 플루토스를 집사로 둔 사람처럼 지나친 친절과 관대함을 뿌려댔다. 관심도 없고 중단도 없이, 그 만한 재정지출을 감당할 수 있는지 물어보지도 않고, 술 마시고 떠들어대는 잔치를 그만두지도 않고 마구잡이로 낭비했다. 그 동안에 그의 재산은 무한한 것이 아니라서, 한계를 모르는 방탕 앞에 녹아 없어질 수밖에 없었다. 하지만 누가 그에게 사실을 말해 주겠는가? 아첨꾼들이? 그들은 그의 눈을 가리려 할 뿐이었다.

정직한 집사 플라비어스가 실상을 알리려고 그의 앞에 계산서를 가져다 놓고, 때로는 하인으로서 무엄할 정도로 끈덕지게 간청하고 애원하며 현실을 살펴보라고 눈물로 호소했지만, 모두 부질없었다. 타이먼은 다른 데로 화제를 돌리며 한사코 그를 밀어냈다. 재산이 사라진다는 충고처럼 귀를 닫게 만드는 것은 없고, 형편을 인정하는 것처럼 하기 싫은 일이 없으며, 진실만큼 믿기 어려운 것은 없고, 실패를 인정하는 것처럼 어려운 일이 없기 때문이다.

거대한 저택의 방들이 주인님의 돈으로 먹고 마시며 떠들어대는 식객들로 들어차고, 엎질러진 와인이 바닥을 흥건히 적시고, 불을 환히 밝힌 방마다 음악과 잔치소리가 요란할 때, 이 정직하고 선량한 집사는 어느 외진 곳에 혼자 들어가 와인 통에서 흘러

나오는 와인보다 더 빠르게 눈물을 흘렸다. 주인의 미치광이 같은 관대함을 보고, 온갖 사람들에게 칭찬을 끌어냈던 그의 재산이 사라질 때 그 칭찬을 쏟아 내는 숨결 또한 빠르게 사라질 것이고, 칭찬이 난무하던 잔치가 곧 금식으로 바뀌어, 겨울 소나기 구름 한번에 이 쉬파리들이 모조리 사라져 버릴 것을 생각하며 슬피 울었다.

하지만 이제 타이먼이 더 이상 충직한 집사의 설명에 귀를 막을 수 없는 시간이 왔다. 돈이 필요해진 것이다. 그가 돈을 구하려고 플라비어스에게 토지 일부를 팔라고 했을 때, 집사는 지금까지 수차례 말하려 했으나 듣지 않았던 그 내용을 설명했다. 그의 토지는 대부분이 이미 팔리거나 저당 잡혔고, 현재 소유한 재산을 다 합해도 빚의 절반도 청산할 수 없다고 말했다.

타이먼이 크게 놀라며 말했다. "아테네에서 라케다에몬까지 내 땅이 있지 않느냐."

플라비어스가 말했다. "아, 착한 주인님, 세상은 하나의 세상일 뿐, 한계가 있습니다. 모든 것을 한꺼번에 주어 버리면 금방 사라질 수밖에요!"

타이먼은 자신이 악하게 돈을 쓰지 않았고, 어리석게 재산을 날렸다 해도 악덕을 채우기 위해서가 아니라 친구를 소중히 하기 위해서였다며 자신을 위로했다. 고상한 친구들이 많이 있으니 절대 돈이 떨어질 리 없다고 확신하면서, 흐느껴 우는 집사에게 마음을 진정시키라고 말했다.

이 얼빠진 귀족은 자신이 어려울 때 돈을 빌리러 사람을 보내기만 하면, 전에 그의 관대함을 맛보았던 모든 이들의 재산을 자신의 것처럼 마음대로 사용할 수 있다고 믿었다.

그런 다음에 이 시험에 자신 있다는 듯이 밝은 표정으로, 루시어스 경과 루컬러스 경과 셈프로니어스에게 심부름꾼을 보냈다. 이들은 그가 과거에 아무런 계산 없이 선물을 아낌없이 나누어 주었던 사람들이었다. 최근에 빚을 청산하여 감옥에서 풀어 준 벤티디어스에게도 사람을 보냈다. 그는 이제 돌아가신 아버지에게 풍족한 재산을 물려받아 타이먼의 친절에 보답할 수 있는 형편이었다. 벤티디어스에게는 전에 대신 갚아 준 5탤런트를, 고상한 귀족들에게는 전에 빌려 준 50탤런트를 돌려 달라고 청했다. 그가 필요로 한다면 그들이 감사하는 마음으로 50탤런트의 5백배라도 보내 줄 것이라고 의심하지 않았다.

맨 먼저 하인이 찾아간 곳은 루컬러스 경의 집이었다. 이 야비한 귀족은 간밤에 은 대야와 은컵이 나오는 꿈을 꾸었는데 타이먼의 하인이 왔다는 소식을 듣자, 이것이 필시 그의 꿈대로 되어 타이먼이 선물을 보내 온 모양이라고 생각했다. 하지만 사건의 진상을 알게 되고 타이먼이 돈이 궁하다는 것을 알았을 때, 그의 미약하고 가냘픈 우정은 실체를 드러냈다.

그는 타이먼 경이 파산하게 될 줄을 오래 전부터 예견했다고 거듭 말하며, 그에게 경고해 주려고 만찬에 갔던 적이 여러 번이고 낭비를 줄이라고 설득하러 저녁식사에도 찾아갔지만, 타이먼 경은 그의 경고도 충고도 받아들이지 않았다고 말했다. 그는 타이먼 경의 관대함을 수없이 맛본 사람이었고, 항상 식사하는 자리에 참석했던 것은 그의 말대로 사실이었지만, 타이먼에게 그런 의도로 찾아가 좋은 충고나 책망을 했다는 것은 비열하고 터무니없는 거짓이었다. 그 후에 그는 생겨먹은 대로 비열하게 하인에게 뇌물을 주며, 주인에게 가서 루컬러스가 집에 없었다고 말하라고 했다.

루시어스 경에게 보낸 하인도 성공하지 못했다. 이 거짓말쟁이 귀족은 타이먼의 음식으로 배를 불리고, 타이먼의 값비싼 선물들로 엄청난 부자가 되었는데도, 사정이 바뀐 것을 알고 철철 넘치던 샘물이 갑자기 말라 버렸다는 것을 알게 되었을 때, 처음에는 믿을 수 없어 했지만, 사실이 확인되자 타이먼 경을 도와 줄 여력이 없는 것을 애석해 하는 체했다. 바로 전날 값비싼 물건을 구입하는 바람에(이는 새빨간 거짓이었다) 지금은 돈궤가 비어 버렸다고 했다. 너무나 좋은 친구를 도와 줄 수 없는 자신의 처지가 짐승만도 못하다고 한탄하며, 훌륭한 신사의 마음을 기쁘게 하지 못한 것이 자신의 가장 큰 괴로움이라고 말했다.

함께 식사를 한다고 해서 친구라고 할 수 있는가? 이들의 바탕은 모두가 아첨꾼이었던 것을. 모든 사람들이 보기에 타이먼은 루시어스의 아버지와 다름없었다. 타이먼의 돈지갑이 늘 그의 주머니를 채워 주었다. 타이먼의 돈이 그의 하인들의 급료를 지불했으며, 루시어스가 자존심을 채우려고 멋진 집을 건축할 때 땀

흘린 노동자들의 급료도 타이먼이 갚아 주었다. 그런데 아, 인간이 배은망덕한 본성을 드러낼 때 얼마나 흉측한 괴물이 되어 버리는가! 루시어스는 이제 타이먼이 아낌없이 내준 그 많은 돈을 부인하며, 자비로운 이들이 거지에게 동냥하는 것보다 적은 양의 돈마저 주지 않았다.

셈프로니어스와 다른 돈만 아는 귀족들도 모두 타이먼이 기대한 약간의 보답에 똑같이 회피적인 대답이나 직접적인 거절의 뜻을 전달했다. 타이먼 덕에 감옥에서 풀려나 이제 부자가 된 벤티디어스까지, 타이먼이 빌려 준 것도 아니고 곤경에 처한 그에게 관대하게 베풀어 준 5탤런트의 돈을 빌려 주지 않겠다고 했다.

부유할 때 수많은 이들이 들락거리며 아양을 떨어대던 타이먼은, 가난해지사 따놀림을 당하는 신세로 전락했다. 누구보다 크게 목청 높여 그를 칭찬하며 너그럽고 후하고 손이 큰 사람이라고 격찬했던 그 입들이, 이제는 관대한 행동을 어리석다 하고 후한 성품을 헤프다고 비난하기를 서슴지 않았다. 하지만 이것은 그렇게 졸렬한 인간들을 선택한 것이 무엇보다 가장 어리석었음을 보여 주는 일이었다.

타이먼의 웅장한 저택은 인적이 끊기고, 혐오하며 멀리하는 곳이 되었다. 지나가는 사람마다 걸음을 멈추고 그의 와인과 맛있는 음식을 맛보던 곳이 아니라, 사람들이 그냥 스쳐 지나가는 곳이 되었으며, 잔치 분위기와 떠들썩한 손님들로 북적대는 대신에, 거칠게 자신의 채권과 이자와 저당을 들이대며 성마르게 아우성치는 빚쟁이와 고리대금업자와 등쳐먹는 자들로 북적거렸다.

그 냉혹한 남자들은 거절의 말이나 지불 연기를 받아들이지 않았다. 타이먼의 집은 그의 감옥이 되어, 그들 때문에 지나가거나 드나들 수도 없었다. 어떤 이는 50탤런트의 빚을 갚으라 하고, 다른 이는 5천 크라운짜리 청구서를 가져오니, 그가 몸에 있는 피를 방울방울 짜내어 갚겠다고 해도 다 감당하지 못할 정도였다.

이처럼 절망적이고 회복이 불가능한 상황에서, 사람들은 갑자기 이 저물어가는 태양이 새롭게 발산하는 믿을 수 없는 광채에 놀라게 되었다. 타이먼 경이 다시 잔치를 열겠다고 알려온 것이다.

평소에 초대하던 손님과 귀족과 부인들, 아테네의 유명한 상류층 인사들이 모두 잔치에 초대되었다. 루시어스와 루컬러스 경, 벤티디어스, 셈프로니어스와 그 외의 사람들이 속속 도착했다. 이 비열한 아첨꾼들보다 유감스러워한 이들이 누가 있었을까? 그들은 타이먼 경이 가난을 꾸며 낸 것이며 그들의 사랑을 시험해 보려고 꾀를 쓴 것뿐이었는데 그 의도를 간파하지 못했다면서, 친절한 타이먼 경에게 얼마 안 되는 돈을 융통해 줄 걸 그랬다고 아쉬워했다. 하지만 말라붙었다고 생각한 관대한 샘물이 여전히 콸콸 솟아나고 있다는 것을 알았을 때 이들보다 더 기뻐한 자들이 누가 있었을까?

그들은 와서 시치미를 떼고, 슬픔과 부끄러움을 표현하며, 타이먼 경이 하인을 보냈을 때 너무나 훌륭한 친구를 도와 줄 수 있는 방도가 없어서 안타까웠다고 주장했다. 타이먼은 그 일을 모두 잊었으니 사소한 일에 신경 쓰지 말라고 말했다.

이 저급한 아첨꾼 귀족들은 타이먼이 힘들 때는 거들떠보지도 않았지만 그가 다시 부자가 되어 빛을 발하는 듯하자 초대를 거절하지 않았다. 이런 기질의 인간들이 지체 높은 자들의 많은 재산을 따르는 것은 제비가 즐거이 여름을 쫓는 것보다 더하며, 상황이 바뀌는 기미가 보이면 제비가 겨울을 떠나는 것보다 더 빠르게 몸을 움츠린다. 그런 여름새들이 인간이다.

이제 음악소리와 함께 김이 모락모락 나는 접시들이 위풍당당하게 들어왔다. 손님들은 파산한 타이먼이 무슨 돈으로 이처럼 값비싼 잔치를 준비할 수 있었을까 감탄하며, 어떤 이는 보이는 장면이 꿈인지 생시인지 알 수 없어 자신의 눈을 의심하기도 했다.

신호가 떨어지자, 접시 뚜껑들이 열리며 타이먼의 의중이 드러났다. 지난날 맛난 음식들이 풍족하게 차려졌던 식탁에는, 그들이 기대한 다양한 음식과 멀리서 구해온 산해진미 대신에, 타이먼의 현재 처지에 걸맞는 음식이 마련되어 있었다. 미지근한 물에서 김이 올라오고 있을 뿐이었다. 입으로만 친구라는 자들에게 어울리는 대접이었다. 그들의 말은 허공으로 사라지는 수증기와 같고, 그들의 마음은 그 물처럼 미지근하고 변하기 쉬운 것이었으니 말이다.

타이먼이 경악한 손님들에게 소리쳤다. "이 개들아, 뚜껑을 열고 핥아 먹어라." 그들이 놀란 마음을 진정시키기도 전에, 그들의 얼굴에 물을 뿌리고, 황망하게 달려 나가는 그들 뒤로 접시를 내던졌다. 서둘러 모자를 움켜쥐고 뒤죽박죽 엉켜 도망치는 귀족과 부인들의 뒤를 쫓으며, 타이먼은 그들의 본색을 고함쳐 외쳤다. "능글맞게 미소짓는 기생충들아, 예의의 가면을 쓴 파괴자들아, 상냥한 척하는 늑대들아, 온순한 척하는 곰들아, 재물의 광대들아, 잔치의 식객들아, 빌어먹는 쉬파리들아."

그들은 그를 피해 떼 지어 몰려 나가며 들어 올 때보다 더 부리나케 그 집을 떠났다. 어떤 이는 외투와 모자를 잃어버렸고, 서둘다 보석을 잃어버린 자도 있었다. 모두가 가짜 연회로 그들을 조롱하는 미치광이 귀족에게서 정신없이 달아났다.

이것이 타이먼이 베푼 마지막 잔치였고, 그 후로 타이먼은 아테네와 인간 세상에 작별을 고했다. 증오스런 도시와 인간들을 등지고 숲으로 향하며, 이 가증스런 도시의 성벽들이 무너지기를, 집들이 주인들 위로 무너지기를, 인간을 괴롭히는 온갖 전염병과 전쟁과 잔인무도한 행위와 가난과 질병들이 그들에게 들러붙기를, 공정한 신들이 남녀노소 지위고하를 막론하고 모든 아테네인들을 혼란에 빠뜨리기를 기원했다. 그렇게 소원을 빌고, 가장 사나운 짐승도 인간보다 친절할 거라고 말하며 숲으로 들어갔다.

그는 인간의 풍습을 버리려고 옷을 훌훌 벗어던지고 동굴 속에서 생활했다. 짐승처럼 야생의 뿌리를 먹고 물을 마시며 고독하게 살았다. 자기 같은 인간들에게서 떠나, 인간보다 덜 해롭고 친절한 야생 짐승들과 함께 하는 길을 선택했다.

부유한 타이먼 경, 뭇 사람의 기쁨이던 타이먼 경에서, 벌거벗은 타이먼, 인간 혐오자 타이먼으로 바뀌었으니 얼마나 큰 변화인가! 그의 아첨꾼들은 어디 있는가? 수행원과 종자들은 어디 있는가? 황량한 바람이 따뜻하게 셔츠를 입혀 주는 시종과 하인이 되어 줄까? 독수리보다 장수하는 뻣뻣한 나무들이 젊고 생기발랄한 시동이 되어 그의 명령에 따라 심부름을 하러 뛰어갈까? 얼음으로 덮인 차디찬 개울물이 밤새 폭음으로 병이 난 그에게 따끈한 죽과 국물을 대령하겠는가? 아니면 그 야생의 숲에서 사는 짐승들이 와서 그의 손을 핥으며 아부하겠는가?

어느 날, 그가 형편없는 양식을 구하려고 나무뿌리를 캐고 있을 때, 무언가 묵직한 것이 삽에 닿았다. 알고 보니 황금이었다. 어느 수전노가 놀란 일을 당하여 다음에 와서 가져가리라 생각하며 묻어 놓았다가 그럴 기회가 오기도 전에 죽어서, 이 금덩이를 아는 사람 하나 없이 묻혀 있었던 듯했다. 어머니 뱃속 같은 땅 속에서, 아무것도 아닌 것처럼 유익도 해도 끼치지 않고 누워 있다가, 우연히 타이먼의 삽에 걸려 다시 빛을 보게 된 것이다.

타이먼이 이전의 마음을 품고 있었다면 다시 친구들과 아첨꾼들을 사들이고도 남을 충분한 보물이었지만, 그는 거짓이 가득한 세상에 신물이 났고 황금을 본 것이 눈에 독을 맞은 듯하여, 다시 땅 속에 묻으려 했다. 하지만 인간 세상에서 황금 때문에 일어나는 끝없는 재난과, 재물이 인간들에게 일으키는 강도질과 학대, 불의, 뇌물, 폭력, 살인을 생각하고는, 자신이 캐낸 금덩어리로 인간들을 괴롭히는 어떠한 해악이든 일으킬 수 있겠다는 악의적인 상상에 잠겼다. 인간에 대한 그의 증오는 이 정도로 뿌리 깊었다.

마침 그 즈음에 아테네의 알키비아데스[7] 장군의 휘하 병사 몇 명이 그의 동굴 근처 숲을 지나고 있었다. 알키비아데스는 아테네 원로원 의원들에게 염증을 느껴, 원로원을 보호하려고 지휘했던 그 개선 군대를 이끌고 이제 그들과 전쟁을 벌이려고 행군하는 중이었다. 원로원 의원들은 감사할 줄 모르는 배은망덕한 태도를 보이다, 그 장군과 절친한 친구들에게 미움을 사게 되었던 것이다.

그들의 계획이 상당히 마음에 들었던 타이먼은 장군에게 금덩어리를 건네 주며 병사들에게 나눠 주라고 했다. 그의 군대를 이끌고 가서 아테네를 쑥대밭으로 만들고, 불태우고, 도살하고, 그곳의 인간을 모조리 죽여 달라고 요구했다. 흰 수염이 난 늙은이들은 고리대금업자들이니 살려두지 말아야 하고, 어린 아이들도 순진한 척 미소를 짓지만 커서 반역자가 될 테니 살려 두지 말라고 했다. 동정심을 유발하는 모습이나 소리에 흔들리지 않게 눈과 귀를 단단히 하고, 처녀나 갓난아기나 어머니들의 울부짖더라도 도성의 대 학살을 중단하지 말 것이며, 그들 모두를 혼란에 빠뜨리라고 했다. 또한 알키비아데스가 아테네를 정복할 때, 신들이 그 정복자도 제거해 버리기를 기도했다. 타이먼은 이처럼

---

7) Alcibiades : 아테네의 정치가 및 군인

철저하게 아테네와 아테네인들과 모든 인간을 증오했다.

그가 인간이 아닌 짐승처럼 쓸쓸히 살아가고 있을 때, 어느 날 갑자기 그의 동굴 앞에 감탄스럽게 서 있는 남자가 그를 놀라게 했다. 그 남자는 정직한 집사 플라비어스로, 주인에 대한 사랑과 열렬한 애정으로 이 비참한 거처까지 찾아와 그를 섬기겠다고 나섰다. 한 때 고상하기 그지없던 주인님이 이토록 처참한 지경이 되어, 태어날 때처럼 벌거벗은 상태로 짐승들 가운데 한 마리 짐승처럼 살아가며, 서글픈 파멸과 쇠락의 기념물처럼 보이는 것을 보고, 이 착한 하인은 너무나 기가 막혀, 말도 못한 채 당황하며 끔찍해했다. 그리고 마침내 할 말을 찾았을 때는 눈물로 목이 메었다.

타이먼은 그를 알아보지 못했고, 그가 인간에게 경험한 것과 전혀 다르게, 마지막 순간까지 자신을 섬기러 온 자가 누구인지 알 수 없어 했다. 인간의 형태와 모습을 지닌 그를 배신자로 생각했고, 그의 눈물을 거짓으로 여겼다. 하지만 이 선한 하인이 여러 가지 증거로 충직한 진심을 확언하여 오로지 소중한 주인님에 대한 사랑과 열정적인 의무감으로 이 곳까지 왔다는 사실이 분명해지자, 타이먼은 세상에 단 한 명의 정직한 인간이 살아 있음을 인정하지 않을 수 없었다.

하지만 그 하인도 인간의 모습이었기에, 타이먼은 하인의 얼굴을 혐오감 없이 쳐다볼 수 없었고, 하인의 입에서 나오는 말을 역겨움 없이 들을 수 없었다. 세상에서 유일하게 정직한 이 남자는 그가 인간이었기 때문에, 일반적인 인간보다 부드러운 연민의 마음을 지니고 있었지만 혐오스런 인간의 형태와 외면적인 특징도 지녔기 때문에, 주인의 곁을 떠나야만 했다.

그러나 불쌍한 집사가 떠나자 그보다 지체 높은 방문객들이 야생에 묻혀 조용하고 고독하게 살아가는 타이먼의 생활을 방해했다. 아테네의 배은망덕한 귀족들이 고결한 타이먼에게 행한 불의를 쓰라리게 참회하는 날이 왔기 때문이다.

알키비아데스가 성난 멧돼지처럼 도시의 성벽에 맹위를 떨치며, 치열한 포위공격으로 아름다운 아테네를 잿더미로 만들겠다고 위협하기 시작했다. 그러자 타이먼 경의 용감무쌍한 행적들에 대한 기억이 그들의 건망증 심한 머리에 새로이 되살아났다. 타이먼은 한 때 그들의 장군이었고 용맹하고 노련한 군인이었다. 모든 아테네인들 중에서 당시에 그들을 위협하며 포위하는 군대에 맞서 싸우거나 알키비아데스의 격렬한 공격을 막아 낼 수 있는 사람은 타이먼 경뿐이었다.

이 비상시국에서 타이먼을 모시러 갈 원로원 파견단이 선택되었다. 타이먼이 곤경에 빠졌을 때 나 몰라라 했던 그들은 자신이 곤경에 처하자 도움을 청하러 왔다. 불친절하게 굴었던 이에게 감사를 기대하듯, 무례하고 함부로 대했던 이에게 답례를 끌어낼 수 있다고 생각한 듯이 말이다.

그들은 심각하게 호소하며 눈물로 간청했다. 그들이 바로 얼마 전에 배은망덕하게 그를 몰아 냈던 그 도시로 돌아와 자기들을 구해 달라고 애원했다. 타이먼에게 부와 권력과 작위, 과거의 불의에 대한 보상, 공적인 명예와 대중의 사랑을 드리겠다고 제안했다. 돌아와서 그들을 구해 주기만 하면, 그들 자신과 생명과 재산을 모두 그의 처분에 맡기겠다고 했다.

하지만 벌거벗은 타이먼, 인간 혐오자 타이먼은 더 이상 고결한 타이먼 경, 관대한 귀족, 용맹의 꽃, 전쟁의 수호자, 평화의 훈장이 아니었다. 알키비아데스가 그의 동포들을 죽여도 타이먼은 상관없었다. 그가 아름다운 아테네를 약탈하고 늙은이와 갓난아기들을 도륙해도, 타이먼은 기뻐할 것이었다. 그는 그들에게 이렇게 말하면서, 아테네에서 가장 존경받는 이의 목보다 폭도의 진영에 있는 칼 하나를 더 높이 평가한다고 장담했다.

낙남하여 우는 의원들에게 이것이 그가 대답한 전부였다. 헤어질 때에야 그는 동포들에게 한 가지 남아 있는 방법이 있으니 그것을 전하라고 했다. 죽기 전에 기꺼이 친절을 베풀 만큼은 아테네 시민들에 대한 애정이 남아 있기 때문에, 그들의 슬픔과 걱정을 진정시키고, 사나운 알키비아데스의 분노에서 벗어날 수 있는 한 가지 방법을 가르쳐 주겠다고 했다.

이 말들은 들은 의원들은 아테네에 대한 그의 마음이 돌아온 것이기를 바라며 얼굴에 화색이 돌았다. 타이먼은 자기가 사는 동굴 근처에 나무 한 그루가 자라고 있는데 조만간 베어 버릴 생각이라고 말했다. 지위와 신분을 막론하고 아테네인들 중에서 고통을 피하고 싶은 이들은 누구든 그 나무로 초대할 테니, 그가 베어 버리기 전에 와서 나무를 맛보라고 했다. 그 의미는 나무에 목을 매달아 고통을 면하라는 것이었다.

이것은 타이먼이 인간에게 베푼 마지막 호의이자 관대함이었고, 그의 동포들이 그를 본 것도 이 때가 마지막이었다. 그 후 며칠 지나지 않아, 어느 초라한 병사가 타이먼이 자주 다니는 숲에서 조금 떨어진 해변을 지나다가 바닷가의 무덤 하나를 발견했다.

거기에 인간 혐오자 타이먼의 무덤이라고 밝히는 비문이 적혀 있었다. "사는 동안에 살아 있는 모든 인간을 증오하였고, 죽어 가면서는 전염병이 남아 있는 비열한 자들을 모두 삼켜 버리기를 바랐노라."

그가 스스로 목숨을 끊었는지, 생에 대한 혐오와 인간에 대한 염증이 그를 죽음으로 몰고 갔는지는 확실치 않으나, 사람들은 그 비문의 적절함과 일관성 있는 그의 결말에 감탄을 금치 못했다. 살아 있을 때와 마찬가지로 그는 죽어 가면서도 인간을 혐오했다.

어떤 이는 그가 바닷가를 매장지로 선택한 것에 의미가 있다고 생각했다. 위선적이고 거짓된 인간들의 천박하고 덧없는 눈물을 경멸하듯, 광활한 바다가 그의 무덤을 위해 영원히 울어 줄 수 있는 곳이었기 때문이다.

덴마크 왕자, 햄릿

덴마크의 왕비 거트루드는 햄릿 왕의 갑작스런 죽음으로 과부가 되었고, 남편이 죽은 지 두 달도 안 되어 그의 아우인 클로디어스와 재혼했다. 당시의 모든 사람들은 이 일을 경솔하고 매정하고 해괴망측한 짓으로 여겼으니, 클로디어스의 인품이나 지성이 그녀의 전 남편에 비해 한참 떨어졌고, 외모는 천박했으며 성격 또한 비열하고 저급했기 때문이다. 그래서 몇몇 사람들은 클로디어스가 돌아가신 왕의 아들이자 적법한 후계자인 햄릿을 제치고 왕비와 결혼하여 덴마크 왕좌를 이어받기 위해 자기 형을 남몰래 제거한 것이 아니겠냐는 의심이 일어났다.

하지만 왕비의 이런 몰지각한 행동은 그 누구보다도 젊은 왕자에게 가장 큰 충격을 안겼다. 그는 돌아가신 부왕을 우상처럼 숭배하고 사랑하고 존경했을 뿐 아니라, 그 자신이 명예를 소중히 하고 예의를 실천하는 사람이었으므로 어머니 거트루드의 행동을 매우 가슴 아프게 생각했다.

부왕의 죽음에 대한 슬픔과 어머니의 재혼에 대한 수치심으로 인해, 이 젊은 왕자는 깊은 수심에 잠겨 침울해졌고, 유쾌한 태도와 밝은 표정을 잃었다. 평소에 즐기던 독서도 멀리 하고, 젊은 나이에 어울리는 기품 있는 운동이나 경기에도 더 이상 참여하지 않았다. 보기 좋은 꽃들은 모두 메말라 죽고 솎아내지 않은 잡초들만 무성한 정원을 보듯이, 이 세상이 점점 싫어질 뿐이었다.

자신이 합법적으로 물려받아야 할 왕위에서 쫓겨날 것이라는 예상은 이 젊고 고결한 왕자에게 쓰디쓴 상처와 가슴 아픈 모욕을 안겨 주었지만, 그것 때문에 고통스럽지는 않았다. 그보다는 어머니가 부왕에 대한 기억을 너무나 쉽게 잊어버렸다는 사실이 그를 가장 괴롭게 했고 즐거운 기분을 앗아가 버렸다. 그분은 훌륭한 아버지셨다! 그리고 아내를 지극히 사랑한 온화한 남편이었다! 햄릿 왕의 살아 생전에는 어머니도 언제나 남편을 사랑하는 순종적인 아내였으며, 애정이 점점 두터워지는 듯이 그에게 의지하곤 했다. 그런데 두 달 만에, 아니 젊은 햄릿에게는 두 달도 채 지나지 않은 듯했을 때, 어머니는 재혼을 했고, 다른 사람도 아닌 사랑했던 남편의 동생과 결혼했다. 근친간의 결혼이라는 자체로 너무나 부도덕하고 비정상적인 결혼이었던 데다가, 꼴사나울 정도로 성급하게 치러졌으며, 어머니가 왕위와 침실의 동반자로 택한 남자는 전혀 군주다운 성품을 지니지 못한 사람이었다. 그래서 이 고결한 왕자의 마음에는 열 개의 왕국을 잃은 것보다 더 실망스러운 먹구름이 드리워진 것이었다.

거트루드 왕비와 왕이 그의 기분을 바꿔 보려고 갖은 방법을 동원했으나 모두 부질없었다. 그는 여전히 부왕의 죽음을 애도하는 검은 옷을 입고 궁에 나타났다. 결코 상복을 벗지 않았고, 어머니가 재혼하는 날에 축하 인사도 하지 않았으며, 그 치욕스러운 날(그에게는 이런 날이었다)에 열린 어떠한 행사나 축하연에도 참석하지 않았다.

그의 마음을 가장 산란하게 한 것은 아버지의 죽음에 대한 의문이었다. 클로디어스는 선왕이 독사에 물려 승하하셨다고 발표했지만, 젊은 햄릿은 클로디어스가 바로 뱀이었을 거라는 불길한 의심을 떨쳐낼 수 없었다. 클로디어스가 왕관을 노리고 아버지를 살해했고, 아버지를 물어 죽인 그 뱀이 지금 권좌에 앉아 있는 것이 아닐까 하는 의심 말이다.

그의 이런 추측이 얼마나 맞을지, 어머니를 어떻게 생각해야 하는지, 어머니가 이 살인에 얼마나 관여했을지, 어머니가 살인에 동의했을까 아니면 알고 있었을까, 아니면 어머니가 모르는 채 행해진 일일까, 그런 의혹들이 끊임없이 그를 괴롭히며 마음을 어지럽혔다.

그러던 중에 젊은 햄릿의 귀에 소문이 들려 왔는데, 이삼 일 동안 한밤중에 궁궐 앞 망루에서 보초를 서던 병사들이 죽은 부왕의 모습과 꼭 닮은 유령을 보았다는 것이었다. 그 유령은 항상 머리에서 발끝까지 선왕이 생전에 입던 것과 똑같은 갑옷을 입고 나타났으며, 그것을 보았다는 사람들도(햄릿의 친한 친구인 호레이쇼도 그 중 한 명이었다) 시간과 모습에 관해 일치된 증언을 했다. 그들의 증언에 따르면, 유령은 시계가 열두 시를 알리는 정각에 나타났는데, 화가 났다기보다 슬퍼하는 듯 창백한 얼굴이었고, 무시무시한 턱수염은 살아 생전의 모습 그대로 '은빛 나는 흑색'이었다. 사람들이 말을 걸어도 대답을 하지 않았으나, 한 번은 고개를 들고 무슨 말을 하려는 듯이 움직이다가, 그 순간에 새벽닭이 울자 황급히 몸을 움츠려 사라졌다는 것이었다.

젊은 왕자는 단순한 헛소리로 치부할 수 없을 만큼 일관되고 일치하는 이 이야기에 놀라워하며, 그들이 자기 아버지의 유령을 본 것이라고 생각했다. 그래서 직접 만나보기 위해 그 날 밤 병사들과 같이 보초를 서기로 결심했다. 유령이 아무런 목적 없이 나타난 게 아니라 무언가를 알려 주려고 한 것이며, 지금까지 말을 하지 않았지만 자기에게는 뭔가 말을 할 것 같았다. 그리하여 그는 초조한 심정으로 밤이 오기를 기다렸다.

밤이 되자 그는 호레이쇼와 호위병 가운데 하나인 마셀러스와 함께 유령이 나타나 걸어다녔다는 망루에 올라섰다. 살을 에는 듯 싸늘한 밤이었고 바람도 보기 드물게 매섭고 거칠어서, 햄릿과 호레이쇼와 그들의 동료는 추운 날씨에 관해 잡담을 나눴다.

그러다 문득 대화가 끊기며 호레이쇼가 유령이 나타났다고 소리쳤다.

아버지의 혼령을 보는 순간, 햄릿은 순간적으로 놀라움과 두려움에 사로잡혔다. 처음에는 천사들과 하늘의 수호신들을 불러 그들을 보호해 달라고 기원했다. 그것이 선한 영인지 악한 영인지, 좋은 일로 왔는지 나쁜 일로 왔는지 알 수 없었기 때문이다. 그러나 차츰차츰 용기가 생겼다. 아버지가 너무나 측은하게 그를 바라보며(그에게는 이렇게 보였다) 얘기를 하고 싶어하는 듯했고, 모든 면에서 살아 계실 때의 모습과 똑같아 보였으므로, 햄릿은 그에게 말을 걸지 않을 수 없었다.

'햄릿 왕이여, 부왕이시여!' 그가 아버지를 불렀다. 어째서 고이 모셔 둔 무덤을 떠나, 달밤에 세상을 찾아 다시 나오셨는지 이유를 말씀해 달라고 했다. 아버지의 평화로운 안식을 위해 할 수 있는 일이 있으면 알려 달라고 간청했다.

그러자 유령은 단둘이 있을 수 있는 더 외딴 곳으로 가자는 듯이 손짓을 했다. 호레이쇼와 마셀러스는 따라가면 안 된다고 극구 만류했다. 그것이 사악한 영이어서, 햄릿 왕자를 근처 바다나 무서운 벼랑 꼭대기로 유인하여, 어떤 무시무시한 모습을 띠고 왕자의 이성을 잃게 할까봐 걱정스러웠기 때문이다. 하지만 그들의 조언과 간절한 부탁은 햄릿의 결심을 바꿔 놓을 수 없었다. 햄릿은 삶에 미련이 없었으므로 생명을 잃는 것이 두렵지 않았다. 영혼은 불멸하는 것이니, 그 유령이 자신의 영혼에 무슨 짓을 할 수 있겠냐고 반문했다. 그리고는 사자처럼 용감한 기분으로, 자신을 붙잡으려고 안간힘 쓰는 그들을 물리치고 유령이 이끄는 곳으로 따라갔다.

단둘이 있게 되었을 때, 유령은 침묵을 깨고 자신이 참혹하게 살해당한 그의 부왕의 영혼이라고 말하며, 어떻게 살해되었는지를 이야기했다. 햄릿이 그 동안 의심해왔던 대로, 햄릿의 숙부이자 부왕의 친동생인 클로디어스가 그의 침실과 왕관을 빼앗으려고 그런 짓을 저질렀다고 했다. 그가 오후에 늘 하던 대로 정원에서 낮잠을 자고 있을 때, 불충한 동생이 잠든 그에게 몰래 다가와, 양쪽 귀에 사리풀에서 짜낸 독즙을 넣었다는 것이다. 사람의 생명에 치명적인 이 독즙은 수은처럼 빠르게 몸 전체의 혈관을 돌아 피를 말려 버릴 뿐 아니라, 피부 전체에 빵 껍질 같은 부스럼 딱지를 퍼뜨리는 것이었다. 이처럼 그는 잠든 사이에, 동생의 손에 의해 생명과 왕관과 아내를 한꺼번에 잃어버렸다고 설명했다.

그 유령은 햄릿에게, 그가 만일 아버지를 진정으로 사랑한다면 이 더러운 살인을 복수해 달라고 부탁했다. 그러면서 첫 남편과 결혼으로 맺은 사랑을 저버리고 남편을 죽인 자와 재혼할 정도로 타락한 왕비의 일을 한탄했다. 하지만 사악한 숙부에게는 복수를 하더라도, 어머니에게는 절대로 손대지 말고 그녀를 하늘의 뜻에 맡겨 양심의 가시에 찔리도록 내버려 두라고 했다. 햄릿이 시키는 대로 하겠다고 약속하자, 그 유령은 사라졌다.

혼자 남은 햄릿은 엄숙하게 결심을 했다. 그의 기억 속에 있는 모든 것과 지금까지 책이나 관찰을 통해 배운 모든 것을 즉시 잊어버리고, 오로지 유령이 한 말과 그가 지시한 일만을 기억하기로 한 것이다. 친한 친구 호레이쇼를 제외하고 그 대화 내용을 누구에게도 말하지 않았으며, 호레이쇼와 마셀러스 모두에게 그 날 밤에 본 일을 절대 발설하지 말라고 다짐을 받아 두었다.

유령을 보았을 때의 공포가 햄릿의 의식에 깊이 박혀 들어서, 그렇지 않아도 허약하고 기가 약했던 그는 좀처럼 마음을 진정시키지 못했고 이성을 잃을 지경이었다. 이런 상태가 지속된다면 다른 사람들의 관찰 대상이 될 것이고, 숙부가 자기를 경계하여, 자기가 숙부에 대해 모종의 음모를 꾀하거나 부왕의 죽음 이면에 숨겨진 내막을 알고 있다는 의심을 사게 될까봐 두려웠다. 그래서 그는 이 시간 이후로 완전히 미친 사람처럼 행동하겠다는 특이한 결심을 하기에 이르렀다. 숙부가 자기를 진지한 계획을 꾸며 낼 능력이 없는 자로 여기면 의심의 대상이 되지 않을 것이며, 미친 사람으로 가장하면 심적인 동요를 무사히 숨겨 은폐할 수 있을 것이라고 생각했기 때문이다.

이 때부터 햄릿은 괴상하게 옷을 입고 말하고 행동하기 시작했는데, 미친 사람의 흉내가 어찌나 뛰어났는지 왕도 왕비도 완전히 속아 넘어갈 정도였다. 그들은 유령이 출현한 줄을 전혀 몰랐으므로, 그가 부왕의 죽음에 대한 슬픔으로 정신이 이상해졌다고 생각하기보다는, 사랑 때문에 병이 난 줄로 여겼으며, 그 대상이 누군지도 알고 있다고 생각했다.

햄릿은 지금까지 설명한 우울증에 걸리기 이전에, 오필리아라는 아름다운 처녀를 사랑하고 있었다. 그녀는 왕의 국무대신인 폴로니어스의 딸이었는데, 햄릿은 그녀에게 편지와 반지를 보내 여러 차례 애정을 보이며 정중하게 구애했고, 그녀 역시 그의 맹세와 끈덕진 태도에 믿음을 표시했다. 하지만 최근에 우울증에 빠지면서부터 햄릿은 그녀를 소홀히 대하기 시작했고, 미친 사람 흉내를 내기로 결심한 순간부터 인정머리 없이 무례하게 굴었다.

그래도 이 착한 아가씨는 자신에게 못되게 구는 그를 비난하기보다, 그가 전보다 관심을 덜 보이는 것이 마음에 병이 생겨서일 뿐 냉정한 마음이 굳어진 것은 아니라고 마음을 달랬다. 깊은 우울증이 그의 정신을 짓눌러 손상시키기는 했지만, 그가 예전에 보여 준 고결한 마음과 탁월한 지성을 떠올리며 그것을 아름다운 소리가 나는 종에 비유했다. 본래 절묘한 소리를 낼 수 있는 종이라도 거칠게 다루거나 음조가 맞지 않으면 불쾌하고 거슬리는 소리를 내게 된다고 말이다.

부왕의 살인자에게 복수해야 한다는 힘겨운 과업을 준비하고 있는 햄릿으로서는 쾌활하게 구애놀음을 할 여유가 없었고, 이제 한가한 정열로밖에 여겨지지 않는 사랑에 빠져 있을 수도 없었다. 그럼에도 문득문득 오필리아에 대해 따스한 마음이 생겨나는 것을 어쩔 수 없었다. 그러다 언젠가, 자신이 이 상냥한 여인에게 너무나 가혹하게 대했다는 생각이 들었을 때, 그는 발작을 일으키듯 정열에 넘치는 편지를 썼다. 미치광이 상태에 어울리는 과장된 표현들이었지만 은근히 애정이 섞여 있었으므로, 이 정숙한 여인에 대한 깊은 사랑이 아직 그의 마음 밑바닥에 남아 있음을 드러내지 않을 수 없었다. 하늘의 별들을 불이라 의심하고, 태양이 움직인다는 것을 의심하고, 진실을 거짓이라 의심하더라도, 자신의 사랑만큼은 의심하지 말라고 했으며, 그 외에도 터무니없이 과장된 수사들이 가득 들어 있었다.

오필리아는 자식 된 도리로 이 편지를 아버지에게 보였고, 그 노인은 이 일을 왕과 왕비에게 알려야 한다고 판단했다. 그래서 그 때부터 왕과 왕비는 햄릿이 미쳐 버린 이유가 사랑 때문이라고 생각하게 되었다. 왕비는 아들의 광기가 오필리아의 빼어난 아름다움 탓이기를 간절히 바랐으며, 오필리아의 미덕이 그를 예전의 모습으로 회복시켜 왕과 왕비의 명예도 함께 회복되기를 바랐다.

하지만 햄릿의 상태는 왕비가 생각한 것보다 더 심각해져서, 치료할 수 없을 지경이 되었다. 부왕의 유령이 늘 그의 상상 속에 붙어 따라다니며 괴롭혔고, 살인자에게 복수하라는 신성한 명령을 수행하기 전까지는 몸도 마음도 쉴 수 없었다. 계획을 미루는 한 시간 한 시간이 죄를 짓는 듯했고, 부왕의 명령을 거역하는 것 같았다. 하지만 항상 근위병들에게 둘러싸여 있는 왕을 죽인다는 것은 쉬운 일이 아니었다. 기회를 잡을 수 있더라도, 보통 때 어머니인 왕비가 왕과 함께 있어 그의 목적을 방해했으니,

햄릿은 이 장애물을 뚫고 나갈 수가 없었다. 왕위 찬탈자가 어머니의 남편이라는 사실도 마음의 부담이 되어, 그의 결의의 칼날을 무디게 했다.

같은 인간을 죽인다는 행위 자체가 햄릿처럼 천성이 온유한 사람에게는 끔찍하게 싫고 무서운 일이었다. 오랫동안 정신적인 실의와 우울증에 빠져있던 그는 극단적인 행동을 하지 못한 채 우유부단하게 망설였다. 더구나 자신이 본 유령이 정말로 아버지였는지, 아니면 그가 보고 싶은 어떤 형태로든 나타날 수 있는 사악한 힘이 그의 심약함과 우울증을 이용하여 살인이라는 극단적인 행위를 하게 하려고 아버지의 형상으로 나타난 것인지 확신이 서지 않았다. 망상일 수도 있는 유령이나 환상보다는 더 확실한 근거가 있어야 했다.

그가 마음을 정하지 못하고 있을 때 연극을 하는 배우들이 궁궐에 들어 왔다. 햄릿은 전부터 이들의 연극을 즐겼고, 특히 그들 중의 하나가 트로이 왕 프리아모스[8]의 죽음과 헤카베 왕비의 슬픔을 읊조리는 비극적인 대사를 좋아했다. 그는 옛 친구들인 배우들을 환영하며 예전에 기쁨을 주었던 대사를 떠올리고는, 그 배우에게 다시 한 번 들려 달라고 부탁했다. 그러자 그는 무기력한 늙은 왕의 잔인한 시해와 화재로 인한 백성들과 도시의 멸망, 그리고 지난날 왕관을 썼던 그 머리에 초라한 누더기를 쓰고 위

---

[8] 그리스 신화에 나오는 트로이의 마지막 왕. 헥토르와 파리스의 아버지

덴마크 왕자, 햄릿 | 385

풍당당한 옷을 걸쳤던 허리에 허둥지둥 담요만을 끌어다 걸친 채 맨발로 궁전을 이리저리 뛰어다니는 늙은 왕비의 미칠 듯한 슬픔의 모습을 생생하게 재현해 냈다. 그 모습이 너무나 생생하여, 구경하던 사람들은 모두 실제로 그 장면을 본 것처럼 눈물을 흘렸고, 배우 자신조차 목이 메어 흐느껴 울며 연기했다.

이를 본 햄릿은 깊은 생각에 잠겼다. 그 배우는 단지 가공의 연극 대사를 읊으면서도 격정에 북받쳐 수백 년 전에 이미 죽어 한 번도 본 적이 없는 헤카베를 위해 눈물을 흘리는데, 실제 부왕이신 자신의 아버지가 살해되어 격정에 빠질 동기와 계기가 충분한 그는 전혀 아무런 마음의 감동도 없이, 복수를 하지 못한 채 내내 둔하고 어지러운 망각 속에 잠들어 있었으니 얼마나 한심한 노릇인가! 배우들의 연기와 실제처럼 구현해 낸 훌륭한 연극이 관객에게 미치는 강력한 영향력을 곰곰이 생각하던 와중에, 문득 어느 살인자에 대한 이야기가 그의 뇌리에 떠올랐다. 무대 위에서 벌어지는 살인 장면을 보고 있다가 상황이 너무나 비슷한 것을 보고 넋이 나가서, 그 자리에서 자기 죄를 고백한 살인자가 있다고 하지 않았던가.

그래서 그는 배우들에게 숙부 앞에서 부왕의 시해와 비슷한 연극을 하게 하여, 그것이 숙부에게 어떤 영향을 미치는지 면밀하게 지켜보면서, 그 표정으로 숙부가 살인자인지 아닌지 좀더 확실한 증거를 찾아보기로 결심했다. 이를 위해 배우들에게 연극을 준비하라 이르고, 그 공연에 왕과 왕비를 초청했다.

연극은 비엔나에서 살해당한 어느 공작에 관한 이야기였다. 공작의 이름은 곤자고였고 그의 아내는 밥티스타였는데, 공작의 친척인 루시아너스라는 자가 영지를 차지하려고 정원에서 공작을 독살하고, 그 후 얼마 안 가서 곤자고 부인의 사랑을 얻게 되는 내용이었다.

이 연극 공연이 함정인 줄을 모르는 왕과 왕비는 모든 신하들을 데리고 참석했다. 햄릿은 왕의 표정을 관찰하려고 조심스럽게 가까이 가서 앉았다. 이제 연극은 곤자고와 그 아내의 대화로 시작되었다. 곤자고의 아내는 남편에게 수없이 사랑의 맹세를 하며, 만일 자신이 곤자고보다 오래 산다 해도 절대 재혼하지 않을 것이며, 그녀가 만약에 재혼을 한다면 저주를 받을 것이라고 말했다. 남편을 죽인 악독한 여인이 아니고서는 아무도 그런 짓을 하지 않는다고 덧붙였다.

햄릿은 이 대사에 숙부의 얼굴빛이 달라지고, 왕과 왕비 모두에게 쓰디쓴 쑥처럼 영향을 미친 것을 알아차렸다. 이야기가 진행되어, 루시아너스가 정원에서 잠들어 있는 곤자고에게 독을 넣으려고 다가갔을 때, 클로디어스가 정원에서 독살한 자기 형이자 선왕에게 저지른 사악한 행위와 너무나 흡사한 그 장면을 보고 이 찬탈자는 양심에 크나큰 충격을 받은 듯했다. 연극이 끝날 때까지 앉아 있을 수가 없었는지, 갑자기 자기 방으로 갈 등불을 가져오게 하고는 몸이 불편한 척하며(실제로 몸 상태가 안 좋았는지도 모르지만), 급하게 극장을 떠나 버렸다. 왕이 떠나자 연극은 중단되었다.

이제 햄릿은 유령의 말이 환상이 아니라 사실이었다는 것을 만족스러울 만큼 확인했다. 커다란 의심이나 가책을 한꺼번에 덜어 낸 사람처럼 감격에 겨워하며, 유령의 말이 사실이라는데 천 파운드라도 걸겠노라고 호레이쇼에게 장담했다. 숙부가 부왕의 살인범이라는 것을 확신한 그가 어떤 방법으로 복수를 감행할지 결정을 내리기 전에, 어머니가 그에게 사람을 보내어 자신의 사실에서 조용히 이야기를 하자고 청했다.

왕비가 햄릿을 부른 이유는 그가 한 행동이 왕과 왕비의 기분을 얼마나 상하게 했는지 알리라는 왕의 분부가 있었기 때문이었다. 한편, 그 밀담에서 오가는 내용을 모두 알고 싶었던 왕은 왕비의 편파석인 말만 들어서는 햄릿이 하는 말 중에서 알아야 할 중요한 부분이 빠질 수도 있다고 생각하여, 늙은 국무대신 폴로니어스에게 왕비의 사실 안 커튼 뒤에 숨어서 그들의 대화 내용을 모두 엿들으라고 했다. 이것은 폴로니어스의 기질에 딱 맞는 임무였다. 나라의 부정직한 권모술수 속에서 부대끼며 나잇살을 먹은 이 노인은 간접적으로 교활하게 정보를 얻어 내는 것을 좋아하는 인물이었다.

햄릿이 어머니에게 찾아가자, 그녀는 아들의 행동과 처신을 꾸짖으며, 그의 행동이 '아버지'를 무척 화나게 만들었다고 말했다. 그녀와 결혼하여 왕이 된 그의 숙부를 칭하여 햄릿의 아버지라고 부른 것이었다. 친 아버지를 살해한 일개 살인자 악한에게

아버지라는 존경스럽고 소중한 명칭을 붙이는 것에 몹시 분개한 햄릿은 날카로운 어조로 대꾸했다. "어머니, '당신'은 '나의 아버지'를 대단히 모욕하셨습니다."

왕비는 쓸데없는 말을 한다고 했고, 햄릿은 "그 질문이 쓸데없는 만큼이지요."라고 대답했다. 그러자 왕비는 지금 누구와 얘기하고 있는지 잊었느냐고 호통을 쳤다.

햄릿이 대답했다. "아, 그것을 잊어버릴 수 있다면 좋겠습니다. 당신은 이 나라의 왕비이시고, 시동생의 아내이시고, 저의 어머니십니다. 어머니가 지금 이런 분이 아니었으면 좋겠습니다."

"네가 정히 그렇게 나를 무시한다면, 너와 얘기할 수 있는 분을 불러다 주마." 왕비가 왕이나 폴로니어스를 불러 오려고 했다.

하지만 햄릿은 어머니와 단둘이 있게 된 이상, 자신이 설득하여 어머니의 사악한 삶에 분별력을 찾아 줄 수 있을지 시도해 보기 전까지는 보내 드릴 수 없었다. 그래서 어머니의 손목을 잡아 꼼짝 못하게 하고는 의자에 앉혔다. 왕비는 아들의 심각한 태도에 겁을 먹고 그가 미쳐서 해코지를 하지 않을까 두려워 비명을 질렀다. 그와 동시에 커튼 뒤에서도 누군가가 소리쳤다. "도와다오, 도와다오, 왕비가 위험하시다!"

그 소리를 들은 햄릿은 숨어있는 사람이 틀림없이 왕일 거라고 생각하고는, 검을 빼들어 달아나는 쥐새끼 한 마리를 찔러 죽이듯 목소리가 나는 그 곳을 찔렀다. 목소리가 그쳐 죽었다고 생각될 때까지. 그런데 시체를 끌어내 보니, 그 사람은 왕이 아니라

염탐하러 커튼 뒤에 숨어 있던 참견하기 좋아하는 노 대신 폴로니어스였다.

왕비가 소리쳤다. "맙소사! 이 무슨 분별없는 유혈난동이냐!"

"네, 유혈난동입니다, 어머니. 하지만 왕을 죽이고 그 동생과 결혼한 당신의 행위만큼 나쁘지는 않아요."

햄릿은 여기서 그만두기에는 너무 멀리 가버렸다. 이제 어머니에게 숨김없이 털어놓기로 하고 다 말해 버렸다. 자식이라면 부모의 잘못을 부드러운 마음으로 받아들여야 하는 법이지만, 그 죄질이 심각하다면 어머니에게 다소 가혹하게 말하더라도 용납되어야 할 것이다. 비난하려는 목적이 아니라, 어머니를 위해 사악한 길에서 돌이키게 하기 위해서 하는 가혹함이라면 말이다.

그래서 이 고설한 왕자는 감동적인 언사로, 돌아가신 그의 아버지이자 왕을 너무나 쉽게 잊어버리고 형을 살해한 혐의가 있는 시동생과 이토록 빨리 결혼해 버린 왕비의 극악한 죄를 이야기했다. 그녀가 첫 남편에게 수없이 맹세한 후에 그런 행동을 한 것은 모든 여인들의 맹세를 의심케 하기에 충분하며, 모든 미덕을 위선으로 보이게 하고, 결혼 서약을 도박꾼의 서약보다 못하게 하고, 종교를 형식적인 말장난에 지나지 않는 조롱거리로 전락시키는 일이며, 그녀가 한 행동은 하늘도 부끄러워 얼굴을 붉히고 땅도 역겨워할 일이라고 말했다.

그러면서 그녀에게 두 개의 초상화를 보여 주었다. 하나는 그녀의 첫 남편인 선왕의 그림이었고, 다른 하나는 두 번째 남편인

현재 왕의 그림이었다. 그리고는 그들의 차이점을 말해보라고 했다. 부왕의 눈썹이 얼마나 품위 있고 그 모습은 얼마나 신처럼 거룩해 보이는가! 고수머리는 아폴로[9]와 같고, 이마는 주피터[10] 같으며, 눈은 마르스[11] 같고, 자세는 하늘과 맞닿은 산 정상에 방금 내려선 머큐리[12] 같지 않은가! 이분이 그녀의 '남편이었다'고 말했다.

그 후에 햄릿은 그녀가 새로 남편으로 맞아들인 남자를 보여주었다. 건강한 형을 죽여 버린 이 자의 모습은 해충이나 곰팡이와 비슷하지 않은가. 그가 왕비의 눈을 내면으로 돌려 영혼을 바라보게 하였으니, 그녀는 이제야 자신의 영혼이 너무나 검고 흉한 것을 보고 뼈아프게 부끄러워했다. 아들은 그런 어머니를 보며, 어떻게 첫 남편을 죽이고 도둑처럼 거짓된 방법으로 왕관을 빼앗은 남자의 아내로 계속 살아갈 수 있느냐고 물었다.

그가 이 말을 하고 있을 때, 살아 있을 때의 모습 그대로, 그가 최근에 보았던 모습 그대로 아버지의 유령이 그 방안으로 들어왔다. 햄릿이 대단히 두려워 떨며 무슨 일이냐고 묻자, 유령은 햄릿이 전에 약속한 복수를 잊어버린 것 같아 상기시켜 주러 왔다고 대답했다. 또한 왕비가 지금 빠져 있는 슬픔과 공포 때문에

---

9) 그리스신화의 아폴론, 태양신
10) 그리스신화의 제우스, 모든 신의 우두머리
11) 그리스신화의 아레스, 군신
12) 그리스신화의 헤르메스

죽게 생겼으니, 그녀의 고민을 덜어 주는 말을 하라고 명령했다. 그리고 유령은 사라졌다.

그런데 그 유령은 햄릿의 눈에만 보였으니, 그가 유령이 서 있는 곳을 가리키거나 설명을 해도 어머니는 도무지 알아보지 못했다. 그녀에게는 아무것도 보이지 않았으므로, 아들이 누군가와 얘기하는 소리를 듣는 내내 극도로 겁에 질려, 그것을 아들의 정신 이상 탓으로 돌렸다.

하지만 햄릿은 아버지의 영혼이 다시 세상에 나타난 것을 왕비의 죄 때문이 아니라 그의 광기 탓이라고 생각한다면 사악한 영혼에 휘둘리는 것이니 그러지 말아 달라고 애원했다. 자신의 맥박이 미친 사람의 것과 달리 얼마나 정상적으로 뛰고 있는지 짚어 보라고 했다. 또한 그녀의 지나간 죄를 하늘에 고백하고, 앞으로는 왕과 같이 있는 자리를 피하여 아내로서 행동하지 말라며, 눈물로 호소했다. 그녀가 아버지에 대한 기억을 존중하여 어머니로서의 모습을 보여 준다면, 자신도 아들로서 어머니의 복을 빌겠다고 말했다. 그녀가 그의 뜻대로 따르겠다고 약속함으로써, 이 대화는 마무리되었다.

그 후에야 햄릿은 자기가 경솔하게 죽여 버린 자가 누구인지를 생각해 볼 여유가 생겼다. 그 사람이 폴로니어스이며 너무나도 사랑하는 오필리아의 아버지라는 것을 알고는 시신을 다른 곳으로 옮겼고, 이제 조금 더 진정된 마음으로, 자신이 저지른 짓을 후회하며 슬피 울었다.

폴로니어스의 불행한 죽음은 왕이 햄릿을 왕국에서 쫓아 낼 수 있는 좋은 핑계거리가 되었다. 그는 햄릿을 위험하게 여겨 제거하고 싶었지만, 햄릿을 사랑하는 백성들과 자신의 온갖 잘못에도 불구하고 아들을 끔찍이 사랑하는 왕비 때문에 섣불리 움직일 수가 없었다. 그래서 이 음흉한 왕은, 햄릿이 폴로니어스의 죽음에 대해 책임 추궁을 당하지 않도록 안전을 도모한다는 핑계로, 두 명의 신하에게 그를 맡겨 영국행 배에 태웠다. 그 신하들 편에, 당시에 덴마크의 지배를 받아 조공을 바치고 있던 영국 왕실에 전달할 편지를 보냈는데, 거기에는 영국 땅에 도착하자마자 어떤 이유를 대서라도 햄릿을 죽여 버리라는 내용이 담겨 있었다.

햄릿은 왕에게 어떤 음모가 있으리라 의심하고 밤중에 몰래 그 편지를 찾아 내어, 자기 이름을 교묘히 지우고 대신에 그를 맡은 두 신하가 죽임을 당하도록 그들의 이름을 적어 넣었다. 그 후에 편지를 밀봉해서 다시 제자리에 갖다 놓았다.

그로부터 얼마 지나지 않아, 그들의 배가 해적들의 공격을 받아 전투가 시작되었다. 싸우던 와중에 햄릿은 자신의 용맹을 드러내 보이려고 검을 빼들고 혼자서 해적들의 배에 올라탔는데, 그가 타고 온 배는 비겁하게도 그를 내팽개치고 떠나버렸다. 두 명의 신하들은 햄릿이 고쳐 놓은 편지를 싣고 그들에게 마땅한 벌이 가해질 영국을 향해 열심히 배를 몰았다.

왕자를 인질로 잡은 해적들은 의외로 점잖게 대해 주었다. 그들이 손아귀에 넣은 자가 누구인지를 알고는, 자기들이 왕자에게 후대했으니 궁에 돌아가 넉넉하게 보상해 주리라 기대하며, 제일 가까운 덴마크의 항구에 햄릿을 내려 주었다. 그 곳에서 햄릿은 자신이 고국으로 돌아오게 된 기이한 우연을 설명하고 다음 날 폐하 앞에 나아가겠다는 내용으로 왕에게 편지를 써 보냈다. 그런데 고향에 도착했을 때 그는 너무나 슬픈 장면을 목격하게 되었다.

그것은 그가 한 때 사랑했던 아름답고 젊은 오필리아의 장례식이었다. 그녀는 가엾은 아버지가 세상을 떠난 이후로 정신이 이상해지기 시작했다. 자신이 사랑한 왕자의 손에 아버지가 무참히 죽임을 당했다는 사실이 이 아가씨의 여린 마음에 크나큰 충격을 주어, 그 후로 얼마 지나지 않아 완전히 미쳐 버렸다. 궁에 있는 여인들에게 꽃을 나누어 주며 아버지의 장례용 꽃이라고 말하고, 사랑과 죽음에 관한 노래를 부르기도 하고, 때로는 자신에게 벌어진 일을 전혀 기억하지 못하는 것처럼 아무 의미 없는 노래를 흥얼거리기도 했다.

그 동네에는 버드나무 한 그루가 비스듬히 자라 잎사귀들이 물에 비치는 시냇가가 있었다. 어느 날 그녀는 감시하는 사람이 없을 때, 데이지와 쐐기풀, 잡초와 꽃들을 모두 섞어 만든 화환을 들고 이 시냇가로 나갔다. 버드나무 가지에 화환을 걸려고 올라가다가, 가지가 뚝 부러져, 이 아름다운 아가씨와 화환과 그녀가 갖고 있던 모든 것이 물에 빠졌다. 옷가지가 활짝 벌어져 잠시 그녀를 물 위에 지탱해 주는 동안, 그녀는 자신이 처한 곤경을 모르

시냇가로 간 오필리아

는 것처럼, 아니면 본래 물 속에서 태어나 살아온 생명체인 것처럼 태연하게 옛날의 노래를 불렀다. 하지만 물에 젖어 무거워진 그녀의 옷은 어느새 그녀를 진흙탕으로 끌고 내려가, 아름다운 노랫소리를 끊어 놓으며 비참한 죽음으로 데려갔다.

햄릿이 도착했을 때, 왕과 왕비와 모든 신하들은 오필리아의 오빠 레어티즈가 집전하고 있는 그녀의 장례식에 참석해 있었다. 그는 이 모든 것이 무엇을 의미하는지 모르는 채, 장례식을 방해하지 않으려고 한 쪽으로 비켜섰다. 결혼하지 않은 여인을 매장할 때 하는 관습대로 그녀의 무덤에 꽃이 뿌려지는 것을 지켜보았다.

왕비가 손수 꽃을 던지며 말했다. "어여쁜 아가씨에게 어여쁜 꽃을 뿌리겠어요! 그대의 신방을 꽃으로 장식하려 했는데 무덤에 뿌리게 되다니요. 그대가 내 아들 햄릿의 아내가 되었으면 좋았을 것을."

오필리아의 오빠는 동생의 무덤에서 제비꽃이 돋아나길 기원하며, 슬픔으로 미쳐 버린 듯이 무덤에 뛰어들어, 자기도 같이 동생과 같이 묻힐 테니 그 위에 흙더미를 덮어 달라고 부르짖었다.

그 광경을 본 햄릿의 마음에는 이 아리따운 아가씨에 대한 사랑이 되살아났고, 그녀의 오빠가 드러내 보이는 슬픔을 견딜 수가 없었다. 4만 명의 오빠보다 자신이 더 오필리아를 사랑한다고 생각했기 때문이다. 그래서 그는 앞으로 나아가 레어티즈와 똑같이 미친 사람처럼, 아니 그보다 더 격렬하게 무덤으로 뛰어들었다. 레어티즈는 자기 아버지와 누이동생을 죽음으로 몰고 간 햄릿을 알아보고는 원수를 만난 듯이 멱살을 움켜잡았고, 사람들이 간신히 그들을 떼어 놓았다.

장례식이 끝난 후, 햄릿은 레어티즈에 맞서기라도 하듯이 무덤으로 몸을 던진 자신의 성급한 행동을 사과하며, 아름다운 오필리아의 죽음을 다른 사람이 자기보다 더 슬퍼하는 것을 참을 수 없었다고 말했다. 이리하여 이 귀족 청년들은 일단 화해를 한 것처럼 보였다.

하지만 햄릿의 간악한 숙부인 왕은 아버지와 여동생의 죽음에 대한 레어티즈의 슬픔과 분노를 이용하여 햄릿을 파멸시킬 계략을 꾸몄다. 화해와 평화의 표시로 햄릿과 검술 솜씨를 겨뤄 보라고 레어티즈를 부추긴 것이다. 햄릿은 레어티즈의 제안을 받아들였고 검술 내기 시합 날짜가 정해졌다. 시합을 보기 위해 조정의 모든 신하들이 모여들었으며, 레어티즈는 왕의 사주를 받아 독을 묻힌 검을 준비해 두었다. 햄릿과 레어티즈가 모두 검술에 능하다고 알려져 있었으므로 모든 신하들이 이 시합에 큰 내기를 걸었다.

햄릿은 레어티즈의 배신을 전혀 의심하지 않았고, 무기를 꼼꼼하게 살피지도 않은 채 연습용 검을 집어 들었다. 레어티즈는 검술 규칙에 지정되어 있는 연습용 검이나 끝이 뭉툭한 검 대신에, 뾰족한 독 검을 사용했는데 말이다.

처음에 레어티즈는 놀이하듯 검을 놀리며 햄릿의 우세를 허용했다. 그러자 왕은 아무것도 모르는 척 그것을 과도하게 칭찬하며, 햄릿의 승리를 위해 축배를 들고, 경기 결과에 대해 거액의 내기 돈을 걸었다. 하지만 몇 번 공격을 주고받은 후에, 열이 오른 레어티즈는 독이 묻은 검으로 햄릿을 사정없이 찔러 치명적인 타격을 입혔다. 이에 햄릿은 몹시 화가 났지만 음모의 전모를 알지는 못했다. 난투를 벌이다 독이 묻지 않은 자신의 검과 레어티즈의 독 검을 바꿔 쥐게 되었고, 그의 칼로 레어티즈의 급소를 찔렀으니, 레어티즈는 자신의 배신 행위에 스스로 당한 꼴이었다.

이 때 왕비가 독약을 마셨다며 비명을 질렀다. 햄릿이 시합 도중에 목 말라할 경우에 주려고 왕이 준비해 둔 잔을 왕비가 무심코 마셨던 것이다. 교활한 왕은 만일 레어티즈가 실패하더라도 햄릿을 확실하게 죽이기 위해 이 잔에 치명적인 독약을 타 놓았다. 그런데 왕비에게 경고하는 것을 깜빡 잊어버리는 바람에, 왕비가 그것을 마시게 되었고, 왕비는 마지막 숨을 몰아쉬며 독살이라고 외치고는 숨을 거뒀다.

여기에 무슨 음모가 있음을 의심하게 된 햄릿은 문을 모두 걸어 잠그라고 명령하고, 진상을 밝히려 했다. 레어티즈는 자신이 배신자이니 더 찾을 필요 없다고 말했다. 햄릿에게 입은 상처로 인해 생명의 불길이 꺼져가는 것을 느끼며 그는 자신이 계획한 배신 행위와 그 음모의 희생자가 된 경위를 고백했다. 검에 독을 바른 일도 털어놓고, 그 독을 치유할 수 있는 약이 없으므로 햄릿이 앞으로 반 시간 이상 살지 못할 것이라고 했다. 햄릿에게 용서를 빌면서, 이런 음모를 꾸며 낸 자가 왕이었다는 마지막 말을 남기고 세상을 떠났다.

햄릿은 자신의 최후가 가까워진 것을 알고, 검에 묻은 독이 아직 남아 있었으므로, 간악한 숙부에게 와락 몸을 돌려 그 검으로 그의 심장을 찔렀다. 이렇게 부왕의 유령에게 한 약속을 지켜 그 명령을 수행했으며, 더러운 살인자에게 복수를 끝마쳤다. 차츰 호흡이 약해지고 생명이 끝나가는 것이 느껴지자, 햄릿은 이 숙명적인 비극을 낱낱이 보아 온 자신의 절친한 친구 호레이쇼를 돌아보았다. 거칠게 숨을 몰아쉬면서, 부디 살아남아 이 이야기를 세상에 알려 달라고 그에게 부탁했다(호레이쇼가 친구를 따라 죽으려고 했기 때문이다). 그리고 호레이쇼는 사건의 내막을 모두 알고 있는 자로서 진실을 전하겠다고 약속했다.

이 대답에 만족한 햄릿의 고결한 심장은 멎었다. 호레이쇼와 다른 모든 사람들은 하염없이 눈물을 흘리며 상냥한 왕자의 영혼에 천사들의 가호가 있기를 기원했다. 햄릿은 다정하고 온유한 왕자였으며 고상하고 왕자다운 자질들로 인해 많은 사랑을 받았으므로, 죽지 않고 살아 있었더라면 틀림없이 덴마크에서 가장 기품 있고 완벽한 왕이 되었으리라.

오셀로

    베니스의 부유한 원로원 의원 브라반시오에게는 데스데모나라는 이름의 온화하고 아름다운 딸이 하나 있었는데, 미덕을 고루 갖추었을 뿐 아니라 큰 유산을 물려받을 예정이어서 다양한 구혼자들이 밀려들었다. 하지만 같은 나라 같은 피부색을 지닌 구혼자 중에는 그녀의 마음을 끄는 사람이 하나도 없었다. 이 고상한 아가씨는 사람의 외모보다 내면적인 정신을 중요시했고, 남을 흉내내기보다 탄복할 만한 개성을 가진 사람을 좋아했으므로, 아버지가 총애하여 자주 집에 초대하곤 했던 검은 피부의 무어인에게 애정을 쏟았다.

    데스데모나가 연인으로 선택한 오셀로를 그녀와 어울리지 않는다고 비난할 수는 없었다. 피부색이 검다는 것을 제외하면, 이 고결한 무어인은 가장 훌륭한 아가씨에게 사랑을 받기에 부족함이 없는 사람이었다. 용감한 군인이었고, 투르크족과의 피비린내 나는 전쟁에서 공로를 세워 베니스에서 장군의 반열로 올라섰으며, 나라의 신임과 존경을 받고 있었다.

그는 여행을 많이 한 사람이었으므로, 보통 아가씨들이 그렇듯이 데스데모나도 그가 어렸을 때부터 겪어 온 모험담에 대해 이야기 듣는 것을 즐거워했다. 그가 실제로 경험한 전투와 포위 공격과 교전 이야기, 바다와 육지에서 당한 위험들, 성벽을 뚫고 들어가거나 포문을 향해 진군하다가 구사일생으로 살아난 일, 거만한 적에게 포로로 잡혀 노예로 팔리고 그 상황에서 어떻게 처신하여 탈출했는지에 관한 이야기들. 그 외에 그가 외국에서 목격한 희한한 것들, 드넓은 광야와 신기한 동굴, 채석장, 꼭대기가 구름으로 덮여 있는 암석과 산들, 미개한 나라들과 사람을 잡아먹는 식인종, 어깨 아래서 머리가 자라는 아프리카 인종에 대한 이야기도 있었다.

데스데모나는 이러한 여행담에 흠뻑 빠져서, 집안일을 하러 불려 가게 되면 서둘러 그 일을 처리하고는 얼른 돌아와 오셀로의 이야기에 열심히 귀를 기울이곤 했다. 한 번은 오셀로가 여유로운 시간을 틈타, 자신의 인생 역정에 관해 상세히 이야기해 달라는 부탁을 그녀에게서 유도해 냈다. 데스데모나는 그의 인생 이야기를 많이 들어 왔으나 부분적으로밖에 듣지 못했던 것이다.

그는 그녀의 청을 받아들여, 젊은 시절에 겪은 비참한 이야기들로 그녀의 눈물을 자아냈다.

그의 이야기가 끝나자, 그녀는 그가 당한 고통에 깊은 한숨을 내쉬며, 참으로 이상하고 불쌍하고 너무나 가엾은 이야기라고 귀엽게 단언했다. 차라리 듣지 말 걸 그랬다고 하면서도, 하늘이 자신을 그런 남자로 만들어 주셨으면 좋았겠다고 말했다. 그 후에 그에게 감사를 표하며, 그의 친구 중에 그녀를 사랑하는 이가 있거든 오셀로처럼 이야기하게 하여 구애하도록 하면 그녀의 마음을 얻을 것이라고 했다. 그녀가 매혹적이고 예쁘게 얼굴을 붉히며 정숙하면서도 솔직하게 이런 암시를 건네자, 오셀로는 이를 알아차리고 좀더 솔직하게 자기 마음속에 있는 사랑을 표현했다. 그리하여 황금 같은 이 기회에, 관대한 데스데모나에게 자기와 몰래 결혼하겠다는 승낙을 받아냈다.

오셀로의 피부색이나 재산으로 보아, 브라반시오가 그를 사위로 받아 준다는 것은 기대할 수 없는 일이었다. 그는 딸을 자유로이 풀어 주었지만, 베니스의 여느 귀족 처녀들처럼 그녀도 머지않아 원로원 급의 지위나 재산을 가진 신랑감을 선택하리라 예상하고 있었다. 하지만 이 점에서 그의 예상은 빗나갔다.

데스데모나는 피부색이 검은 이 무어인을 사랑했고, 그의 용맹한 품성과 자질에 마음과 운명을 바쳤다. 남편으로 택한 남자에게 마음을 전부 내 주었으므로, 이 명민한 아가씨는 누구나 넘을 수 없는 장애물로 여기는 그의 피부색을 그녀에게 구혼하는 베니스 젊은 귀족들의 하얀 피부나 깨끗한 외모보다 낫게 여겼다.

그들의 결혼식은 비밀리에 치러졌지만, 비밀은 오래 갈 수 없는 법이라서 곧 브라반시오의 귀에까지 들어갔다. 브라반시오는 엄숙한 원로원 회의에 출석하여 무어인 오셀로를 고발했다. 그가 마법과 요술을 써서 아름다운 데스데모나의 애정을 부추겨, 아버지의 승낙도 없이 그리고 평소에 환대해 준 은혜도 저버리고 결혼하게끔 꼬여 냈다고 주장했다.

이 때 베니스에는 오셀로의 도움을 절실히 필요로 하는 사건이 생겼다. 강력한 군사력을 갖춘 투르크 군이 함대를 이끌고, 당시에 베니스가 장악하던 군 주둔지를 탈환하기 위해 사이프러스 섬으로 진격하고 있다는 소식이 전해진 것이다. 이러한 긴급 상황에서 베니스 정부는, 투르크 군에 맞서 사이프러스를 방어할 적임자는 오셀로밖에 없다고 생각하여 그를 급히 찾았다. 이윽고 출두 명령을 받고 달려온 오셀로는 중대한 나랏일을 수행할 후보자인 동시에 베니스 국법에 의해 사형에 처해질 죄를 지어 고발당한 범죄자로서 원로원 의원들 앞에 섰다.

브라반시오의 연로한 나이와 원로원 의원으로서의 지위 때문에 이 엄숙한 회의는 지극히 참을성 있게 귀 기울여야 하는 자리가 되었다. 화가 머리끝까지 치민 아버지는 그럴싸한 추측과 증거 없는 주장을 내세우며 혹독하게 오셀로의 죄를 고발했지만, 오셀로는 변론할 기회를 얻게 되었을 때 자신의 사랑을 솔직하게 이야기했을 뿐이었다. 꾸밈없는 웅변으로 자신이 구애한 일을 모두 설명하며 너무나 고상하고 정직하게(이것이 진실이라는 증거이다) 진술했으므로, 재판장으로 앉아 있던 공작은 그렇게 이야기를 하면 자신의 딸도 넘어갔을 것이라고 인정하지 않을 수 없었다. 오셀로가 구애에 사용한 주문과 요술은 사랑에 빠진 남자의 정직함이었고, 그가 사용한 마법은 오로지 여인의 귀를 끌어들일 정도로 부드럽게 이야기하는 능력이었던 것이다.

오셀로의 진술은 데스데모나 자신의 증언으로 확인되었다. 그녀는 법정에 나와서, 생명을 주고 길러 주신 아버지에게 순종해야 하는 줄은 잘 알고 있으나, 그녀의 어머니가 외할아버지보다 아버지(브라반시오)를 더 사랑했듯이, 자신도 남편에게 도리를 다할 수 있도록 허락해 달라고 호소했다.

늙은 아버지는 더 이상 소송을 계속할 수 없게 되자, 수없이 슬픔을 표하며 무어인에게 가까이 오라고 한 후에, 어쩔 도리 없이 딸을 내 주었다. 자신에게 딸을 말릴 힘이 있다면 무슨 수를 써서라도 오셀로와 떼어 놓고 싶지만, 한편으로는 데스데모나의 이런 행동이 그를 폭군으로 만들어 자식들에게 족쇄를 채우게 되었을 것이므로, 다른 자식이 없는 것이 참으로 다행이라고 말했다.

어려운 문제가 해결되자, 군인으로서의 고된 생활이 음식과 휴식처럼 몸에 밴 오셀로는 즉시 사이프러스 전쟁을 지휘하는 임무를 떠맡았다. 데스데모나도 갓 결혼한 부부가 흔히 시간을 보내는 한가로운 기쁨을 탐닉하기보다 남편의 명예를 더 소중히 여겨(위험한 일이긴 했지만), 남편의 출정에 흔쾌히 동의했다.

오셀로와 그의 아내가 사이프러스 섬에 도착했을 때, 사나운 풍랑으로 인해 투르크 함대가 뿔뿔이 흩어져 당장은 적의 공격을 받을 염려가 없다는 소식이 동시에 들어 왔다. 그러나 오셀로가 치러야 할 전쟁은 지금부터였다. 악의적인 생각으로 죄 없는 오셀로 부인을 모함하는 적들이 이방인이나 이교도들보다 더 위험했던 것이다.

오셀로 장군은 친구들 중에서 캐시오라는 자를 가장 신임하고 있었다. 마이클 캐시오는 플로렌스 출신의 젊은 군인으로, 쾌활하고 사랑에 약하며, 듣기 좋은 말을 잘하고, 여인들이 좋아하는 장점을 두루 갖추고 있었다. 잘생긴데다 언변이 뛰어나서, 젊고 예쁜 아내를 둔 나이 많은 남자(오셀로도 이런 경우였다)의 질투와 경계심을 불러일으키기에 충분한 인물이었다.

하지만 오셀로는 성품이 고결하여 질투할 줄을 몰랐으며, 비열한 행동을 하거나 남을 의심할 줄도 몰랐다. 그는 데스데모나와 연애할 때 캐시오에게 도움을 청했고, 캐시오가 둘 사이에서 일종의 중매쟁이 역할을 했다. 여자들을 즐겁게 해 주는 부드러운 대화 능력이 부족하다고 걱정스러워했던 오셀로는 친구에게 이러한 재능이 있는 것을 알고, 자주 캐시오를 대리인으로 보내 자기 대신에 구애를 하게 했다. 이러한 순진함과 단순함은 그 용감한 무어인의 결점이라기보다 존경받을 만한 자질이었다.

캐시오가 이런 사람이었으니, 상냥한 데스데모나가 오셀로 다음으로(물론 정숙한 부인으로서 거리를 두기는 했지만) 그를 좋아하고 신뢰하는 것은 이상한 일이 아니었다. 결혼한 후에도 마이클 캐시오에 대한 그들의 태도는 변함없었다. 캐시오는 자주 그들의 집에 드나들었고, 그의 거침없고 생기 있는 이야기는 다소 진중한 성격이었던 오셀로에게 다양한 즐거움을 안겨 주었다. 천성이 진지한 사람들은 자신의 과도한 중압감에서 벗어나게 해 줄 수 있는 반대되는 성격을 좋아하게 마련이었다. 데스데모나 역시 캐시오가 친구 대신에 구애하러 오던 시절처럼 함께 웃으며 이야기했다.

최근에 오셀로는 장군을 가장 가까이에서 보필하고 신뢰받는 부관 자리에 캐시오를 임명하여 진급시켰다. 자기가 더 적임자라고 생각한 선임 장교 이아고는 이 진급에 심한 반감을 품었다. 캐시오에 대해, 여자들과 어울려 놀기에나 적당한 놈이지 전술이나 전투에서의 군대 배치에 관해서는 여자보다 모르는 놈이라고 늘 조롱하고 있었던 것이다. 그는 캐시오를 미워했으며 오셀로도 미워했다. 오셀로가 캐시오를 총애한다는 사실이 불쾌했고, 그가 자신의 아내 에밀리아를 좋아한다는 경솔하고 부당한 의심을 품고 있었기 때문이다. 이러한 망상으로 화가 난 이아고는 계략에 능한 머리를 굴려, 캐시오와 그 무어인과 데스데모나를 한꺼번에 파멸시키려는 무시무시한 복수 계략을 꾸미게 되었다.

이아고는 교활한 성격이었을 뿐 아니라 인간의 본성을 깊이 연구한 사람이었다. 사람의 마음을 괴롭히는 고통 중에서(이는 신체적인 고통을 훨씬 능가하는 고통이다), 질투의 고통이 가장 참을 수 없는 것이고 가장 뾰족한 가시를 지니고 있음을 알고 있었다. 캐시오에 대한 오셀로의 질투심을 자극할 수만 있다면, 캐시오든지 오셀로든지 아니면 둘 다 죽게 되는 절묘한 복수극이 이루어질 것이라고 생각했다. 하나가 죽든 둘이 죽든 그에게는 상관없었다.

장군과 그의 아내가 도착했다는 소식과 적의 함대가 뿔뿔이 흩어졌다는 소식이 함께 도착했으므로, 사이프러스 섬에서는 일종의 축제가 벌어졌다. 모든 사람들이 잔치 분위기에 젖어 흥겨워했다. 포도주가 넘쳐 흐르고, 검은 피부의 오셀로와 그의 아름다운 아내 데스데모나의 건강을 기원하는 축배가 줄을 이었다.

그 날 밤 캐시오는 수비대의 지휘를 맡았다. 병사들이 과하게 술에 취해 난동을 피워서 섬 주민들을 두렵게 하거나 새로 도착한 군대를 미워하는 일이 생기지 않도록 단속하라는 오셀로 장군의 지시를 받았다.

그 날 밤에 이아고는 신중하게 꾸민 이간질 계획을 실행에 옮기기 시작했다. 장군에 대한 사랑과 충성을 들먹이며 캐시오에게 과음을 하도록 부추겼다. 수비대를 책임지는 장교로서 크나큰 실책이 아닐 수 없는 행동이다. 캐시오는 처음 얼마 동안 사양했지만, 이아고가 능숙하게 꾸며 내는 솔직하고 스스럼없는 태도에 버티지 못하고, 한 잔 또 한 잔을 들이켰다.(이아고는 계속해서 권주가를 부르며 술을 권했다.) 캐시오의 입에서 데스데모나에 대한 칭찬이 흘러나왔고, 그녀를 위해 수차례 건배를 하며 그녀가 세상에서 가장 우아한 부인이라고 장담했다. 급기야 캐시오가 입으로 털어넣은 원수 같은 술이 그의 이성을 훔쳐 갔다. 이아고의 사주를 받은 남자가 그에게 시비를 걸자, 서로 검을 빼들어 싸움이 벌어졌고, 유능한 장교 몬타노가 싸움을 말리려다 부상당하는 사고가 벌어졌다.

소동이 커지자, 싸움을 조종했던 이아고가 제일 먼저 비상사태를 알려 성에 있는 종을 울리게 했다. 취중에 발생한 가벼운 싸움이 아니라 위험한 반란이라도 일어난 듯이 말이다. 비상 종소리를 듣고 잠에서 깨어난 오셀로는, 재빨리 옷을 걸치고 현장으로 나와 캐시오에게 사건의 진상을 캐물었다.

캐시오는 이제 정신을 차리고 술기운을 조금 떨쳐 냈지만, 너무나 부끄러워서 대답을 하지 못했다. 이아고는 캐시오를 비난하고 싶은 마음이 전혀 없는 척하면서, 사실을 알아야겠다는 오셀로의 고집 때문에 어쩔 수 없다는 듯이 사건의 전모를 이야기했다(자신이 관여한 부분은 빼버렸다. 캐시오는 술에 취해 기억하지 못했던 것이다). 겉으로는 캐시오의 잘못을 덮어 주려는 듯했지만 실제로는 훨씬 부풀려서 설명했다. 그 결과 규율을 엄격하게 준수하는 오셀로는 캐시오의 부관 직위를 박탈하지 않을 수 없었다.

이리하여 이아고의 첫번째 계략은 완벽하게 성공했다. 미워하던 경쟁자의 명예를 실추시키고 직위에서 해임시켰다. 하지만 이 재앙 같은 밤의 사건을 그 후에도 더 이용했다.

불행을 당하고 완전히 술이 깬 캐시오는 겉으로 친구인 체하는

이아고에게 자신이 짐승이나 다를 바 없는 바보짓을 했다며 한탄했다. 이제 다시 장군에게 부관 자리를 청할 수도 없으니 자신은 끝장이라고 말했다. 장군께서 그를 주정뱅이로 여길 것이라며 스스로를 경멸했다. 이아고는 별 일 아니라는 투로, 살아 있는 사람이면 누구나 때로 술에 취할 수 있는 법이라고 위로했다. 불리한 상황에서 최선의 결과를 도모하는 수밖에 없다고 말하며, 장군의 부인이 오셀로를 꼼짝 못하게 하는 장군이나 다를 바 없으니, 데스데모나에게 중재를 부탁하는 것이 제일 좋겠다고 했다. 그녀는 솔직하고 남을 잘 돌봐 주는 성격이므로 쾌히 이 일을 맡아 캐시오가 다시 장군의 총애를 받도록 해 줄 것이고, 그러고 나면 이번에 금이 간 그들의 관계가 전보다 더욱 견고해질 것이라고 말했다. 사악한 목적이 숨어 있지 않았다면 썩 훌륭한 충고였겠지만, 이아고의 간교한 목적은 후에 드러나게 된다.

캐시오는 이아고의 충고대로 데스데모나에게 부탁을 했고, 그녀는 정직한 탄원을 잘 들어 주는 성격이었으므로, 죽는 한이 있더라도 그의 청을 저버리지 않고 남편에게 잘 말씀드리겠다고 약속했다. 그녀가 즉시 이 일에 착수하여 매우 열성적으로 상냥하게 애원하자, 캐시오에게 무척 화가 나 있던 오셀로도 쉽게 뿌리칠 수 없었다. 오셀로는 규칙을 어긴 자를 너무 금방 용서해 줄 수는 없는 일이니 좀더 두고 보자고 했지만, 그녀는 물러서지 않고 내일 밤이나 모레 아침, 아니면 늦어도 그 다음 날 아침까지는 그를 용서해 주어야 한다고 고집했다. 가엾은 캐시오가 참으로 후회하고 풀이 죽어 있으며 그의 과실이 그렇게 심한 벌을 받을 정도는 아니라고 말했다.

그래도 오셀로가 계속 망설이자, 그녀가 말했다. "너무하세요! 제가 캐시오를 위해 간청하는 게 이렇게까지 힘들어야 하나요? 마이클 캐시오가 누군가요, 당신 대신에 구애를 하러 다니고 혹시라도 제가 당신을 비난할 때면 당신의 입장을 편들어 준 사람이 아니던가요! 큰 부탁을 드리는 게 아니잖아요. 제가 정말로 당신의 사랑을 시험할 생각이었다면 아주 어려운 부탁을 했을 거예요."

오셀로는 이런 아내의 간청에 당해 낼 수가 없어서, 조금만 시간을 달라고 부탁하며 마이클 캐시오를 다시 총애하겠노라고 약속했다.

그 전에 오셀로와 이아고가 함께 데스데모나가 있는 방에 들어섰을 때, 마침 그녀의 중재를 탄원하러 왔던 캐시오가 반대편 문으로 나가고 있었는데, 그것을 본 교활한 이아고는 혼잣말을 하듯이 조그맣게 중얼거렸다. "저러면 안 되는데." 오셀로는 그 말에 별로 신경 쓰지 않았다. 사실은 그 후에 바로 아내와 얘기하기 시작했으므로 금방 잊어버렸다. 하지만 나중에 그 말을 기억해 냈다.

데스데모나가 자리를 비우자, 이아고는 그저 궁금해서 물어본다는 듯이 오셀로가 부인에게 구애하던 당시에 마이클 캐시오가 그의 사랑을 알고 있었느냐고 물었다. 오셀로는 알고 있었다고 답했다. 구애할 때 캐시오가 자주 그들 사이를 오갔다고 덧붙였다.

이아고는 아주 끔찍한 일을 새롭게 알게 된 것처럼 눈살을 찌푸리며 소리쳤다. "그랬군요!" 이 말은 좀 전에 방에 들어왔을 때 캐시오와 데스데모나가 함께 있는 것을 보고 이아고가 중얼거리던 그 말을 오셀로에게 상기시켰다. 그는 이 모든 일에 어떤 의미가 있다고 생각하기 시작했다. 이아고를 애정이 풍부하고 정직함이 넘치는 공정한 사람으로 여겼기 때문이다. 몹쓸 악한의 속임수가 그에게는 정직한 사람이 자기도 모르게 내뱉은 말로 느껴졌으며, 말로 표현할 수 없는 엄청난 일이 이면에 숨겨져 있는 것처럼 보였다. 그래서 오셀로는 이아고에게 알고 있는 일을 얘기하라고, 최악의 생각을 말해 달라고 졸랐다.

이아고가 대꾸했다. "제 가슴에 몹시 불결한 생각이 파고들어 왔다면 어쩌시렵니까? 부정한 일들이 잠입하지 못하는 궁전은 없으니까요." 그러면서 말을 이었다. 자신의 어설픈 관찰로 인해 오셀로에게 괴로운 일이 생긴다면 그보다 딱한 일이 어디 있겠냐며, 자기 생각을 알게 되면 오셀로의 평안에 도움이 되지 않을 것이고, 사람의 훌륭한 평판이 하찮은 의심 때문에 나빠져서는 안 된다고 말했다.

슬쩍슬쩍 던지는 이런 말과 암시로 오셀로의 호기심이 거의 미칠 듯한 지경에 이르렀을 때, 이아고는 그의 마음의 평화를 진정으로 걱정해 주듯이 질투심을 경계하라고 당부했다. 의심을 갖지 말라고 경고하는 바로 그 술책으로, 이 악인은 방심하고 있는 오셀로의 마음에 의심을 불어넣었다.

　오셀로가 말했다. "내 아내가 아름답고, 모임과 잔치를 좋아하고, 말도 잘하고, 노래와 연주와 춤에 모두 능하다는 것을 알고 있소. 하지만 정절만 잘 지키면 이런 자질은 미덕이라오. 아내를 부정하다고 생각하기에 앞서 증거가 있어야 하오."

　그러자 이아고는 오셀로가 아내를 나쁘게 여기지 않는 것이 기쁘다는 듯, 자기에게는 아무런 증거가 없다고 솔직하게 밝혔다. 하지만 캐시오가 곁에 있을 때 그녀의 행동을 주의 깊게 살피라고 부탁했다. 질투해서도 안 되고 너무 안심해서도 안 된다면서, 자신은(이아고) 동족인 이탈리아 여인들의 기질을 오셀로보다 잘 알고 있는데, 베니스의 부인들은 자기들의 음탕한 장난이 하늘에는 알려지더라도 남편에게는 절대 드러나게 하지 않는다고 했다. 그 후에 데스데모나가 오셀로와 결혼할 때 아버지를 속였고 매우 조심스럽게 일을 처리하여 그 가엾은 노인이 마법을 썼다고 생각할 정도였던 것을 교묘하게 언급했다.

　오셀로는 문제의 진상을 보여 주는 이 말을 듣고, 크게 동요했다. 그녀가 아버지를 속였다면 남편이라고 속이지 말란 법이 없지 않은가?

　이아고는 오셀로의 심기를 어지럽힌 것에 대해 용서를 빌었다. 오셀로는 내심 비탄에 젖어 부들부들 떨고 있었지만 관심 없는 체하며 이야기를 계속하라고 다그쳤다. 이아고는 캐시오를 친구라고 부르며, 그에게 불리한 이야기를 하는 것이 내키지 않는 듯

수없이 사과한 다음에, 강력하게 정곡을 찔렀다. 데스데모나가 자신의 동족이며 피부색이 같은 적합한 구혼자들을 허다하게 물리치고 무어인인 오셀로와 결혼한 것은, 그녀에게 자연스럽지 못한 일이고 고집이 세다는 증거라고 상기시켰다. 그녀의 판단력이 제대로 돌아오면, 동족인 이탈리아 청년들의 멋진 모습과 깨끗한 안색을 오셀로와 비교하게 되지 않겠냐고 말했다. 그러니 캐시오와의 화해를 잠시 미루고 데스데모나가 얼마나 열성적으로 캐시오의 일을 중재하는지 눈여겨보는 것이 좋겠으며 그러면 많은 것을 알게 될 것이라고 충고했다.

교활한 악당은 이처럼 악의적으로, 무고한 부인의 상냥한 자질을 이용하여 파멸에 빠뜨릴 계략을 꾸몄고, 그녀의 착한 심성이 오히려 그녀를 잡는 덫이 되게 했다. 우선 부인에게 중재를 부탁하라고 캐시오를 선동하고는, 그 중재로 그녀를 파멸시키려 한 것이다.

이아고가 오셀로에게 좀더 결정적인 증거를 얻을 때까지 부인의 결백을 믿으라고 부탁하는 것으로 두 사람의 이야기는 끝났다. 오셀로는 인내하겠다고 약속했다. 하지만 그 순간부터 그의 현혹된 마음은 평화를 찾을 수 없었다. 양귀비도, 맨드레이크 즙도, 세상의 온갖 수면제도 바로 어제까지 그가 즐기던 달콤한 휴식을 다시 오셀로에게 되돌려 주지 못했다. 직업에도 싫증이 났고, 더 이상 군대 일이 즐겁지 않았다. 군대나 깃발이나 진용을 볼 때마다 벅차오르고 북소리나 나팔 소리나 군마의 울음소리를 들을 때마다 두근거리며 흥분했던 그의 가슴은, 군인의 덕목인 자부심과 야망을 모두 잃어버린 듯했고, 군인다운 열성과 옛날의 명랑함은 그에게서 모두 떠나갔다.

때로는 아내가 정직하다고 생각했다가 때로는 그렇지 않다고 생각했다. 때로는 이아고가 공정하다고 생각했다가 때로는 그렇지 않다고 생각했다. 차라리 아무것도 몰랐으면 좋았을 것이다. 아내가 캐시오를 사랑한다 해도 자신이 몰랐다면 아무렇지 않았을 테니 말이다. 이런 산란한 생각들로 마음이 갈기갈기 찢어져서, 한 번은 이아고의 멱살을 잡고 데스데모나가 죄 지은 증거를 대라고 다그치며, 증거를 대지 못하면 그녀를 모함한 죄로 당장 죽여 버리겠다고 위협했다.

이아고는 자신의 정직이 악덕으로 받아들여지는 것에 분개하는 체하며, 부인의 손에서 가끔 딸기 무늬 손수건을 보지 못했느냐고 오셀로에게 물었다. 오셀로는 자신이 그런 손수건을 주었으며, 그녀에게 처음 준 선물이라고 대답했다.

이아고가 말했다. "그것과 똑같은 손수건으로, 오늘 마이클 캐시오가 얼굴을 닦는 걸 보았습니다."

"네 말이 만일 사실이라면, 그들에게 철저히 복수하고 말겠다. 우선 네 충성에 대한 표시로, 사흘 안에 캐시오를 죽여 없애라. 그 아름다운 악마(그의 아내를 의미한다)에 대해서는, 내가 따로 신속히 죽일 방법을 생각할 것이다." 오셀로는 이렇게 말했다.

공기처럼 가벼운 일이라도 질투에 사로잡혀 있는 자에게는 성서만큼이나 강력한 증거가 되는 법이다. 캐시오의 수중에 아내의 손수건이 있다는 사실은, 오셀로가 그들 둘을 죽여 마땅하다고 선고할 충분한 동기가 되었다. 캐시오가 그것을 어떻게 입수했는지 물어볼 생각도 하지 않았다. 데스데모나는 그러한 선물을 캐시오에게 준 적이 없었으며, 남편의 선물을 다른 남자에게 주는 부도덕한 짓으로 남편을 욕보일 리 없는 지조 있는 여인이었다.

캐시오와 데스데모나는 오셀로에게 어떠한 죄도 짓지 않았다. 하지만 악한 일을 꾸미는데 결코 지치지 않는 사악한 이아고는 데스데모나의 시중을 드는 자기 아내 에밀리아(착하지만 마음이 약한 여자였다)에게 손수건을 훔쳐 오라고 수도 없이 졸라 댔고, 우연히 데스데모나가 손수건을 떨어뜨렸을 때 에밀리아가 그것을 슬쩍 주워 남편에게 가져다 주었다. 이아고는 그것을 캐시오가 다니는 길목에 떨어뜨려 놓았고, 캐시오가 손수건을 주워 들었다. 이렇게 이아고가 그것을 데스데모나의 선물이라고 말할 상황이 설정된 것이다.

오셀로는 아내를 만나자마자 머리가 아픈 척하며(정말 아팠을지도 모른다), 관자놀이를 동여맬 수 있게 손수건을 빌려 달라고 했다. 그녀가 손수건을 건네 주자 오셀로는 말했다. "이것 말고, 내가 당신에게 준 손수건 있잖소."

데스데모나는 그 손수건을 가지고 있지 않았다. 앞서 설명한 대로 도둑맞았기 때문이다.

오셀로가 다그쳤다. "어찌된 거요? 그건 안 될 일이오. 그 손수건은 이집트 여인이 나의 어머니에게 준 것이오. 그 여인은 마녀였는데 사람의 생각을 읽어 낼 수 있었소. 그녀가 어머니에게 손수건을 드리면서, 손수건을 갖고 있는 동안에는 사랑스러운 사람이 되어 아버지의 사랑을 받을 것이지만, 그것을 잃어버리거나 다른 사람에게 주어 버리면 아버지의 사랑이 돌아서게 되어, 아버지가 어머니를 사랑했던 만큼 미워하실 것이라고 했소. 어머니가 돌아가실 때 그것을 내게 주었고, 결혼하게 되면 아내에게 주라고 하셨기에 나는 그리하였소. 그 점을 유념하시고, 당신의 눈처럼 소중히 여기시오."

그의 아내가 놀라며 물었다. "설마 그럴 리가요?"

"정말이라니까." 오셀로가 말을 이었다. "그것은 마법의 손수건이오. 이백 년을 이 세상에 살았던 무녀가 귀신 들린 상태에서 만든 물건이오. 그 명주실을 토한 누에는 신에게 바쳐졌고, 보존해 둔 처녀들의 심장에서 색을 짜내 물들였다오."

손수건의 불가사의한 능력을 들은 데스데모나는 무서워 죽을 것만 같았다. 손수건을 잃어버린 것은 확실했으니, 그와 더불어 남편의 사랑까지 잃게 될까봐 두려웠다. 오셀로는 금방이라도 무모한 짓을 저지를 것 같은 기세로, 계속해서 손수건을 달라고 요구했다. 데스데모나는 손수건을 내놓을 수 없었으므로, 너무 심각하게 생각하는 남편의 기분을 바꿔 보려고, 손수건에 대한 이야기가 마이클 캐시오에 대한 그녀의 청을 미루려는 구실일 거라고 쾌활하게 말했다. 그러면서(이아고가 예견한 대로) 그녀가 거듭 캐시오를 칭찬하자, 마침내 오셀로는 이성을 잃은 듯이 방에서 뛰쳐나갔다. 그 모습을 본 데스데모나는 내키지는 않았지만, 남편이 질투하는 게 아닐까 하는 의심이 들기 시작했다.

그녀는 자기가 남편에게 무슨 질투할 만한 빌미를 주었는지 알 수 없었고, 고결한 오셀로를 비난하는 자신을 질책하며, 베니스에서 나쁜 소식이 전해졌거나 힘든 나랏일이 그의 정신을 흐트러뜨려서, 그가 전처럼 상냥하게 대해 주지 못하는 모양이라고 생각했다. "남자들은 신이 아니야. 결혼하고 나서도 결혼할 때처럼 똑같이 대해 주기를 바랄 수는 없지." 그녀는 이렇게 중얼거리며, 남편의 무정한 태도를 너무 매정하게 단죄한 자신을 욕했다.

오셀로는 다시 데스데모나에게 돌아와, 더욱 노골적으로 그녀가 다른 남자를 사랑하고 있는 부정한 여인이라고 비난했다. 상대 남자가 누구인지는 말하지 않았다. 오셀로가 눈물을 흘리자, 데스데모나가 탄식했다. "오늘은 정말 슬프고 힘든 날이군요! 왜 우시는 거예요?"

오셀로는 가난이든 질병이든 굴욕이든 어떠한 불행이라도 모두 꿋꿋하게 견뎌 낼 수 있지만, 그녀의 부정한 행위가 자신의 가슴을 무너뜨렸다고 말했다. 너무나 아름답고 달콤한 향내를 뿜어 내어 감각을 아프게 하는 풀이라고 데스데모나를 칭하며, 차라리 태어나지 않았더라면 좋았을 것이라고 했다.

그가 그녀의 곁을 떠나 버리자, 이 결백한 부인은 남편의 당치도 않은 의심에 너무 놀라 정신이 아득해져서, 무거운 잠이 쏟아지는 느낌이었다. 그래서 시녀에게 잠자리를 준비하여 그 위에 신방 이부자리를 펴 달라고 했다. 사람들이 자신의 어린아이를 가르칠 때는 부드러운 방법과 쉬운 일로 가르치는 법이며, 오셀로도 그렇게 자기를 꾸짖어 주기를 바란다고 했다. 야단맞을 때는 자신이 어린아이에 불과하다고 생각했기 때문이다. 이 온유한 부인이 한 불평은 이것이 전부였다.

데스데모나는 남편이 따라 들어 오리라 기대하며 잠자리로 들어가, 괴로운 마음 탓인지 곧 깊은 잠에 빠져들었다. 그 때 오셀로가 아내를 죽이려는 시커먼 목적을 품고 방으로 들어섰다. 잠들어 있는 아내를 보자, 설화석고보다 하얀 그녀의 피부에 상처를 내거나 피를 흘리는 일은 하고 싶지 않았다. 하지만 그녀를 죽이겠다는 결심에는 변함이 없었다. 그렇지 않으면 그녀가 그를 배신한 것처럼 더 많은 남자들을 배신하며 살아갈 것이라고 중얼거렸다. 그는 마지막이라고 속삭이며 그녀에게 입을 맞췄다. 그 키스가 너무나 감미로워 다시 한 번 키스하지 않을 수 없었다. 그의 눈에서 눈물이 흘러내렸지만 그것은 그의 말대로 잔인한 눈물이었다.

데스데모나는 그의 키스에 잠에서 깨어나 오셀로를 올려다보았다. 그가 아랫입술을 깨물며 눈을 굴리고 있었다. 그녀는 남편이 그런 표정을 짓고 있을 때 언제나 치명적이라는 사실을 알고 있었다. 그는 죽음을 준비하라고 명하며, 그녀의 영혼까지 죽이고 싶지 않으니 기도를 하라고 말했다. 이 죄 없는 아내는 그의 자비에 몸을 맡긴 채로 누워, 동정을 호소하며 자신의 죄가 무엇인지 알려 달라고 애원했다. 오셀로는 캐시오의 이름을 거명하며 그녀가 그에게 손수건을 주었다고 말했다. 그녀가 결백을 주장하려 했지만, 그는 더 이상 들어 주지 않고 이불로 그녀를 눌러, 숨을 거둘 때까지 놓아 주지 않았다.

그 때 에밀리아가 방에 들어와 데스데모나가 살해당한 것을 알고, 천사 같은 아씨를 죽였다며 오셀로를 비난했다. 오셀로는 아내가 부정한 여인이며 그녀의 남편 이아고가 사실을 다 알고 있다고 반박했고, 에밀리아는 남편이 이 모든 사건의 발단인 줄을 알아차리고는 비통하게 부르짖으며 손수건에 관한 진실을 다 털어놓았는데, 그 때 다른 사람들과 같이 그 방으로 들어오던 이아고가 뒤에서 자기 아내를 찌르고 달아났다.

그 후에 몇몇 장교들이 이아고를 붙잡아오고, 부상당한 캐시오가 피를 흘리며 실려 들어 왔다. 이아고의 사주를 받는 자가 캐시오를 암살하려 했지만 살해 시도에 실패했고(상처를 입혔으나 치명상은 주지 못했다), 그는 오히려 비밀의 발각을 막으려는 이아고의 손에 죽임을 당했다. 그 자의 주머니에서 편지가 발견되었는데, 거기에는 이아고의 죄와 캐시오의 결백을 명명백백하게 드러내는 내용이 담겨 있었다. 그래서 이제 캐시오는 오셀로에게 찾아와, 자신은 그가 이아고를 시켜 죽여야 할 정도로 죄 지은 일이 없다고 말했다.

사실을 알게 된 오셀로는 벼락을 맞은 심정이었다. 자신이 한낱 살인자보다 나을 것이 없으며, 아내가(아무 죄도 없는 불쌍한 여인) 결코 그를 속인 적이 없다는 사실을 분명히 알게 되었다. 극심한 고통을 견딜 수 없었던 그는 스스로 몸을 찔러, 억울한 누명을 쓰고 죽은 사랑하는 아내의 시신 위에 쓰러져 생을 마감했다.

이 무모한 행동을 지켜본 사람들은 두려워하고 또 놀라워했다. 오셀로는 평판이 좋은 사람이었으며, 그 고결한 천성으로 인하여 악당을 의심 한 번 해 보지 않고 그대로 간계에 빠져 들어가기 전까지는, 다정하고 애정이 넘치는 남편이었기 때문이다. 그는 지혜롭게 사랑하지 못하고 너무 깊이 사랑한 죄밖에 없었다. 자기 실수를 알게 되었을 때, 사소한 일에 눈물 한 방울 뿌리지 않던 그의 남자다운 눈에서는 아라비아 고무나무에서 수액이 떨어지듯 하염없이 눈물이 흘러내렸다.

그가 죽자, 그의 모든 공로와 용맹한 행동은 사람들의 기억에 아로새겨졌다. 이제 그의 후임자에게 남은 일은 이아고에게 준엄한 법적 심판을 내려 가장 고통스러운 형벌에 처하는 것과 그 유명한 장군의 통탄할 죽음을 베니스 정부에 보고하는 것뿐이었다.

티레의 왕, 페리클레스

　티레의 왕 페리클레스는 스스로 나라를 떠나 망명길에 올라야 했다. 그가 그리스의 황제 안티오커스의 은밀하고 추악한 비밀을 알아 냈다는 이유로, 그 사악한 황제는 그를 죽여 복수하려 했고, 그로 인해 티레 시와 백성들에게 엄청난 재난이 미칠 수도 있는 상황이었다. 높은 자들의 숨겨진 범죄를 캐내는 것은 이처럼 위험천만한 일이다.

　막강한 힘을 지닌 안티오커스 황제의 진노가 가라앉을 때까지 자리를 비우는 것이 최선책이었으므로, 페리클레스는 유능하고 정직한 대신 헬리카너스에게 나라의 통치를 맡기고 티레를 떠나는 배에 몸을 실었다.

그가 제일 먼저 향한 곳은 타르수스였다. 당시에 타르수스가 극심한 기근에 시달리고 있다는 소식을 듣고 구제할 식량을 싣고 찾아간 것이었다. 그 곳은 듣던 대로 극심한 고통에 빠져 있었고, 타르수스의 총독 클레온은 하늘의 사자처럼 뜻밖의 구호식량을 가지고 찾아 온 그에게 수없이 감사를 표하며 환영했다.

그런데 그 곳에서 잠시 지내고 있을 때 충직한 대신에게서 편지가 도착했다. 안티오커스 황제가 그의 체류지를 알고 은밀하게 밀사들을 보내 목숨을 노리고 있으니 타르수스에 머무는 것이 안전하지 않다는 내용이었다. 편지를 받은 페리클레스는 그의 구제식량으로 인해 굶주림을 면하게 된 모든 사람들의 축복과 기원을 받으며 다시 바다로 나갔다.

항해를 시작한 지 얼마 안 되어, 바다에 거센 폭풍우가 일어나서 배는 부서지고 배에 탔던 부하들과 뱃짐도 모두 잃어버리고, 페리클레스는 헐벗은 차림새로 혼자 파도에 밀려 미지의 해안에 내던져졌다. 그가 그 곳을 배회하고 있을 때 가난한 어부들을 만나게 되었는데, 그들이 집으로 데려가 옷가지와 먹을 것을 나눠 주었다.

어부들은 그 나라 이름이 펜타폴리스이며 시모니데스 왕이 다스린다고 말해 주었다. 워낙 평화롭고 선하게 치세를 하셔서 흔히 선량한 시모니데스라고 부른다면서, 시모니데스 왕에게는 어여쁜 딸이 하나 있는데, 다음 날이 그녀의 생일이라 궁에서 성대한 경기가 열릴 예정이며, 이 아름다운 사이자 공주의 사랑을 얻으려고 여러 지역의 군주와 기사들이 무기를 갖추고 찾아 와 기량을 겨룰 것이라고 설명했다.

페리클레스는 자신의 멋진 갑옷을 잃어버려서 용맹한 기사들 틈에 끼어 실력을 발휘할 수 없게 되었다고 속으로 한탄을 했다. 그 때 다른 어부 한 명이 바다에서 그물로 건져 올린 갑옷 한 벌을 가지고 왔는데, 그가 잃어버린 바로 그 갑옷이었다.

자신의 갑옷을 보고 페리클레스가 말했다. "감사합니다, 행운의 여신이여, 온갖 시련을 주신 후에 다시 일어설 기회를 주시는군요. 이 갑옷은 돌아가신 선친께서 남기신 것이오. 사랑하는 분의 물건이라서 내가 참으로 귀하게 여겨, 어디를 가든지 항상 가지고 다녔는데 거친 바다가 나에게서 빼앗아 갔다오. 그런데 바다가 잔잔해진 후에 다시 그것을 돌려 주었으니, 참으로 감사한 일이오. 선친의 유품을 찾았으니 조난도 불행으로 생각되지 않소."

다음 날 페리클레스는 부친의 갑옷을 입고 시모니데스의 왕궁으로 들어갔다. 그 곳 경기에서 놀라운 솜씨를 뽐내며, 사이자의 사랑을 얻으려고 그와 맞붙은 용감한 기사와 용맹스런 군주들을 쉽사리 물리쳤다.

용맹한 전사들이 공주의 사랑을 차지하기 위해 궁에서 개최하는 경기에서 싸울 때, 다른 사람들을 제치고 한 명이 승자가 되면, 공주는 최종 승리자에게 온전한 존경을 바치는 것이 통례였다. 사이자도 이 관행을 저버리지 않았고, 페리클레스가 제압한 모든 군주와 기사들을 물리치고 그에게 특별한 호의와 관심을 표하며 그 날의 행복을 차지한 왕으로서 승리의 월계관을 씌워 주었다. 그리고 페리클레스는 처음 본 순간부터 이 아름다운 공주를 열렬히 사랑하게 되었다.

선량한 시모니데스 역시 페리클레스의 고상한 자질과 용맹을 인정했다. 비록 이 기품 있는 이방인의 지위는 알지 못했지만(페리클레스는 안티오커스의 추적이 두려워 자신을 티레의 일개 신사라고 밝혔다), 실로 뛰어난 신사이며 탁월한 기술을 잘 갖추었다고 생각했으며, 딸의 마음이 그에게 향해 있는 것을 알고, 그를 흔쾌히 사윗감으로 받아들였다.

페리클레스가 사이자와 결혼한 지 몇 달 후에, 안티오커스 황제가 죽었다는 소식이 늘려 왔다. 게다가 티레의 백성들이 오랫동안 왕의 자리가 비어 있는 것에 폭동을 일으키려 하며 공석인 왕위에 헬리카너스를 앉히려 한다는 사실도 알게 되었다. 이 소식은 헬리카너스 자신이 보낸 것이었다. 충성스런 신하였던 그는 왕위에 오르라는 제안을 받아들이지 않고 페리클레스에게 그들의 의도를 전하며 이제 고국으로 돌아와 왕권을 회복하라고 연락을 보냈던 것이다.

자신의 사위가 미천한 기사가 아니라 티레의 왕인 것을 알고 시모니데스는 크게 놀라워하며 기뻐했다. 하지만 한편으로는 그가 평범한 신사가 아닌 것을 유감스러워했다. 믿음직한 사위와 사랑하는 딸을 모두 떠나 보내야 하기 때문이었다. 사이자가 임신 중이었으므로, 그는 딸을 위험한 바다에 내맡기는 것이 내키지 않았고, 페리클레스 역시 아내가 해산할 때까지 아버지의 곁에 있는 편이 낫다고 생각했다. 하지만 남편과 같이 가기를 간절히 바라는 가엾은 여인의 마음을 저버릴 수가 없어서, 그들은 마침내 승낙을 했다. 그녀가 아이를 낳기 전에 티레에 도착하기를 바랄 뿐이었다.

하지만 바다는 불운한 페리클레스에게 친절을 베풀지 않았다. 티레에 도착하기 훨씬 전에 또 다시 무서운 폭풍이 일어났고, 공포에 질린 사이자는 갑자기 산통을 느꼈다. 잠시 후에 그녀의 유모 라이코리다가 갓난아기를 품에 안고 페리클레스에게 찾아 와, 왕비님이 아기를 낳자마자 돌아가셨다는 슬픈 소식을 알렸다.

유모가 페리클레스에게 아기를 내밀며 말했다. "이런 곳에 계시기에는 너무 어린 분입니다. 돌아가신 왕비님의 아이입니다."

아내의 사망 소식을 듣고 페리클레스가 얼마나 고통스러워했는지는 말로 표현할 수 없다. 겨우 말을 할 수 있게 되자 그는 말했다. "아, 하늘의 신들이여, 어째서 아름다운 선물을 사랑하게 해 놓고 그 선물을 빼앗아 가십니까?"

라이코리다가 말했다. "진정하세요, 돌아가신 왕비님이 남기신 어린 따님이 여기 계시잖아요. 따님을 위해 부디 마음을 굳게 다지십시오. 이 소중한 아기를 위해서라도 참아 내세요."

페리클레스는 갓 태어난 아기를 품에 받아 안고 아기에게 말했다. "너보다 요란하게 태어난 아기는 없으니, 너의 인생이 평온

하기를 바라노라! 군주의 아이 중에서 가장 험한 환영을 받았으니, 너의 형편이 순조롭고 평탄하기를 바라노라! 태에서 나오는 너를 알리느라 하늘과 불과 공기와 물과 땅이 미친 듯이 날뛰었으니, 행복이 뒤따르기를 바라노라! 처음에 네가 잃은 것이(어머니의 죽음을 뜻한다) 네가 새로 찾아 온 이 땅에서 알게 될 기쁨보다 크구나. 보상받을 수 있기를 바라노라."

폭풍은 여전히 격렬하게 날뛰고 있었다. 선원들은 죽은 시신이 배에 남겨져 있는 동안에는 결코 폭풍우가 잠잠해지지 않는다는 미신을 믿었기에, 페리클레스에게 와서 왕비를 배 밖으로 던져야 한다고 요구했다. "용기가 있으십니까, 전하? 신께서 전하를 구해 주시기를!"

"용기는 충분하다." 슬픔에 잠긴 왕이 말했다. "폭풍우 따위는 두렵지 않아, 이미 나에게 최악의 상처를 입혔으니까. 하지만 졸지에 배에서 태어난 이 가엾은 아기를 위해, 폭풍이 그치기를 바란다."

선원들이 말했다. "전하, 왕비님을 배 밖으로 던져야 합니다. 파도가 거세고 바람도 요란합니다. 죽은 자의 시신을 배에서 치우지 않으면 폭풍의 기세가 누그러지지 않을 것입니다."

페리클레스는 이것이 아무런 근거 없는 허약한 미신인 줄을 알았지만, 참을성 있게 선원들의 요구를 들어 주었다. "너희들 생각대로 하라. 정히 그렇다면 왕비를 배 밖으로 던져라, 가장 비참한 왕비를!"

이 불행한 왕은 사랑하는 아내를 마지막으로 보려고 찾아가, 사이자를 응시하며 속삭였다. "빛도 없고 불기도 없는 곳에서 무서운 해산을 치렀구려, 내 사랑. 매정한 자연이 그대를 완전히 잊었소. 무덤에 안치할 여유도 없이, 관이라고 할 수 없는 관에 담아 그대를 바다에 던져야 하니, 조개껍데기와 더불어 누운 그대의 시신을 출렁이는 물결이 묘비 대신에 덮어 주겠구려. 아, 라이코리다, 네스토르에게 향신료와 잉크와 종이, 작은 상자와 보석들을 가져오라 일러라. 니칸도르에게는 공단이 들어 있는 관을 가져오라고 하라. 베개에 아기를 눕히고 속히 시행하라, 나는 그 동안에 사이자와 작별을 나눌 것이다."

이윽고 커다란 관이 들어오자, 페리클레스는 그 안에 왕비를 눕히고 향기로운 향료를 뿌렸으며, 그 옆에 값비싼 보석과 편지를 놓았다. 편지에는 그녀의 신분과 이름, 그리고 아내의 시신이 담긴 이 상자를 발견하는 사람이 있거든 제대로 장례를 치러 달라는 내용이 적혀 있었다. 그 후에 그는 손수 아내의 관을 바다에 던졌다.

폭풍이 그쳤을 때 페리클레스는 타르수스로 항해하라고 명령했다. "티레에 도착할 때까지 아기가 버티지 못할 테니, 세심히 보살펴 줄 이가 있는 타르수스에 맡겨야겠다."

광포한 폭풍이 사이자를 집어삼킨 그 밤이 지나고 날이 밝을 무렵, 에페수스의 훌륭한 신사이자 유능한 의사인 세리몬이 바닷가에 서 있었는데, 파도가 상자 하나를 육지에 던져 놓았다며 하인들이 상자를 가지고 왔다. 하인 하나가 말했다. "이걸 해변에 가져온 놀처럼 커다란 놀은 생전 처음 봤습니다."

세리몬은 상자를 집으로 옮기라고 지시했다. 집으로 돌아와 상자를 열어 보니, 놀랍게도 젊고 사랑스런 여인의 시신이 들어 있었다. 향기로운 향료와 값진 보석 상자를 보고, 이 여인이 지체 높은 사람인데 어쩌다 이상하게 장사를 치르게 된 모양이라고 생각했다. 더 자세히 살펴보다 종이를 찾아 냈고, 자기 앞에 죽어 누워 있는 시신이 티레의 왕 페리클레스의 왕비이자 아내였음을 알았다.

이 사건을 매우 기이하게 여기며, 한편으로 이토록 사랑스런 여인을 잃어버린 남편이 측은해져서 그가 중얼거렸다. "페리클레스, 당신이 만약에 살아 있다면 비통하여 가슴이 찢어지겠고요."

사이자의 얼굴을 유심히 관찰하다가, 그 모습이 죽은 사람 같지 않게 화색이 도는 것을 알아차렸다. "너무 성급하게 바다에 던진 듯하군."

그는 그녀가 죽었다고 생각하지 않았다. 불을 지펴라, 강심제를 가져오라고 명하며, 그녀가 회생할 때 놀란 영혼을 진정시킬 수 있는 감미로운 음악을 연주하라고 지시했다.

그리고 그녀의 주위에 몰려들어 어리둥절하게 보고 있던 사람들에게 말했다. "신사 여러분, 조금 물러나 주시오. 왕비는 살아날 것이오. 정신을 잃은 지 다섯 시간이 넘지 않았으니, 보시오,

다시 숨을 쉬기 시작하잖소. 살아 있소, 자, 눈꺼풀이 움직이는 것을 보시오. 이 아름다운 여인이 살아나 자기 운명을 들으면 우리의 눈시울을 적실 것이오."

사이자는 죽었던 게 아니라, 아기를 낳은 후에 죽은 듯이 혼절했던 것이었다. 그래서 그녀를 본 사람들은 모두 그녀가 죽었다고 생각했지만, 이제 이 친절한 신사의 보살핌을 받아 그녀는 다시금 소생하여 빛을 보게 되었다.

그녀가 눈을 뜨며 물었다. "여기가 어디죠? 제 남편은 어디 계시나요? 여기가 이승인가요?"

세리몬은 그녀에게 일어난 일을 부드럽게 설명했고, 시력이 어느 정도 회복되자 남편이 쓴 글과 보석을 보여 주었다.

그녀가 편지를 보고 말했다. "이건 남편의 필체예요. 배를 타고 바다로 나간 것은 분명히 기억나는데, 거기서 아기를 낳았는지는 거룩한 신들에게 맹세코 잘 모르겠어요. 하지만 다시는 남편을 뵐 수 없으니, 신녀의 옷을 입고 다시는 기쁨을 누리지 않겠어요."

세리몬이 말했다. "그 말씀대로 하시려면, 여기서 멀지 않은 곳에 다이아나 여신의 신전이 있으니, 그 곳에서 신녀로 지내실 수 있습니다. 괜찮으시면 저의 질녀에게 왕비님을 섬기도록 하겠습니다."

사이자는 이 제안을 감사히 받아들였고, 완전히 정신을 차린 후에 세리몬의 도움을 받아 다이아나 신전으로 들어갔다. 그 곳에서 그녀는 여사제 혹은 신녀가 되어, 독실한 수련생활을 하며 잃어버린 남편을 애도하는 슬픈 나날을 보냈다.

페리클레스는 어린 딸을 (바다에서 태어났기 때문에 마리나라는 이름을 붙였다.) 타르수스로 데려갔다. 그 도시의 총독 클레온과 그의 아내 디오니시아에게 딸을 부탁할 생각이었다. 그들이 기근으로 고생하던 시절에 그가 선한 일을 행했으니, 그들이 어미 없는 어린 딸에게 잘 대해 주리라 믿었다.

클레온은 페리클레스를 만나 그에게 일어난 비극을 듣고는 탄식했다. "아, 사랑스런 왕비님이여, 그렇게 가혹한 운명이 아니었다면 이 곳에 같이 오셔서 저에게 뵐 수 있는 영광을 주셨을 텐데!"

페리클레스가 대답했다. "하늘의 힘에 따르는 수밖에요. 사자가 누워 있는 그 바다처럼 내가 격노하고 으르렁댄다 해도 달라지는 것은 없지 않습니까. 나의 착한 아기, 이 마리나를 당신의 자비에 맡겨야겠습니다. 아기를 맡길 테니 공주답게 키워 주시기를 부탁드립니다."

그 다음에 클레온의 아내 디오니시아를 돌아보며 말했다. "선량하신 부인, 부디 제 아이를 맡아 키워 주시기 바랍니다."

그녀가 대답했다. "제 아이와 같이 소중하게 키우겠습니다, 전하."

클레온도 똑같은 약속을 하며 말했다. "전하께서 곡물로 저의 온 백성을 먹이신 그 온정을 이 아이를 볼 때마다 생각하겠습니다. 백성들도 그 일을 잊지 않고 매일 기도하고 있습니다. 제가 이 아이를 소홀히 한다면 전하의 덕을 입은 온 백성이 가만 있지 않을 것이며, 만약에 견책 당할 일이 있다면 신들이 저와 저의 후손에게 대대로 벌을 내리실 것입니다."

페리클레스는 딸이 세심하게 보살핌을 받으리라 안심하며, 클레온과 그의 아내 디오니시아에게 아기를 맡기고 라이코리다를 유모로 남겨 두었다. 그가 타르수스를 떠날 때 어린 마리나는 아무것도 몰랐지만, 라이코리다는 존귀한 주인과 헤어짐을 슬퍼하며 눈물을 흘렸다.

"눈물 보이지 말거라, 라이코리다." 페리클레스가 말했다. "울지 말고, 너의 어린 주인을 보아라. 이후로는 마리나를 섬기고 의지해야 할 것이다."

무사히 티레에 도착한 페리클레스는 다시 권좌에 올라 평화롭게 나라를 다스렸고, 그 동안에 그가 죽었다고 생각한 불쌍한 왕비는 에페수스에 남겨져 있었다.

이 불행한 엄마가 한 번도 보지 못한 딸 마리나는 타르수스에서 지체 높은 신분에 어울리게 양육되었다. 클레온은 그녀를 세심하게 교육시켜, 마리나가 열네 살이 되었을 무렵에는 당시의 학식 있는 남자들도 그녀의 학문을 따르지 못할 정도였다. 그녀는 천사처럼 노래했고, 여신처럼 춤을 추었으며, 바느질 솜씨도 뛰어나, 새나 열매나 꽃들을 자연 그대로 뽑아내는 듯했고 마리나의 비단에 수놓인 장미는 자연의 장미와 다르지 않아 보였다.

하지만 그녀가 이처럼 교육을 받아 우아한 덕목을 갖추고 모든 사람들의 찬사를 받게 되자, 클레온의 아내 디오니시아는 걷잡을 수 없는 질투심에 사로잡혔다. 그녀의 딸은 미련하여 마리나처럼 빼어난 경지에 이르지 못했기 때문이다. 모든 사람이 마리나만을 칭찬하고, 마리나와 나이가 같고 똑같은 교육을 받으며 자란 그녀의 딸은 그만한 성과를 얻지 못하여 상대적으로 무시당하는 것을 보고, 디오니시아는 마리나를 제거해 버리기로 결심했다. 마리나가 사라지면 자신의 시원찮은 딸이 더 돋보일 것이라는 헛된 상상에 빠진 것이다.

이 사악한 계획을 성사시키기 위해 그녀는 마리나를 죽일 남자를 고용했고, 충성스런 유모 라이코리다가 세상을 떠났을 때를 기회로 잡았다. 미리니기 리이고리디의 죽음을 슬퍼하며 흐느껴 우는 동안, 디오니시아는 살인을 명령한 남자와 이야기하고 있었다.

이 몹쓸 계획에 고용된 레오닌은 매우 사악한 남자였지만, 마리나를 죽이는 일을 달가워하지 않았다. 마리나가 모든 사람의 사랑을 받았기 때문이다. 그가 말했다. "그녀는 훌륭한 여인이에요!"

무정한 디오니시아는 대답했다. "그러니 신들에게 보내는 것이 더 낫지 않느냐. 저기, 그녀가 라이코리다의 죽음을 슬퍼하며 울며 오는구나. 내 말대로 할 결심이 섰느냐?"

명령을 거역하기가 두려워서 레오닌이 대답했다. "결심했습니

다."

 이 짧은 한 마디로, 세상에 비할 데 없는 마리나는 수명도 채우지 못하고 죽을 운명이 되었다. 그녀가 손에 꽃바구니를 들고 다가와, 착한 라이코리다의 무덤에 매일매일 이 꽃들을 뿌려, 여름 내내 자주색 제비꽃과 금잔화가 융단처럼 깔리게 하겠다고 말했다.

 "아, 슬픈 내 신세!" 그녀가 한탄했다. "폭풍우 치는 날에 태어나 어머니를 잃은 불쌍하고 불행한 처녀로다. 이 세상은 나에게 끝없이 몰아치는 폭풍우처럼, 의지할 사람들을 속히 떼어 내는구나."

 디오니시아가 속셈을 숨기고 말했다. "마리나, 왜 혼자 울고 있니? 내 딸은 어째서 같이 있지 않니? 라이코리다 때문에 슬퍼하지 마라, 내가 너의 유모가 되어 줄게. 부질없는 슬픔으로 인해 너의 미모가 많이 상했구나. 꽃은 바닷바람에 시들 테니 나에게 맡기고, 너는 레오닌과 같이 산책하러 가거라. 상쾌한 바람을 맞으면 기운이 날 거야. 자, 레오닌, 팔을 잡아드리고 같이 다녀오너라."

 마리나가 말했다. "아니에요, 부인의 하인을 제가 빼앗을 수는 없죠." 레오닌이 디오니시아의 하인이었기 때문이다.

 "어서 가거라." 이 교활한 여인은 마리나를 레오닌과 단둘이 보내려고 핑계를 댔다. "난 너의 부친인 전하를 사랑하고 너도 사랑한단다. 전하께서 언제 오실까 매일 기다리고 있는데, 전하가 오셔서 상심하여 변해 버린 너를 본다면 어쩌겠니. 네가 절세의 미인이라고 알려 드렸는데, 전하께서 너의 상한 얼굴을 보시면 우리가 소홀히 대했다고 생각지 않으시겠니. 어서 가서 산책을 하렴, 다시 기운을 차려야지. 노소의 마음을 빼앗아 버리는 그 뛰어난 용모를 잘 돌봐야 한다."

끈질기게 강권을 하자 마리나는 더 거절하지 못하고 대답했다. "알았어요, 마음이 내키지는 않지만 다녀올게요."

디오니시아가 걸어 나가며 레오닌에게 속삭였다. "내 말 명심해라!" 마리나를 필히 죽여야 한다는 무서운 말이었다.

바닷가에서 마리나는 자신이 태어난 바다 쪽을 바라보며 말했다. "지금 부는 바람이 서풍인가요?"

"남서풍입니다." 레오닌이 대답했다.

"내가 태어날 때는 북풍이었어요." 그녀의 마음에 사나운 폭풍과 폭우, 어머니의 죽음과 아버지의 슬픔에 대한 생각들이 가득 밀려들어, 그녀가 말했다. "라이코리다가 말해 줬어요, 아버지는 전혀 두려워하지 않고 선원들에게 '용기를 내라.'고 소리치셨대요. 그렇게 기품 있는 두 손이 밧줄에 쓸려 벗겨지도록 돛대를 움켜잡고, 배를 부술 듯이 몰아치는 파도를 견디셨어요."

"그게 언제였습니까?" 레오닌이 물었다.

"내가 태어날 때였죠. 바람과 파도가 그보다 드센 적이 없었다더군요." 그리고는 폭풍우와 선원들의 행동, 날카로운 갑판장의 호각 소리, 선장의 커다란 고함 소리를 설명했다. "그래서 배위는 온통 북새통이었대요." 태어날 때의 상황을 라이코리다에게 너무 많이 들어서, 이 일들이 그녀의 머릿속에 늘 자리잡고 있는 듯했다.

그런데 갑자기 레오닌이 그녀의 말을 가로막더니, 기도를 드리라고 했다.

"무슨 뜻이에요?" 마리나는 이유도 모르는 채 두려워지기 시작했다.

"잠시 기도하겠다면 허락하겠지만, 장황하게 늘이지 말아요. 신들은 귀가 밝으시니까. 난 속히 이 일을 끝내기로 맹세했어요." 레오닌이 말했다.

"날 죽일 건가요? 왜요?"

"주인 마님의 뜻입니다."

"왜 그분이 날 죽이려 하죠? 아무리 생각해 봐도, 내 평생 그분께 해를 끼친 적이 없고, 못된 말을 한 적도 없고, 누구에게 해코지한 적도 없어요. 내 말을 믿어 주세요, 난 생쥐 한 마리 죽인 적도, 파리 한 마리 해친 적도 없어요. 본의 아니게 벌레를 밟은 적은 있지만 그 벌레를 위해 눈물을 흘렸어요. 내가 뭘 잘못했나요?"

"내가 할 일은 이 행동의 이유를 대는 것이 아니라 그 일을 하는 겁니다."

그가 그녀를 죽이려 하는 순간, 우연히 그 곳에 상륙한 해적들이 마리나를 보고는 노획물로 **빼앗아** 배로 끌고 갔다.

티레의 왕, 페리클레스 | 435

마리나를 납치한 해적들은 그녀를 미틸레네로 데려가 노예로 팔았다. 마리나는 미천한 상태로 전락하여 고초를 당했지만, 곧 그 아름다움과 미덕으로 소문이 나 미틸레네 전역에서 유명해졌다. 그녀를 사들인 사람은 그녀가 벌어 주는 돈으로 부자가 되었다. 그녀는 음악과 무용, 빼어난 자수 솜씨를 가르쳤고, 학생들에게 받은 돈을 주인 부부에게 바쳤다.

　그녀의 학식과 성실한 노력에 대한 명성은 미틸레네의 총독을 맡은 젊은 귀족 라이시마커스의 귀까지 흘러 들어갔다. 그는 도시 전체가 칭송하는 빼어난 여인을 보려고 친히 마리나가 사는 집으로 찾아갔다. 그녀와 대화를 나누게 된 라이시마커스는 말할 수 없이 즐거웠다. 소문은 익히 들었지만, 그녀가 이토록 현명하고 덕 있고 훌륭한 여인일 줄은 생각지도 못했던 것이다. 그는 그녀가 앞으로도 근면하고 덕스러운 길로 행하기를 바라며, 다시 그에게 소식을 듣게 된다면 좋은 일일 것이라는 말을 남기고 떠났다.

　라이시마커스는 마리나가 분별력 있고 좋은 교육을 받았으며 탁월한 자질을 갖추었을 뿐 아니라 미모와 외적인 품위까지 겸비한 여성이라고 생각했다. 그녀를 아내로 맞고 싶어서, 지금은 미천한 처지라 해도 출신이 고상하기를 바랐지만, 사람들이 출신을 물어볼 때면 그녀는 늘 앉아서 울기만 했다.

　한편 타르수스에서, 레오닌은 디오니시아의 분노가 두려워 마리나를 죽였다고 거짓말을 했고, 그 사악한 여인은 마리나의 죽음을 발표하고 가짜 장례식을 치른 후에 위풍당당한 기념비를 세웠다.

그 직후에 페리클레스가 왕실 대신인 헬리카너스를 대동하여 티레에서 타르수스로 출발했다. 딸을 만나 집으로 데려갈 생각이었으며, 클레온과 그 아내에게 아기를 맡긴 후로 본 적이 없었으니, 죽은 왕비의 사랑스런 아이를 본다는 생각만으로도 이 왕의 마음은 기뻐서 날아갈 정도였다! 그런데 마리나가 죽었다는 말을 듣고 딸의 기념비를 보게 되었을 때 그 심정이 얼마나 비통했겠는가.

그는 마지막 희망이자 사랑하는 사이자의 유일한 피붙이가 묻힌 땅을 보는 것마저도 견딜 수가 없어서, 서둘러 배를 타고 타르수스를 떠났다. 배에 오른 그 날부터 그는 무거운 우울증에 빠져 멍하니 하루하루를 보냈다. 전혀 입을 열지 않았고 주위의 모든 것을 완전히 망각한 듯했다.

타르수스에서 티레로 향하던 배는 중간에 마리나가 살고 있는 미틸레네에 닻을 내리게 되었다. 그 곳의 총독 라이시마커스는 해변에서 이 배를 바라보다가 어떤 분이 타고 있는지 호기심이 일어, 거룻배를 타고 그 배로 다가갔다.

헬리카너스가 그를 정중하게 맞으며, 이 배는 티레에서 온 배이고 그들의 왕 페리클레스를 본국으로 모셔가는 중이라고 알려주었다.

헬리카너스가 말을 이었다. "전하께서는 지난 석 달간 어느 누구에게도 말씀을 않으시고, 겨우 연명할 정도 이상은 드시지도 않고, 슬픔에 빠져 계십니다. 이런 상태가 되신 이유를 전부 설명하려면 긴 얘기지만, 사랑하는 따님과 아내를 잃으신 것이 가장 큰 이유이지요."

라이시마커스는 괴로움에 빠진 왕을 만나게 해 달라고 청한 다음, 페리클레스를 보자마자 한 때 훌륭한 분이었음을 알아보고는 경의를 표했다. "전하, 오신 것을 환영합니다. 신들이 전하를 보호하시기를. 전하, 환영합니다!"

하지만 라이시마커스가 말을 걸어도 소용없었다. 페리클레스는 대답하지 않았고 낯선 사람이 다가온 것을 알아채지도 못하는 듯했다. 그 때 문득 라이시마커스는 비할 데 없이 훌륭한 처녀 마리나가 생각났다. 어쩌면 그녀의 사랑스런 말솜씨가 입을 굳게 다문 왕에게 대답을 끌어 낼 수 있으리라 기대하며, 헬리카너스의 승낙을 받아 마리나를 불러들였다.

그녀가 배에 올랐을 때, 그녀의 아버지는 그저 슬픔에 겨워 꼼짝도 없이 앉아 있었고, 다른 사람들은 그녀가 그들의 공주인 것을 알기라도 하듯 열렬히 환영하며 입을 모았다. "참으로 훌륭한 아가씨일세."

라이시마커스는 그들의 찬사를 매우 기뻐하며 말했다. "사실이라오. 그녀가 고귀한 출신이라는 확신만 있으면, 주저하지 않고 나의 아내로 삼아 더할 수 없는 축복으로 여길 것이오."

그 다음에 그는 이 미천한 듯한 여인이 고귀한 가문의 여인인

것처럼, 그녀에게 공손히 말을 건넸다. '아름답고 훌륭한 마리나'라고 부르며, 이 배에 탄 훌륭하신 왕이 슬픔과 비탄으로 침묵에 빠져 있다고 말했다. 그러면서 건강과 지복을 내려 줄 수 있는 능력자에게 간청하듯, 마리나에게 손님으로 오신 이 왕의 우울증을 치료해 달라고 부탁했다.

마리나가 대답했다. "그분의 회복을 위해 있는 힘을 다하겠습니다. 다만, 저와 하녀 외에는 아무도 가까이 오지 못하게 해 주세요."

마틸레네에 있는 동안 왕가의 자손이 노예가 된 것을 말하기가 부끄러워 자신의 신분을 꼭꼭 숨겨 두었지만, 이제 그녀는 페리클레스 앞에서 자신의 험난한 인생 역경과 높은 신분에서 바닥으로 떨어진 얄궂은 운명을 이야기하기 시작했다. 마치 앞에 있는 분이 자신의 아버지인 줄을 아는 사람처럼.

그녀가 한 말은 모두 자신의 슬픔에 관한 것이었다. 불행에 빠져 있는 사람들의 처지에 비길 만큼 처참한 불행을 이야기하면 그들의 관심을 끌 수 있다는 것을 알았기 때문이다.

그녀의 달콤한 목소리가 축 처져 있던 왕을 깨워 냈다. 그는 오랫동안 미동 없이 고정되어 있던 눈을 들어올렸고, 어머니를 쏙 빼닮은 마리나의 모습을 보며 죽은 왕비를 보는 듯하여 눈이 휘둥그레졌다. 오랜 침묵을 지키던 페리클레스 왕이 마침내 다시 입을 열었다.

"나의 사랑하는 아내가 이런 모습이었지. 내 딸도 이 처녀와 같은 모습이었을 거야. 왕비의 정돈된 눈썹, 몸집, 지팡이처럼 꼿꼿한 자세, 맑은 목소리, 보석 같은 눈이구나. 애야, 너는 어디 사는 아이냐? 출신을 말해 보거라. 네가 풍상을 겪었고, 너의 슬픔이 나의 슬픔과 진배없다고 한 것 같은데."

마리나가 대답했다. "말씀드린 그대로이며, 제가 사실이라고 생각하는 바를 말씀드린 것입니다."

"너의 이야기를 해 보아라. 내가 견딘 슬픔의 천분의 일이라도 네가 알고 있다면, 너는 대장부답게 슬픔을 견뎌 왔고, 나는 아녀자처럼 괴로워한 것일 게다. 하지만 너는 왕의 무덤을 바라보며 어떠한 재난에도 미소짓는 인내의 신처럼 보이는구나. 네 이름이 무엇이냐? 너의 이야기를 해다오. 와서 내 옆에 앉아라."

그녀가 자신의 이름이 '미리나'라고 대답했을 때 페리클레스는 화들짝 놀랐다. 그것이 흔한 이름도 아니고 '바다에서 태어났다'는 뜻에서 그가 직접 딸에게 지어 준 이름이었기 때문이다. "아, 나를 놀리는구나. 어느 성난 신이 세상에서 나를 웃음거리 삼으려고 너를 보낸 게 아니냐."

"진정하세요, 전하. 그렇지 않으면 저는 이쯤에서 그만두어야 합니다." 마리나가 말했다.

"아니다, 진정하겠다, 네가 마리나라고 해서 내가 얼마나 놀랐는지 너는 모를 것이다."

"그 이름은 저의 아버지, 권세 있는 왕께서 붙여 주신 것이에요." 마리나가 설명했다.

"왕의 딸이라고!" 페리클레스가 다시 놀라워했다. "게다가 이름이 마리나라고! 너는 진짜 사람이냐? 혹시 요정이 아니냐? 계속해 봐라. 어디서 태어났지? 어쩌다 마리나라는 이름을 갖게 된 것이냐?"

"제가 바다에서 태어났기에 마리나라는 이름을 갖게 되었어요. 어머니는 공주였는데, 저를 낳으신 직후에 돌아가셨다고 합니다. 착한 유모 라이코리다가 울면서 자주 이런 얘기를 해 주었어요. 아버지는 저를 타르수스에 맡겨 두고 떠나셨는데, 클레온의 못된 아내가 저를 죽이려 했어요. 그 때 해적들이 저를 납치하여 여기 미틸레네로 데려온 것이지요. 그런데 전하, 왜 우세요? 저를 거짓말쟁이라고 생각하실지 모르지만, 정말이에요. 저는 페리클레스 왕의 딸이에요, 선량하신 페리클레스 왕이 살아 계신다면 말이에요."

페리클레스는 이 갑작스런 기쁨을 차마 믿기가 두려운 듯, 꿈인지 생시인지 알 수 없어 하며 큰 소리로 수행원들을 불렀다. 사랑하는 왕의 목소리에 신하들이 기뻐하는 모여들자, 헬리카너스에게 말했다. "헬리카너스, 날 때려보시오, 상처가 나서 고통을 느끼게 해 주시오, 안 그러면 나에게 몰려오는 이 엄청난 기쁨의 바다가 나를 저 세상으로 데려갈 듯하오. 아, 이리 오너라, 바다에서 태어나 타르수스에 묻히고 다시 바다에서 찾아 낸 아이야. 헬리카너스, 무릎 꿇고 거룩한 신들에게 감사하시오! 이 아이가 마리나라오. 너에게 축복하노라, 내 딸아! 헬리카너스, 내

옷을 가져오시오! 내 딸은 타르수스에서 잔인한 디오니시아에게 죽을 뻔했지만 죽지 않았소. 무릎을 꿇고 공주님이라고 부르면 그녀가 모든 사실을 말해 줄 것이오. 그런데 이 자는 누구냐?"

페리클레스는 그제야 처음으로 라이시마커스를 알아차렸다.

헬리카너스가 대답했다. "전하, 이분은 미틸레네의 총독으로, 전하가 우울해하신다는 것을 알고 찾아뵈러 오셨습니다."

"환영하네." 페리클레스가 말했다. "내 옷을 다오! 보기만 해도 나은 것 같구나. 아, 하늘이여, 내 딸에게 복을 내려 주소서! 그런데 들어 봐라, 저게 무슨 음악이냐?" 지금 그의 귀에는 어느 친절한 신이 보낸 것인지 자신의 기쁜 환상이 지어 낸 것인지, 감미로운 음악소리가 들리는 듯했다.

"전하, 아무 소리도 안 들리는데요." 헬리카너스가 대답했다.

"안 들려?" 페리클레스가 말했다. "천계의 음악이로구나."

음악소리가 전혀 들리지 않았으므로, 라이시마커스는 이 왕이 갑작스런 기쁨으로 인해 정신이 어지러워졌다고 판단하며 말했다. "전하의 뜻을 거스르는 것은 좋지 않소. 원하시는 대로 말씀드리시오."

그래서 사람들은 모두 음악소리가 들린다고 말했다.

페리클레스가 졸음이 온다고 하자, 라이시마커스는 침상에서 쉴 것을 권하고 왕의 머리맡에 베개를 대 주었다. 넘쳐나는 기쁨에 지쳐 곤하게 잠이 든 아버지를, 마리나는 침상 옆에서 말없이 지켜보았다.

페리클레스는 잠을 자는 사이에 에페수스로 가야겠다고 결심하게 되는 꿈을 꾸었다. 꿈 속에서 에페수스 인들이 섬기는 다이아나 여신이 그에게 나타나, 에페수스에 있는 자신의 신전으로 가서 그 곳 제단 앞에서 그의 생애와 불행을 이야기하라고 명령했다. 여신의 은 활을 걸고 맹세컨대, 이 지시에 따르면 세상에 드문 지복을 맞이할 수 있을 것이라고 했다. 잠에서 깨어났을 때 그는 기적처럼 원기를 회복하며, 꿈 얘기를 하고는 여신의 명령대로 따르겠다고 말했다.

라이시마커스는 페리클레스에게 떠나기 전에 잠시 뭍으로 내려오시기를 청했다. 그가 미틸레네에서 받아 마땅한 환대를 받으시며 기운을 북돋으시라고 권하자, 페리클레스는 그의 정중한 제안을 받아들여 하루나 이틀쯤 머물기로 했다. 마리나가 미천한 처지였을 때도 지극히 존대했던 미틸레네의 총독이 사랑하는 마리나의 부친을 맞이하는 일이었으니, 그 동안에 얼마나 큰 잔치를 벌이고 얼마나 큰 기쁨과 화려한 볼거리와 여흥을 제공했는지는 능히 짐작할 수 있을 것이다.

페리클레스는 라이시마커스의 구애를 불쾌해하지 않았다. 마리나의 신분이 낮았을 때 그가 귀하게 대해 준 것을 알고, 마리나 역시 그의 청혼에 싫은 기색이 아니었기 때문이다. 다만 허락을 내리기 전에, 에페수스에 있는 다이아나의 신전으로 같이 가야 한다는 조건을 내걸었다. 그들 셋은 모두 신전으로 향하는 배에 올라, 여신이 순풍으로 항해를 도와 준 덕분에, 몇 주일이 지난 후 무사히 에페수스에 도착했다.

페리클레스가 일행을 데리고 신전에 들어섰을 때, 페리클레스의 아내 사이자의 생명을 구해 주었던 선량한 세리몬은 (이제 노인이 되어) 제단 옆에 서 있었고, 신전의 여사제가 된 사이자는 제단 앞에 서 있었다.

페리클레스는 아내를 잃은 슬픔에 젖어 오랜 세월을 보낸 탓에 모습이 많이 변해 있었지만, 사이자는 남편의 흔적을 알아보았고, 그가 제단에 다가와 말하기 시작했을 때, 남편의 목소리라고 여기며 놀라움과 기쁨이 넘치는 가운데 그의 말을 듣고 있었다.

페리클레스가 제단 앞에서 한 말은 이러했다. "다이아나 여신이여, 높임을 받으소서! 당신의 공정한 명령을 수행하기 위해, 여기 나 티레의 왕이 고백합니다. 두려움에 쫓겨 내 나라를 떠나게 되어, 펜타폴리스에서 아름다운 사이자와 결혼하였는데, 그녀는 아기를 낳다 바다에서 죽었으며, 마리나라는 딸을 세상에 남겼습니다. 그 딸은 타르수스에서 디오니시아에게 양육되다가, 열네 살 때 그 잔인한 여인의 손에 죽임을 당할 뻔했으나, 행운의 별들이 도우시어 미틸레네로 가게 되었고, 그 해안을 내가 지나갈 적에, 여신의 가호로 제 배에 올라오게 되었으니, 그녀의 분명한 기억력 덕택에 내 딸임을 스스로 알렸나이다."

이 말을 들은 사이자는 황홀한 기쁨을 견딜 수가 없어서 부르짖었다. "당신은, 당신은, 아, 페리클레스 왕이시군요." 그리고는 혼절했다.

"이 여인이 무슨 말을 하는 것이오?" 페리클레스가 말했다. "여인이 죽었소! 여러분, 도와 주시오."

세리몬이 앞으로 나섰다. "전하, 다이아나 여신의 제단에 진실을 고한 것이라면, 이분이 전하의 아내입니다."

"이보시오, 그럴 리 없소. 내가 이 두 손으로 아내를 바다에 던졌단 말이오." 페리클레스가 반박했다.

그러자 세리몬은 어느 폭풍우가 지나간 다음 날 이른 아침에 이 여인이 에페수스 해안으로 밀려왔으며, 관을 열어 보니 귀한 보석들과 편지가 있었는데, 다행히도 그녀를 소생시킬 수 있게 되어 여기 다이아나 여신의 신전으로 모셔 왔다고 설명했다.

사이자가 혼절상태에서 깨어나 입을 열었다. "당신은 페리클레스가 아닌가요? 그분처럼 말씀하시고, 그분처럼 생겼어요. 폭풍과 출산과 죽음을 이야기하지 않았나요?"

그가 경악하며 소리쳤다. "이는 죽은 사이자의 음성이 아닌가!"

그녀가 대답했다. "제가 바로 그 여인이에요. 죽어서 바다에 빠졌다고 생각되었던 그 여인입니다."

"오, 참되신 다이아나여!" 페리클레스가 마음에서 우러나오는 놀라움을 담아 열렬히 외쳤다.

사이자가 말을 이었다. "이제 더 분명히 알겠어요. 당신의 손가락에 있는 그 반지는 펜타폴리스에서 눈물로 작별할 적에 나의 부왕께서 당신에게 준 것이에요."

"충분합니다, 신들이여!" 페리클레스가 외쳤다. "이렇듯 친절을 보여 주시니 과거의 비참함은 이제 아무것도 아닙니다. 자, 이리와요, 사이자. 이번에는 내 품에 묻히시오."

그 때 마리나가 말했다. "제 심장도 어머니 품에 안기고 싶어 두근거려요."

페리클레스가 엄마에게 딸을 내보이며 말했다. "여기 무릎 꿇은 아이를 보시오, 그대의 살 중의 살, 바다에서 얻은 피붙이요, 바다에서 얻었으니 마리나라고 부른다오."

사이자가 말했다. "내 딸아, 축복받을 지어다!"

사이자가 딸을 꼭 끌어안고 기뻐하는 동안, 페리클레스는 제단 앞에 무릎을 꿇고 천명했다. "순전하신 다이아나여, 여신님의 예지를 송축합니다. 이를 위해, 밤마다 봉헌을 드리겠습니다."

그 후에 페리클레스는 사이자의 동의를 구하고, 덕망 높은 그들의 딸 마리나와 훌륭한 라이시마커스의 약혼식을 엄숙하게 거행했다.

이처럼 우리는 페리클레스와 그의 왕비와 딸에게서, (인간에게 인내심과 지조를 가르치려는 하늘의 뜻으로 고통 받았으나) 하늘의 인도로 그 위험과 역경을 이겨내고 성공을 거둔 미덕의 사례를 보았다. 또한, 권좌를 승계할 수 있었으나 다른 이들의 잘못을 이용하여 높아지기보다 정당한 주인에게 사실을 알리기로 선택한 헬리카너스에게는, 진실과 믿음과 충절의 모범을 보았다. 사이자를 다시 살린 세리몬에게는, 지식을 가지고 인간에게 유익을 베푸는 선한 마음이 신들의 본성에 가깝다는 것을 배울 수 있다.

마지막으로, 클레온의 사악한 아내 디오니시아는 지은 죄에 합당한 최후를 맞았다. 그녀가 마리나를 죽이려 했다는 것을 알게 된 타르수스 백성들은, 은인의 딸의 복수를 하기 위해 일제히 일어나, 클레온의 궁에 불을 지르고, 총독 부부와 그들의 모든 식솔을 불태웠다. 더러운 살인이 실행되지 않았더라도 그 의도가 극악한 만큼, 신들도 그에 마땅한 처벌을 내려 응징하시는 모양이다.

셰익스피어 이야기

초판 1쇄 발행 | 2006년 7월 5일
초판 2쇄 발행 | 2010년 12월 10일

지은이 | 찰스 & 메리 램
그린이 | 아서 래컴
펴낸이 | 하광석
펴낸곳 | 자유로운 상상
등록 | 2002년 9월 11일(제13-786호)
주소 | 서울시 성북구 장위동 231-187 1층 102호
전화 | (02)392-1950 팩스 | (02)363-1950
이메일 | hks33@hanmail.net

ⓒ 찰스 & 메리 램, 2006

ISBN 978-89-90805-31-7 03840

· 사전 동의 없는 무단 전재 및 복제를 금합니다.
· 잘못 만들어진 책은 바꾸어 드립니다.
· 책 값은 뒤표지에 있습니다.